根据地

党益民 著

陕西新华出版传媒集团
太白文艺出版社

图书在版编目（CIP）数据

根据地 / 党益民著. — 西安：太白文艺出版社，
2015.9（2022.1 重印）

ISBN 978-7-5513-0853-3

I.①根… Ⅱ.①党… Ⅲ.①长篇小说－中国－当代
Ⅳ.① I247.5

中国版本图书馆 CIP 数据核字（2015）第 221078 号

根据地

作　　者	党益民
责任编辑	申亚妮　党　靖
整体设计	高　薇
出版发行	陕西新华出版传媒集团
	太白文艺出版社
经　　销	新华书店
印　　刷	三河市华东印刷有限公司
开　　本	787mm×1092mm　1/16
字　　数	332 千字
印　　张	27
版　　次	2022 年 1 月第 1 版第 2 次印刷
书　　号	ISBN 978-7-5513-0853-3
定　　价	49.80 元

联系电话：029-81206800
出版社地址：西安市曲江新区登高路 1388 号（邮编：710061）
营销中心电话：029-87277748　029-87217872

一部从照金到南梁的红色传奇
一幅陕甘边革命斗争壮丽画卷

根据地 目录

1 · 牛车花轿

　　严木三从富平县城出来，匆匆赶往庄里镇。这时节，麦梢已经泛黄。渭北地区三个月没有落过一星雨，官道上的浮土没过了脚面，扑上了他灰布长衫的下摆。天空黄蜡蜡的，像路上逃荒饥民的脸。"天黄有雨，人黄有病。"严木三不由得加快了脚步。

　　严木三是庄里镇立诚学校的教书先生，二十六七岁，高个儿，瘦脸，蓄着一字胡。刚才在县城秘密交通站，从三原来的联络员告诉他，刘镇华的十万镇嵩军围困西安城已经一个多月了，他们有吴佩孚、张作霖和阎锡山提供的重型火器和足够的粮食，还将继续围困下去，显然是想等城内守军弹尽粮绝，出城投降。而守城的杨虎城和李虎臣联军，也确因弹药粮食储备不足，最多只能坚持三个月。上级要求各地地下党组织密切关注战局，做好应对复杂情况的准备。

　　严木三抬头看天，日头已到头顶。东边天上不知什么时候裂开了一道缝儿，阳光从那里倾泻下来，如同稀汤寡水的玉米粥，流淌了一地。"东晴西暗，等不到吃饭。"看来这雨马上就要落下来了。

　　这时，一架牛车迎面驰来。车上搭着一顶花轿，四周鹅黄色的流苏水一样晃动。这样的牛车花轿，在富平并不多见，只有少数几个大户人家才有。拉车的两头黄牛皮毛光滑，八只蹄子敲打在焦渴的土路

1

上，踢踏起一路尘土。这是哪家富户在娶媳妇？牛车这么阔气，迎亲的咋只有三个男人？严木三有些纳闷。赶车人四十多岁，面无表情。后面跟着的两个小伙子，身着黑绸裤褂，与严木三擦肩而过时，不约而同地看了他一眼。严木三退到路边，隐约听到女人的哭声。他愣在那里，转身看那牛车。新媳妇咋还哭呢？仔细再听，哭声又没有了。他怀疑自己听错了。

他转身继续赶路。走不多远，看见前面路上有一堆东西。走到跟前一看，竟是一个女人。女人趴在尘土里，蓝花衣衫上滚满灰土，脊背上还印有几个大脚印。

他忙跑过去，问女人："大姐，大姐，你咋啦？"

女人趴在地上，一动不动。

他不知所措，看看前后，不见一个行人。他蹲下来，将手指伸到女人的口鼻处，还有气息，这才松了口气，心想可能是天气热，中暑了。他把女人翻转过来。女人四十多岁，脸色苍白，双目紧闭。他掐女人的人中，女人慢慢苏醒过来，腾地坐了起来。女人很快就认出了他，眼里霎时涌出了泪水，哭着说：

"严先生，快救救我女子……"

严木三很惊讶："你女子？你女子是谁？她咋啦？"

女人哭着说："她是您的学生，叫柳叶，刚被纪老爷抢走了。"

他确实有个女学生叫柳叶。他忙扭头去看来路，刚才那架牛车已经没了踪影。他问女人："是刚才那架牛车花轿？"

女人点点头说："我女子被捆了手脚，嘴里还塞了手帕，硬是被他们抢走了呀！严先生，您可得救救她！她才十四岁，还是个娃娃呀！他们说要拿她去顶债，给纪老爷当填房……"

"你先别哭，慢慢说。顶债？顶啥债？"

2

女人抹着泪告诉严木三，她叫王翠兰，男人因为赌博把家当全输光了，还欠了凤凰村纪老爷七块银圆。纪老爷经常派人到家里来讨债，男人还不起钱，丢下她们母女跑了。今天早上，纪老爷又派人来讨债，她们没钱，就抢走了柳叶。

严木三气愤地说："这个纪德，竟干出这号缺德事！走，你先跟我回学校，我叫上一些老师和学生，咱一起找他要人去！"

两人厮跟着走进庄里镇。刚走进立诚学校大门，白雨就噼里啪啦下来了，立诚学校霎时被雨雾笼罩住了。

立诚学校坐北朝南，对面是华佗庙，校门楣额上刻着胡景翼将军题写的"立诚学校"四个大字，进门迎面是两层砖木结构的藏书楼，楼上嵌有胡将军题写的"书库"二字。藏书楼两侧是拱形屋顶和半圆形门窗的东洋式教室，后面是一座两层楼房，正面悬挂着胡将军题写的"阐发最新的学说，陶冶理想的人格，创造健全的社会"校训。

六年前，担任于右任在陕西组建的靖国军第四路军司令的胡景翼，拿出部分军费，把二十几名烈士遗孤集中在这里，聘请了老师，创办了"靖国军阵亡将士子女学校"。后来，学校扩大为完全小学，胡将军从《大学》"意诚而后心正，心正而后身修，身修而后家齐，家齐而后国治，国治而后天下平"中，取了"诚"字，将学校更名为"立诚学校"。

在富平乃至渭北，胡景翼可是个大名鼎鼎的人物。直皖战争以后，他的部队被直系军阀收编为陕军第一师。第二次直奉战争期间，他与冯玉祥、孙岳联合发动了北京政变，组成了国民军，出任副司令兼第二军军长，后又出任河南军务督办。第二年4月，病逝于河南开封。

严木三领着王翠兰走进自己的屋子，然后找来几个老师，商议如何去向纪德要人。雨来得快，去得也快，一袋烟的工夫就停了，日头从乌云的缝隙里探出了半个湿淋淋的脑袋。严木三召集了一百多名师生，簇拥着王翠兰，潮水般浩浩荡荡地朝着三里外的凤凰村拥去，很快就来到了纪家门前。

纪家大院是典型的渭北三合院。高耸的山墙面向巷道，山墙上设有通风小窗，窗格用瓦片和雕砖组成。山墙下一溜拴马石桩，分立大门两旁，桩顶雕有汉唐风格的动物和人物，有长须老翁、戏狮人、骑麟人、驭兽人、架鹰人、笑脸背猴人、人骑人等造型。高大的门楼上面，雕刻有八仙过海，顶上高悬一块"名重梓里"的烫金门匾。门里照壁上有圆形麒麟望日大砖雕，麒麟和龙、龟、凤合称为四灵，麒麟为四灵之首，有迎瑞纳祥、镇宅辟邪之意。照壁顶部有滴水、翘檐和猫头瓦，底座是须弥座，用仰莲纹和附莲纹刻有双龙献寿、凤戏牡丹图案。照壁后面依次是门房、庭院、正房和后院。

学生们站在门口，朝里面高喊：

"抢人可耻！"

"还我同学！"

…………

一个矮胖男人费力地跨过门槛，挥动着肉乎乎的胖手，像赶麻雀一样驱赶学生："去去去，不好好念书，跑到这里胡咋呼啥？"

学生们理也不理，继续高声呼喊。

矮胖男人吓唬说："你们再不走，我就叫家丁使家伙呀！"

这话一下子激怒了师生，呼喊声更高了，并开始往前拥挤。矮胖男人朝后一挥手，门里跳出来五六个端枪的家丁。有的学生害怕了，后退了几步。严木三站到最前面，拍着胸脯说：

"来吧，你们有种朝我这里打！"

矮胖男人显然不敢让家丁开枪，黑着脸对严木三说："我是管家，你们有啥事跟我说，别在这里败坏我家老爷的名声！"

严木三说："你家老爷真要在乎名声，就赶快放了我的学生！"

管家上下打量着严木三，用讥讽的口吻说："你还是个先生哩，不好好教娃娃念书，跑到这里来胡闹，像不像个先生?！"

严木三说："你少废话！回去告诉纪德，让他马上放人！"

学生们一齐喊："纪德，缺德！纪德，缺德！"

管家生气地说："你们这些娃娃，咋骂人哩？我家老爷是看着她们母女可怜，才收养她的。她们应该感谢我家老爷才是，现在却反咬一口，你们还讲不讲理？"

严木三斥责道："谁不讲理？我看他就没安好心！"

王翠兰哭着说："谁要他收养？你们还我女儿！"

学生们跟着高喊：

"纪德缺德！赶快放人！"

"纪德缺德！赶快放人！"

学生们见家丁不敢开枪，边喊边朝门里拥。家丁们端着枪，一步步后退。管家见控制不住场面，转身进了大院。就在学生们快要拥进大门时，管家带着柳叶走了出来。王翠兰看见女儿，嘴唇哆嗦着伸开双臂，柳叶哭着跑过来，扑进了王翠兰的怀里……

可是第二天早上，柳叶并没有来上学。

到了第三天，还是没来。严木三很担心，叫来一个男生说："你带两个同学到柳叶家去看看。"

这男生叫习仲勋，淡村人，十三岁，瘦高儿，小圆脸，年初才考入立诚学校高小部，而且还是名额有限的公费生。在立诚学校，严先生喜欢的学生除了他，还有另外两个：一个是凤凰堡的金斗，一个是都村洼里村的程怀璞。程怀璞上学比较晚，比习仲勋和金斗大三岁。前不久，严先生成立了立诚党小组，他们三人先后加入了共青团，开始接触《中国青年》《共进》等进步书刊。

习仲勋叫上金斗和程怀璞，厮跟着前往柳叶家。柳叶家在觅子村，离学校并不远。他们到了柳叶家后，发现屋门开着，里面空无一人，东西被翻得乱七八糟。他们急忙返回学校，向严先生做了汇报。

严先生说："这事肯定跟纪德有关。"

习仲勋说："走，咱再找他要人去！"

严先生想了想说："纪德敢再一次抢人，肯定早有防备，咱去也是白去。只有老师和学生去，有些势单力薄，不如把附近村子里的群众发动起来，一起去向他要人，咱们人多势众，谅他不敢不交人！仲勋，你去通知各村党团员，让他们赶快联络一些人；金斗、怀璞，你们两个分头去组织学生，咱们午饭后在凤凰村会合！"

午饭后，一百多名学生和两百多名村民，聚集到纪家门前高呼口号，要求纪德放人。胖管家跑出来说："前天不是把人交给你们了嘛，咋又跑来闹腾？不要冤枉我家老爷好不好？"

学生和村民们不听，继续高声呼喊，要冲进纪家大院。就在这时，纪老爷走了出来。他五十多岁，光头，干瘦，面相和善。他向众人拱手作揖说："我纪某人的为人，乡党们都知道，那天我是一片好心，想帮帮她们母女，没想到让大家产生了误会。我咋可能还去招惹她们母女？你们要是不信，可以派人进来搜嘛。"

人们一下子沉默了。但很快有人说：

"别信他的话，他是个笑面虎！"

"人肯定被他藏起来了！"

"走，进去搜！"

人们一拥而上，冲进了院子。有人用竹竿挑下门楼上的"名重梓里"金匾，砸了个稀巴烂。但他们并没有找到柳叶母女……

2 ＊ 望湖楼

这天，立诚学校来了一位身穿西装的男人。来人自称是严木三"三师"的老同学，是来立诚学校应聘老师的。这时的严木三已经担任中共富平特支书记，他见"老同学"是一个陌生人，心里便明白了八九分，热情地将"老同学"领进屋。

来人告诉严木三，他叫乔真，刚从广州农民运动讲习所回来，专程来传达省委指示。"四一二"政变后，蒋介石公开反对国民党左派和共产党，大肆屠杀共产党员、国民党左派人士和革命群众。尽管党在陕西与国民党、国民联军驻陕总部联合组织了讨蒋大会，但事情比想象的复杂得多，接下来可能会有更加残酷的斗争。所以，上级要求在各个学校建立学生自治会，做好应对复杂形势的准备。

为了掩人耳目，严木三领着乔真去见校长郗敬斋。郗敬斋与凤凰村纪德私交甚厚，严木三带学生去纪家闹事后，纪德私下里找过他，让他找机会收拾严木三。现在严木三带着同学来求他，他自然不会收留，但表面上却装出一副为难的样子说："我这里的老师已经聘满了，暂时没有虚位，要是日后空出来了，我一定让严先生去请您。"严木三早就觉察到校长对他有看法，不会给他面子，所以才会虚晃一枪，校长这么一说，他正好借坡下驴，当天就送乔真离开了富平。

乔真走后，严木三向校长提出成立学生自治会的建议，没想到校长倒很痛快，一口就答应了，但要求学生"勿谈国事"，走"读书救国"的道路，不准学生走出校门，集会闹事。这样的学生自治会还有什么意义呢？要想真正把学生运动开展起来，只有一个办法，那就是把校长赶走！严木三开始秘密策划驱逐校长的行动。可行动还没开始，消息就泄露了。严木三这才发现，原来学生自治会成立时，校长就在里面悄悄安插了自己的亲信，难怪他当初答应得那么痛快。斗争的结果是，没有赶走校长郇敬斋，严木三反而被校长解聘了。

但是很快，严木三被富平公立第一高小聘为校长。习仲勋等进步学生，随后也转学到第一高小。第一高小位于富平县城东南角，从前是"湖山书院"，院中有一座同治年间的阁楼，叫"望湖楼"，是县城最高的建筑。站在阁楼上可以俯瞰全城，能看到富平四景：

> 南门外湖水好稻子莲花，
> 北门外水长流桥上桥下；
> 西门外圣佛寺一座宝塔，
> 东门外窦村堡千家万家。

初冬时节，乔真以省委特派员的身份，又一次来到富平，向严木三传达省委指示。严木三连夜通知富平县地下党员，以召开部分学生家长会议的名义，约定第二天上午在望湖楼召开秘密会议。严木三觉得上午学校人来人往，熙熙攘攘，这时开会比晚上可能更安全。

第二天早饭后，严木三陪同乔真朝望湖楼走去，迎面碰到一个耳边长着拴马桩的男人。他不是学校的老师和工友，也不是前来开会的地下党员。他是谁？跑来干啥？那人见严木三注意他，把头一低，转身朝另一个方向走去，在操场转了一圈，匆匆出了校门。这更引起了严木三的怀疑。严木三在望湖楼下碰见正在望风的金斗与程怀璞，悄声对他们说："学校刚才进来一个陌生人，鬼眉日眼的，你们俩要放灵醒点，注意观察。如果有人靠近，就大声咳嗽提醒我们。"

说完，严木三带着乔真上了二楼。这时人已到齐。富平特支现在已经发展了二十五个党员，除了三人临时有事，不能参加会议，其余都到了。

乔真先向大家介绍了国内的斗争形势："几个月前，中共中央根据共产国际的指示，进行了改组，陈独秀被停职，由张国焘、张太雷、李维汉、李立三、周恩来五人，组成中央常委，代行政治局职权。8月1日，党在南昌成功组织了武装起义，一举歼灭三千多敌人，蒋介石、汪精卫从南京、武汉和广州调集大批军队向南昌进攻……8月7日，中央在湖北省汉口秘密召开紧急会议，确定了实行土地革命和武装起义的方针，并把领导农民秋收起义，作为党今后一个时期的主要任务。根据汉口'八七会议'精神，省委组织了清涧起义。10月12日，以唐澍、李象九、谢子长、白明善掌握的陕北军阀井岳秀的第十一旅第三营为主力，联络其他几个连的千余官兵，在清涧县组织了起义，打响了西北地区武装反抗的第一枪。起义部队很快占领了延川县城，发展到了一千七百多人，改编成旅，下辖三个营。旅长是李象九，谢子长、韩起胜、李瑞成分别担任营长。不久，起义部队遭到了高双成师的围攻，李象九和谢子长率领部队转移到了韩城，为了保存革命力量，暂时投奔了杨虎城部的王保民师……"

会议不知不觉开了两个多小时。乔真掏出怀表看了看，对大家说："上午先开到这里，时间过长容易引起敌人注意。下午我们继续在这里开会，商量富平特支日后的具体活动计划。"

下午 3 点，严木三提前来到望湖楼下，发现有几个陌生人在附近游荡，其中就有上午见过的那个拴马桩。他心里"咯噔"一下，感到情况有些不妙。他转身离开，走进一间教室，把习仲勋、金斗和程怀璞叫出来。他悄声对习仲勋说："你赶快去校门口挡住特派员，告诉他学校情况不对劲儿，会议取消，让他赶快离开富平。"又扭头对金斗和程怀璞说："你俩去东西两个路口，挡住前来开会的其他人！"他们转身刚要走，严木三又叮咛说："不要慌，慢慢走出去，像啥事也没有一样。"

三人点点头，分头走出了校门。

严木三返回教室，佯装检查学生作业，眼睛却观察望湖楼周围的情况。拴马桩和那几个陌生男人，不时聚在一起，嘀咕几句，然后又匆忙分开，但始终没有远离望湖楼。严木三焦急万分。他看见习仲勋从校门口走过来，急忙走出去，迎住习仲勋。

习仲勋小声说："特派员已经安全撤离，他让你也赶快撤离。"

严木三说："好，我这就走！你和其他同学也分头离开！"

这时，下课铃响了，学生们一窝蜂地拥出教室。严木三趁机夹杂在学生中间，朝厕所方向走去。那里的院墙上有一个后门，平时很少开启，但身为校长的他手里有把钥匙，他趁乱打开后门，逃了出去。

围墙外面是一条五六尺深的壕沟，只要越过壕沟，跑进对面的杨树林就安全了。可是他刚跳下壕沟，草丛里突然跳出两个人来，将他扑倒在地。其中一个哈哈笑着说："果然不出所料，让爷逮个正着……"

这天夜里，严木三被带进一间屋子。屋子中间有道雕花隔断，里面半明半暗。严木三被人推到一盏油灯下，有人扯下蒙在他头上的黑布。

一个男人的声音："端个凳子来，让严先生坐下说话。"

声音从隔断那边的灯影里传来，严木三看不见说话的人。

有人搬来一个凳子。严木三抬头一看，竟是白天在学校遇见的那个拴马桩。他坐下来说："你们既然这么客气，干脆给我把绳子也解开嘛！"

"给严先生松绑！"灯影里的人说。

拴马桩给严木三松开绑。

灯影里的人说："严先生，你是教书先生，咱就不动粗的了。我给你面子，你也得给我面子。说吧，你把那个特派员藏哪里去了？"

"特派员？"严木三装出吃惊的样子说，"你的话我听不懂。"

"我让你见个人，你就能听懂了。"

拴马桩带进来一个人。严木三一看，吃了一惊，这人竟是最近刚发展的新党员王成。王成满脸是血，瘸着一条腿，一见严木三就哭了，"严先生，你不要怪我，我不想干了，再干就没命了。"

严木三冷冷地说："你是谁？我不认识你！"

王成用衣袖抹着泪说："严先生，你看他们把我打成啥了，我实在受不了了。你也承认了吧，承认了咱就保住命了。"

严木三愤怒地说："承认啥？我根本就不认识你！"

王成说："严先生，好汉不吃眼前亏……"

王成话还没说完，只听"嗖"的一声，一道寒光闪过，王成"啊呀"一声，双手捂住胸口，慢慢瘫倒在地上。他的胸口上插着一把飞刀，嘴里一股一股涌出鲜血，双脚踢蹬了一会儿，没了动静。

严木三惊得目瞪口呆。

灯影里的人说："他刚加入你们的组织，知道的事少，他的命不值钱。你要不把特派员交出来，结果也会跟他一样！"

严木三说："你的话我还是听不懂。我只是一个教书先生，你就是杀了我，我也不知道你所说的特派员在哪里。"

灯影里的人说："好吧，等会儿有人会让你说实话。严先生，我就不奉陪了，折腾一天了，我也累了，该回去歇息了。"

那人说完，走出了屋子。拴马桩跟了出去。

两人走出老远，才停下来。

拴马桩问："接下来咋弄？"

那人说："只要能让他开口，你想咋弄就咋弄！但是不能弄死，得留活口。"说着，俯在拴马桩耳边嘀咕了几句。

拴马桩点点头，然后问："那些学生咋办？"

"都是些碎娃，留着也没用，教育教育都放了吧。"

那人说完，独自走了。

这人叫老刀，从省城一直跟踪乔真来到富平。

老刀跟严木三年龄差不多，二十五六岁，面色黝黑，大刀眉，小眼睛，个子不高，身板结实。他是关山镇人，爷爷是个铁匠。关山镇地处蒲城、富平、临潼、渭南四县交界处，有鸡鸣四县之说。关山镇最有名的是关山刀，关山刀是渭北刀客必备的兵器。关山镇打制关山刀的铁匠铺有三家，他爷爷的生意最好，因为他爷爷舍得下功夫。别人打一把刀需要一天，他爷爷需要三天；并且炉火旺，淬火时间长。慢工出细活，他爷爷打出来的刀刚性好，锋利无比，削铁如泥。他爷爷年轻时当过刀客，后来被人砍伤了腿，行动不便，才归隐关山镇，以打铁为生。刀客们因为他爷爷原来是刀客，知道使过刀的人懂刀，懂刀的人打出来的刀使唤起来跟手，所以都喜欢到他家来买刀，生意自然就好。

他父亲长大后也当了刀客。有一年，父亲掳来了别人的女人，那女人生下他后却跑了。父亲几年后被人砍死在关中道上，幼小的他只能跟着爷爷过活。他长到十三岁，爷爷开始教他打关山刀。先打两尺长的大刀，后打一拃长的飞刀。闲暇时，爷爷教他一些拳脚，不教飞檐走壁、蹿房越脊，只教"三皇炮槌"。"三皇"也叫三才，指天、地、人。后来又教"六合刀""三十点"和"二十四式"。爷爷腿脚不便，无法示范，但只要一说，他就心领神会。爷爷说他有灵气，是个吃刀客饭的种。爷爷也教他如何使用飞刀，但不教"紧背花装弩"和"飞蝗石子"，说这些老玩意儿动静太大，不如飞刀管用。几年后，他使飞刀的功夫超过了爷爷，三十步之外，能扎中胳膊粗的杨树。

民国初期，渭北刀客分为六派，划定了势力范围，但难免有人偶尔会越界，干些偷鸡摸狗的事情，于是，派与派之间就会大打出手。有一年夏天，他去三原给人送刀，晚上回来，发现爷爷死了。听镇上的人说，劈死爷爷的人叫黑子。

黑子跟另一伙刀客结了仇，打听到那伙人来关山镇买刀，便带着一帮兄弟追杀过来。两伙刀客在爷爷的铁匠铺打了起来，爷爷出面劝架，混战中，黑子一刀劈下了爷爷的半个脑袋。

掩埋了爷爷，他怀揣十几把飞刀，离开了关山镇，去寻找黑子报仇，但找遍了渭北地区，也没有找到黑子。后来他靠自己的一身功夫，进了西安一家镖局，边保镖，边寻找黑子。

保镖很辛苦，天黑住店，吃喝睡觉，用热水泡脚，却很少洗脸。因为洗去了脸上的灰尘，第二天还得赶路，风吹日晒，脸上容易裂口子。保了半年镖，跑了很多地方，听说黑子一伙被宋哲元收编了，他便离开镖局，加入了宋哲元的队伍。一打听，黑子已经战死了。因他会一些拳脚，不久被宋哲元看中，让他当了随身警卫。

1926年9月，他跟随宋哲元参加了冯玉祥和于右任组织的"五原会师"，驰援陕西，策应北伐，向刘镇华发起总攻。杨虎城防守部队趁机出击，两军里应外合，经过四十余天激战，击退了刘镇华的十万大军。宋哲元时任国民军联军北路军总司令兼暂编第一师师长，后任国民革命军第二集团军第四方面军总指挥。蒋介石公开反对共产党后，宋哲元就任陕西省政府主席。

宋哲元上任一个月后，交给他一项任务：秘密搜集陕西境内共产党的组织和活动情况。宋哲元拍着他的肩膀，郑重其事地说："你在我身边很难有大作为，不如出去干一番大事业。是雄鹰，迟早要学会自己飞翔。从今以后，你要忘掉自己的名字，你的代号叫老刀。老刀的含义你明白吗？就是插向共产党地下组织的一把钢刀……"

拴马桩回到屋子，开始拷打严木三。但严木三拒不承认自己是共产党，一口咬定不认识什么特派员。一直折腾到后半夜，也没有任何结果。拴马桩说："我回去眯一会儿，等我天亮再来，你还不说，你就是第二个王成！"说完锁了屋门，留下两人守在门口，自己走了。

大约两袋烟的工夫，严木三听到呼噜声，猜想门外的两个人睡着了，便在屋里转悠，想怎么能逃出去。他惊奇地发现，后墙上一人多高的地方开着一个小窗，便踮着脚尖，试着摇了摇窗格，猛地一用力，竟然拉断了一根，倒吓了自己一跳。他屏住呼吸，侧耳细听门外的动静。呼噜声停顿了一下，但很快又响了起来。他一根根拆下窗格，爬上窗户，伸头朝外张望，不见一个人影，这才放心大胆地从窗口爬了出去。

这一切，被躲在一棵老槐树后面的两个人看得一清二楚。

拴马桩说："你真料事如神！"

老刀说："马明，你悄悄跟在他后面，设法找到那个特派员。我在三原的藏凤楼等你。这一回你可别再让我失望了！"

原来拴马桩叫马明。

马明说："你放心，这回不会再失手了。"

说完，朝着严木三逃走的方向追了上去……

三天后，马明来到三原藏凤楼。藏凤楼在三原县城西南角，从前是一家妓院，靖国军有年路过三原时，关闭了妓院，遣散了妓女，妓院老鸨吓跑了。靖国军走后，老鸨回来见妓院人气已散，无法重新开张，便将房子卖给了开油坊的老程。老程将妓院后院改成了旅馆，前院改成了驴肉馆，店名却不改，仍叫"藏凤楼"，显然想借原来的店名招揽生意，果然生意很快又红火了起来。老刀见藏凤楼地处县城边上，吃住方便，人员又杂，便于隐蔽，所以每次来三原都住在这里。

老刀一见马明，急切地问："抓到人了？"

马明叹息一声说："甭提了，窝囊透了！"

老刀脸色一沉，冷冷地问："咋啦？"

马明说："姓严的很狡猾，我跟着他先跑到渭南，他却跟谁也没见面，又跑到三原，转悠了半天，走到三师门口，却又不进去，转身又往渭南方向走。走到渭河边的一道土崖后面，他突然拼命地跑了起来，我在后面撵，眼看就要撵上了，谁知道他一头跳进了渭河……"

老刀问："淹死了？"

马明说："我朝下游找了七八里，活不见人，死不见尸。"

老刀生气地说："你真是个笨尻！我让你跟着就行了，谁让你撵他？我好不容易摸到这条线索，现在又让你掐断了！"

马明低下头，小声嘟囔："我不追，他就跑得没影了嘛。"

老刀黑着脸说："他肯定发现你在跟踪，所以才不跟同伙接头。"

马明低着头，不吭声。

老刀问："你说他想去三师？"

马明点点头，胆怯地看着老刀。

"他既然想去三师，说明三师有他的同党！"

马明说："我看也是。"

老刀冷笑着说："三师有我的人哩，看他们往哪儿跑……"

3 ★ 刀客的儿子

1928 年，金斗、习仲勋、程怀璞三人，先后考上了三原第三师范。但他们谁也没有料到，很快会遭遇一场牢狱之灾。

三原是关中重镇，北邻富平，南接高陵，西连泾阳。因为境内有孟侯原、丰原和白鹿原三个土原，所以得名"三原"。著名的关中四大书院，除关中书院在西安外，其余三个书院都在三原附近。宏道书院在三原县城，提倡"明纲常之道，知修齐之理"，主要招收陕甘两省的士子；味经书院和崇实书院都在三原西邻的泾阳县城，于右任曾就读于味经书院。第三师范离宏道书院只有一箭之地，在县城的城隍庙街上。

他们三人来后不久，便与学校的地下党员武廷俊取得了联系。武廷俊是语文老师，三十多岁，瘦高个儿，大眼睛，说话时喜欢扶一下眼镜框。武廷俊让他们少说话，多观察，不要贸然发展同学，有事多向他报告。果然不久，他们就发觉学校里的气氛有点不对劲儿。

问题出在训导主任魏海身上。魏海四方大脸，眼睛极细，不注意还以为他闭着眼呢。但这个看上去迷迷瞪瞪的人，性格却很狂暴，对学生控制很严，不准谈论国事，不准阅读课外书刊，不准五人以上擅自聚会，还经常鞭打体罚进步学生，所以学生们都很怕他。学生们只知道他坏，但却并不知道他是国民党安插在三师的耳目。

这一时期，各种消息从秘密渠道不断传来。先是陕西省委发出通告，将全省划分为关中、陕南和陕北三个暴动区，其中关中暴动区由一个叫黄子文的年轻人领导。接着又有消息说，黄子文在渭北成功组织了暴动，成立了农民游击队，自任总指挥。游击队在三原和富平带领农民抗粮抗捐，当众处决了三原民团团总王厚安、武字区区长李致泰。后来又有消息说，黄子文鸡毛传帖，秘密组织三原农民"交农"，口号是"天不下雨，天逼民反；苛捐杂税，官逼民反；百姓不反，离死不远；如果一反，或者可免；各地联合，一起造反"。黄子文率三万农民包围县城两天两夜，烧毁了堆积如山的农具，逼迫县长答应免除当年粮款……

一时间，黄子文成为进步学生心目中的传奇人物。

习仲勋没有见过黄子文，但他从黄子文同村的一个同学那里了解到，黄子文很年轻，只有二十多岁，家底丰厚，拥有土地三百多亩。父亲年轻时曾是三原有名的"刀客"，跟于右任交情很深。黄子文十七岁去上海求学，十八岁加入中国共产党，参加过上海工人武装起义，后来到武汉准备上中央军事政治学校，由于蒋介石开始公开"清党"反共，被迫离开武汉，辗转返回三原。

后来又听人说，黄子文还有一个比他大十几岁的哥哥，叫黄子祥，也是一个传奇人物。他很早就参加了靖国军，后来去广东进了讲武堂，前两年才回到陕西，在杨虎城部的赵寿山团当中校团副。

黄家父子三人，一个曾是三原有名的刀客，一个是共产党的农民游击队总指挥，一个是国民党的军官。真是一个传奇家庭！

更为传奇的是，据说为了筹集武装暴动所需的枪弹，黄子文竟然派手下去自己家里，挖出了埋在煤堆里的烟土和枪支，并且威胁他妈说："你家私藏烟土枪支，这是犯法！你儿子黄子文是共产党，现在在我们手里了，你得交出银子来赎你儿子。你要是舍不得银子，我们就撕票！"老太太哪儿见过这阵势，也弄不清来人是官府还是土匪，大惊失色，求饶说："银子我给我给，只求你们放了我儿子！"老太太卖了大半土地，将银子交给了黄子文派去的人……

一天夜里，三原县城东南方向突然响起了枪声。不一会儿，校园里也响起了急促的哨音。训导主任魏海将学生全部集中到操场上训话："黄子文匪部正在攻城，我们革命青年不能袖手旁观！我们要做好准备，与赤匪血战！大家回去各自寻找菜刀、棍棒，还有石头瓦块，半个时辰后在操场集合，等待我的命令！"

同学们找来棍棒，静坐在操场上。枪声越来越密集。武廷俊让习仲勋、金斗和程怀璞，秘密在进步学生中传递消息：游击队攻开城门后，大家一起围攻校长和训导主任！

半个时辰后，枪声渐渐稀落，最终归于平静。黑压压的操场上，响起了同学们嘈嘈杂杂的议论声。魏海从大门口气喘吁吁地跑进来，站在篮球架旁边的一块石头上，大声说："同学们，告诉大家一个好消息，黄子文土匪已经被官府军队打跑了，县城没事了，大家回去睡觉吧。"

游击队没有攻进来，围攻校长和魏海的计划只能暂时放弃。

几天后，城外传来消息说：国民革命军第二集团军第八路新编第三旅一千余人，在唐澍、刘志丹率领下，由潼关开往渭华地区，到达华县瓜坡镇后，突然宣布起义，改编为西北工农革命军，唐澍任总司令，刘志丹任军委主席，王泰吉任参谋长。冯玉祥调集了三个师进行"围剿"，起义军终因寡不敌众，节节败退，钻进了秦岭山区……

有天傍晚，武廷俊找到习仲勋和程怀璞，让他俩晚上去城西锣鼓巷的赵记布庄，参加一个秘密会议。武廷俊说："我已经被魏海盯上了，要是去开会，会连累更多同志，你们代我去参加，不会引起注意。"

天还没有黑，校门就已经关闭。他俩只能趁着夜色，从后院翻墙出去，前往锣鼓巷。走进赵记布庄，会议已经开始。一张破旧的木桌上，放着一盏昏暗的麻油灯，周围聚集了二十几个人，正在听一个二十多岁的青年讲话。那青年留着中分头，戴着一副圆圆的银丝边眼镜，眼镜后面有一双大而有神的眼睛。

他说："我们这次进攻三原县城，驻守在县城的杨虎城炮兵营副营长张汉民是我们的人，暗中给了我们十几支枪，并派了几名军官化装成农民，帮我们指挥攻城。要不是游击队里的马仙舟突然叛变，缴了农民的枪，我们这次的行动已经成功了。不过大家不要灰心，失败不算啥。失败了，咱们再来！我相信，只要我们不怕失败，不怕流血牺牲，坚定我们的主义，要不了多久，我们也能在关中实现武装割据，建立起红军队伍。从今天起，我们要按照刚才说的计划统一行动。尤其要纯洁队伍，不能再让马仙舟这样的人混进来。还有，最近国民党特务活动频繁，有个外号叫老刀的人，已经潜伏进三原县城，大家一定要引起注意……"

那青年正说着，突然看见门口站着的习仲勋和程怀璞，停顿下来问："刚进来的那两个娃娃，你们是哪里的？"

习仲勋听见把他们叫娃娃，心里很不服气，但嘴上又不好说什么，回答说："我们是三师的。"

那青年愣了一下，问："武廷俊为啥没来？"

程怀璞说："他被人盯上了，脱不了身，让我俩来参加。"

那青年表情严肃地说："看来特务们已经开始行动了。你们回去告诉武廷俊，让他千万要小心！还有，你们三师的党组织，要想办法赶走那个反动训导主任！但在斗争中要学会保护自己，没有把握，不要硬拼，否则会给革命造成损失。革命需要你们这样的年轻人……"

习仲勋心里说：谁年轻？你比我也大不了几岁嘛。

会后他俩才知道，这人就是大名鼎鼎的黄子文。

4 ∗ 人缘巴豆

1928 年 3 月 11 日傍晚，习仲勋在学校操场找到程怀璞，小声说："武老师让我通知你，明天是孙中山逝世三周年纪念日，魏海准备搞纪念活动，武老师让我们联络同学，不要参加这个活动，以示抗议。金斗已经去通知高年级同学了，我俩分头去通知自己班的同学。"

第二天上午，参加纪念活动的学生很少，还不到一半。魏海很生气，但又无可奈何，纪念活动只好草草收场。

吃午饭的时候，习仲勋在学生食堂碰到了程怀璞和金斗。程怀璞低声说："我们胜利了，真解气！这是我们的第一次胜利。有第一次，就会有第二次。我们还要接着跟他斗，直到把他赶出三师！"

金斗协助武廷俊组织学校党团工作，听程怀璞这么说，并不显得兴奋，悄声说："胜利是好事，但也有可能会变成坏事。我听同学讲，魏海正在追查这次抵抗活动的组织者，我们要格外小心！"

习仲勋说："金斗说得对，我们得提防魏海报复！"

果然出事了。第二天下午，有同学向武廷俊报告说，金斗和程怀璞等党团骨干，已经上了魏海的黑名单。黑名单里有没有习仲勋，那个同学也说不清。但他肯定地说，魏海马上要对这些人下手了。

当天晚上，武廷俊秘密召集习仲勋、金斗、程怀璞等党团骨干，在食堂后面废弃的库房里开会，研究对策。

武廷俊说："我们不能坐以待毙，必须马上采取行动！"

程怀璞说："我有一个办法，可以让魏海永远也动不了手。"

金斗问："啥办法？"

程怀璞说："除掉他！"

武廷俊不说话，狠命地吸着烟。

金斗说："这很危险，弄不好会惹出更大的事。"

程怀璞说："革命不能前怕老虎后怕狼！"

"怀璞说得对。"习仲勋说，"咱不要他的命，他就会要咱的命！"

武廷俊猛地摔掉烟头说："好，除掉他！"

想了一下，又扭头看着程怀璞问："可是，咋干掉他呢？"

程怀璞说："下毒！明天是星期天，老师们都回家吃饭，只有魏海和校长在老师食堂吃饭。我们给饭里下毒，把两人一起解决了！"

金斗说："学校有规定，不让学生去老师食堂，咋下手？"

程怀璞说："我跟食堂老郑很熟，我去找他聊天，找机会下手。"

金斗说："可是，咋弄到毒药？"

程怀璞说："这个你们就甭管了，我自有办法。"

武廷俊说："就这么定！这事由怀璞去干，其他人掩护。"

第二天上午，程怀璞上街买了一包"人缘巴豆"老鼠药，揣在怀里回到学校。他在操场遇到金斗和习仲勋，悄声说："东西弄到了。"

金斗说："我咋觉得今儿个有点不大对劲儿，平常星期天，大部分老师都回家了，今天到了这个时候，他们咋还没有离校？而且我刚才发现，魏海的几个亲信从训导室出来，他们好像在预谋啥事。"

习仲勋说："魏海不会今天就对咱们下手吧？"

金斗说："怀璞你先别急着动手，等我报告武老师后再说。"

程怀璞说："马上就要吃饭了，如果现在不动手，以后恐怕就没机会了。"没等金斗再说什么，他转身匆匆朝老师食堂走去。

习仲勋与金斗站在原地，心里突突直跳，眼看着程怀璞进了食堂，半袋烟的工夫，又从食堂里走出来。但程怀璞并没有朝他们这边走来，而是直接回了宿舍。看来他把事办成了！习仲勋和金斗也匆忙回到宿舍，只见程怀璞站在窗前，脸色煞白。

习仲勋问："弄成了？"

程怀璞没有说话，只点了一下头。

三人都很紧张，谁也不说话，焦急地朝窗外张望，等待结果。

不一会儿，校园里响起了急促的警笛声。紧接着，楼道里也响起了杂乱的脚步声。有同学喊："军警抓人来啦！"

程怀璞说："看来把狗日的毒死了！"

金斗对程怀璞说："你刚才去了老师食堂，嫌疑最大，你快跑吧！"

程怀璞嘴里"噢"了一声，在屋里转了一圈儿，好像在找什么东西，又什么也没有找到，扭头对习仲勋和金斗说："那我先走了，你们也小心点！"说着，慌慌张张从后窗逃走了。

习仲勋说："金斗，你也赶快跑，你已经上了黑名单，他们不会放过你！黑名单里没我，我留下来，有啥消息随时跟你联系。"

金斗想了想说："也好，咱们保持联系。"

说完，也从后窗逃走了。

习仲勋关好窗户，刚准备离开宿舍，几个军警冲了进来……

习仲勋和另外六个上了黑名单的学生，被关押进三原县看守所。不久，武廷俊也被关了进来。习仲勋这才知道，自己也上了黑名单。更令他失望的是，魏海中午根本就没去老师食堂吃饭，一直在校长那里商量事情，去食堂吃饭的是另外几个老师。那几个老师吃了饭后开始呕吐，魏海怀疑有人下毒，叫来了军警，把伙夫老郑抓了起来。老郑说只有程怀璞去过食堂，军警去抓程怀璞，没有抓着。气急败坏的魏海，便趁机将上了黑名单的学生全部抓了起来。

程怀璞从学校逃走后，本想回富平老家躲一阵子，但是城门已经关闭，学生一律不得出城。他只好去民治高中找一个熟人，想在那里躲一躲，可他刚一进校门，就被军警逮个正着。原来这个熟人老郑也认识，老郑告诉军警，程怀璞很可能去那里，军警便来守候。由于案情重大，程怀璞又是投毒嫌疑人，县里不敢擅自处理，连夜将他押往西安。被列入黑名单的九个人里，只有金斗一人逃脱了……

习仲勋拖着沉重的脚镣，从牢门里走出来。日头已经偏西，但仍很刺眼。他在门口站了一会儿，让眼睛适应了阳光，这才一步步挪到院子中央。他仰望天空，天上有几片云彩，没有风，空气里有一股土腥味儿。他从天空收回目光，看见面前站着一个人。这人叫马六子，是马鸿宾部队里的一个逃兵。马六子比他大五岁，人很憨厚，长着一张瘦长的黑脸。跟马六子一起进来的还有十几个逃兵。习仲勋和同学们被关进来已经七八天了，每天放风的时候，都能遇见马六子。习仲勋是这里年龄最小的犯人，马六子对他格外关心。马六子手里拿着几片破布，盯着习仲勋的脚看。习仲勋的一只脚已经被脚镣磨出了血。马六子圪蹴下来，抓住他那只受伤的脚，将布片仔细地缠在铁镣上，然后站起来，朝习仲勋笑笑说："这下好了，不会磨脚了。"

习仲勋感动地说："谢谢六子哥。"

马六子说："你还小，可别把脚磨坏了，将来留下残疾就麻烦了。我就羡慕你们这些念书的娃娃。我跟你一样大的时候，别说念书，饭都吃不饱，没办法才跑出来当兵。可队伍上的这碗饭不好吃，子弹天天在头上飞，不知道哪一颗就要了你的命。我们兄弟三个都跑出来当兵，大哥去年死在了甘肃，二哥今年又死在了潼关，我要是不跑，迟早也得死。能跑出去，算捡一条命。跑不出去，到头来也是个死。"

两人说着话，习仲勋看见武廷俊站在不远处朝这边看，知道找他有事，就应付了马六子几句，拖着脚镣，朝武廷俊走去。

武廷俊小声对他说："你经受住了考验，组织已经批准你正式入党，但考虑到你年龄还小，继续保留团籍。"武廷俊说着，朝周围看了看，见没人注意他们，又继续说，"你转告其他同学，不能承认参与下毒，也不能承认自己是党团员，更不能出卖其他同学。还有，我们从明天起开始绝食，不吃那些霉烂的东西，要求他们改善伙食，每人每天伙食费不低于四个麻钱。同时还要注意团结那些逃兵。据我了解，这些逃兵对伙食意见也很大，要争取他们一起绝食。他们打仗有经验，把他们争取过来，将来越狱时会有大用处。"

第二天，学生和逃兵们一起开始绝食。看守所迫于压力，不得不改善伙食。吃的问题解决了，武廷俊开始策划越狱。谁知刚与逃兵们联络好，事情又突然发生了变化。

三原县的县长姓沈，扬言要亲自审理投毒案。可是左等右等，也不见沈县长露面。过了几天，听说沈县长调走了，又换了一位姓孟的县长。孟县长上任第一天，就来看守所看望学生，还给学生讲了话，答应尽快结案，释放学生。能无罪释放当然好，就不用冒险越狱了。

可是几天后的早晨，看守所里突然来了十几个兵，将武廷俊和习仲勋等学生押上了一辆卡车。

武廷俊问带队的军官："你们要把我们拉到哪里去？"

那军官说："西安。"

武廷俊很吃惊："孟县长不是说要尽快结案，释放我们吗？"

军官说："孟县长只是说说，你还当真？你们这案子人命关天，而且与共产党有牵连，是省里关注的大案，谁敢担这个责任？"

他们被拉进西安城，关押在北大街的军事裁判处。这里是国民党第二集团军第四方面军总指挥兼陕西省政府主席宋哲元管辖的一个军法机构，实行"内宽外严"的管理办法。外面高墙岗楼，戒备森严，里面却很宽松，可以随意走动，甚至还开"笑话会"。这里的最高长官是军事审判处萧处长。萧处长为人和善，没有架子，有时还参加犯人的"笑话会"。

但是再好的监狱也是监狱。进来半个月，没人理会他们。直到一个月后，才来了一个主审官，一个接一个提审学生。问哪里人？为何投毒？也不管你怎样回答，让陪审官一一记下，就算完事。审讯如此潦草简单，好像没多大事。习仲勋心想，可能很快会放了他们。

可是一个多月过去了，还是没有释放他们的迹象。更为糟糕的是，再也没有人来提审他们。没人提审，比接受提审还让人难受。他们被遗忘了。学生们很恐慌，盼望有人再来提审他们。

8月的一天，萧处长把学生们集中在院子里，说要带他们去省政府见宋主席。习仲勋见人群中没有武廷俊，问萧处长武老师为啥不去，萧处长说："宋主席要见的是学生，不是老师。再说，他是上面关注的共党要犯，我们也管不了，只是替人看押。"听到这话，习仲勋心里"咯噔"一下，不由得替武老师担心起来。

他们来到省府门口。习仲勋远远看见一群学生聚集在门前，高呼口号，在抗议什么。领头的是一个身材高挑的女生，她振臂高喊一声，学生们跟着喊一声。让他没有想到的是，几年后会在根据地见到这个女生。

宋主席看上去并不可怕，甚至还有几分儒雅与和善。他走进会议室，看了看每个学生的手掌说："你们都是些没有拿过枪的娃娃嘛，你们都还很小，很容易被人利用，别相信共产党那一套！好啦，没事啦，都回去吧，回去好好念书，别再跟着共产党胡闹了。"说完，伸开双臂，像驱赶鸭子一样，把学生们赶出了会议室。

这就结束了？几分钟就结束了？

他们谁也没有想到事情会这么简单。

后来他们才听说，宋哲元这么轻易地释放了他们，竟然是因为早晨的一阵风。那天一大早，宋哲元走进办公室，打开窗户，看见一群学生在大门口请愿，心里很烦乱，刚想叫人去赶走他们，窗外突然刮进来一股风，把桌上的一叠材料吹落在地。他捡起来一看，是有关"三师毒案"的呈文，心想，这是老天让我将此事一风吹了嘛。又想到楼下还有学生闹腾，如果让这些学生知道军事裁判处还关押着一批学生，不知道还会闹成什么样子。所以就遵从天意，让人赶快通知萧处长，把那几个学生带来，简单会见一下，当场释放了他们。

可是，事情并没有这么简单。回到军事裁判处，萧处长让每个学生写了一份保证书，学生们以为这下可以放他们了，可几天过去了，还是没有一点动静。直到一个星期后，除了武廷俊和习仲勋，其他同学才被家人或亲戚担保出狱。武廷俊是重犯，即使有人担保，也不可能放他出去。习仲勋已经托人给家里捎信了，但一直迟迟不见家里来人。

又过了一个星期，叔父习宗仁从富平赶来。叔父在西安找了一家同乡的商铺，出具了一份保单。但是办理出狱手续时，狱方说必须有两家商铺具保，才能放人。一个乡下人，到哪里再去找一个担保人？习宗仁垂头丧气地又回去找同乡，同乡找人连夜刻了一个商铺的假图章，盖在具保单上。第二天一大早，习宗仁拿着两份保单，才把习仲勋领出来。

出狱前，习仲勋跑去看望武廷俊。武廷俊脚上新加了镣铐。习仲勋尝过镣铐的滋味，心里很为老师难过，又不知如何帮助老师，眼圈一下子就红了，着急地问："我们都走了，你咋办？"

武廷俊见旁边无看守，低声说："你不用担心我，他们手里没有证据，不会把我咋样，过段日子，自然就会放了我。你已经是正式党员了，出去后要想办法跟组织取得联系，不要被这点挫折吓倒……"

回富平的路上，叔父告诉习仲勋，迟迟没来的原因，是他父亲习宗德因他蹲了监狱，着急上火病倒了，已经在炕上躺了一个多月。又逢关中大旱，庄稼颗粒无收，家里早已经揭不开锅了。他母亲柴菜花既要伺候病人，又要到处挖野菜，为一家人寻找吃食，本来身子就弱，现在连惊带吓，操劳过度，也病倒了……

5 ★ 女学生

习仲勋坐着牛车出城的时候，他在省府门前看见的那个女学生，正站在省立第一女子师范学校门口等一个人。

这女生叫张静，白脸，细眉，高挑身材，一头齐肩短发。她怀抱一本书站在校门口，很是惹眼，引来许多男生的目光。这种目光她见多了，已经习以为常，并没有感到不自在。她没有躲避，反而用挑衅的目光迎接它们，倒弄得男生们不好意思起来。

她要等的人，是她的同班同学刘倩。之所以等刘倩，是事先让刘倩找到她表哥王洪生，然后通过王洪生再通知他的同学陈涛，四个人相约去老孙家吃羊肉泡馍。其实吃饭只是个借口，她有重要的事情通知陈涛。

她第一次见到陈涛，是三个月前在西安学运的一次秘密会议上。那次会议对外宣称是"《论语》讲学会"，参加会议的有三十多人，都是西安各校的学运负责人。她是女子师范学校的学运负责人，刘倩是团组长。会议地点在她们学校的音乐教室。

那天，她和刘倩提前来到离音乐教室不远的岔路口，为找不到会议地点的外校学生当向导。刘倩也是一个漂亮女生，只是个头比张静稍矮一点，皮肤稍黑一点。她俩手里都拿着一本蓝皮线装的《论语》，这是参加会议的暗号。她们站在那里一边聊天，一边留心路过的学生，看见左手拿着同样版本的《论语》，便知道是来开会的"自己人"，就会主动走过去，告诉他们开会的具体地点。

两人正说着话，刘倩突然惊叫一声："呀，那不是我表哥吗？"

说着，兴奋地朝走过来的两个男生直招手。其中一个矮个男生看见了刘倩，兴奋地向刘倩摆摆手，扭头对高个男生说了句什么，两人快步朝这边走来。张静注意到，他们的左手上也都拿着一本蓝皮线装《论语》。

刘倩问矮个男生："表哥，你咋来了？"

表哥扬了一下手里的《论语》说："你不也来了吗？"

刘倩红着脸说："你咋从来没告诉过我呢？"

表哥说："你不也没告诉我吗？"

刘倩拉过张静，介绍说："这是我最好的同学，张静。"

又向张静介绍说："这是我表哥，王洪生。"

张静早就听刘倩说过有个表哥在省立师范学校读书，而且她也早看出来刘倩喜欢她表哥。张静朝王洪生微微一笑，点了点头。王洪生看了张静一眼，拉过身边的高个男生说："这是我同学，陈涛。"

陈涛干净利落，一副谦逊温和的模样，他朝张静憨厚地笑了笑，算是打了招呼。张静却向陈涛伸出手，这让陈涛有些始料不及，他迟疑了一下，惊慌地伸出手，握了一下张静的手指尖。那一刻，张静闻到了一股清香，松开手后，才想起是胰子的味道，心里某个地方不由得颤动了一下。她喜欢胰子的味道，喜欢干净的男生，便不由得看了陈涛一眼。陈涛不敢看张静，扭头看着教室那边，好像担心迟到似的。

王洪生见张静主动跟陈涛握手，开玩笑说："张静同学厚此薄彼，这样不好吧。"张静不理会王洪生，扭头看着刘倩说："我是怕有人吃醋呢。"刘倩羞红了脸，打了张静一下说："别胡说！"张静说："我又没说你，你心虚啥？"又瞥了陈涛一眼说，"好啦好啦，我们赶快走吧，有人已经等不及了。"说完，拉着刘倩朝音乐教室那边走去。

开会时张静才知道，陈涛是省立师范学校的学运负责人。陈涛发言时，张静听得很认真。陈涛说："我们还等什么？如果我们每个人都把自己点燃，变成革命的火炬，那么黑暗就会退避三舍，光明就会照亮我们前进的道路！我们应该高声呼喊雪莱的《西风颂》，在西北大地演绎出我们自己的'西风烈'！"张静没有想到，这个看似憨厚的男生，身体里却燃烧着一团激情浪漫的烈火。她一下子被他感染了、点燃了。

后来，回想起陈涛的那次发言，她便会脸红心跳。她一向清高，怎么会因为一个不起眼的男生心乱神迷？她家在蓝田乡下，拥有三百亩良田，县城里还有两间商铺，家境相当富裕。小时候在私塾读书，她不喜欢先生管束，编顺口溜故意气先生："赵钱孙李，先生没米；周吴郑王，先生没床；冯陈褚卫，先生没被；蒋沈韩杨，先生没娘。"一个女生，打也不是，骂也不是，弄得先生一点办法也没有。她父母都是基督教徒，等她长到十三岁，便把她送进陕西教会学校。后来她瞒着家人，偷偷考进了省立第一女子师范。她是有名的校花，经常有男生献殷勤。可陈涛并没有特别出众之处，却为何让她牵肠挂肚？自从认识陈涛后，她经常会莫名其妙地闻到胰子的味道，她知道，那是陈涛的味道。

正胡思乱想，刘倩冷不丁跳到她面前。

"吓死我了！你疯哪儿去了，让我等半天？"

刘倩扬了一下手里的白色东西说："买这个去了。"

张静见是一条白色围脖儿，便笑着问："给你表哥买的？"

刘倩点点头说："咋样？好看吧？"

张静说："好看是好看，就是便宜了那个王洪生。他也不知道积了多少辈子的德，摊上这么一个知冷知热的痴情表妹。"

刘倩推了张静一把说："去你的，又笑话我！"

两人一路笑闹着，朝钟楼方向走去。张静扭头问刘倩："你见过谁用胰子洗衣裳吗？"刘倩愣了一下，问："啥意思？"张静觉得自己问了一句没头没脑的话，样子有点傻，"扑哧"一声笑了，挽起刘倩的胳膊说："没啥意思。"刘倩以为张静捉弄她，歪着脑袋追问："没啥意思是啥意思？"张静索性哈哈大笑起来。刘倩莫名其妙，撇着嘴说："真是个疯子！"

两人来到老孙家泡馍馆，王洪生和陈涛已经等在那里，正在往碗里掰馍，见她们过来，忙站起来让座。

张静坐下，对刘倩说："还不赶快把礼物拿出来？"

刘倩拿出围脖儿，递给王洪生。

王洪生接过围脖儿，看了看说："这才秋天，买围脖儿干啥？"

刘倩红着脸说："我逛街时遇上了，觉着好看，就买下了。"

张静看不过眼，一把抢过围脖儿说："没见过这种不知好歹的人，干吃枣还嫌核大！你不要，我扔了！"说着站起来朝窗口走。

王洪生急忙拦住，赔着笑脸说："我要我要，谁说不要了？"

张静将围脖儿甩在王洪生怀里，转身坐回凳子上，还不解气，指着王洪生说："我告诉你王洪生，你不要身在福中不知福！你要是再敢欺负我们刘倩，我饶不了你！"

王洪生忙鞠躬赔不是。张静被王洪生的样子逗笑了，故意板着脸说："你没得罪我，给我赔的啥不是？"王洪生忙扭头对刘倩说："对不起，谢谢表妹。"刘倩涨红着脸，低头不语。

陈涛坐在那里只顾掰馍，低头"嘿嘿"笑。

王洪生为了缓解尴尬，从提包里掏出一本装潢精美的杂志，伸到张静面前说："你们看，冯玉祥上了美国《时代》周刊封面了。"

张静瞥了一眼，杂志封面上真的印有冯玉祥的半身像，摄影师显然是蹲在地上仰拍的，冯玉祥高昂着头，一副傲视群雄的样子。

张静说："这有啥稀罕，以前吴佩孚和蒋介石不也上过吗？"

王洪生说："关键是这上面对冯玉祥的评价很高。上面的人物介绍是这样写的：他站起来足有六英尺高。他不是纤弱的黄种人，个头魁梧，有着古铜色的肤色，面目和蔼；他是经常将《圣经》拿在手上或者放在口袋里的虔诚的基督徒、神枪手；他是世界上最大的私人军队的主人。在今天，这样的人就是中国的一个最强者：冯玉祥元帅。"

王洪生念完，见刘倩侧着身看上面的文章，便将杂志递给她，扭头对张静说："不知道蒋介石看到这篇文章，心里咋想？"

"还能咋想？生气呗。"张静说。

陈涛说："美国人就是想让这些军阀混战，然后从中渔利。"

张静说："日本人更不是东西，一直对我们东北三省虎视眈眈，其实，日本人比美国人更值得警惕！"

陈涛说："要我看，中日迟早会有一战。"

几个人闲聊了一会儿，等候煮馍的当儿，张静说："好了，咱们说正事。"她将身体前倾，压低声音说，"市学运负责人指示，最近国民党省党部秘密往各个学校派遣了一批特务，跟踪学运领袖和进步学生，市学运准备对此组织一次抗议活动，要求各校做好准备，到时候统一行动……"

张静说完，泡馍正好端上来。大家把小碟里的辣子酱拨拉进碗里，剥好糖蒜，正准备吃，刘倩拽了一下张静的衣袖，小声说：

"快看，柳芬。"

张静扭头一看，果然是她们班的同学柳芬。但那个熟悉的身影在门口一闪，很快就不见了。

刘倩说："她明明看见我们了，却不过来，好像有意躲着我们。"

张静说："她就那样，一向孤傲，管她呢！"

刘倩说："她最近好像不那么傲气了，经常主动跟我打招呼。听说她结识了一个有钱的男友，花钱可大方了。"

张静说："这种爱慕虚荣的人，少理她！"

刘倩说得没错，柳芬刚才确实看见了她们。准确地说，不是看见，而是尾随她们来的。她本来应该走过去，装成巧遇的样子，加入她们之中，但是犹豫了半天，最终还是没有勇气走过去。她一向害怕张静。柳芬走出泡馍馆，转过一个街角，朝"半月斋"走去。柳先生在那里等着她。柳先生名叫柳是之，是她一个月前才认识的一个丝绸商人，他出手大方，舍得为她花钱。在她看来，一个男人是否喜欢一个女人，主要看他是否肯为这个女人花钱。

"半月斋"是一家饺子馆，但从外面看，并不像饺子馆，倒像是个吃斋念佛的清雅之地。别的饺子馆谁都可以进，这里却不行，散客很少，来的都是一些达官贵人，而且需要提前订座。

柳芬走进包厢，柳是之已经等候在那里，忙倒茶，招呼上饺子。柳芬坐下，一副无精打采的样子。

柳是之问："咋样？"

柳芬喝了口茶说："听他们说，好像最近要搞一个活动。"

柳是之问："啥活动？"

柳芬说："我离得远，只逮到几句，没太听清。"

柳是之有些失望地说："不是让你想办法接近她们吗？"

柳芬不高兴地说："我跟做贼一样，心都跳到嗓子眼了，哪敢靠近？"

柳是之见柳芬不高兴了，换了笑脸说："好了好了，这次就算了，往后你要主动跟她们套近乎，想办法从她们那里多弄些情况，我也好向上面交代。"说着，从身上掏出一个精致的小礼盒，放在柳芬面前。

柳芬问："啥东西？"

柳是之说："你打开看看，就知道了。"

柳芬打开小礼盒，里面躺着一只翡翠手镯。柳芬满心喜欢，立马将手镯套在手腕上，左看右看，说道："大小刚好，算你有心。"

柳是之说："你再联络几个同学，男生女生都行。"

柳芬说："联络那么多人干啥？你不是说要保密吗？"

柳是之说："多联络些人，为党国效力嘛！"

柳芬说："我最近老做噩梦，夜里被吓醒好几回。白天走在路上，老感觉同学看我的眼神都怪怪的，心里跟做贼似的紧张。"

柳是之说："你是在为党国效力，有啥见不得人的？年轻人就应该有大志向、大作为！你最近做得很好，老板很满意，想要见见你。明天正好是礼拜天，下午你到南大街的富瑞茶庄竹园来找我。"

柳芬说："我不想见。我认识你就行了，干吗要见你老板？"

柳是之说："一定要见，这是组织纪律！"

柳芬见柳是之态度坚决，只好点头答应。

富瑞茶庄有个院中院，叫竹园，里面可以喝茶，也可以吃饭，还有卧室，可以随时休息。竹园被柳是之的老板包下了，关上园门，自成一统。说是竹园，其实竹子并不多，只是在园子围墙下面栽了两圈，权当一道竹墙。园子中央有棵石榴树，占据了很大一片地方。石榴树下有张石桌，四把竹椅，可供客人喝茶聊天。

柳是之不是别人，就是老刀。柳是之只是他众多化名中的一个。认识柳芬时，他随口胡诌了柳是之这个略显文雅的名字。

柳是之的老板是安先生。安先生是陈果夫派到陕西的特派员。身为国民政府委员兼监察院副院长的陈果夫，实际负责国民党内的组织工作，他设立了调查组织，主要任务是整理党务和清理国民党内的异己分子，铲除共产党的地下组织。谁也不知道安先生的真实姓名。在特别行动小组成立会议上，安先生说："你们没必要知道我叫什么，叫我安先生好了。长安是十三朝古都，我以安为姓，也有为党国安定一方的意思。至于你们五个行动小组的组长，以前叫什么我不管，但是从今往后，都要使用一个新代号。我就以你们负责的区域来给你们命名，这样比较好记，也能时刻提醒你们肩负的职责。老刀这个代号就很好，不用重起了，你就负责渭北地区，兼顾西安城里的重要行动。陕西东南西北有四个关，所以才叫关中。你负责函谷关以西地区，就叫老谷。你负责大散关也就是陈仓以东地区，就叫老陈。你呢，就叫老武吧，负责陕南武关周围区域。还有你，主要负责宜君以北地区，尽管陕北有个萧关，但你不叫老萧，叫羊倌，陕北羊多嘛。"

安先生接着说："让你们五个人蒙面开会，不是不信任你们，而是为了保护你们。干我们这一行，随时都有生命危险。你们相互不认识，只跟我单线联系，这样一旦某个人出了事，不会牵连到其他人。"

老刀走进竹园时，安先生正悠闲地坐在石榴树下喝茶。安先生给老刀倒了一杯，听老刀汇报最近的情况。听完后，对老刀说："最近南面的老武、东面的老谷和西面的老陈那里，一直风平浪静，没有多大动静。只有北面羊倌那里，刘志丹、谢子长那伙人'闹红'闹得很厉害。城里学校的共党分子最近也很猖獗。听说渭南、三原一带的共党，最近好像正在策划什么大事，你要特别留心。你要多发展一些年轻学生。你那个柳芬现在咋样了？"

老刀说："她是个贪图虚荣的女学生，在她身上多花点钱就行了。她现在已经没有退路了，等会儿见到她，您可以当面考察考察。"

安先生说："这种女学生，好吃穿，爱面子，必要时可以使用一些特殊手段，这样才能把她拴牢。"

两人正说着，柳芬来了，老刀做了介绍，三人一起喝茶聊天。安先生兴致很高，跟柳芬聊琴棋书画、儒释道方面的话题。柳芬没想到老板这么有学问，流露出惊讶和钦佩之态。

谈古论今，老刀插不上嘴，他明白安先生"特殊手段"的意思，知道自己该走了，便起身说："你们先聊着，我还有点事要去办。"说完，离开了茶庄。

6 · 年　馑

　　这一年，关中遭遇了大灾荒，史称"民国十八年年馑"。陕西省民政厅厅长邓长耀在向国民政府提交的陕灾报告中称：陕西连续三年大旱，又接二连三出现风灾、水灾、冰雹、蝗虫、瘟疫等灾害，全省赤地千里，饿殍遍野，九十二个县成为灾区，二百多万人饿死，二百多万人逃荒出走，八百万人以树皮、草根、观音土填充肚皮……

　　习仲勋回到富平后，也跟着饥民到处挖野菜、刨草根，艰难度日。这天，他在荆山塬上寻摸了大半天，也没有找到几棵野菜，饿得实在走不动了，一屁股坐在土坎上，耷拉着脑袋，有气无力地喘息。

　　这道土塬，他太熟悉了，小时候，父亲经常带他上来砍柴。父亲告诉他，黄帝曾在荆山塬铸鼎；唐朝末期，黄巢曾在这里募兵习武，举义反唐，经过十多年征战，聚集了百万大军，一举攻入了长安，建立了大齐政权；塬下的那条东西走向的长沟，是当年宋太祖赵匡胤的军师苗训的隐居之地，所以叫苗裔沟。赵匡胤黄袍加身后，"杯酒释兵权"，解除了为他打天下的元勋的兵权，军师苗训被革职为民，发配到了这里，也终老在了这里。

　　从父亲嘴里，他也知道了苦难的家世。光绪十一年（1885 年），河南战乱不断，天干地旱，又遭遇水涝与蝗虫，爷爷习永盛不得不离开老家南阳邓县，肩挑一双儿女，与奶奶张氏向西逃荒。他们经陕西丹凤、商县，翻越秦岭，一路乞讨来到富平，在淡村塬东头的都村川落了脚，一边给人拉长工，一边租种了几亩土地。淡村塬方圆数十里，从前土地肥沃，向有"淡村上粪，都村扎囤"的说法。但在光绪初年，富平大旱，田野荒芜，人口锐减，河南、山东、湖北、四川等地的饥民纷纷逃荒到此落脚，所以淡村塬又有了"九省十八县"之说。

有一年，爷爷习永盛挑着货郎担转乡时病殁在路上，奶奶带着儿女艰难度日。后来小名老虎的伯父应募从军，排行老二的父亲习宗德开始操持家务，小名大女的姑姑和叔叔习宗仁跟着帮忙。

1900年秋，伯父老虎护送慈禧太后和光绪皇帝"移驾"西安，匆匆回了一趟家。伯父的耳朵在与八国联军作战时被大炮震聋，他放下一点银子，连口饭也没顾上吃就走了，从此杳无音信。

1911年，父亲习宗德娶了小他八岁的母亲柴菜花。母亲娘家也很穷，向邻家借了一双上轿鞋，才上了花轿。后来，父母相继生养了他们兄妹七个，他是长子，大妹秋英，二弟不幸夭亡，二妹冬英，三弟仲恺，三妹夏英，小妹雁英。

父亲常对他说："咱是平头百姓，能过上安宁日子就是万福。你可得好好上学哩，将来做个教书先生。教不成书，回来跟我种庄稼，做个本分庄稼人，千万不要抛家离舍，到外面胡折腾。"

可他没有听父亲的话，把自己"折腾"进了西安的监狱。

那天，叔父把他从西安接回来，看到躺在炕上的父亲，脸色蜡黄，嘴唇惨白，消瘦得失了人形，他"扑通"一声跪在炕前，眼泪哗地涌了出来。父亲说："回来就好，回来就好，往后再别胡折腾了。"

刚回家那段日子，他天天守在父亲炕前，端茶递水，精心伺候。

可是一个月后，他坐不住了，趁着父亲睡着了，悄悄溜出去打探金斗和程怀璞的消息。他们都没有回家。他到处寻找党组织，可是跑了好多天，一点结果都没有。这年11月，他又一次沮丧地从外面回来，大老远听见家里传来撕心裂肺的哭声，急忙跑回家，才知道父亲已经去世了。

掩埋了父亲，面对体弱多病的母亲和五个弟妹，他不知道今后的日子该咋过。弟妹们还小，最小的妹妹雁英只有三个月大，还在母亲怀里吃奶。他们只能跟叔父和姑母生活在一起。叔父一家六口，子女更小，生活拖累也更大；姑母早年丧夫，一直寄住在娘家。

日子本来就艰难，偏偏又遇上了年馑。头年二三月闹春荒，夏粮颗粒无收，秋庄稼又未种上，天旱无雨，田土龟裂，冬麦也未种上。接着物价飞涨，一斗麦涨到了六块银圆，一块银圆能买一个女娃，三角钱能买一亩好地。许多人家都断了粮，路上经常能遇见饿死的老人与孩子，全县每天有上百人被饿死。由于饿死的人太多了，导致野狼成群，大白天也敢在路上啃尸首。后来又流行一种叫"虎列拉"的瘟疫，得了这种病的人，头疼肚胀，口吐黄水，发烧昏迷，要不了一天就死了。更可怕的是，一人得病，全家传染，有个村子的人已经死光了……

再难的日子也得往前过啊！羸弱的母亲带着大妹习秋英，没白没黑地纺线、织布、做鞋袜，然后拿到集市上去换回一点柴米油盐钱。起初，习仲勋和堂弟跟着村里人，背盐进山换粮食。他们从四五十里的刘集盐滩，将"锅巴盐"背回家，然后再背到一百里外的旬邑县马栏山区，换成玉米小米等粗粮。来回一趟要好几天，能跑烂一双布鞋。他舍不得穿鞋，打着赤脚来回跑，每次脚板都跑得血肉模糊。怕母亲看见伤心，进村前他才从怀里掏出鞋，套在血糊糊的脚上。后来，山里人也断了粮，换盐的营生没法继续做了，他又跟人一起挖野菜，扒树皮。再后来，他也病倒了，脚板溃烂，脸上长疮，高烧不退。母亲看着他溃烂的双脚，伤心得直抹眼泪，几个妹妹围在他跟前只会哭泣。

有一天，金斗突然跑来看他。

他一下子从炕上坐起来，惊喜地说："你可回来了，让我担心死了！"

等屋里只剩下了他们两人，金斗才告诉他，他从学校逃出去后，去了渭南，在那里跟农会的人一起组织农民运动。

习仲勋问："你见到怀璞没有？"

金斗说："听说他早就被担保出来了，但我一直没有见到他。"

习仲勋说："他出来了就好。"

金斗说："我今天来找你，是想告诉你一件事：党组织准备派一批人去广州学习军事，将来好搞武装斗争，我要去报考黄埔军校，你去不去？"

习仲勋先是很惊喜，接着叹口气说："我现在这样子，咋去嘛！"

金斗说："那你好好养病，我先去报考，等你病好了，再去广州找我。还有，听三原的地下党员说，咱富平有个叫马明的人，最近正在到处打探咱们的消息，你可要多加小心。"

习仲勋说："马明？这个人我没听说过呀！"

金斗说："就是耳朵上有个拴马桩、抓严先生的那个人。"

习仲勋"哦"了一声，忙问："严先生被他们害了？"

金斗说："没有，他现在还在从事地下工作，但我没见着他。"

习仲勋高兴地说："严先生还活着？那太好了！"

两人一直聊到半夜，金斗才离开。他们谁也没有想到，这一别，竟然二十几年后才见面，那时全国已经解放。金斗那年去了广州后，很快考入了黄埔军校第八期炮科。六年后他受党指派，潜伏在杨虎城的部队里，在西安绥靖公署特务营当营长。"西安事变"时，他负责扣留看押蒋介石，后来被国民党以"劫持总统罪"逮捕关押。再后来，被地下党营救出狱。

金斗走后，关中地区黑霜、黄雾、狂风、冰雹，接踵而至。习仲勋病刚好，母亲又肺病复发，终日咳嗽不止，直到咳出淡红色的血。到了6月，母亲的身体越来越虚弱。一天夜里，母亲突然眼睛口鼻出血，习仲勋和弟妹们吓坏了，哭喊着抱住母亲，不知该咋办。母亲想说什么，但呼吸急促，一句话也没说出来，脖子一歪，就咽了气。

掩埋父亲的时候，家里还勉强买了一副薄棺材，轮到母亲，家里连吃饭的钱都没有了，哪儿买得起棺材？他们只能将母亲暂时厝在门房里，两年后才草草安葬……

父亲走了，母亲也走了。祸不单行，叔父不久也病倒了，接着婶婶也病故了。短短一年时间，习家先后有好几位亲人去世。习仲勋面对这个支离破碎的家，一筹莫展。夜深人静时，他独自坐在油灯下，看着母亲去世前做的一木柜土布鞋袜，无声地落泪……

7 ★ 赈粮队

这天夜里，习仲勋在村口遇见了儿时的伙伴周冬至。周冬至家在邻村，离习家庄不远。上学前，习仲勋常去石川河滩放羊，在那里与放羊的周冬至相识，两人很快成了好朋友。他们放羊时中午不回家，吃几口干粮，喝几口河水，就算是一顿饭。习仲勋家爱烙饼，周冬至家爱蒸包子；饼是葱花饼，包子是地软包子。两人常换着吃，你吃我一块饼子，我吃你一个包子。羊在河滩上吃草，人坐在草地上下"狼吃娃"土棋。那时石川河狼很多。天麻擦黑回家，要经过土崖上的一个山洞，洞子不长，但里面很黑，还有几个小窑，听说那是狼窝。他们尽管害怕，但又必须从洞子经过，只好硬着头皮一个走前面，一个走后面，把七八只羊夹在中间，手里拿着石头，一边走，一边敲，嘴里不停地"嗬嗬嗬"虚张声势地喊着。习仲勋上小学后，跟周冬至见面少了。周冬至家里比习仲勋家里还穷，他没有上过学。

这天夜里，清冷的星光下，习仲勋看见一个人手里拿着打狗棍，胳膊弯里挎着一个草笼，迎面低头走过来。习仲勋感觉这人走路的架势有点眼熟，走近一看，是周冬至。

"冬至，你干啥去了？"

周冬至见是习仲勋，叹息一声说："还能干啥？讨饭嘛。"说着斜了一下草笼，让习仲勋看里面讨来的十几块半截馍，慷慨地说："你拿几个回去，给妹妹们吃。"

习仲勋说："你快回去吧，家里人等着你的馍哩。"

"你家的事我都听说了，你跟我还客气啥？"

周冬至说着，硬塞给习仲勋两个半截馍。然后说："你要是能舍下脸，明儿咱俩一起去三原讨馍。这几天，三原那边好讨要。听说一个叫黄子文的人，领着一伙人，专门去富人家要粮食，接济穷人哩。"

"黄子文？"习仲勋兴奋地问，"你没弄错，真叫黄子文？"

周冬至说："没错，就叫黄子文。但我没见过，听人说的。"

真是黄子文！终于找到组织了！

习仲勋激动地说："好，咱俩明儿一起去三原！"

第二天早上，习仲勋和周冬至厮跟着往三原走。周冬至脸膛黑红，嘴唇厚实，眉毛纠结在一起，像是有琢磨不完的心思，其实他为人豪爽实在，没多少心眼儿。他身材比习仲勋高大，走路却缓慢，跟不上习仲勋的步伐。习仲勋走上一截，就得放慢脚步等他。进了村子，周冬至只顾讨馍，习仲勋却一边讨馍，一边打听黄子文的下落。

到了后晌，日头西沉，两人又乏又饿，坐在路边的土坎上歇息。周冬至想，昨天自己一个人出来，还能讨到十几个半截馍，今天带着习仲勋，还不如昨天，便埋怨习仲勋说："你也是，进了村不好好讨馍，只顾打听那个黄子文。你是出来讨馍的，还是寻人的？"

习仲勋说："找到了黄子文，咱以后就不用出来讨馍了。"

周冬至不以为然地说："谁信？"

"咱只要能找到黄子文，跟着他'闹红'，就不用饿肚子了。"习仲勋说着，站起来拍拍屁股上的土，"走，咱接着找！"

周冬至对习仲勋的话半信半疑，但他还是站了起来，跟着习仲勋继续寻找黄子文。两人走到一道坡下，遇到一队人马，一打问，领头的正是黄子文。习仲勋跑到队伍前头，找到黄子文，激动地说："我可找到你了！我是三师的，在三原县城见过你，听你讲过话。"

黄子文停下脚步，看着习仲勋，有些疑惑，显然不记得他了。

习仲勋说："三师那个毒案，你总记得吧？我就是被抓走的那几个学生中的一个，我叫习仲勋。"

黄子文想起来了，"哦"了一声说："原来是你呀，我还一直替你们担心哩。出来了就好！你年龄这么小，真了不起！入党了没有？"

习仲勋说："在狱里，武廷俊同志宣布我入党了。"

黄子文叹息一声说："武廷俊是个好同志，只是太可惜了。"

习仲勋惊讶地问："他咋啦？"

黄子文说："他们审讯了他几个月，他啥也没说，最后准备放他，国民党省党部突然来人把他提走了，他被折磨得精神失常了。后来被组织营救出来，送到上海去治疗，听说在上海跳江自杀了。"

习仲勋心里一阵刺痛。

黄子文说："你是富平人，又是党员，应该回去把富平的农民运动搞起来，开展赈粮活动，带领贫苦农民，渡过年馑！"

习仲勋说："好，我回去就搞赈粮！"

黄子文说："你不要把赈粮想得太简单了，那是从富人身上扒皮，他们不会善罢甘休，斗争会很残酷，你要有充分的思想准备。你要多组织一些农民，力量强大了，那些富人就拿你没办法了。"

习仲勋点点头说："我知道了。"

黄子文说："你回去先秘密发展一些党员，以他们为骨干，成立一个赈粮队。以后遇到啥困难，你可以随时来三原找我。"

说完，拍拍习仲勋的肩膀，转身领着队伍走了。

习仲勋呆呆地站在那里，目送队伍远去。

周冬至问："你是共产党？"

习仲勋反问："咋，不像？"

周冬至说："像，像。"又说，"共产党敢跟有钱人闹腾，真厉害！我也想当共产党。"

习仲勋高兴地说："行啊，咱们回去一起搞赈粮。"

周冬至说："好，我跟你干！"

回到村里，习仲勋开始秘密发展党员。除周冬至外，他又发展了小学同学孙杰。孙杰长得敦实憨厚，粗手粗脚，人却机灵。习仲勋通过孙杰，又很快发展了三个人。

孙杰说："就咱们几个人，能弄成事？"

习仲勋神情坚定地说："三年前，康有为在上海办天游学院，登报招生，报名的只有二十个人，但康有为并不觉得少，说这些人已经不少了，耶稣才有十二个门徒，其中一个还是叛徒，今天教徒不是已经遍布天下了吗？我们就是共产党教徒，将来的人一定会越来越多！"

他们六个人，秘密串联附近村庄的穷苦农民，不到十天，就联络了一百多人，成立了赈粮队。习仲勋带领赈粮队，先从附近的党家村开始，逐村到地主家筹集粮食。地主们看见黑压压的人群，不敢不给。半个月时间，他们筹粮三万斤，全部分给了当地农民。附近的农民得到了实惠，纷纷加入了赈粮队。

习仲勋听凤凰村人说，纪德家后院粮仓里的粮食多得从窗户缝里直往外流，可他宁愿养几十只鸡，也舍不得救济村民。这个纪德，这么大的年馑，到处都在死人，他却用粮食喂鸡，难道穷人连他家的鸡都不如吗？习仲勋气愤地说："走，找他赈粮去！"

当天后晌，习仲勋领着赈粮队，浩浩荡荡开进凤凰村。让他没有想到的是，干瘦的纪老爷和他的胖管家，早已满面笑容地等候在门口。胖管家见他们来了，先鞠了个躬，然后说："我家老爷正等着你们哩，你们不来，我家的粮食也不好分给乡党们，谁多谁少，不好把握呀！现在你们赈粮队来了，一切交给你们操办。"

纪老爷笑呵呵地点着光头说："就是，就是，我早就准备好了十石粮食，等着你们分呢。把粮食交给你们赈粮队去分，我放心。"

习仲勋本来憋了一肚子气，想找纪德算账，可他这种态度，又不好发作。但他心里明白，纪德肯定是见他们人多势众，所以才变被动为主动，想用十石粮食把他们糊弄走。想得美！

习仲勋说："你家那么多粮食，只拿出十石，恐怕太少了吧！"

纪德一脸苦相，欲言又止，想了想说："十五石咋样？再多我可真的拿不出来了，我们一家大小上百口子人哩，也得张嘴吃饭啊！"

习仲勋说："你就别哭穷了！至少三十石！"

纪德苦笑着说："真的没那么多粮食，不信，你们进去看嘛。"

习仲勋带着周冬至走进纪家大院，来到后院粮仓。家丁们早已打开了仓门。粮食确实不多，只有二十多石的样子。

跟在身后的纪德说："我没骗你吧？你总得给我留点口粮吧？"

习仲勋心想，纪家拥有几百顷土地，不可能只存积这么点粮食，肯定是听到了赈粮的风声，提前把粮食转移走了，但转移到哪里去了，一时又难以查出来，便说："十五石就十五石，马上开仓放粮！"

分完粮食，日头已经偏西……

张庆是石家堡一霸，手下有几十个家丁。他害怕赈粮队来找麻烦，强令村民每晚轮流"坐墩"值夜。习仲勋搜集了张庆二十条罪状，准备打掉这个村霸。他先派姨夫党正学以"坐墩"的名义，摸清了情况，然后派党正学领着十几名队员，手持大刀长矛，佯装去值夜

48

换班，突然抢占了石家堡城门楼子。他随后带领队员趁势冲进去，收缴了家丁的枪支。但是由于天黑，让张庆从后院逃跑了。

张庆连夜逃到县城，找到拴马桩马明。马明是张庆的表弟，带着张庆去找李麻子。李麻子是县民团团长，大名叫李善娃，因左脸上长着巴掌大一块"老鼠屎"，人们私下里都叫他李麻子。

李麻子早就听说了赈粮队，知道他们人多势众，不好收拾，便想静观其变，不想去招惹他们，损害自己的利益。李麻子以前并没有把马明放在眼里，只知他是个混混，但后来上峰给他引荐了老刀，老刀让他与马明"通力合作，共同铲共"，他才对马明另眼相看。

现在，马明带着张庆找上门来，他去也不是，不去也不是。去吧，会损失兵马，跟共产党结下梁子；不去吧，将来上面追查下来，他也不好交代。心想，我带着兵马去为你夺回家产，对我有啥好处？但话又不能这么说，便支支吾吾，在那里嗑牙花子。

张庆看出了李麻子的心思，说："我张庆是讲义气的人，只要你李团长亲自出马，赶走那些穷鬼，帮我夺回家产，我出五条'黄鱼'。"

李麻子把脸一沉："你把我看成啥人了，这是钱的事吗？"

张庆忙赔着笑脸说："我不是这意思，李团长的人总得吃饭嘛，我这是犒劳兄弟们的。"

"话这么说，就对了。"李麻子说，"这忙我帮了。"

天亮时分，李麻子民团突然包围了石家堡。赈粮队虽然手里有刚缴获的枪支，但大多都不会使用，加之凤凰村纪德的管家闻讯也带着家丁赶来，跟着民团一起朝里进攻，堡寨很快被攻破了。党正学被民团抓住，绑缚在城门楼子上。第二天夜里，习仲勋带人去营救党正学，可团丁早有防备，一阵乱枪打来，将习仲勋追出富平。

不久，党正学被杀害，头被悬挂在城门楼子上示众……

8 · 追　杀

习仲勋逃出富平的时候，一个反穿羊皮袄的陕北汉子，正骑着一匹白马，带着十几个骑兵，朝陕北永宁山寨狂奔而来。陕北军阀张廷芝的几百骑兵，在后面穷追不舍。一时间，黄土沟壑里尘土飞扬。

这个骑在白马上的汉子，叫刘志丹。他毕业于黄埔军校四期，先在步科，后转入炮科。他入学时，黄埔军校已建立了中共黄埔特别支部，第一期许多学员都是中共党员，比如陈赓。陈赓是湖南湘乡人，第二次东征时曾救过蒋介石一命。陈赓任第四期步科第一团七连连长。刘志丹虽然不在陈赓的连队，但他们来往较多。陈赓热情、有趣，学识和胆略都令刘志丹佩服。刘志丹与林彪、伍中豪同为四期学员。黄埔军校将学生编入军官团与预备军官团，伍中豪被编入军官团，刘志丹与林彪被编入预备军官团。从黄埔军校毕业后，刘志丹回到了陕西。

这天是寒食节。按照陕北乡俗，这天不动火，不炒菜，只吃冷食。据说春秋战国时，晋国大臣介子推这天被烧死在了绵山，为了纪念他，才有了后来的寒食节。但逃命的刘志丹，并不知道这天是寒食

50

节，别说热饭，就是冷饭，他们这天也没吃上一口。

半年前，为了保存革命力量，刘志丹和谢子长带了一批中共党员，投靠甘肃陇东民团司令谭世麟。谭世麟派他们驻扎在陕北三道川一带。而这一举动，却引起当地军阀张廷芝的猜疑。

张廷芝拥有自己的庄园和武装，收租子，抓壮丁，称霸一方。卧榻之侧，岂容他人酣睡？但他知道刘志丹毕业于黄埔军校，很难对付；谢子长虽不是科班出身，但也不好惹，所以不敢轻举妄动。

后来，张廷芝打听到刘志丹的队伍里，有一个叫周奇的营长，从前当过土匪，便暗中派人带着银圆拉拢周奇，许愿把自己的妹子嫁给他。周奇动了心，答应做他们的内应。

这天半夜，张廷芝带着部队突然包围了谢子长驻扎的三道川水砭台。张廷芝提枪冲进谢子长居住的窑洞，炕上却空无一人。他又急忙带人朝五里外刘志丹的队伍驻扎的张家沟门扑去。刘志丹的队伍猝不及防，很快被打乱了，死伤了三十多人，却不见刘志丹。谢子长和刘志丹都没有抓到，张廷芝很窝火，生气地问周奇：

"你不是说他俩都在吗？人呢？"

周奇说："我早上派人送信时，他们还都在呢，谁知道刘志丹晌午突然去了庆阳，向谭世麟要军装去了。我派人去路上拦你，没碰上你们嘛。"

张廷芝说："那谢子长呢？窑里咋也不见人？"

周奇说："我哪儿知道？天黑时我亲眼看见他进窑睡觉去了。"

张廷芝说："你该不会两面吃黑食，故意日弄老子吧？"

周奇一下子急了，生气地说："大哥，这话你也能说出来？"

张廷芝骂道："谁他妈是你大哥！老子先崩了你！"

说着，从腰里拔出了手枪，"叭叭"两枪，把周奇撂倒了。周奇在地上踢腾了几下，不动弹了。张廷芝上去踢了一脚，骂道："啥货！"

杀了周奇，张廷芝一面派人继续搜捕谢子长，一面派营长蔺士殿领着一路骑兵，埋伏在刘志丹回来的路上，准备伏击刘志丹。

这时，刘志丹带着十几个骑兵，正走在回来的路上。谢子长派人截住了他，说队伍被张廷芝打散了，他去西安向省委汇报，让刘志丹别回张家沟门。刘志丹大吃一惊，赶忙掉转马头，朝永宁山寨转移。

蔺士殿带人埋伏在路边，远远听见一阵马蹄声，心想这么晚了，不会是商队，肯定是刘志丹！刘志丹你娃今儿个可要栽到我手里了！正这么想着，听见马蹄声突然停了下来，随后又"嗒嗒嗒"地跑远了。蔺士殿醒悟过来，跳起来喊："快追，别让刘志丹跑了！"

永宁山寨是保安县政府所在地，县长崔焕之是刘志丹的老师。崔县长说话头头是道，豇豆一行，茄子一行，一桩一件，码放整齐，从来说不乱。从前教书时是这样，现在当县长还是这样。

刘志丹的人马进入山寨后，崔焕之赶忙让人拉起吊桥，关了寨门。山寨建在土崖上，只要把吊桥拉起来，谁也别想进来。

崔焕之问刘志丹："咋回事？"

刘志丹沮丧地说："我的队伍让张廷芝连窝端了……"

正说着，蔺士殿的骑兵已经追到了寨门外，黑压压站了一地。蔺士殿在下面喊："快放下吊桥，我们要进去缉拿逃犯！"

崔焕之站在寨墙上说："我们这里没有逃犯呀！"

"别装糊涂，我明明看见刘志丹跑进去了。"

"寨门关着，没人能跑进来。"

"你是谁？"

"我是县长崔焕之。你是谁？"

"我是蔺营长。放走了刘志丹，你我都不好交代！"

崔焕之小声对站在暗处的刘志丹说："他们人多势众，僵持下去也不是办法，等到天明，张廷芝会带更多的兵马赶过来，那就更麻烦了。不如放他们进来，招待一下，塞点银子，糊弄过去算了。"

刘志丹说："这样也好。你让他一个人进来，我自有办法。"

崔焕之扭头对寨门外说："蔺营长，你既然来了，就是我崔某人的客人，但这么多兵马黑夜进城，会惊扰百姓，你可以一个人进来。"

蔺士殿犹豫了一下说："我带十个人进去！"

崔焕之扭头看着刘志丹，刘志丹点点头。

崔焕之朝寨门外喊："好，你带十个人进来。"

崔焕之放下吊桥，蔺营长带着十个骑兵进了寨，崔焕之将他们领进县衙。县衙前面是两层土楼，后面是三孔土窑，中间是一个不大的院落。崔焕之对蔺营长说："你先跟我上楼喝口水，让你的人在下面等着，我这就安排人帮你搜查。"蔺营长有些犹豫。崔焕之说："我一个读书人，你怕个啥？"蔺营长只好跟着崔焕之上了土楼。

走进县长办公室，只见办公桌后面坐着一个人。蔺营长大吃一惊，刚要摸枪，门后扑上来一个人，缴了他的手枪，反手用枪顶住了他的后腰，低声说："你要敢乱动胡喊，一枪打死你！"

崔焕之佯装惊讶地说："你……你们从哪儿冒出来的？咋跑到我办公室来了？这可是县衙，你们谁也不能胡来，有啥话，好好说。"

蔺营长看见坐在面前的是一个二十六七岁的汉子，反穿皮袄，眉清目秀，正笑眯眯地看着他，心里便明白了七八分。

"你是刘志丹？"

刘志丹将一把盒子枪放在桌子上，反问道："咋，不像？"

崔焕之赶忙劝阻说："你们都是拿枪吃饭的厉害人，我谁都惹不起，只求你们别在我这里动刀动枪，大家有话好好说嘛！"

蔺营长见这阵势，心里有些怵火，但嘴上却说："我下面院里有十个人，寨门外还有两百人，真要是动起手来，恐怕你占不了便宜！"

刘志丹笑着说："你院子里的那些人已经被我的人下了枪，你寨门外就是有千军万马，他们进不来，等于没有。"

蔺营长说："那你也跑不了。"

刘志丹"啪"地一拍桌子，指着蔺营长说："你要想活命，就给我放老实点！我今儿个不杀你，留你一条活命！你回去告诉张廷芝，他背地里打我黑枪，算不得好汉！他要是条汉子，明刀明枪地来，我在这里等他！"

蔺营长被镇住了，不敢再吭声。

崔焕之拽了拽他的衣袖，示意他赶快走。蔺营长转身刚要出门，刘志丹对手下说："把枪还给蔺营长，告诉屋顶上的人，不准开枪，放他们走。谁要是不老实，再开枪打死！"

蔺营长一听这话，不敢造次，带着手下溜出了县衙大门。崔焕之送蔺营长出寨，边走边说："你说怪不怪，吊桥吊着，寨门关着，刘志丹他咋就跑进来了？也不知道他在屋顶上安顿了多少人？不过他还算仁义，没有伤你性命。这种不要命的人，你可别招惹他。"

蔺营长心里直发虚，偷眼看了看黑黢黢的屋顶，不知道刘志丹的话是真是假，心里很窝火，但又不敢轻举妄动。本来是来捉拿刘志丹的，却被他劈头盖脸训了一顿，越想越不是滋味。你刘志丹再神，老子手里有两百条枪，还干不过你？这么想着，已经走到了吊桥上，他怀疑刘志丹在虚张声势，突然拔出手枪，冲着寨外的队伍喊：

"兄弟们，快冲进来，活捉刘志丹！"

可是这时，刘志丹早已顺着绳索溜下悬崖，消失在黑夜里……

9 · 腊 月

　　刘志丹从永宁山寨脱险后，钻进了陕北的一片梢林。以前被张廷芝打散了的旧部，又渐渐汇聚到了身边，两个月后，他又拉起了上百人的队伍。这年冬天格外寒冷，人无粮，马无草，队伍生存十分艰难。腊月初，老天下起了鸡娃子雪，雪片如同刚出壳的小鸡娃，毛茸茸的白白的一团，纷纷从天而降。

　　这样的天气里，一个二十多岁的年轻后生，冒雪钻进了梢林。后生手里牵着一匹马，后面跟着一匹马，马背上驮着粮食。后生被哨兵拦下，他说要见刘志丹，哨兵用黑布蒙了他的眼，把他领进一个山洞。

　　刘志丹正和几个人围坐在一起烤火。那人见了刘志丹，激动得满脸涨红说："老刘，可找到你了！"

　　刘志丹上下打量着面前这个脸膛黑红的敦实后生，在地上磕了磕烟袋，站起来问："你咋知道我就是老刘？"

　　"张廷芝到处捉你哩，城门楼子上有你的画像呢。"后生说，"我以为老刘你多老哩，没想到跟我差不多。"

　　刘志丹笑着问："你找我有事？"

　　后生说："我给你们送粮食来了。"

刘志丹一听"粮食",下意识地朝外面张望,果然看见两匹马背上驮着几袋粮食。他很感动,抓住后生的手说:"老哥,你这可是雪中送炭啊!"

后生"嘿嘿"笑着说:"你别叫我老哥,叫我老五就行。"

刘志丹招呼说:"来来来,快烤火。你姓伍?"

"我不姓伍,姓马,在家排行老五,叫我马锡五。你让我找得好苦啊!老刘我投奔你来了,粮食就是我的见面礼,你不要嫌少啊。"

马锡五看着憨厚,话却不少。聊了一会儿,刘志丹就知道了他的身世。他老家在延川县马家圪台,爷爷在世时,由延川迁到延安,后来爷爷病故了,父亲年幼,无依无靠,被一家姓张的收养。父亲成家后,张家逐渐衰败,父母从延安逃荒来到保安县城。父亲靠给人揽工扛活,省吃俭用,置办了一院屋子和十来亩山地,勉强能够维持生活。马锡五从小就跟着父亲出门揽活,给人记过账,喂过马,放过羊,当过团丁,还参加过哥老会。听说老刘带队伍回到了保安,一心想跟着他扛枪吃粮,但一直没找到老刘。后来听说老刘被人赶进了梢林,这才偷偷牵了家里两匹马,驮了几袋粮食,一路打听找来了。

马锡五带来的粮食解决了大问题,让大家吃了七八天饱饭。可是往后咋办?这一百多号人老躲在梢林里,也不是长久之计。必须走出梢林,扩大武装!刘志丹想。可这一百多号人,只有十几支枪,一旦走出梢林,很可能被军阀吃掉。只有先搞枪!手里没枪,心里发慌。对,搞枪!可是,从哪里才能搞到枪呢?刘志丹想到了黄毓麟。

黄毓麟是陇东民团军第二十四营的营长,兼任甘肃合水县民团团总,驻扎在合水县太白镇。这人很坏,经常放兵出来欺负百姓,抢占民女,杀人越货,附近老百姓对他早已恨之入骨。最近,黄毓麟经常带兵钻进梢林,搜捕刘志丹。不打掉黄毓麟这个营,将来后患无穷。

　　黄毓麟营归属谭世麟部。刘志丹曾经也是谭世麟的部下，知道谭部驻扎分散，各部营地相距较远，相互不大来往。一天傍晚，他打着陇东民团直辖第三团骑兵第六营的旗号，自称是赵营长，带着队伍明目张胆地开进了太白镇。黄毓麟听说是自己人，赶忙腾出兵营，安排他们住下，把刘志丹请进自己的四合院。

　　这院子前面是砖瓦房，后面靠土崖是两孔窑洞。窑洞与陕北其他地方的窑洞并无二致，但照壁和厦房却很讲究，在这一带十分罕见。屋墙一色雕花青砖，照壁砖雕花藤缠绕，硕果累累，一只鹿腾蹄前奔，伸脖反顾，逼真生动；砖墙上雕有"悬鱼惹草""瑞兽麒麟""狮子滚绣球"等，刀法细腻，活灵活现。

　　黄毓麟让人端上了酒菜，酒是白水的瓷坛"杜康"，凉菜有四个：一盘羊头肉、一盘卤驴肉、一盘拌豆芽、一盘卤猪蹄；热菜也是四个：大烩菜、酸菜粉条炖猪肉、清炖羊肉、炒猪肝。主食是杂面"抿节"。两人谈笑风生，开始吃饭喝酒。

　　正吃着，刘志丹突然"啪"地摔了酒杯，站在门外的马锡五一挑棉布门帘，扑过来下了黄毓麟的枪。黄毓麟还没有反应过来，就已经被马锡五按倒在地。与此同时，刘志丹的队伍包围了兵营。

　　黄毓麟傻了眼，问刘志丹："你到底是谁?"

　　刘志丹说："我是刘志丹。"

　　黄毓麟一下子慌了，哆嗦着说："我们井水不犯河水，我从来没招惹过你，还好饭好酒招待你，你可不能恩将仇报啊！"

　　刘志丹说："你做的坏事太多了，我这次来，不但要你的枪，也要你的马，还要你的命！"说着，一枪打死了黄毓麟。

　　这次夜袭，缴获长短枪五十余支，战马三十匹，大大装备了队伍。黄毓麟营的一部分官兵，也自愿加入了刘志丹的队伍。

腊月中旬，大雪一连下了三天。刘志丹的队伍开进了合水县固城川，计划在这里休整半月，再确定下一步的行动。部队白天集中在川道里训练，夜里分散住进附近的农民家。刘志丹宣布了三条纪律：不准拿主家东西，不准跟主家女人拉扯，不准吃主家粮食不给钱。

刘志丹住在一户李姓人家。这家比较富裕，后院有三孔窑，前院东西两间厦房。男主人四十多岁，左腿有点瘸，留把山羊胡子，眉眼慈善，见人不说话先笑。他叫李富贵，自称是李自成的代。李富贵开始有些紧张，害怕被刘志丹"吃大户"。后来见他说话和蔼，一口一个"老哥"，没有为难他的意思，吃了粮食还给钱，便慢慢放了心，说要给刘志丹酿米酒喝。刘志丹说："我也会酿酒，给你打下手。"

腊月里，陕北人喜欢酿米酒，为的是过年招待亲朋好友。但是这几年天旱，秋庄稼收成不好，又遇上兵灾，许多人家里粮食不够吃，真正能酿酒的并不多。但李富贵不缺粮食。刘志丹过去跟父亲造过酒曲，懂得造曲的工序：先用热水将麦子焯浸透，再把水倒掉，装入瓦盆，盖上盖儿，三四天后，等发芽到半寸，再放在锅里烘干，然后在石碾子上碾碎成粉，用面罗罗将麸皮罗出，就成了酒曲。李家的酒曲早已做成。刘志丹给李富贵打下手，将碾成面的小米和黄米过罗，然后放入锅里蒸。等蒸熟后，再放入瓦盆里，拌上酒曲，对上冷开水，等它发酵。几天后，就可以闻到酒香了，然后将酒浆对入热水，用筛子将酒糟筛出，倒进锅里烧开，就是热腾腾的米酒了。

外面下着大雪，两人一边喝酒，一边聊天。

刘志丹说："米酒做好了又香又甜，做不好就会变酸。酸了不好喝，太甜又不香。老哥酿的米酒恰到好处，好喝哩。"

李富贵说："老刘你在行呢。"

刘志丹笑着说："咱陕北人谁家没酿过米酒？逢年过节，随便走进谁家，上炕盘腿一坐，讨几碗米酒喝，喝醉了就睡在人家炕上，这种事，我干过好多次。"

李富贵说："'好汉问酒，赖汉问狗'，不怕你笑话，我第一次去丈人家就喝醉了，搂着丈人直叫'老哥'哩。"

刘志丹哈哈笑了，说："从前有个范仲淹，带兵在咱陕北跟西夏党项人打仗，他就特别喜欢喝咱的米酒，还写下过一首'浊酒一杯家万里'的诗。他说的浊酒，就是咱陕北的米酒。"

李富贵说："没看出，老刘你还是个秀才哩！"

刘志丹说："我是一瓶子不响，半瓶子晃荡。我只是喜欢范仲淹这个人，他那句有名的'先天下之忧而忧，后天下之乐而乐'，跟我们共产党的主张一样。"

两人正说着，进来一个二十出头的俊俏女人，一双毛茸茸的眼睛又黑又亮，一根黑粗的长辫子搭在背后。

李富贵介绍说："这是丹丹，是我的小婆姨。"

但刘志丹来了好几天，从来没见过这个俊俏的小婆姨。大婆姨倒是见过，嘴边长颗黄豆大的红瘊子，粗腰，大屁股，走路很费劲。

丹丹用托盘端来一盘羊头肉，一盘爆炒羊肚丝，一盘洋芋擦擦，还有一盘碗坨。这碗坨是用荞麦加水碾轧，擂成糊状，然后过滤去渣，盛碗入笼，旺火蒸熟，晾凉后托出，切片，用盐、醋、辣椒粉、花椒粉、姜粉、蒜泥、葱花、干芫荽、熟芝麻调制成麻辣蘸汤，再加上特制的麻辣羊肝花，吃起来清爽利口，满嘴生香。碗坨是夏天的吃食，大冬天端上来，着实让刘志丹有些惊奇。

李富贵说："昨天闲聊时，你说好久没吃上碗坨了，我就记下了，今儿个让丹丹弄了一盘，让你尝尝。"

刘志丹本来就是豪爽之人，见李富贵如此待他，很是感动，便敬了李富贵一大碗。两人一来二去，一会儿工夫，两坛米酒下了肚。

第二天是腊月二十五。"二十五，糊窗户。"一大早，丹丹跪在炕上贴窗花，每个窑洞和屋子的窗户都贴上了。有人物、花鸟、鱼虫、兽类、戏曲故事、神话传说。不光窗户，炕围子、顶棚也贴，贴些"下山虎"和"蛇盘兔"之类的窗花，寓意为"下山虎，无灾苦""蛇盘兔，必定富"。门上有门花，帘上有帘花，枕上布堆花，神龛虔诚花。丹丹也给刘志丹住的屋子贴上了窗花，是关公和钟馗。

除夕傍晚，刘志丹带着队伍离开了固城川，准备夜袭甘肃宁县，没想到却在张皮塬闯入了军阀陈珪璋、谢牛旅的埋伏圈，队伍损失惨重。刘志丹率领剩下的一百多人，突出重围，又一次钻进了梢山……

10 ★ 搞　枪

陕北洛川有句老话："有钱人去西安，穷汉娃上延安。"王世泰家里穷，只能去延安四中上学。四中学费低，许多穷娃都在那里上学。

上学不久，王世泰听同学私下说，学校里的地下党组织是穷学生的组织。他想，我就是穷学生，应该加入这样的"组织"。于是通过同学介绍，很快加入了"组织"，成为一名共产党员。

王世泰五大三粗，长脸，大眼，高鼻梁，浑身都是力气，因此被"组织"指定为纠察队长。纠察队长的任务，是在每次开展秘密活动时观察放风，保护同学。上街张贴标语风险最大，一旦被捉住，轻则被开除，重则得坐牢。但只要有王世泰在，同学们就不会害怕，因为王世泰胆大心细，从来没有失过手。有一次，他们来到高双成司令部门前，王世泰递给哨兵一根烟，引诱哨兵背对大门，假装与哨兵聊天，掩护同学们把标语贴在了司令部的大门上。

四中校长叫徐绍林，这人干净利索，别的校长穿长衫，他却穿中山装，笔挺笔挺，看着不像校长，倒像个政府官员。学校地下党活动频繁，让徐校长很泼烦。一方面，这些学生不安分守己，扰乱了学校的正常秩序；另一方面，省党部的特派员羊倌曾经多次找他，要求他严密监视学生，尽快挖出学校里的共党分子。徐绍林压力很大，召开师生大会，对学生约法三章：不准集会，不准游行，不准张贴标语。他让教员吴志超监视学生的行动，从中寻找地下党的蛛丝马迹。组织决定整治一下吴志超。吴志超负责管理学校伙食，账目一向混乱不清，学生们早就怀疑他贪污了伙食费。"组织"抓住这个把柄，领导全校学生公开罢课，要求校方严惩贪污分子吴志超。罢课一周，在社会上引起了强烈反响，校长徐绍林担心事情闹大，不得不忍痛辞退了吴志超。但徐绍林却咽不下这口气，向羊倌和县政府提供了带头闹事的学生名单，警察逮捕了几个学生领袖。这更激起了学生的愤怒，他们高呼口号，潮水一样涌向街头，聚集到县政府大门口，要求释放被捕学生。当局看着黑压压的学生，迫于压力，只好释放了被捕的学生。

"组织"趁热打铁，决定一鼓作气，赶走校长徐绍林。学生们再次走上街头，高呼"打倒徐绍林！""徐绍林滚出延安四中！"等口号。许多民众听说校长唆使当局抓捕自己的学生，也很气愤，纷纷加入了游行队伍。驻军司令高双成派兵封闭了四中。

王世泰负责保管党内文件和枪支。学校被封的前一天，他得知自己也被列入军警抓捕的黑名单，连夜将文件和一支驳壳枪、一支左轮手枪、一支"独角龙"和一些子弹，埋藏在还未暴露的党员工友姚安家后院，然后悄悄逃回了老家。半个月后，风声过去了，他才又回到延安。他不放心那些文件和枪支，夜里悄悄来到姚安家。

姚安吓了一跳："你咋回来了？警察到处抓你哩。"

王世泰说："文件和枪哩？"

"你放心，很安全。"姚安说，"延安你不能待了，你去找刘志丹！"

王世泰知道刘志丹拉起了一支队伍，转战在陕北的沟壑川道里，他也一直想去投奔刘志丹，跟着他真刀真枪地干。可是，他不知道刘志丹现在在哪儿。

姚安说："你去找刘明景，他肯定知道刘志丹的下落。"

"他咋知道？"

"他是延安区委书记呀！"

姚安的话让王世泰吃惊不小。刘明景是安塞县人，是王世泰的同班同学。他们相处两年，王世泰只知道刘明景是党员，而且是学校党组织的负责人，但他并不知道刘明景是中共延安区委书记。

王世泰去找刘明景，一见面就说："你城府够深的！"

刘明景笑着说："这是党的纪律，你应该理解。"

听说王世泰想去找刘志丹，刘明景高兴地说："太好了，如果我不是区委书记，也跟你一起去找刘志丹。"

刘明景告诉王世泰，刘志丹在保安和安塞交界的梢林里，但具体在哪里，他也不太清楚。他让王世泰先去保安县找曹儒。曹儒名义上是县教育局长，其实是保安县地下党组织的负责人。刘明景写了一封密信，让王世泰交给曹儒，说他会设法让你见到刘志丹。

王世泰到达永宁山寨，在教育局找到了曹儒。教育局有两孔窑洞，局长一孔，其他人一孔。窑洞隔音，隔热，保温，冬暖夏凉，陕北人称"神仙洞"。陕北窑洞分为四种：土窑、石窑、砖窑、接口窑。土窑是靠山崖挖的黄土窑洞；石窑和砖窑是在平地上用石块砖块砌成的窑洞；接口窑是在土窑洞口，从底到顶再用一层石块或砖箍成窑面的窑洞，这种窑洞整洁，结实。曹儒住的就是这种窑洞。

王世泰从皮袄里子里取出密信，交给曹儒。曹儒认真看了一遍，然后说："你先住下，我明天派人带你去。"

第二天天麻麻亮，曹儒派了一个拦羊后生，带着王世泰去找刘志丹。尽管正月已过，但山谷里翻卷上来的寒风，刀子一样割脸。他们翻梁越沟，朝东北方向走了一天，直到天麻擦黑，才钻进一片梢林。

哨兵将他们带进一孔窑洞。窑里有一个土炕，炕桌上点着一盏麻油灯，灯下盘腿坐着的人就是刘志丹。王世泰把信递过去。

刘志丹看完信，热情地招呼王世泰上炕，高兴地说："欢迎欢迎，我这里就缺文化人。"

王世泰说："我想跟你闹一番世事哩！"

刘志丹吧嗒着旱烟说："我们队伍组建时间不长，上个月刚在张皮塬吃了大亏，现在力量还很薄弱，整天钻梢林，吃得不好，穿的也没有，枪支弹药也很缺乏，以后的困难还会更多，你能吃下这苦？"

王世泰说："我也是下苦人出身，啥苦都能吃。"又说，"队伍里缺枪？我能弄几支回来！"

刘志丹眼睛一亮："你真能弄到枪？"

王世泰说："能！我在延安四中管过几支枪，现在就埋在一个工友家的后院里。我明天就回延安，把枪给咱取回来！"

"一共几支？"

"一支驳壳枪，一支左轮手枪，一支独角龙，还有一些子弹。"

刘志丹一拍大腿说："太好了！要不要派人跟你一起去？"

"不用，我一个人能行。"

"你能把枪取回来，就对革命立了一大功！"

几天后，王世泰返回延安。他来到延安城外，撕烂衣裳，又往脸上抹了灰土，混在人群里进了城，七拐八拐来到姚安家。姚安告诉他，延安区委已经暴露，刘明景等人转移到甘谷驿去了，全城戒严了，到处抓捕共产党，局势非常紧张。有一些同志没来得及转移，被敌人逮捕了，"组织"正在设法营救这些同志……

姚安问："你不是找刘志丹去了吗，咋又回来了？"

王世泰说："我回来拿枪。"

姚安说："枪已经被刘明景拿走了。"

一听枪被拿走了，王世泰急了："我给刘志丹打过保票，一定要把枪带回去。这可咋办，我咋向他交代嘛！"

姚安说："都是为了革命，谁用都一样。"

王世泰叹息一声，圪蹴在地上。

姚安说："我这里还有两支手枪，要不你拿回去交差？"

王世泰忙站起来说："你真有两支手枪？"

姚安说："我骗你干啥！"

姚安取来手枪，交给王世泰。

王世泰拿在手里翻看着说："你可帮了我大忙了。可就这两支，也不够啊。还得再搞几支枪！咱同学谁在高双成部队里做事？"

姚安略想了想说："李树，他在学兵连当文书。"

枪有了着落，王世泰这才感觉肚子饿了，便对姚安说："我饿了，你弄点吃的来，最好再弄些米酒。"

姚安说："现在不是饭时，我老婆又不在，咋给你弄吃的？走，巷口有个油糕店，我带你去吃炸油糕。"

两人来到巷口，在那家油糕店坐下来，要了两斤素糕，两斤炸糕，一斤米酒。油糕店前面炸糕，后院磨糜子、蒸糕。通过洞开的屋门，能看见一头毛驴正在绕着碾子碾糜子。主人怕毛驴偷吃，用黑布蒙了驴眼。毛驴很不情愿，无精打采地拉着碾子。店主的婆姨在锅台边蒸糕，时不时跑过来将碾盘上的糜子摊匀，吆喝一声毛驴，毛驴紧走几步，等女主人走了，又变得无精打采。糜子碾成黄米，像沙金一样流淌下来。那婆姨将泡好的黄米捞出控干，然后加水与面搅拌，在蒸笼上撒上一层米面，等熟透时再撒一层，就这么一层一层地蒸……

晚上，王世泰在兵营门口找到李树。

李树长个大脑袋，眯缝眼，长腿长胳膊，以前他们一起贴过宣传标语。李树一见王世泰，吓了一跳，将他拉到远离兵营的一个羊杂汤馆，要了两碗羊杂汤，六个面饼。李树看着王世泰说："夜猫子进宅，无事不来，说吧，找我啥事？"

王世泰"嘿嘿"笑着，俯过身去说："我加入了刘志丹的游击队，回来搞枪。咱们是同学，你可得帮我啊！"

李树吓了一跳，偷眼看看左右，压低声音说："我上哪儿搞去？"

王世泰说："我还不知道你？你有的是办法。你赶快给我搞几支，驳壳枪最好，没有短枪，长枪也行。我不让你白搞，我给钱。"

李树瞪着眼说："你简直疯了！"

王世泰说："我不管，你得想小法搞几支！"

羊杂汤端上来了，王世泰一口气吃下三个饼子，吃出一脑门细汗。李树却没有胃口，满脸愁容。王世泰又将李树剩下的一个半饼子囫囵下肚，将自己碗里的汤喝完。然后对李树说："我在姚安家等你消息！"说完站起来，冲李树"嘿嘿"一笑，走出了饭馆。

第二天黑夜，李树来到姚安家，见了王世泰就说："我们学兵连二排长私藏了一支德国造马步枪，要卖三十块现大洋，你要不要？"

王世泰一听急了："这么贵，抢人呀？"

李树说："人家就这个价，少一个子儿也不卖。"

王世泰想了想，咬咬牙说："好，三十就三十，我买了！"

"人家要的可是现钱。"

"现钱就现钱。"

"你有钱？"

"这你别管了，你把枪拿来，我见枪付钱。"

晚上，李树真拿来了枪。

王世泰翻看了看，高兴地说："真是把好枪！"

李树伸出一只手，掌心向上说："钱呢？"

王世泰"嘿嘿"笑着说："说实话，我没钱。"

李树急了："没钱你买枪？人家会找我要钱的！"

王世泰说："你怕啥，他小子这枪来路不明，谅他也不敢大吵大闹跟你要钱。他硬要，你就说你上当啦，枪叫人拐跑了。他要耍横，你也要横，嚷着拉他去连部，告他私藏枪支，看他还敢不敢再要！"

李树气得不理王世泰。王世泰搂住李树的肩膀说："你搞到一支枪，就是为革命做了一次贡献，革命不会忘记你！"

李树无奈地说："遇到你这么个同学，算我倒霉。"

李树走后，王世泰准备连夜返回队伍。可是咋出城呢？来是空身，还好说，现在带着三支枪，一长两短，咋个出城？王世泰犯难了。他想起东城墙根有个泄水洞，也许可以从那里爬出去，便让姚安先去查看。姚安跑去看了一趟，回来说："洞口早被封死了。"王世泰说："能不能用绳索从城墙上溜下去？"姚安摇头说："夜里城墙上有流动哨，白天倒没有流动哨，但是青天白日，你咋带枪出城？"

站在一旁的姚安女人对王世泰说："你不是穿着长袍嘛，你把短枪别在腰里，把长枪斜背在袍子里，别人不就看不出来了？"

女人一句话，提醒了两个男人。王世泰说："还是嫂子有办法。"说着脱了长袍，开始在身上比画。先把长枪背上，袍子穿上，肩上再背个褡裢，把两支手枪和子弹装在褡裢里，不注意看，还真看不出啥破绽。带枪的问题解决了，可是怎么出城呢？

王世泰又一次想到了李树。李树虽是文书，但好赖也是系武装带的军官，守城的卫兵不敢阻拦他。王世泰找到李树，说："老同学帮人帮到底，还得想办法把我送出城去。"事已至此，李树也只好答应。

这天后晌，王世泰长袍里藏了长枪，背着装有两支手枪和子弹的褡裢，跟在李树后面朝城门口走。

哨兵拦住说："上峰有令，进出城都要搜查。"

李树拉下脸来说："他是我亲弟，也要搜查吗？"

哨兵见是当官的，犹豫了一下，放王世泰出了城。

11 ★ 补充团

不久，陕北几路军阀开始合伙"围剿"刘志丹。为了保存力量，刘志丹率一百余人，暂时投入国民党陕西警备骑兵旅苏雨生部。苏雨生从前是包头的一个土匪头子，后来被冯玉祥收编，任命为旅长。但他心里明白，冯玉祥对他并不放心。他既担心冯玉祥随时拿下他，又担心别的军阀吞并他，所以暗地里不断扩充自己的武装。刘志丹这时投奔他，当然求之不得。他将刘志丹的队伍改编为补充团，任命刘志丹为团长，马锡五为军需官，驻防在陕西旬邑县职田镇。

不久，省委派人来到职田镇，将一封密信交给了刘志丹。密信指示刘志丹要用补充团做掩护，扩大自己的实力，积极准备兵变，尽快打出"红旗"。省委来人走后，刘志丹开始密谋兵变。但他没有想到，一场灾难正在悄悄逼近。

苏雨生尽管收编了刘志丹，但他知道刘志丹不会久居人下，所以一直存有戒心。有密探禀报，刘志丹最近正在暗中招兵买马，苏雨生便釜底抽薪，不给补充团按时拨发粮饷，致使补充团的正常生活开支出现了困难。刘志丹没有办法，决定打土豪，自己解决粮饷。他派补充团田营长带人去筹集粮饷，土豪刘日新不但不给，还口出狂言，大骂田营长，让他滚出去。田营长一气之下，把刘日新捆了起来。没想到刘日新脸皮薄，受不了这种羞辱，在田营长走后的当天晚上，悬梁自尽了。

刘日新有个儿子，在杨虎城的十七路军当营长，得知父亲的自杀与刘志丹有关，便向杨虎城告状说："渭华暴乱匪首刘志丹又在旬邑捣乱，逼死了我父亲，请求严惩凶手。"恰巧事前杨虎城已经听到安插在苏雨生部的参谋酒羽武的密报，说刘志丹正在暗中招兵买马，准备搞兵变，不禁勃然大怒，一拍桌子说：

"刘志丹太猖狂了，给我拿下！"

苏雨生接到杨虎城的密令，以开会的名义把刘志丹骗到司令部，扣押起来。同时派骑兵团和步兵团，包围了职田镇，将刘志丹作为人质，威逼补充团缴枪。双方对峙一天，冲突一触即发。

补充团党支部召开紧急会议，商量对策，决定让王世泰出去与苏雨生谈判，只要他们不伤害刘志丹，补充团可以缴枪。苏雨生痛快地答应了，补充团这才缴了枪。全团官兵被软禁在镇外的一座古庙里，后来编为运输队，尽管还穿着军装，但没有配一支枪。

但苏雨生并没有释放刘志丹，他准备以叛乱罪除掉刘志丹。刘志丹被打入死囚牢，脚上戴着十二公斤的铁镣。

这时，习仲勋也隐蔽在苏雨生的部队里，在警备骑兵第三旅三团二营二连当见习官。他从富平脱险后，到三原找到黄子文，黄子文让他去西安向省委报告。这时，中共陕西省委正组织党员去杨虎城部长期隐蔽，计划条件成熟时发动武装起义，把部队逐步改造为公开的红色武装。习仲勋被省委派到了苏雨生部队，准备伺机与刘志丹取得联系，统一行动，举行兵变。可他还没来得及与刘志丹联系，刘志丹就被抓了。习仲勋以借粮草为名来到运输队，见到了王世泰与马锡五，几个人秘密商议如何营救刘志丹。

马锡五说:"就是豁上一条命,也得把老刘救出来!"

王世泰说:"我们运输队有二十几个党员,还有一些进步骨干,可以突然袭击,从敌人手里抢夺一些枪,把老刘营救出来。"

习仲勋说:"老刘是一定要救的,但不能这么莽撞。苏雨生现在警惕性很高,在各个部队里安插了眼线,咱们稍微有点动静他就会知道。所以夺枪很难,弄不好还会造成更大损失。再说,即使夺枪成功,营救老刘也很难。这里是西安通往兰州的交通要道,杨虎城调动部队很方便,即使把老刘营救出来,我们也很难把部队拉出去。我们再想想别的办法。"

王世泰没想到这个只有十六七岁的娃娃,说话办事却如此老练,心里很佩服,说:"你说得有道理,我们再想一个万全之策。"

这时省委也调动了一些关系,设法营救刘志丹。他们找到从前榆林中学的校长杜斌丞。杜斌丞两年前离开了榆林中学,现在杨虎城部当高级参议,听说自己的学生刘志丹被捕了,也很着急,又去找他的老朋友、国民党省政府秘书长南汉宸,商量如何营救刘志丹。但杜斌丞当时并不知道,南汉宸也是中共地下党员。

南汉宸是山西赵城人,年轻时就加入了同盟会,大革命失败后来到杨虎城的部队。杨虎城在中原大战中为蒋介石立下过汗马功劳,当他率领十七路军追击冯玉祥军到达陕州时,蒋介石突然来电,嘱咐杨虎城组建陕西省政府。大战结束后,南京政府正式任命杨虎城为陕西省政府主席,使得杨虎城部从一个纯粹的军事集团转为政治集团。杨虎城对南汉宸一向很信任,便任命他为陕西省政府秘书长。

杜斌丞与南汉宸一起去找杨虎城说情,杨虎城这才松了口,写了释放刘志丹的手令。杜斌丞带着手令赶到邠县(今陕西彬县),将刘志丹接出监狱。两人来到一家驴肉馆,刘志丹有一肚子话想给老师说，杜斌丞也有很多话要告诉刘志丹，两人这顿饭整整吃了两个时辰，直到夜幕降临，才恋恋不舍地告别。

走到岔路口，刘志丹说："从前老师教给我新思想，今天老师又救了我一命，我要是弄不成事，将来也无颜见老师！"

杜斌丞拍了拍刘志丹的肩膀说："我相信你将来一定能干出一番大事，只是今后不要如此莽撞。一旦失去生命，胸怀再大也是枉然。从目前情势看，陕西局势越来越复杂。尽管老蒋把陕西交给了杨虎城经略，但据我观察，老蒋对杨并不放心。因为他随后又设立了潼关行营，派顾祝同任主任，负责西北的军事。顾祝同率两个师进驻潼关、华阴和华县，这就等于扼住了陕西的咽喉。这两个师，实际上就是用来节制杨虎城的。但是他们之间的钩心斗角，对你们共产党却是好事，你们可以借池养鱼，也可以浑水摸鱼，干出一番事业来。"

老师说的这一层，刘志丹倒是没有想到："老师在省府德高望重，人际深广，掌握内部情况多，今后还请多多指点！"

杜斌丞说："那是一定的。世事很乱，你要多加小心！"说着，从长袍里掏出一把手枪和几块银圆，交给刘志丹说，"你先拿着用，我相信你一定能弄成大事！"

刘志丹很感动，说："我一定会努力，老师您也多保重！"

两人分手后，刘志丹当天夜里离开邠县，去了甘肃平凉。

12 ★ "杂牌军"

刘志丹走后，习仲勋留下来继续开展兵运工作。他知道，要想在二营站住脚，就必须争取营长王德修。三四月间，他与营里的地下党员，先后两次在长武县西门外的药王洞秘密开会，确定了当前的重点工作：一方面争取王德修，一方面分头争取各连的进步士兵。

王德修原是西北国民军第一师第二支队司令，后来编入苏雨生部，当了一个小小的营长，因此对苏雨生一直心怀不满。他三十多岁，马脸，左眉心有两根长毛，思考问题时，喜欢用左手捻动那两根长毛。他不爱说话，却爱下棋。空闲时，提着棋袋子从这个连队，走到那个连队，找人下棋，却一直没有找到对手。

习仲勋小时候放羊时，跟周冬至在石川河"顶方"或下"狼吃娃"，上学后跟严先生学过下象棋。一天，习仲勋正跟人在树下下棋，王德修来了，下棋的和旁边围观的都入了神，没人注意。一群兵大白天围在一起，要是玩别的，王德修早就火了，可是下棋王德修不火，饶有兴致地站在一旁观战。有人扭头看见了营长，想走，被王德修一把拽住，示意不要声张，继续观棋。习仲勋也看见了，但他装着没看见，继续下棋，对手被习仲勋渐渐逼到了绝路上。

王德修急了，一把将那兵提起来说："避避避，臭棋篓子，老子来!"说着坐在了习仲勋对面。

习仲勋说:"我们下着玩哩,我这臭手,不敢跟营长下。"

王德修黑着脸说:"少废话,接着下!"

习仲勋佯装无奈,低头继续下棋。结果,王德修输了。王德修脸红了,卷起衣袖说:"刚才是半盘棋,不算,来,再来一盘!"

两人又下了一盘,王德修又输了。

这种情况在二营从来没有发生过,围观的兵都不敢吭声。

习仲勋谦虚地说:"营长承让,营长承让!"

王德修脸更红了,说:"咦呀,你小子有两下子!我还没发现二营有这样的人才,来来来,再下!"

接着,又下了两盘。习仲勋第一盘输了,第二盘也输了。王德修这才露出笑容,说再下两盘。习仲勋见王德修捡回了面子,便说:"不下了,不下了,还是营长厉害,名不虚传,我求饶了!"

王德修笑着说:"你小子还行,下次咱再下!"

从那以后,两人经常在一起下棋。有时王德修提着棋袋子来二连找习仲勋下,有时派勤务兵叫习仲勋去营部下。一来二往,两人熟稔了,说话也就随便多了。一次,两人在营部下棋,习仲勋见旁边无人,对王德修说:"营长,底下有些闲话,我早就想告诉你了,但又不知该不该说。"

王德修手里举着一枚棋子,眼睛看着棋盘说:"啥闲话?"

习仲勋说:"我说了,你可别生气。"

王德修举棋不定,正在寻找落脚处:"我不生气,你说!"

"兄弟们都说,营长是个好人,就是太软了。"

"啥?"王德修抬头看着习仲勋,"我太软?"

"兄弟们说你心善面软,容易被人欺负。"

"被谁欺负?"

"还能有谁?你从前当司令,现在才给个小小的营长,兄弟们都替你打抱不平,说好听点,是委屈了你;说难听点,是欺负你老实。"

这话说到了王德修的痛处,他将棋子"啪"地拍在棋盘上,红着脸说:"你们瞎咧咧啥!司令咋啦?营长咋啦?要你们操心!"

习仲勋见王德修急了,心中暗喜,脸上却装出闯了祸的样子,忙解释说:"营长别生气,我只是随便说说。兄弟们没人看不起你,兄弟们能这么说,说明对你有感情。营长你为人仗义,爱护部下,我才敢斗胆说出来。以后再听到啥闲话,我不说就是了。"

王德修将手里刚才吃掉的两枚棋子,"哗啦"扔到棋盘上,站了起来,脸色铁青,一只手背着,一只手捻着眉头上的两根长眉毛,气呼呼地在屋里转圈。转了两圈,问习仲勋,"兄弟们真这么说?"

习仲勋装出小心翼翼的样子:"真这么说。"

王德修语气缓和下来:"往后听到啥话,你只管告诉我。"

打那以后,王德修将习仲勋视为心腹,没过多久,就提拔习仲勋当了特务长。大家见营长对习仲勋另眼相待,也对他高看三分,这更有利于他到各连去开展地下工作。习仲勋很快在全营秘密发展了三十多名党员,随后建立了营党委,他担任营党委书记。

1931年春,蒋介石觉察到杨虎城心有积怨,将顾祝同的两个师调离陕西,让杨虎城代理潼关行营主任,负责西北战区的军事工作。但不久又将潼关行营撤销,改任杨虎城为西安绥靖公署主任,这等于明确了杨虎城的职权范围,只能在陕西境内。

老谋深算的苏雨生,看出蒋杨之间的明争暗斗,意识到如果继续跟随杨虎城,将来可能会得罪老蒋,便在这年4月突然背叛杨虎城,想将部队重新拉回宁夏,另起炉灶。杨虎城当然咽不下这口气,调集军队包围了驻扎在邠县的苏雨生部队。邠县位于渭北旱塬的沟壑间，东连旬邑、淳化，南依永寿、麟游，西邻长武、灵台，北接甘肃正宁，是连接秦陇的咽喉要道。一场混战即将开始。

习仲勋等人秘密召开营党委会，紧急商议对策。

有人说："我们在苏雨生部队已经有了根基，跟着苏雨生走，将来好搞兵变，可以把队伍拉出来。"

有人说："我们不如现在趁乱，把部队拉出去。"

有人反对说："杨虎城这么多部队包围上来了，我们现在跑，只能是白白送死……"

习仲勋听完大家的意见后说："苏雨生肯定干不过杨虎城，跟着他只能是死路一条。我们跑也不是办法，不如掉转枪口打苏雨生，这样杨虎城就不会围攻我们，反而事后会奖赏我们，信任我们，我们就可以先隐蔽在杨虎城的部队里，将来伺机而动。"

经过讨论，大家认为习仲勋的意见可取，表决通过。习仲勋去找营长王德修，说明利害，建议他脱离苏雨生。王德修觉得习仲勋说得很有道理，迅速脱离了苏雨生部，掉转枪口，配合杨虎城的部队，攻打苏雨生留在邠县的第一团。两天混战后，苏雨生战败而逃。

二营被杨虎城收编，但杨虎城觉得二营是苏雨生的旧部，有些不放心，将他们打入另册，改编为陕西警备第三旅二团一营。

这年5月，一营移防凤翔县北仓。此时，兵运工作日趋成熟，全营四个连都建有支部，每个支部都有二十余名党员。部队改编后，王德修继续担任营长。但与其他营比起来，变成了"三差"营：武器差、服装差、待遇差。枪是杂七杂八的旧枪，大多是陕西造，还有一些土枪，只有营长和连长才配有盒子枪，排长扛的是"老套筒"长枪；衣服不能按时发放，快到冬天了，有的士兵还打赤脚出操；伙食费也不按时供给，上面的军需官总是找各种理由克扣粮饷。

王德修对习仲勋说："当初我听了你的话，留在了杨虎城这里，现在看来这步棋咱们走错了啊，杨虎城根本不把咱当人待嘛！"

习仲勋说："他另眼相看，咱也留个心眼，以防不测。"

不久，省委派人来找习仲勋，让他举行兵变。但他考虑到目前情况复杂，力量弱小，兵变时机尚不成熟，所以没有轻举妄动。

1931年冬，杨虎城命令部队开赴陇南，迎击北上的川军。当时风很大，部队只能逆风前进。"南风不过午，过午连夜吼。"这场风一刮就是两天一夜，官兵们一个个灰头土脸，疲惫不堪，休息了一天，这才开始攻打川军。仗打得稀里糊涂，没有分出个胜负，最后又稀里糊涂地各自撤出阵地。战后，按照上面的命令，一营分驻陕甘两省，营部和一连、机枪连驻凤州城，二连驻双石铺，三连驻两当县城。这时，兵运行动已经引起了上面的警觉，团里开始给一营"掺沙子"，换掉了四个连长中的三个。不久，又给营里派来一个文书。

文书名叫酒羽武，二十出头，中分头，小圆脸，说话爱吃挤眼。苏雨生没有背叛杨虎城之前，酒羽武是苏雨生司令部里的政治参谋。现在他被下派到一营当文书，大家都为他叫屈，他却一副无所谓的样子。但谁也没想到，他是杨虎城的奸细。刘志丹那次被捕，所有人都知道是因筹粮逼死了人，但没人知道，这其中还有酒羽武的"功劳"。

更不会有人知道，酒羽武是一个双料奸细。他在司令部当政治参谋时，就被省党部特务老陈发展为眼线。老陈跟老刀一样，是陕西特务头子安先生手下的一个行动组长，分管宝鸡和陇东片区的情报收集。酒羽武来一营的主要目的，就是监视习仲勋。

山上的大枣红了，农民正在摘枣儿。"枣儿红圈，双手扳肩。"天气开始变冷，正是萝卜生长的时候，"地冻扎扎响，白菜萝卜长"。但部队给养跟不上，有人偷偷跑到老百姓的地里拔萝卜。

这时，省委派人来到两当。来人叫李杰夫，是中共陕西省委常委。他穿一身灰色长袍，头戴礼帽，鼻梁上架一副眼镜。李杰夫带来了省委的指示，要求习仲勋尽快组织兵变，最迟要在一个月内行动。但习仲勋觉得兵变时机尚不成熟，部队给养又出现了问题，便向李杰夫谈了自己的想法，请他回去向省委汇报，再等一些时日进行兵变……

13 ⋆ 在陇东

陈珪璋祖辈开油坊，他从小跟着父亲学榨油，成年后觉着一辈子榨油没出息，便在一天夜里离家出走，混了几年，竟然混成了甘肃义勇军的小首领。后来，接受了冯玉祥的改编。再后来，被蒋介石任命为师长，驻守在平凉，掌管陇东十四个县的广大地盘。

刘志丹来平凉找陈珪璋，不仅因为他控制的地盘大，也不仅仅因为他与周边的小军阀关系不和，目前处境不好，急需扩充力量，还有一个重要的原因：陈珪璋的部队潜伏有自己人。这人是中共陕北特委早就安插进去的，叫张秀山。省委要求他落脚后，尽快与张秀山取得联系，在陈珪璋部伺机举行兵变。

陈珪璋三十多岁，方脸大眼，不笑时仪表堂堂，哈哈一笑便露出黑黄稀疏的牙齿。陈珪璋与刘志丹一见如故，说到激动处，拉着刘志丹歃血为盟，当场结拜为异姓兄弟，任命刘志丹为十一旅旅长。

巧的是，这个旅的手枪队队长，就是刘志丹要找的张秀山。张秀山是陕北神木人，二十岁，瓜子脸，鼻梁挺拔，眼睛不大，但却有神，不爱说话，做事沉稳。

二月二，龙抬头。气候渐暖，百虫苏醒。这天娃娃们都要剃头，当地人叫"黑驴揭鞍"。家家户户还要炒食棋子蛋儿和黄豆，叫"咬蝎子"。就在这一天，省里派人来到平凉，张秀山在一座小庙与来人接头。来人带来了陕西省委的密信，正面写着一些家长里短的话，背面用碘酒一涂，省委的指令便显露出来。密信很短，只有一行字：军阀相争，局势多变，事不宜迟，尽快起义！

可就在这时，苏雨生突然背叛杨虎城，苏雨生战败北逃，准备回宁夏老巢。早胜镇是苏雨生必经之路。陈珪璋的十三旅驻扎在早胜镇，旅长叫高广仁。陈珪璋命令高广仁和刘志丹阻击苏雨生。

刘志丹与高旅长接触过几次，觉得这个黑脸旅长大大咧咧，人挺仗义。他率十一旅到达早胜镇，高旅长热情招待。两人正喝着酒，高广仁却突然变了脸，一摔酒杯，下令逮捕了刘志丹。

刘志丹很吃惊："高兄，你这是干啥？"

高旅长黑着脸说："不是兄弟不仁，故意与你为难，谁让你是陈珪璋的拜把兄弟呢。实话告诉你，我与苏雨生早已是拜把兄弟了。我不扣留你，你就会伤害我兄弟，所以今天只能委屈你了。我不杀你，但是你得让你的部队跟我走！你要是不愿意，那可别怪我不客气！我只能杀了你，然后再解决你的兄弟。你的部队现在已经被包围了。"

刘志丹听了这话，为了避免部队吃亏，只好答应跟着高广仁一起走。部队走到合水老城东，陈珪璋派来的第五旅突然追了上来。这时天下大雨。三个旅在雨中混战半日，十三旅被击溃，高广仁被打死。

刘志丹认识第五旅旅长蒋云台。蒋云台参加过渭华暴动，暴动失败后投奔了杨虎城。蒋云台旅里的地下党员私下里告诉刘志丹，陈珪璋听信谣言，怀疑高广仁叛变是刘志丹唆使的，他们演的是苦肉计，所以才派蒋云台来追剿他们。刘志丹一听这话，冒雨冲出了包围圈，连夜逃到合水县民团团总贾生财家里。

贾生财是他的结拜兄弟，手下有一百多号兵马。贾生财把他藏在后院的洋芋窖里。刚藏好，蒋云台就追来了。贾生财迎出大门。

蒋云台问贾生财："看见刘志丹没有？"

贾生财装出惊讶的神情："没有呀，咋啦？"

"他和高广仁密谋造反，陈师长让我捉拿他。"

"不会吧？他跟高广仁不是一类人，咋会搅到一起？"

"刘志丹是共产党，端谁的碗，砸谁的锅。他跟高广仁合伙放走了苏雨生，背着师长把部队拉到了这里，师长让我一定要杀了他！"

把蒋云台糊弄走，贾生财才把刘志丹从洋芋窖里叫上来，说："他们走远了，你赶快逃命吧，朝相反方向跑。"刘志丹从后院翻墙逃了出去，冒雨翻过两道山梁，实在走不动了，敲开了一家人的柴门。

这家人正在扎金斗银斗，给祭品上画吉祥图案。刘志丹灵机一动，谎称自己是走村串乡的画匠，天黑迷了路，想讨口水喝。男主人打量着他身上的军装，警惕地看着他。他忙解释说："这身衣裳是路上捡的。"主人将信将疑，让他进了屋。

刘志丹小时候学过画画，见祭品上的画还没画好，便拿起画笔，"唰唰唰"几下，在那些祭品上画了一些花鸟鱼虫。主人一看很高兴，相信他是个画匠，忙给他做饭泡茶，留他住在后院的草棚里。

雨已经停了。刘志丹躺在草棚里，怎么也睡不着。唉，又失败了。河里打起坝了，没有鳖走的路了。他把这几年搞过的兵运仔细想了一遍，得出了三条教训：一是利用军阀搞兵变，人员很杂，遇事根本靠不住；二是一定要建立自己的武装；三是一定要有自己的地盘。

想清楚了，就更睡不着了。他爬起来，悄悄打开柴门，离开了这户人家。爬上一道山梁，月亮出来了，很大，很圆，金黄的一轮。他心里不免有些伤感，一时性起，仰头唱起了信天游：

二月十五夜不眠，

月儿陪我上高山；

黄土梁梁红旗飘，

再难也要搞共产……

14 ★ 手枪队长

刘志丹走后，张秀山也离开了十一旅，"投奔"到甘肃靖远王子元的部队。王子元个子不高，脖子粗短，说话时不看人，爱看地，好像在跟地说话。他看着地，问张秀山："你为啥不跟陈珪璋干了？"

张秀山说："陈珪璋那人捉摸不透，刘志丹是他的结拜弟兄，他都翻了脸，我们这些无根无底的人，说不定哪天掉了脑袋都不知道。"

王子元仍然看着地说："听说刘志丹是共产党哩。"

张秀山说："听说是，但谁知道呢？共产党的脑门上又没写字。这年头，有枪就是王，管他这党那党，咱当兵吃粮，端谁碗听谁话。"

王子元翻起眼皮，瞭了张秀山一眼，又低头看地，慢条斯理地说："这倒是实话。但是甘肃那么多队伍，你为啥偏偏来投奔我？"

张秀山说："甘肃地面上队伍确实不少，但谁有您仗义？我喜欢跟着仗义的人干，心里踏实，干着放心。"

王子元笑了，说："你倒是个会说话的人。你上过学？"

张秀山说："上过几天。"

王子元说："你要是不嫌弃，就留下来给我当文书吧。"

张秀山一听这话，心里有点急。在陈珪璋的十一旅时，刘志丹曾经告诫他，搞兵运千万不要当"细腿子"（文书），一定要争取带兵！

手里有了兵，说话才硬气，关键时候才能弄成事。刘志丹说他北伐时本来可以带兵，但党内个别右倾领导不允许，让他做了政治教官，后来国民党把他们这些文员都赶走了。如果当时带着兵，就可以把队伍拉出来。

想到这些，张秀山说："我上学时净跟老师瞎捣蛋，没学到多少学问，干抄抄写写的事，不是那犁上的铧。我以前在陈珪璋那里当过手枪队队长，枪法还不错，您还是让我当手枪队长吧。"

王子元说："可我这里没有手枪队，要不，你去一连当连长？"

张秀山高兴地"啪"一个立正，向王子元敬礼："谢谢司令！"

一连隶属教导营，是临时拼凑起来的连队，士兵成分很复杂，关系很乱，很不好带。组建不到半年，已经换过三任连长。王子元让张秀山去一连当连长，是想给他个下马威，看他到底有多少能耐。你张秀山要是把一连带好了，我王子元就得到了一员干将；你要是带不好，就乖乖给我回来当文书。

让王子元没想到的是，张秀山不仅枪法好，带兵更是有一套，一个月下来，把个烂摊子一连整饬得服服帖帖。张秀山性格豪爽，有啥说啥，很对他的脾气。从此，便对张秀山刮目相看。

油菜花盛开的季节，王子元去邻县办事，让张秀山带兵路上保驾警卫。路过一条山沟时，山梁上突然冲杀下来数百兵马。王子元心里说："不好，狗日的张成仁想要我的命！"张成仁是甘肃的另一个军阀，半年前跟王子元打过一仗，几乎被王子元打死。最近张成仁放出狠话来，要取王子元的脑袋。所以这次出来，除了警卫排，王子元还带上了张秀山的一连，以防张成仁突然袭击。张成仁来了一个营的兵马，自己才带了一个连加一个排，显然不是张成仁的对手。

王子元大喊一声："张秀山，快来保护我，撤退！"边喊边骑马朝沟口逃。谁知沟口又冒出来一路人马，拦住了去路。王子元转身要往回逃，被人一枪从马背上打落下来。张秀山冲杀过去，探身一把从地上捞起王子元，一路拼杀，冲出重围。

王子元腹部中了一枪，但子弹只斜穿过肚皮，没有伤着五脏六腑，在炕上躺了半个月就好了。王子元从此对张秀山很信任。张秀山利用王子元的信任，在一连和教导营秘密发展了一批党员。

不久，谢子长来了。谢子长受省委指派，与张秀山一起策动兵变。两人在车马店接上了头，商定了兵变的时间。

可是就在这个时候，混进党内的一个投机分子，揭发了教导营副营长张东郊，说他是共党分子。王子元逮捕了张东郊。张东郊是张秀山在教导营发展的核心成员，掌握着组织的许多秘密。好在是单线联系，告密的那个投机分子，并不知道张秀山是幕后组织者。张秀山跑到车马店找谢子长，说事情已经暴露，王子元很可能会顺藤摸瓜，抓到其他同志，不如提前发动兵变，否则就来不及了。

谢子长说："事已至此，只能冒险了！"

两人商定夜里 10 点发动兵变。

分手时，张秀山说："老谢你待在这里别动，我搞成功了，会派人来接你；如果失败了，你赶快离开这里，回西安去向省委汇报。"

谢子长说："好，我等你！"

晚上 9 点，张秀山正在秘密布置兵变行动，骑兵营突然包围了一连营地。张秀山见势不妙，带领官兵冲杀突围，激战一个多小时，也没有突围成功。一个连对付一个营，要不了多久，就会被消灭。与其这样硬拼，不如保护其他同志，自己出面承担一切责任。想到这里，张秀山命令停止射击。等外面枪声停下来，他故意装糊涂，朝外面喊话："外面的兄弟，你们是哪部分的？为啥打我们？"

外面有人喊："少废话，你们赶快缴枪投降吧！"

张秀山听出是骑兵营营长刘满良，但他装着没听出来，继续扯着嗓子问："缴枪可以，但你得让我输个明白，你们到底是谁？"

"我是骑兵营刘满良，你狗日的听不出来？"

"原来是刘营长呀，咱们无冤无仇，你干吗打我？"

"不是我要打你，是司令要我来捉拿你！"

"司令为啥要捉拿我？"

"有人说你是共产党，准备把队伍拉出去。"

张秀山猜测是张东郊招认了，便朝刘满良喊："捉拿我一个人，用不着这么兴师动众嘛！我跟你走，我倒想去问问司令，是谁在诬陷我！好吧，我出来了，你不要伤害我们一连的弟兄。"

刘满良说："只要你乖乖跟我走，我绝对不伤害你的弟兄。"

张秀山小声对身边人说："大家一定要沉住气，即使审问你们，也死不承认。我救过王子元的命，谅他不会把我咋样。即使我出了意外，你们也不能暴露身份，将来等待机会，再搞兵变！"

刘满良在外面喊："张连长你倒是快点呀，磨蹭个啥！"

张秀山说："就来！"

说着拍拍身上的土，走了出去。

刘满良说话倒算数，没有为难一连官兵，但对张秀山却不客气，让手下捆住张秀山的双手，拴在他的马鞍上。他骑着马在前面走，张秀山被拖在后面跑。天上没有月亮，星星很繁、很亮。山路坑坑洼洼，张秀山深一脚、浅一脚，跌跌撞撞一路小跑。

张秀山说："刘营长，咱俩平日里无冤无仇，你咋这么整我？"

刘满良骑在马上，头也不回地说："我跟你没仇，但跟张东郊有仇。你跟张东郊是一伙的，咱们也算是拐着弯有仇。要不是张东郊在司令跟前说我坏话，我他妈早就当团长了。你是司令的红人，我平日里最看不惯你们这些狗仗人势的人。你现在成了我的阶下囚，狗日的张东郊也死了，真是恶有恶报啊，哈哈哈……"

"张东郊死了？"

"死了活该！狗日的胆小，吓得上了吊。"

张东郊一死，死无对证。除了张东郊，王子元不可能掌握其他证据。没有证据，我就不怕了。张秀山这么想着，心里有了主意。

一连驻地原来在司令部附近，后来王子元担心张成仁突袭，便将骑兵营调到跟前，将一连隐蔽在二十里外的田家镇，一旦有什么情况，也好从背后策应。刘满良将张秀山押到司令部已是半夜，张秀山的鞋早就跑丢了，脚上血肉模糊。王子元还没睡，一直等着他们。王子元见了张秀山，一言不发，低头看着地，黑着脸想。想一会儿，抬起头来，小眼睛死死盯着张秀山看，还是不说话。

张秀山忍不住了："司令，我咋啦，你让人抓我？"

王子元这才冷笑着说："你娃自己心里明白！"

张秀山说："我不明白。杀人不过头点地，脑袋掉了碗大的疤。司令你要杀要剐，我不说啥，但你得让我死个明白！"

"你心里没鬼，刘营长去捉拿你，你为啥开枪反抗？"

"深更半夜的，我以为是土匪，就开火了。"

"有人说你是共产党，密谋叛乱！"

张秀山急了："哎呀司令，你咋能听别人胡说呢？人人都说你是个明白人，讲义气，我今天才看明白，你原来也是个糊涂人！我如果想背叛你，想害你，上一回我就不会救你！"

王子元半天不说话，想了一会儿，也没有想出个结果，不耐烦地摆摆手说："先押下去吧。"

　　张秀山被关进土牢，三天没人理他。他不知道王子元在想啥。队伍里的地下党员们趁机到处散布言论说：张秀山从死人堆里把司令救出来，是司令的救命恩人，现在司令连张秀山都要杀了，也太不讲义气了，我们跟着他干，将来也不会有好结果！

　　这话传到了王子元的耳朵，他担心队伍哗变，加之除了张东郊的口供，也没有拿到张秀山叛变的确凿证据，只好把张秀山放了……

15 ∗ 羊皮客

杨盛二十多岁，米脂人，五短身材，是个贩卖羊皮的"羊皮客"。贩卖羊皮之前，杨盛跟姨夫熟羊皮。熟羊皮是个手艺活，也是个力气活。熟皮前，先得把收回来的新鲜羊皮晒干。不能在太阳地里暴晒，要在背阴处晾晒。然后检查皮板是否有裂口，褶皱处是否腐烂掉毛，之后才放入一口大缸，用清水浸泡两天，捞出来，横铺在木杆上，用锋利的尖刀刮掉上面的残肉，再加上碱，搓洗皮毛，直到干净为止。然后在水缸里加上盐、芒硝、玉米面，将皮子压进去，每天翻倒一次；浸泡十天，捞出来，在太阳下晒干。最后将干皮子铺平，喷点水，让皮子返潮，两张合在一起，放在阴凉处一个时辰后，用钝刀先横铲，再竖铲，铲完后晾干，一张羊皮就算熟好了。

姨夫熟羊皮二十多年，手艺不错，人却吝啬。杨盛他姨比姨夫还吝啬。一服中药舍不得一次熬，分成两服熬。病好不好不管，但为的是个节俭。家里只吃汤面，不吃干面，一碗干面对上面汤，顶两碗面。有时还在汤面里加些小米或玉米糁，或剁碎的野菜，而且一人一碗，没有多余，汤汤水水，就着黑馍或玉米饼子吃下，够不够就这么多，想再盛，锅已经见底了。杨盛正长身体，又干力气活，每天要翻腾上百张羊皮，不到饭时早就饿了，所以总是吃不饱。半年下来，人

90

瘦了许多，翻羊皮时腰都直不起来。实在撑不住了，杨盛找了个理由，离开了姨夫家。

杨盛开始自己贩卖羊皮。收皮子需要钱，可杨盛没钱。没钱咋办？借。借又借不着，谁会把钱借给一个穷后生？只好赊账。赊了刘财主家的账，买上几十张羊皮，拉到平川里去卖。

这天，杨盛准备去二道川卖羊皮。毛驴背上驮着羊皮。毛驴是借舅舅家的，舅舅说："你妈死得早，舅舅也照顾不上你，毛驴你就尽管使，等你挣了钱买了毛驴，再还我。"可杨盛计划有了钱，先不买毛驴，先箍两孔窑，再娶个小婆姨。有窑有婆姨有娃，才算有个家。杨盛做梦都想有个家。走着、想着，杨盛"嘿嘿"笑了。太阳当头，暖洋洋的，心里一时高兴，竟扯长脖子，唱起了信天游：

小妹妹为等哥哥来，

崖畔上跑烂十双鞋；

半黑夜梦见哥哥来，

热身子扑在冷窗台……

下了一面坡，上了一道梁，眼看就到二道川了。这时，土崖后面突然跳出来一伙穿军装的人，手里端着长枪。

"给老子站下！"

杨盛吓了一跳："你们这是抢人呀？"

"算你娃有眼。你是要命，还是要驴？"

"我要命。"杨盛想了想又说，"也要驴。"

领头的笑了，说："你驴日的倒贪心。你只能选一样，如果选错了，可能一样也给你留不下。"

"这话咋说？"杨盛问。

领头的说："你想要驴，命就没了。命没了，要驴也没用。你娃好好想想，算算这笔账。"

杨盛一想是这个道理，就说："那我要命。"但是突然又想到另一个问题，说："你们拉走了我的驴，我的羊皮咋驮走呀？"

那伙人被杨盛的话惹笑了，说："你是装傻，还是真傻？"

杨盛明白了，这伙人是要把毛驴和东西都抢走。他一下子急了，说："毛驴是我借舅舅的，你牵走了也倒罢了，可羊皮是我借刘财主家的钱买的，你们拿走了，让我拿啥给刘财主还呀？"

领头的那人一脚把杨盛踢翻在地，骂道："老子管你咋还！"

杨盛坐在地上，死死拽着驴绳不松手。

"你松不松？再不松，老子砍断你的手，你信不信？"

杨盛坐在地上说："你们要是有能耐，咋不像刘志丹一样去抢财主？欺负我一个穷后生，算啥英雄好汉？"

"你娃废话倒不少，我看你是活泼烦了！"

领头的那人说着，用枪抵住杨盛的头。

这时，只听"叭"的一声，那领头的瞪大眼窝，愣了一下，然后慢慢扑倒在杨盛身上。杨盛感觉脸上有热乎乎的东西，抹了一把，竟是满手血，吓得掀翻身上那家伙，闭着眼睛喊："杀人了！杀人了！"

那伙人听到枪声，四散而逃。"叭叭叭"，又是一阵枪声，几个人应声倒地，剩下的几个跪在地上，双手托着长枪说：

"爷爷饶命，爷爷饶命……"

杨盛不知道发生了什么事，惊恐万状，四下张望，看见另一伙人从土崖后面走出来。走在前面的是个英俊的高个男人，手里提着一把盒子枪，身上穿一件露出棉絮的灰布棉袄。

那人问跪在地上的人："你们是张廷芝的人？"

那伙人跪在地上，不敢抬头看，捣蒜一样点头。

那人说："我今天不杀你们，放你们走。但你们不能再回张廷芝那里去祸害百姓！你们要想跟着我刘志丹干，我也欢迎。"

杨盛听出是刘志丹，这才回过神来，激动得一时说不出话来，忙也跪下磕头，却被刘志丹一把拉了起来。

杨盛说："我也想跟你弄事哩！"

刘志丹说："好嘛，欢迎欢迎！"

就这样，杨盛拉着毛驴，参加了刘志丹的游击队。

刘志丹摆脱了蒋云台的追杀后，刚刚拉起几十人的队伍。队伍里枪少，两人合用一支。杨盛不会使枪，刘志丹让他刷标语。每到一个地方，队伍一停下来，杨盛就提着糨糊桶刷标语。"打倒土豪地主，欢迎参加红军""红军是穷人的队伍"，诸如此类。

杨盛个儿矮，有时往高处刷时够不着，就从老乡家借个板凳，踩在上面抹糨糊，小媳妇大姑娘看着他笑，他就红着脸提着糨糊走了。回到队伍里，把糨糊桶往地上一放，对刘志丹说："老刘，你让我干啥都行，我就是不想刷标语！"

刘志丹正坐在板凳上吧嗒旱烟，笑眯眯地说："刷标语也是革命嘛。你问问这队伍里，谁没刷过标语？王世泰，你刷过没？"

王世泰坐在一边正擦枪，说："去年这时候我天天刷标语，我们把标语都刷到了高双成司令部的大门上。老刘说得对，刷标语也是革命嘛，想革命，就不能挑肥拣瘦。"

杨盛撇撇嘴说："你有枪你当然不用刷标语，咱俩换换你试试？"

王世泰擦着枪，看也不看杨盛说："咱这枪可是自己搞的，不服气自个儿也去搞嘛。"

杨盛鼻子里"哼"了一声，转身走了。

王世泰说："这小子，有点脾气。"

刘志丹笑着说："我就喜欢他这股不服输的劲儿。"

半个月后，杨盛走进一个村子刷标语。一个瘦猴似的民团团丁，手里提着一杆枪，正在向老百姓催粮。杨盛看见那团丁手里的枪，心里直痒痒。估摸着自己可以打过那团丁，就放下糨糊桶，悄悄从后面摸过去，一把搂住团丁，用力摔倒在地，夺了他枪，撒腿就跑。团丁爬起来，在后面穷追不舍。杨盛停下来用枪对着他说："你再追，我就一枪崩了你!"团丁不敢追了，眼看着他跑远了。

杨盛扛着枪回去，见到王世泰说："咱也有枪了，咱也不用刷标语了。"王世泰看着杨盛真的搞来一支枪，很是惊讶，竖起大拇指说："你娃有能耐。"

刘志丹表扬了杨盛，将枪发给他，但还让他继续刷标语。

杨盛不解地问："我有枪了，咋还刷标语?"

刘志丹笑着说："有枪跟刷标语不矛盾嘛。"

王世泰打趣说："你不去刷标语，还搞不到这枪哩。这回搞个长的，下回说不准还能搞个短的哩。"

旁边的人都笑了，杨盛却哭笑不得。

半个月后，杨盛与几个队员去镇上买药，看见六个团丁在烟馆里抽大烟，一个个东倒西歪地躺在炕上，枪胡乱丢在一边。杨盛和几个队员抢了他们的枪，那几个烟鬼吓得跪在地上直喊饶命。

有枪没子弹，枪跟烧火棍一样。他们从民团手里抢来的子弹有限，刘志丹派王世泰和杨盛装扮成羊皮客，去正宁县民团那里搞子弹。杨盛贩卖皮货时，认识县城里隆盛药房的李掌柜，李掌柜跟民团团总很熟。杨盛就托李掌柜去找团总，说是米脂有个财主要买些子弹，让杨盛顺便捎回去。李掌柜办事利索，很快就谈好了价钱。可是杨盛和王世泰到了交货地点，团总却突然变了脸，下令把他们包围起来。王世泰一看情况不对，掏出盒子枪，撂倒了几个团丁，跳墙逃脱了。杨盛刚爬上墙头，被几个团丁抓住双腿拽了下来，活捉了。

团总将杨盛吊在一棵大树上，用马鞭一边抽打，一边问："你买子弹干啥，你是不是刘志丹的人？刘志丹现在在哪里？"

杨盛说："我是羊皮客，我不认识刘志丹，咋知道他在哪里？"

吊打了半天，杨盛还是那句话。团总见问不出什么，便将杨盛关押起来。为了防止他逃跑，命令看押的团丁把他的脚筋挑断。那团丁也是穷人出身，见杨盛被打得遍体鳞伤，心生怜悯，不忍心下手，但又怕团长知道了收拾他，只划伤了杨盛脚脖子上的一点皮肉。

当天半夜，刘志丹带着游击队攻进县城，救出了杨盛……

16 ★ 同盟军

这年春天比往年来得晚，直到4月，合水县城北土塬上的沙牛牛花才悄悄开放。沙牛牛花很不起眼，不留意很难发现。偶尔一低头，才能看见那些细长的浅蓝色的花儿，蹲下来，能嗅到淡淡的清香。但是过不了几天，花儿就会凋谢，开始孕育果实，一半白，一半绿。

游击队来到合水县固城川。刘志丹走进去年腊月曾经住过的李富贵家，不由得吃了一惊：院里一片狼藉，墙角长起了杂草。他站在院子里，喊了几声"李大哥"，半天才从后窑里走出一个女人，仔细一看，是李富贵的大婆姨。她比去年瘦了一圈，看见刘志丹，先是一愣，接着捂起脸"呜呜"地哭了。刘志丹忙走过去问："李大哥哩？"女人只是哭。哭过一阵后，才告诉刘志丹正月里发生的事——

正月十五那天，李富贵领着村民正在川道里耍社火，张廷芝的骑兵突然来了，冲散了社火队。瘦猴脸、细脖子的骑兵连长，带兵冲进李富贵的家，说他窝藏过共匪刘志丹，砸了屋里的家具，抢了家里的财物，还要带走李富贵的小婆姨丹丹。李富贵挡在门口，瘦猴连长一脚将李富贵踹倒，冲上去又猛踢了一阵，嘴里骂："你个瘸子，你不看看配不配这么水灵的婆姨！"打完之后，将丹丹抱上马背，扬长而去。李富贵在炕上躺了半个月就死了……

刘志丹叫人拿来粮食，又从身上掏出几块银圆，交给李富贵的婆姨说："是我连累了你们一家，这个仇，我们一定要报！"

游击队离开固城川，来到合水县平定川倒水湾，休整了三天，与打散了的老部队几支人马会合在一起。刘志丹将几支队伍进行了整编，组成了陕甘边地区第一支工农武装：南梁游击队。刘志丹任总指挥。游击队三百多人，下辖三个大队，第一大队长是赵连璧，副大队长是刘景范；第二大队长是杨培胜，副大队长白冠五；第三大队长是贾生财；马锡五任军需。刘景范是刘志丹的亲弟弟，比刘志丹小七岁，三年前跟随哥哥参加革命，去年刚入党。

南梁游击队建立后，刘志丹把二将川张廷芝的一个骑兵连确定为首战的目标。这个骑兵连驻扎在赵家台的祠堂里。刘志丹派杨盛装扮成卖豆腐的去赵家台踏看地形。当天半夜，赵连璧带一个排悄悄摸进赵家台，干掉了祠堂门口的两个哨兵，悄悄牵走了打麦场上的所有马匹。刘志丹趁机率游击队冲进祠堂。张廷芝的骑兵们从梦中醒来，迷迷瞪瞪抓起马枪反击，但已经晚了，大部分被当场击毙，一小部分趁黑夜逃跑了。张廷芝得到消息后，派另一个连来增援。这时天已大亮，游击队早已撤出战斗，行进在洒满阳光的山路上。

二将川一仗，游击队缴获长短枪三十多支，战马四十多匹。南梁游击队一时声名大震。游击队乘胜追击，在南梁东华池一带和子午岭山区，不断游击张廷芝的队伍。同时，开展抗粮抗款，不断扩大红军的影响。一个多月时间，游击队很快增加到了四百多人。

夏天来临时，游击队进入休整期。附近的军阀们领教过游击队的厉害，不敢轻易进攻。刘志丹趁着部队休整，翻山越岭，走村串户，走遍了南梁附近的每一座大山，每一个村庄。哪个山上有几个村庄，每一个村子里有多少村民，多少间屋，多少盘炕，能住多少人，他都搞得明明白白。他这是在为日后建立根据地做准备。要想持久地开展游击战争，要想扩大武装，就必须建立自己的根据地。

这一年的山丹丹开得格外艳丽。背洼处，山坡上，崖畔上，一丛丛，红得让人心颤。山丹丹和沙牛牛形状很相似，但山丹丹是深红色，沙牛牛是浅蓝色。这个时候，蓝格盈盈的沙牛牛花早就凋谢了。

经过详细考察，刘志丹心里有了底：南梁地处陕甘两省边界，四面环山，有水有粮，梢林茂密，地势险要，易守难攻；当地老百姓又深受民团军阀骚扰，对游击队很有感情，是个建立根据地的最佳地方。但目前粮食是个问题，尽管南梁山区农民家里有点粮食，但红军不能向百姓伸手。

刘志丹在一次党员骨干会议上说："我们是穷人的队伍，是为老百姓打天下的，宁愿自己饿肚子，也绝不能拿老百姓一粒粮食！"

刘志丹决定派王世泰出去搞粮食。王世泰带着几名队员，化装成山民，褡裢里藏着手枪，混进了耀县附近的生义堡。

生义堡群众基础好，从前闹过"硬肚团"。民国七年（1918年）三月，靖国军卢占奎部从绥远率三千骑兵进驻耀县，要求每家每户缴"月月银"，并强令百姓种植鸦片，增收烟税，每亩一年二十块银圆。更让人气愤的是，那些骑兵到处抢劫奸淫妇女。耀县许多人逃往三原和富平，学校变成了卢占奎的兵营，县署大堂成了骑兵的马圈。卢占奎火烧方巷口，血洗崔家坡，攻占了寺沟南堡。当地名医封赞化组织老百姓成立了"硬肚团"，自任团总，与骑兵军干了起来。他撰写了《硬肚团手册》，绘制了五十余种火器图志，制造炸弹、地雷、炮弹。"硬肚团"很快发展到两千多人，他们举着大刀、长矛抗击骑兵军，自称肚子坚硬如铁、刀枪不入，吓得卢军不敢出城应战。但是卢占奎很快摸清了"硬肚团"的底细，兵分两路，合围突击，三天就把"硬肚团"消灭在中高垅和生义堡一带。

生义堡有个吊桥，天一黑，吊桥一拉起来，谁也别想进出。王世泰他们白天混进去，摸清了地形和民团的兵力部署。到了天黑，民团快要拉起吊桥时，他们偷袭了守兵，控制了桥头，把早已等候在城外的游击队迎了进来。民团措手不及，乱作一团。游击队只用了一个时辰，就结束了战斗，缴获了许多枪支和粮食。生义堡一仗，使游击队的粮食得到了补充，同时还接济了当地不少穷苦百姓。当地青年纷纷参加了红军，游击队的人数增加到了五百人。

就在这时，另一支游击队从山西转战来到了南梁。

这支队伍的队长叫阎红彦，是陕北安定瓦窑堡人，二十二岁，高个子，大眼睛，英俊干练。早在1926年底，冯玉祥国民联军攻占陕西，中共党员李象九任国民军第十一旅一营营长，谢子长任十二连连长，阎红彦是谢子长的助手。半年后，冯玉祥在西北军"清党"，同情革命的旅长石谦被井岳秀枪杀，李象九和谢子长随即发动了清涧起义，阎红彦率一队人马捉拿了反动县长。起义部队一路南下，歼灭了敌军两个连，占领了宜川，很快发展到了九百多人。李象九任第十一旅旅长，阎红彦任旅部警卫排长。敌军从四面围攻过来，起义军遭到重创，全旅只有二百人突围出来。起义失败后，阎红彦逃到了山西绛州，后来因拦截杨虎城部的烟土再次被追杀，又逃回陕北。他在清涧组建游击队，被民团追杀，又逃往山西。后来根据陕北特委密令，阎红彦又回到陕北宜川与延长交界的九殿山寨，秘密打入杨赓五部队搞"兵运"。由于叛徒告密，"兵运"失败，阎红彦逃到瓦窑堡，开展地下工作。当时，阎锡山在中原混战中失败，中共山西省委在晋西吕梁山区开始创建革命武装，阎红彦和黄子文受陕北特委派遣，东渡黄河，筹建晋西游击队。两个月后，晋西游击队在孝义县楼底村辛庄宣布成立，黄子文任政委，拓宽任大队长，阎红彦任副大队长。游击队成立时只有四十多人、三十条枪，但很快开辟了吕梁山区的汾阳、孝义、离石、中阳、石楼等游击区，不到三个月，发展到了一百多人。国民党山西省政府主席徐永昌调集一个步兵师和一个炮兵团，"围剿"游击队。激战中，大队长拓宽不幸牺牲，游击队寡不敌众，被迫钻进老鸭掌山林，处境十分艰难。黄子文与阎红彦决定分散活动，黄子文带一部分人潜入晋西北，开展地下工作，伺机重新组建晋西游击队；阎红彦带三十多人，乘羊皮筏子西渡黄河，进入陕北安定县。到达陕北后，根据陕北特委指示，他们在安定、清涧、延川、靖边一带开展游击战。首先突袭了安塞县平桥，之后又在安条岭击溃了高雨亭营和当地民团三百人，队伍又重新发展到了一百多人。随后，游击队长途奔袭玉家湾，全歼了守敌一个骑兵排。接着，又乘胜攻打了瓦窑堡，迫使敌人退守米梁山。但是不久，游击队在延川县清平川岔口，遭到了高双成部队的包围，苦战了一天才突围出来，撤退到保安县境时，又遭到了张廷芝部队的围攻，游击队损失惨重。阎红彦听说刘志丹的游击队在南梁，便率剩余的二十多人赶来了。

两支游击队在林锦庙会师。阎红彦紧紧抓住刘志丹的手，激动地说："老刘，可找到你们了！"

刘志丹说："欢迎你们！你们来了，我们的力量更强大了。"

阎红彦将一把心爱的小手枪送给了刘志丹。

不久，谢子长也被陕西省委派到了南梁，加强游击队的领导工作。谢子长与张秀山在甘肃王子元部兵变失败后，返回西安向省委汇报，之后一直留在西安，协助省委搞一些联络工作。

这时，部队已发展到八百多人。陕西省委根据抗日形势，决定将游击队改编为"西北反帝同盟军"。1931 年冬，"西北反帝同盟军"

在合水县柴桥子成立，谢子长任总指挥，刘志丹任副总指挥兼第二支队支队长，杨重远任参谋长，阎红彦任第一支队支队长。

1932 年初，谢子长接到省委密信，要求游击队南下，在正宁县与旬邑县交界的三嘉塬，迎接省委的一位特派员。

17 ∗ 特派员

三嘉塬属高山土塬地貌，是黄土高原与八百里秦川的过渡地带。所谓"塬"，就是黄土坡上突然出现的一个小平原。塬有大有小，小的方圆几里，大的长宽十几里。塬和塬之间，是深深浅浅的褶皱。

其中的一个褶皱里，掩藏着七孔窑洞。这道褶皱呈马蹄形，窑洞建在半崖上，北面两孔窑，东边三孔窑，西边两孔窑；窑口挂着干枯的玉米和辣椒，上面有残留的冬雪；中间是个不大的院落，一盘石碾占据了四分之一的空间。场院前面有一道半人高的矮墙，中间开道柴门，歪歪扭扭的，挡不住人，只能挡住鸡狗。门口是一块平地，收获时节就变成了打麦场，晾晒荞麦、豌豆或玉米。再往前，是一条五六丈深的山沟。沟沿长着三棵树，一棵是核桃树，两棵是枣树。两棵枣树中间有一张石桌，旁边随意摆放着五块石头。沟里有条小溪，夏秋两季有水流淌，但水很小，跟羊尿似的；春天和冬天就变成了干沟。溪上有座小木桥，不能过车，只能过人和牛羊。从桥头曲里拐弯爬上来一条小路，一直爬到窑口场院，也不停歇，继续爬上土塬，爬到章村去了。桥那头的小路，如同受惊的蛇，慌不择路地逃向沟外。

"西北反帝同盟军"就驻扎在这七孔窑洞里。这院子原本住着一家地主，听说红军来了，连夜逃到县城去了。人去窑空，正好做了红军的临时营地。站在枣树下，面向南边，路上的来人一目了然。

这天，从小路那头走来一个身穿长袍、头戴礼帽、鼻梁上架着一副高度近视眼镜的"商人"，他就是省委特派员李杰夫。

李杰夫到达三嘉塬的第二天，在章村召开了军人大会，代表陕西省委宣布，将"西北反帝同盟军"改编为"中国工农红军陕甘游击队"，任命谢子长为总指挥，他自任政委。他将早已准备好的一面绣有镰刀斧头、写着"中国工农红军陕甘游击队"的红旗，交给总指挥谢子长。会场上响起一片欢呼声。李杰夫站在土台子上，抬起手臂往下压了压，等大家安静下来，他才扶了扶眼镜，慷慨激昂地说：

"中央指示我们，当前的主要任务是反'右'倾。我们陕甘游击队是一支刚刚组建的红军新生力量，必须坚决执行中央的决议。省委书记杜衡同志要求我们，从现在开始，要打出红军的旗帜，逮捕土豪劣绅，没收地主富农的土地，分配给贫苦农民，向国民党统治中心的关中地区进攻，消灭反动武装和政权，建立我们的苏维埃政权……"

当天晚上，李杰夫召开干部会，研究陕甘游击队下一步的行动。

李杰夫说："根据杜衡同志的指示，陕甘游击队成立后，要尽快进军渭北地区，开辟新的苏区，然后包围西安城。关于军事行动，大家说说，看看我们应该选择哪条线路南下？"

大家都不吭声。

李杰夫说："大家都说说嘛！"

还是没人吭声。

谢子长打破僵局："我说两句。我们游击队现在就这么点人，力量比较薄弱，向渭北进军不是自投罗网吗？据我了解，杨虎城最近正在调兵遣将，加强渭北各县的防务，敌人的两个旅已经开到了邻县和长武一带，一个警卫团负责泾阳和三原的防务，一个特务团负责渭北以北地区的防务，还有四十二师也正在向渭北移动。我们现在南下渭北，不是往人家的口袋里钻嘛！这事还得慎重考虑。"

第一次开干部会，作为总指挥的谢子长就不给面子，这让政委李杰夫很不高兴。他涨红着脸说："省委的要求很明确，我刚才已经说过了，我们现在讨论的是行动计划，而不是行动方向！"

刘志丹在地上磕了磕烟锅，头也不抬地说："要开辟新苏区没错，但不能盲目冒险。我们在南梁地区已经有了根基，可以暂时武装割据，等形势有利于我们时，再南下渭北，我觉得这样比较稳当。"

刘志丹的话，让李杰夫更加生气，他铁青着脸，十分严肃地说："你们这是典型的右倾机会主义，是逃跑主义！你们这是跟省委唱反调！省委的指示，我们必须执行！你们其他人是啥态度，都说说！"

大家都不说话，会议陷入僵局。

刘志丹说："要不这样，我们先打职田镇，打掉那里的区公所和民团，然后再取清水源、淳化、三原和富平。"

谢子长心里明白，刘志丹这是顾全大局采取的折中办法：先拿下比较容易下手的旬邑县职田镇，然后再试探性地逐步向南推进，一旦遇到强大阻力，再往回撤，这样就不会使游击队陷入绝境。

于是他接口说："这也是个办法，我同意。"

李杰夫不懂军事，只想让部队尽快打出去，至于先打哪里，咋个打法，他倒不在乎。他说："那好，咱们先打职田镇！"

正月初八夜里，游击队悄悄进入职田镇。敌区长和几十个团丁正在屋里睡觉，稀里糊涂被缴了枪，成了红军的俘虏。接着，游击队分头摸进几个村子，抓来五个土豪劣绅。天亮后，红军押着敌区长、民团团长和五个土豪劣绅在职田镇上游街。老百姓从来没有见过这样的场面，熙熙攘攘地跟在游行队伍后面。谢子长见人越聚越多，便趁机在镇子中央的空地上召开群众大会，宣布解散区公所和民团，当众焚烧了从土豪家里搜出的账本和地契，引来民众一阵阵欢呼。

红军开仓分粮。队员们手拿提斗，站在粮仓门口，催促人们去领粮，但人们腰里掖着口袋，却站在远处观望，谁也不敢近前。

李杰夫跳上粮仓面前的石碾，高声说："乡亲们，你们快过来呀！有我们红军给你们撑腰，大家不要怕，只管来领粮食。这粮食本来就是他们剥削你们的，现在物归原主，你们赶快来领啊！"

人们呆呆地看着李杰夫，还是没人敢过来。

李杰夫从石碾上跳下来，生气地说："这里的群众太落后！"

站在一旁的刘志丹说："老百姓怕我们一走，土豪报复他们嘛。"

李杰夫说："土豪都被打倒了，还报复个啥？"

刘志丹说："土豪现在被打倒了，不等于永远被打倒了。我们一走，他们又会卷土重来，老百姓胆怯很正常嘛。要我看，咱们还是晚上再分粮比较妥当，天黑，看不见眉眼，老百姓的顾虑会少一些。"

李杰夫不高兴地说："革命又不是做贼，搞得偷偷摸摸的！"

刘志丹说："老百姓被欺负惯了，要给他们觉悟的时间。"

李杰夫扶了扶眼镜，气哼哼地转身走了。

站在一旁一直没说话的谢子长，摇了摇头，然后大声对围观的群众说："大家都先回去吧，天黑了再来分粮。"

天黑后，老百姓果然都来了，不到一个时辰，粮食就分完了。

夜里，李杰夫、谢子长和刘志丹正在区公所商量下一步的行动计划，地下交通员赵明轩突然闯了进来，报告说："敌人调集了十七路军警卫团三营和邠县、旬邑、长武三县的民团，有一千多人，正在朝这边运动，准备攻打职田镇。"

谢子长说："职田镇不利于防守，我们得赶快转移！"

李杰夫说："这里的工作刚开始，敌人一来我们就跑，老百姓咋看我们？这不是给红军丢脸吗？不行，不能逃跑！"

谢子长说："敌众我寡，不撤退，就得全军覆灭！"

李杰夫扭头看着刘志丹说："老刘，你是啥意见？"

刘志丹说："老谢说的有道理，我们这是撤退，不是逃跑。我们避开敌人的锋芒，给他们唱一出空城计，麻痹他们，让他们以为我们害怕了，逃跑了。而我们呢，可以找个有利地形，打他一个伏击。"

谢子长说："我也是这个意思。昨天我到镇子东边的阳坡头转了转，发现两边都是小山包，底下有一条沟，等敌人穿过职田镇，朝东追击我们时，我们可以在那里打他一个伏击。"

刘志丹说："那地方我也看过，是个打伏击的好地方。"

李杰夫见他俩都这么说，只好表示同意。

当天半夜，红军悄悄撤离了职田镇，埋伏在阳坡头两边的山包上。红军撤退时，故意丢弃了许多东西，造成仓皇逃跑的假象，引诱敌人上钩。后半夜，天下起了雪，正好将红军设伏的痕迹掩盖了。

拂晓时分，敌人突袭职田镇扑了空，向东追击，闯进了阳坡头的大沟里。谢子长见敌人进入了埋伏圈，跃出战壕，大喊一声：

"同志们，冲啊！"

游击队员从两侧冲向敌人。敌人没料到会有伏兵，一千多人很快就被打散了，丢下三百多具尸体，仓皇逃回了旬邑城。

这是陕甘游击队成立之后的第一个大胜仗。李杰夫很得意，要求第二天在职田镇召开庆功会，给红军壮壮威。谢子长不同意，说敌人吃了大亏，肯定不会善罢甘休，很快就会纠集更多的兵力反扑回来，我们必须连夜向照金方向转移。李杰夫心里尽管不高兴，但红军在谢子长的指挥下刚打了胜仗，他也不好说什么，默许了撤退计划。

果然，红军刚走不久，十七路军特务团就包围了职田镇。

18 ★ 社　火

　　照金是耀县西北山区的一个小镇，西连淳化、旬邑，北接宜君，东靠同官，南邻三原嵯峨山，四面环山，沟壑纵横，林密山高，地势险要。传说隋炀帝巡游此地时，适逢雨后日出，锦衣闪耀金光，便随口说："日照锦衣，遍地似金，此地应叫照金。"

　　耀县实行保甲民团制度，将十七个村分为南八保和北九保，分别建立了民团武装，划区分片统治。驻扎在照金镇的民团团总叫章宁，瘦高个儿，小白脸，中分头，看着斯文，实则心肠很硬，能下黑手。

　　去年，镇上来了个挑鸡眼的，在街上摆地摊。章宁脚上有个鸡眼，坐到街边让他挑。那人不认识章宁，挑着鸡眼，两人有一句没一句地闲谝。章宁问："你知不知道照金有个章团总？"意思是想暗示他，我就是章团总，你小子小心伺候着。

　　挑鸡眼的头也不抬地说："知道吗，那狗日的不是东西！"

　　章宁一愣，黑着脸问："咋不是东西？"

　　挑鸡眼的说："狗日的欺男霸女，杀人越货，净胡来！"

　　旁边的人脸色大变，知道挑鸡眼的碰到钉子上了，麻烦大了，一个劲儿地给他使眼色。可挑鸡眼的根本不抬头，一心一意挑鸡眼。

　　章宁脸上乌云翻滚，问："你认识他？"

挑鸡眼的说："我不认识，听人说的。"

章宁说："那好，我今儿个就叫你认识认识！"

说着，从腰里拔出盒子枪，照着挑鸡眼的脑门就是一枪。

章宁私设监狱，摊派粮款，当地百姓敢怒不敢言。他也知道自己做了很多孽，得罪了不少人，疑心很重，担心有人暗算他，走夜路时，后面要是有脚步声，他看也不看，回手就是一枪。

红军要想在照金站稳脚跟，就必须消灭章宁民团。硬打不行，敌我双方力量相当，民团又占有地利优势，把握性不大。可红军在照金的第一仗，只能成功，不能失败。所以，只能突袭。谢子长和李杰夫商量后，把突袭的任务交给了刘志丹。

刚过完年，刘志丹派杨盛等人化装成当地农民，组成锣鼓队，去照金镇凑热闹拜年，暗中侦察敌情。这一带有个习俗，正月十五之前，不管哪里来的锣鼓队，到谁家门口敲锣打鼓，贺喜拜年，说明这家人威望高、人缘好，这家人都得好烟好茶招待。

杨盛带着锣鼓队来到章宁家门前，一阵敲打后，章宁乐呵呵地从红漆大门里走出来，看见一群陌生面孔，不像照金镇本地人，愣了一下，一边给大家发烟，一边问："你们是哪里的锣鼓队？"

杨盛说："我们是北边山里来的，听说章团总为人仗义，自己富贵不忘百姓，拿钱养兵保一方平安，特意跑来给您拜年祝寿来了！"

章宁一听很高兴，笑着说："你们锣鼓敲得很攒劲，正月十五镇上要耍社火，你们到时候再来凑个热闹！"

杨盛说："好，到时候我们一定来给团总凑哄凑哄！"

耍社火，是渭北乡村一年最热闹的一件事。社火的"社"，是土地神，"火"是火神。耍社火，就是祭祀土地神与火神。忙碌了一年，人们借一年一度祭祀神灵，也让自己热闹高兴一下。

十五那天，杨盛不仅带了锣鼓队，还挑选了二十个精壮队员，组成"走马"社火队。早饭刚过，他们就来到了照金镇。他们脸上涂着油彩，身上穿着"官服"，装扮成二十个马童，每人腰上套个马身子，一手控制马头，一手挥动彩色马鞭，腿上系着铜铃铛，边走边不停地变换出白马分鬃、四马归槽、四季发财、龙摆尾、二龙戏珠等队形，开始在镇子唯一的东西大街道上耍闹起来。

刘志丹带着装扮成附近山民的游击队员，混杂在看热闹的人群之中，随后聚集到了照金镇。

镇上家家户户悬挂五色彩灯，鸣放鞭炮。日上三竿，周边各村的社火队从镇子两头纷纷拥了进来，赛灯，耍社火，走芯子，踩高跷，跑竹马，耍狮子，舞龙灯，开始尽情欢闹。

章宁见今年比往年人多了不少，越发高兴，抬出来六缸米酒，摆在大街上，供各社火队的人随便喝。街道上人越聚越多，团丁们也从大门里抬出花果山芯子，上面"挂"满了娃娃装扮的小猴子，孙悟空由一个小团丁装扮，站在芯子最高处，右手提着金箍棒，左手反搭凉棚，做出许多滑稽搞怪的动作。随后是四人社火队，一个白娘子，一个小青，一个许仙，一个法海，组成一台《白蛇传》。许仙和法海由两个家丁装扮，小青是章家的一个小丫鬟，装扮白娘子的不是别人，却是团总章宁。章宁除了喜欢绑旱船，扎芯子，还喜欢装扮戏曲人物，尤其喜欢装扮女角。他前年装扮过花木兰，去年装扮过王熙凤，今年又改成了白娘子。这种时候，他像换了一个人，浑身上下找不见一丁点团总的影子，跑着碎花小步，衣袂飘飘，领着高跷队从西扭到东，引来很多人围观喝彩。

东边戏楼上，戏班子正在唱戏，唱的是《香山还愿》。戏楼东边，已经摆好了八个"火亭子"。"火亭子"已有百年历史，表演时，以木桌为戏台，一张桌子就是一台戏，讲述一个民间故事。村民扮演成戏里的人物，背景全是纸扎的彩绘。背景已经安插停当，但因"火亭子"天黑才开始表演，所以木桌上空无一人。但木桌旁边有两人手里拿着竹竿守着，不断驱赶走近的人群，以免挤破搭好的"火亭子"。

娃娃们对这些不感兴趣，他们远离人群，聚集在巷道的空地上，一边玩"跳方"游戏，一边唱儿歌：

> 娃娃点灯，点出先生。
>
> 先生算卦，算出黑娃。
>
> 黑娃敲锣，敲出他婆。
>
> 他婆碾米，碾出她女。
>
> 她女刮锅，刮出他哥。
>
> 他哥上柜，上出他伯。
>
> 他伯碾场，碾出黄狼。
>
> 黄狼挖枣，挖出他嫂……

闹腾到中午，该吃饭了，各路社火队陆续停下来，也不卸装，围坐在街边的小食摊前随便吃几口，休息会儿再接着耍。团丁们这时也纷纷进了章家大院。难得团总今儿高兴，酒肉让大家敞开肚皮吃喝，团丁们扔下锣鼓家什，哄闹着一阵海吃猛咥。章宁懒得卸下高跷，坐在三尺高的高凳上，一边吃着肉夹馍，一边笑眯眯地看着团丁吃喝。

这时，一直隐蔽在门口的刘志丹，见时机成熟，打了一声呼哨，人群中的队员们纷纷掏出家伙，冲进大门，扑向正在吃喝的团丁们。团丁们酒吓醒了一半，赶忙跑去拿枪，枪早已到了游击队员们的手里。有的团丁操起棍棒反抗，被一阵乱枪打死。外面的老百姓听到枪声，四散而逃。章宁见势不妙，踩着高跷一蹦一跳地从后门逃走。杨盛等人追了过去。章宁踩惯了高跷，跑起来很快，转眼就跑进了一片柳树林。但冬天柳树干枯无叶，树林里一目了然。杨盛眼看追不上了，便蹲在地上，举起盒子枪，"叭叭叭"三枪，章宁应声扑倒在一棵树上，然后抱着树，慢慢滑下来，倒在了雪地里……

战斗结束后，有消息称，杨虎城的十七路军特务团追了上来。刘志丹带领游击队迅速撤离了照金镇……

不久，照金镇开始流传一首民谣：

刘志丹，智谋精，

民情敌情摸得清；

正月十五打民团，

吃了东西留银钱。

刘志丹，真能行，

又拔镇子又夺城；

替咱穷人打天下，

民团军阀都害怕……

歌谣传到李杰夫耳朵，他很不高兴，对谢子长说："这是借红军的胜利，树立个人威信嘛。"谢子长说："老百姓要这么唱，他老刘有啥办法？众口难掩嘛。再说，这一仗，本来就是老刘指挥打赢的嘛。"

李杰夫原以为谢子长跟他一样，对刘志丹会有看法，没想到他会这么说。联系到前两次讨论是否南下渭南时，他们俩都一致反对他，根本没把他这个政委放在眼里，心里很不是滋味。心想，他们俩穿一条裤子，如果不把他们拆开，我日后在游击队里就没法开展工作。

　　杨虎城的十七路军特务团到达照金镇后，李杰夫提出袭击特务团。刘志丹和谢子长又一次站在一起，表示反对，说特务团是十七路军的精锐部队，不像警卫团的那个营好对付，我们不仅不能袭击他们，而且还要赶快转移，东跨桥山，向北撤退。

　　李杰夫更加生气，感觉自己在游击队里孤掌难鸣，地位受到了威胁，无法掌控部队。于是，他连夜给省委书记杜衡写信，说陕甘游击队里存在"右"倾主义和逃跑主义，很难控制，要求省委在组织上解决问题。他把信写好后，密封起来，有意派刘志丹送到西安去……

19 ✦ 春天里

刘志丹走后，李杰夫几次要求部队南下关中，谢子长一拖再拖，不想南下。时值初春，渭北地区正闹春荒，路上到处是逃荒的百姓。谢子长借机提出北上攻打焦坪，筹集粮食，一来可以补充军粮，二来可以救济百姓。这个理由，李杰夫不好反对，只好勉强同意北上。

焦坪镇在宜君与同官之间，山高川深，周围没有敌人重兵把守，镇子里只驻防着民团三十多个人。夜里，红军悄悄抵达焦坪镇。谢子长让部队在焦坪镇外柳树林休息，只派骑兵队去执行任务。五更天，骑兵队包围了民团驻地。团丁们正在睡觉，等惊醒过来，眼前是黑洞洞的枪口，想反抗已没有可能。红军没费一枪一弹，解决了焦坪民团。

焦坪一战的胜利，使得谢子长更加坚定了北上游击的决心。李杰夫见北上首战告捷，队员们士气高涨，也不好阻拦北上。谢子长带着游击队从桥山东部，迂回到三嘉塬附近的湫头源，继续寻找战机。

头几天，李杰夫没说什么，可是转悠了好几天，就转烦了，对谢子长说："我们整天在山沟里转来转去，啥时候才能扩大根据地？我们应该尽快南下，攻下几个大城镇，然后把它们连成一片，扩大我们的根据地！这里离山河镇不远，我看应该先打山河镇！"

谢子长说："谁不想建立根据地？可是就我们目前这点力量，拿下大城镇很难有把握。攻打山河镇，谈何容易！我已经派人侦察过了，山河镇有敌人两个骑兵连，装备很厉害，城头上还架着机关枪，我们很难拿下，拿不下就要吃大亏。所以，山河镇暂时不能打！"

李杰夫扶了扶厚厚的眼镜，轻蔑地说："你只会带着红军钻山沟，前怕老虎后怕狼，这样下去，啥时候才能壮大红军？我是省委特派员，是政委，有权做出最后决定，我们马上攻打山河镇！"

话说到了这个份儿上，谢子长不好再说什么，只好听从李杰夫的命令，让部队制作云梯等攻城工具，准备攻打山河镇。考虑到兵力太少，谢子长将附近村子的青年农民编成赤卫队，作为后备队。

凌晨，红军游击队包围了山河镇。可是刚一进攻，就被敌人的机关枪压了回来。红军与敌人对射了整整一天，弹药消耗很大，但毫无进展。谢子长命令停止射击。李杰夫气冲冲地跑来质问："为啥停止进攻？"谢子长说："这样对射只能消耗弹药，人家弹药充足，我们如果把弹药打光了，敌人从里面反扑出来，我们就得吃大亏！我们得改变战术，围而不打，等里面断水断粮了再进攻。"李杰夫没再说什么。

可游击队围了七八天，山河镇一直没有断水断粮的迹象。又进攻了几次，还是打不下来。这时，听说敌人正在悄悄向山河镇增兵，谢子长建议放弃山河镇，赶快转移。李杰夫一听急了："敌人的援兵不是还没到嘛，你怕啥？我们再发起一次进攻，一鼓作气，拿下山河镇，等敌人援兵来了，我们再回过头来打援兵。"谢子长哭笑不得，说："我的政委同志，哪有那么容易的事，这是打仗，不是演戏，弄不好是要死人的！"李杰夫说："干革命就会有流血牺牲！"说着掏出手枪，朝天"叭"地开了一枪，大喊一声："同志们，冲啊——"

战士们听到冲锋的命令，抬着云梯冲向城墙。敌人的枪弹雨点一样扫射过来，许多战士倒在城墙下。

李杰夫大声喊："二队，给我上！"

又一批战士冲上去，很快又有七八个战士倒下。

李杰夫急了眼，命令所有战士一起攻城。这时，城门突然洞开，里面冲出一队骑兵，红军阵地被敌人冲开一个缺口。谢子长急忙组织力量拼命抵抗，总算把敌人的骑兵打了回去。李杰夫跑过来，脸色苍白地问谢子长："敌人援兵快到了，咋办？"

谢子长生气地说："还能咋办？撤退！"

游击队边打边撤，一口气撤退到二十里外的西坡坳。清点人数时，发现七八百人的队伍，只剩下了不到三百人。李杰夫的帽子早跑丢了，眼镜歪斜在鼻梁上，一根眼镜腿折断了。

谢子长爬上一道坡坎，观察敌情。还好，敌人没有追来。天色已暗，敌人也不敢贸然追击。但他们不会善罢甘休，明天肯定会朝着这个方向追来。这时，一轮圆月升起，黄灿灿的，照在坡塬斑驳的残雪上。借着月光，谢子长发现这里的地形不错，有不少坡坎和沟壑，是个打伏击的好地方。于是，他下令部队就地宿营，抓紧时间休息。

拂晓时分，谢子长将队员们叫醒，分别埋伏在周围的坡坎下。不出谢子长所料，太阳刚一出来，敌人的一个营就追上来了。等敌人走近，游击队突然从四周坡坎冲出来，发起攻击。敌人根本没想到红军会在这里设伏，一下子乱了阵脚，丢下几十具尸体，四散而逃……

这天后晌，旬邑地下联络员跑来报告说，旬邑城里的敌人都去清乡了，留守的只有两个连和少量民团团丁。

谢子长说："这是一个好机会，我们趁机攻下旬邑城。"

李杰夫有些犹豫。山河镇一战，让红军损失了大半兵马，尽管紧接着打了一个漂亮的伏击战，但他仍然信心不足。他说："我们八百人打山河镇都没打下来，三百人去打旬邑城就能打下来？"

谢子长说："这两个连与那两个连不同，那两个连是杨虎城的正规军，装备好，会打仗；这两个连以前与我们交过手，都是些大烟鬼，没有多少战斗力，我们用袭击的办法，完全可以取胜！"

李杰夫说："你既然这么有把握，我不反对，胜败你负责。"

谢子长说："当然我负责。"

天黑后，游击队悄悄向旬邑城进发。走出几十里，月亮出来了，照得周边如同白昼。对于突袭行动来说，月亮是个麻烦，游击队只能避开村庄，拣偏僻的山路行进，黎明时分赶到旬邑城下。

谢子长见天快亮了，下令立即攻城。一部分队员趴在坡坎上，朝城头射击，压制敌人的火力；一部分队员抬着云梯，猫着腰冲向城墙。太阳出来的时候，游击队已经将红旗插上了城头。谢子长带着队伍冲进城去，经过一个时辰的巷战，占领了县政府。

这是陕甘游击队成立以来，夺取的第一个县城。

但是，谢子长头脑很清醒，知道清乡的敌人很快就会赶回来报复，命令部队当天下午撤离了旬邑城，转移到马家堡山地休整。

攻打旬邑城的胜利，又一次鼓舞了士气。但胜利也刺痛了李杰夫脆弱的神经。为什么自己提出攻打山河镇遭遇了失败，而谢子长提出攻打焦坪、西坡坳伏击战和攻打旬邑城，都取得了胜利？肯定是谢子长从中捣鬼。这不是明摆着给我这个政委难堪，树立他的个人威信吗？他越想越气，当天晚上，又给省委书记杜衡写了一封信。

杜衡接到李杰夫的第一封信，并没有把这件事放在心上。

杜衡是陕北葭州人，1925年在绥德省立四师入党，后在石谦部队搞兵运，1930年7月担任陕西省委书记。1931年3月，因执行李立三"左"倾冒险指示被撤职。半年后，在中央巡视员提议下，再次担任省委书记。

杜衡认为：陕甘游击队刚刚组建，两个主要领导性格不合，互不熟悉，难免有些磕磕碰碰，配合一段时间自然就好了。看过信后，就把这事丢到了脑后，也没有让送信的刘志丹再回游击队，而是让他留在西安，帮助省委工作。这样安排，一是考虑最近西安地下工作很棘手，确实需要人手；二是信中也提到了"刘志丹和谢子长穿一条裤子"，让刘志丹暂时不回去，也是为了减少内部矛盾。

可他接到李杰夫的第二封信后，就感到问题严重了。严重不是因为两个主要领导之间有矛盾，也不是因为纯粹的军事问题，而是因为政治问题。谢子长没有贯彻省委指示，在政治路线上出现了问题。他担心谢子长会把李杰夫这个政委架空，会把游击队带到背离省委指示的方向。这么一想，就坐不住了，准备亲自去一趟渭北。

这时，游击队正在旬邑北部山区的牛村休整。牛村不大，只有三十多户人家，但名气却很大。名气大不是因为牛村出过啥很牛的人物，也不是村里姓牛的人多，而是全村男人十有八九贩毛驴。村民都住着窑洞。窑洞依土塬而建，大都是土窑，小部分是从底到顶用石块或砖箍成窑面，也有一些后半截挖进土崖里的接口窑。夜里睡在窑里，窑上有人走动，脚步声"咚咚咚"响，就像踩在脑门上。

这天掌灯时分，谢子长、李杰夫和阎红彦等人，正蹲在窑里喝玉米糊糊。窑口突然一暗，进来一个穿长袍的男人。谢子长站起来，看着来人，由于是背光，看不清眉眼。来人进来，将手里的行李放在炕上，李杰夫一下子认了出来，惊呼一声：

"啊呀，原来是杜衡同志！"

几个人赶忙拿筷子拿碗，热情地招呼杜衡坐下吃饭。

杜衡端着一老碗玉米糊糊，用筷子熟练地搅了搅，嘴巴沿碗边转圈"吸溜"了一口，说："跑了一天的路，我还真饿了。"

吃过饭，杜衡说："我们开个队委会吧。"

谢子长说："您跑了一天的路，也乏了，先歇着，明天再开吧。"

杜衡说："我不乏，马上就开。"

大家走出窑洞，各自去拿本本，准备开会。等他们再回来，杜衡已经换上了灰色的军装，戴上五星军帽，腰间挂了把小手枪，表情十分严肃。大家意识到，这会议不同寻常，都严肃起来，各自坐下。

杜衡先讲了一阵国际和国内形势，然后话锋一转，说到了游击队当前的工作："阳坡头我们打赢了，旬邑城我们也攻下了，这证明省委的决策是完全正确的嘛。可是我听有人说，我们力量不够，不能打县城，不能打大仗，不能南下关中，这种消极思想和右倾逃跑主义，不正好被事实证明是错误的吗？"

说着，把目光转向谢子长："老谢你是总指挥，你说说，山河镇为啥损失那么大？"

谢子长毫无准备，一下子愣住了。刚才听了杜衡的前半句话，以为省委对游击队最近取得的胜利很满意，没想到杜衡突然问起山河镇的事，一时不知从何说起。山河镇的失败，是因为李杰夫下令强行进攻造成的，但是现在当着省委书记的面，他又不能这么说。于是他说："山河镇损失了好几百人，教训确实很惨痛。作为总指挥，我有责任。我们明知道敌我力量悬殊，还要硬拼，结果吃了大亏。"

杜衡毫不客气地说："你是总指挥，当然要负全部责任！"

有人站起来说："这不能怪总指挥，是政委硬要打嘛！"

杜衡说："李杰夫同志是在执行省委的决定，攻打山河镇这个决策没有错！这一仗失败的原因，主要是军事指挥上出现了失误。"

谢子长说："但是省委也应该考虑当时的具体情况……"

杜衡粗暴地打断谢子长："你的意思是说省委在瞎指挥？谢子长，你也太张狂了！你无视省委，无视省委的特派员，无视政委，这不是小问题，而是严重的政治问题！实话告诉你，我这次来，就是要解决你的问题。你要是不换右倾思想，我就只好换人了！"

谢子长黑着脸蹲在地上，一言不发。阎红彦等人觉得杜衡这样做有些过分，便纷纷站出来替谢子长说话。这更激怒了杜衡，这些人都向着谢子长，让他更加感觉到游击队里问题严重，不撤掉谢子长，李杰夫的工作确实不好开展。李杰夫自始至终低着头，沉默不语。杜衡当场宣布撤销了谢子长的总指挥，调他去甘肃搞兵运。

第二天，谢子长离开了游击队。

不久，刘志丹重新回到了游击队。杜衡将部队分编为三支队和五支队。刘志丹任三支队支队长，吴岱峰任参谋长；阎红彦任五支队支队长，杨重远任参谋长。改编之后，三支队西进永寿、乾县一带开展游击，截断西兰公路，消灭沿线民团；五支队南下，进入三原武字区。敌人调集重兵对红军游击队实行分路"围剿"，五支队急忙北撤，在旬邑县清水源与三支队会合。杜衡觉得分散行动不利于打击敌人，决定恢复陕甘游击队总指挥部，考虑到他和李杰夫都不会带兵打仗，任命刘志丹为总指挥，李杰夫继续担任政委。

游击队再次整编后，刘志丹率领队伍奔袭旬邑马栏镇，歼敌两个连。两天后，又在杨家店凤凰山歼敌两个连。之后，截断咸（阳）榆（林)公路，先后消灭宜君哭泉、大石板两股民团，又在五里镇歼灭敌民团一百多人。随后，部队进入中部县，在店头、龙坊镇，消灭了几股民团。然后，向鄜县（今富县）方向转移。

这时，刘志丹得到了敌高双成旅一部在宜川县英旺镇集结的消息，决定趁其立足未稳，进行袭击。游击队急行军一天一夜，拂晓时分包围了敌人，立即发起进攻。经过一个时辰的激战，大获全胜，歼敌一个团指挥所和一个营……

20 ★ 两当兵变

1932 年 3 月的一天深夜，酒羽武走进凤翔县城一家骡马店。空荡荡的屋里只有一个男人，坐在一张破旧的饭桌前，埋头吃着羊杂碎。

这家店的羊杂碎好。好就好在"杂"与"碎"上，羊的头蹄下水、心肝肚肺一个不少。做法也很讲究，先将各种内脏清洗干净，一副肠肚往往要洗上十多遍，然后在清水中浸泡一夜，取出，放入各味调料，再分类煮熟。出锅后，用刀切成片、块、丝、条，再配些粉丝，杂拌入锅，温火熬烩。出锅时，再配上羊脑子，丢些鲜辣椒、鲜芫荽、葱丝、姜粉、蒜瓣。这样吃起来既有嚼头，又有味道。

这家骡马店是地下党的秘密联络点，店主王志轩早被习仲勋争取过来。酒羽武进来后的一举一动，都在监视之下。

酒羽武有重要事情要做，也没心思吃羊杂碎。他没见到老陈，估计老陈等不住他，已经走了。老陈是省党部特务室负责宝鸡地区的行动组长，他们见过两次面。老陈没跟他接上头，明天还会再来跟他联系。这么想着，转身想走。那个埋头吃羊杂碎的男人，这时抬起头说："先生姓酒吧，过来吃一碗？"

酒羽武一愣："你是……"

男人说："你认识老陈吧？"

酒羽武一听这话，犹豫了一下，走过去坐在对面。

"老陈人呢？"

"老陈最近有事，派我来跟你联系。"

"您咋称呼？"

"叫我老刀就行了。"

酒羽武俯身小声说："我感觉他们最近会有大行动。"

老刀说："盯紧些，有啥情况，及时通知我……"

酒羽武的感觉没错，习仲勋确实在谋划一件重要的事情。听说上面做出换防决定，要求一营向西南方向移动一百多里，进驻甘肃徽县、成县一带，与徽县的补充团换防。这一决定引起官兵的强烈不满，抵触情绪很大。习仲勋敏锐地觉察到，这是一个实施兵变的好机会，便秘密派人向省委做了汇报。

3月底，省委派遣军委秘书、特派员刘林圃来到凤翔县双石铺，同习仲勋在北面丰禾山的古庙里秘密会面。刘林圃比习仲勋大四岁，前额窄小，发际较低，头发茂密。他是耀县人，三年前在北平加入共产党，曾在黄埔军校长沙分校学习军事。

刘林圃传达了省委的密令：一、同意兵变；二、建立士兵委员会；三、加强营党委领导，吸收进步士兵入党；四、起义后立即与活动在渭北的陕甘游击队会合；五、切断敌人的电报联系，捕杀反动长官。

习仲勋与刘林圃商定，将兵变地点放在换防途中的两当县。

1932年4月1日，部队向两当县方向开进。刘林圃装扮成生意人先行一步，侦察沿途敌情。第三天傍晚，部队到达两当县城，营部驻扎在县政府西侧一个地主宅院，一连驻北街南端，二连驻南街，三连分驻在县政府内和西街，机枪连驻北街。

当晚9时，营党委在北街一个骡马店召开扩大会议，决定刘林圃担任兵变指挥，习仲勋组织领导全营行动。营党委书记习仲勋宣布了起义方案：起义时间定在晚12时，以鸣枪为号；起义开始后，党员骨干迅速对各连反动连排长进行镇压；一连排长吕剑人负责控制一连，并收缴机枪连的枪械；二连排长高祥生带领全排占领营部；三连排长许天洁负责控制三连；左文辉、张子敬带人分别据守三个城门；各连排完成任务后，迅速撤离到北门集合……

部署完任务，习仲勋说："关于营长王德修，我曾经试探过多次，他既不喜欢杨虎城，也看不起我们共产党，无法把他争取过来，又不能让他坏了我们的大事。高祥生，你们要把他和警卫班一起解决掉！还有那个酒羽武，也要解决掉，千万别让他跑了！"

夜里12时，枪声骤然响起。起义官兵枪杀了一连长韩生信、二连长唐福亭、三连长张遇时。机枪连连长听到枪声，穿衣钩鞋，慌慌张张跑到门口，正好看见吕剑人提着枪跑过来，高声问：

"哪儿打枪哩？出啥事了？"

吕剑人说："有情况！"

连长问："啥情况？"

吕剑人说："就是这情况！"

说着，一枪将机枪连连长撂倒了。

与此同时，高祥生也带人冲进了营部，却不见营长王德修，只抓住在墙角发抖的一个卫兵。卫兵说："营长早翻墙逃走了。"

战后，起义队伍撤出了两当县城。撤退到城外窑沟渠清理战况时，发现营部文书酒羽武也跑掉了。习仲勋知道他一逃走，马上会引来杨虎城的部队和附近民团，便决定继续向北转移。部队急行军七十多里，黎明时分到达太阳寺。中午时分，就地召开营党委会，决定将起义部队改编为"中国工农红军陕甘游击队第五支队"，刘林圃任政委，习仲勋任队委书记，吴进才任队长；吕剑人任第一连连长，高祥生任第二连连长，许天洁任第三连连长（后考虑到许天洁参加过渭华起义，会打仗，几天后接任队长），左文辉任三连副连长；同时还任命了几个排长。

天亮后，敌人果然追了上来。起义部队且战且退，历尽艰辛，转战三天，到达了麟游县境内。这时追兵越来越多，起义部队处境十分危险，只好先向长武亭口方向转移，然后再设法与刘志丹会合。

与此同时，刘志丹已经接到了省委密令，正带人昼夜兼程，赶往礼泉、乾县一带，准备接应两当起义部队。

起义部队来到渭河岸边，追兵越来越近，不渡过渭河，就会全军覆没。春寒料峭，河水刺骨，官兵们手拉手，涉水过了渭河。前行十余里，又遭遇民团袭击。经过一场激战，迅速撤出，绕道三十余里，向山区转移。夜幕降临时，部队到达一处山林，原地宿营。

清晨醒来，发现已经被敌人包围。官兵奋力突围，部队伤亡惨重。撤退到香泉时，当地保安团又挡住了去路。习仲勋带一部分人在正面还击诱敌，许天洁带另一部分人迂回到敌人背后，突然发起攻击，保安团溃败。起义部队继续前进，进入千阳县境内。许天洁带四十人的先锋连，突袭高崖镇守敌，占领了高崖镇。第二天部队进入灵台县境，在页岭遭遇敌杨子恒部阻击，起义部队寡不敌众，只好掉头向南，撤退到麟游县崔木的蔡家河；又遭遇敌孙蔚如的部队，只好再次掉头，撤退到崔木。

天黑后，习仲勋和刘林圃召集干部开会，决定由习仲勋前去侦察西兰公路，看是否有敌人把守，并去长亭镇，准备部队抢渡泾河的船只；刘林圃去乾县，与刘文伯部谈判，看能否把部队拉到乾县，佯装接受改编，借机休整，等待习仲勋的消息，准备渡过泾河；部队由许天洁带领，转移到永寿县岳御寺，休整待命。

习仲勋化装成小学老师，前往西兰公路查看敌情，发现到处都是敌军，便掉头前往长亭镇，看是否能找到渡河的船只。

当晚，许天洁带领剩余部队，前往岳御寺，到达时天已大亮。刘林圃随部队来到岳御寺，准备吃过早饭后再前往乾县。可谁知闯入了民团王结子的伏击圈，被敌三百骑兵团团包围。许天洁指挥部队突围。官兵们连日行军打仗，已经十分疲劳，还有许多重伤员，哪里是养精蓄锐的民团的对手？起义部队伤亡惨重，弹药耗尽，只有刘林圃、许天洁等少数人突出重围。

习仲勋得知部队被打散后，只好暂时藏身在一家骡马店里，一边帮店主烧火做饭、挑水劈柴，一边打探部队的消息……

21 ✱ 照 金

习仲勋在亭口镇躲藏了一些时日后，秘密回到了富平老家。他没敢直接回家，而是绕道十多里，来到表姐家。表姐一见是他，先是一愣，接着眼泪噼里啪啦地落了下来。表姐告诉他，大妹秋英和三妹夏英，先后患肺结核和白喉病死了。

习仲勋惊呆在那里，半天不说话，泪水无声地流淌下来。

表姐说："到处都贴着抓你的告示哩，你可千万不能回家！"

表姐将他藏在后院放麦草的土窑里。几天后，表姐从外面回来说："我刚才在路上碰见了孙杰，他向我打问你，我说不知道。"

孙杰是习仲勋都村小学的同学，几年前，习仲勋将他发展为中共党员。习仲勋高兴地说："他是自己人，你快把他找来。"

表姐找来孙杰。

孙杰说："听说你在甘肃两当搞兵变，败得很惨，他们到处捉拿你哩。你们队伍里是不是有刘林圃、许天洁这两个人？"

"有呀，咋啦？"

孙杰说："听说他俩在西安被杀了。"

习仲勋很吃惊："你咋知道的？"

"我听程怀璞说的。"

"程怀璞回来了?"

"回来了,我昨天还看见他了。"

"你赶快把他找来!"

"我现在就去找他!"

天黑后,孙杰带来了程怀璞。四年没有见面,两人都很激动,紧紧地拥抱在一起。程怀璞入狱后,家里花钱把他保了出来,但他没有回家,一直在西安从事地下工作,现在是省委组织部秘书。

程怀璞说:"陕甘游击队在照金,仲勋,你不如去那里找刘志丹,协助他们开辟根据地。我回去把你的情况向省委汇报一下。"

习仲勋说:"我也正想着去找刘志丹呢。"

三人聊到天麻麻亮,才恋恋不舍地分了手。

习仲勋送走程怀璞和孙杰,准备回去收拾东西去照金,没想到在村口遇到了周冬至的三叔周明德。周明德也认出了习仲勋,惊讶地说:"人家到处抓你哩,你跑回来干啥?"

习仲勋说:"我有神灵保护哩,他们抓不住我。冬至呢?"

周明德说:"那年你走后,冬至怕人家拾掇他,带着一家人跑到耀县照金去了,在那里租了几亩山地,凑合着过日子。"

"他去了照金?"习仲勋问,"照金啥地方?"

"那地方偏僻得很,我也说不上来。咋,你想去找他?"

"是呀,几年不见,挺想他的。"

"我也正想去照金一趟,用锅板盐换些粮食哩。等我把锅板盐买回来,我就带你去。"周明德看了看四周,见附近没人,又小声说:"照金那地方闹红军哩,听说有个刘志丹,民团军阀都怕他。"

习仲勋说:"我也听说过,那是咱穷人的队伍,里面都是好人。叔,你今天先去买盐,我在我表姐家等你,咱一起去照金。"

第二天清早，习仲勋跟着周明德上了路。周明德推着独轮车，习仲勋肩搭一根绳索，在前面用力拉着。一百多里路，两人走了一天一夜，天亮时分，才到了老爷岭。老爷岭位于照金镇东南十余里，是一条西北东南走向的山梁。他们在一个柴门前停下来。

周明德朝门里喊："冬至，冬至，你看谁来了！"

周冬至从屋里走出来，见是习仲勋，惊叫一声："啊呀，是仲勋呀，你咋跑来了？"

习仲勋说："我来看你。"

"几年不见，我也想你哩。"周冬至兴奋地说，"老刘的队伍就在杨柳坪，离这里不远。我知道，你肯定是来找老刘的！"

"老刘是谁？"习仲勋故意装糊涂。

"刘志丹嘛。"

习仲勋笑着说："我来看你，也找老刘。你带我去见老刘！"

周明德说："急啥，老刘又跑不了，你先歇一歇。"

习仲勋说："我不乏，你给我个冷馍，咱这就走！"

周冬至执拗不过，等习仲勋吃了冷馍，喝了口水，便一起去杨柳坪找刘志丹。路上，习仲勋问周冬至："你咋没跟老刘一起闹红？"

周冬至神秘地笑了笑说："谁说没有？我家就是红军的一个联络站，老刘给我有任务哩。"

习仲勋说："太好了，咱又一起闹红了，我还以为你因为上次的事，打退堂鼓了哩。马上就要见到老刘了，我心里激动得很。我跟老刘在甘肃搞过'兵运'，但我们当时不在一个团，没有见过面。"

周冬至说："他可是个厚道人，没一点架子，有人还编了信天游，专门唱老刘哩。你要想听，我给你哼两句？"

习仲勋惊讶地问："你还会唱信天游？"

周冬至得意地说："我秦腔都能吼，还学不会个信天游？"

说着，清了清嗓子，冲着刚冒出山梁的日头，吼了起来：

> 石板房唻棒棒墙，
>
> 月亮照在山梁上；
>
> 鸡没叫唻狗没咬，
>
> 老刘队伍进了庄；
>
> 柴门下唻支军床，
>
> 红军天天打胜仗……

两人一路说说笑笑，不知不觉到了杨柳坪。可刘志丹不在，一大早去了金刚庙。他们又跑了十多里，在金刚庙找到了刘志丹。刘志丹脸庞清瘦，鼻梁高挺，目光深邃，脸上挂着温和的笑容。习仲勋感觉面前这个人，跟他心里的那个传奇人物差距很大。

周冬至向刘志丹介绍说："他叫习仲勋，从富平专门跑来找你。"

一听是习仲勋，刘志丹上前一步，紧紧抓住习仲勋的手说："原来是你呀，我早就听说你了，欢迎欢迎！我们这里正缺人手哩。"

习仲勋激动得满脸通红："我终于找到你们了！"

晚上，习仲勋和刘志丹睡在一间屋子。夜深了，屋里没有点灯，月光从窗外照进来，洒了一炕。刘志丹抽着旱烟，星火一明一灭。

刘志丹说："仲勋啊，我看你心思很沉，是不是因为两当起义的事？我理解你的心情。干革命嘛，还能有不失败的时候？不要怕失败，失败了咱再来嘛！我失败的次数比你多多了，我这五六年在陕甘边地区，大大小小搞了七十多次兵变，最后还不都失败了？失败没啥，关键是要总结经验。最近，我就一直在琢磨失败的原因。有时运气不好，有时准备不足，有时队伍不纯出了叛徒。但这些，都不是根本原因。根本原因是啥？就是没有把军事斗争和农民运动结合起来。如果我们能像毛泽东、朱德那样，以井冈山为依托，搞武装割据，建立起自己的根据地，扩大我们的游击区，即使面临严重局面，我们也有站脚的地方和回旋的余地。"

习仲勋说："你说得太对了！最近我也反思两当起义失败的原因，一个是没有与当地农民运动配合起来，走到一个地方，连鸡狗都跑光了；二是没有跟当地'哥老会'和有进步倾向的军队、民团搞好关系，如果能把这些力量联合起来，情况就大不一样；三是没有把动摇分子清理干净，敌人一包围，这些人就跑了，动摇了军心……"

刘志丹说："你年纪这么小，就能有这样的认识，很了不起。你不用自责，认识到了就是进步。从现在开始，我们要把主要精力放在建立根据地上。虽然我们现在有了这么一块根据地，但是还很脆弱，经不起大的风雨。再说敌人也不会让我们在这里安生下去，一定会来捣乱。目前，我们最重要的是发动群众。只有把老百姓发动起来，我们的根据地才会越来越牢固。照金离你们富平不远，生活习惯也差不多。仲勋呀，听说你在富平搞过农民运动，有这方面的经验，又熟悉当地风俗，往后发动群众的工作，我就交给你了，你看咋样？"

习仲勋说："我听你安排。我经验不足，还得向你学习哩。"

刘志丹探身在炕沿上磕了磕烟锅说："咱都一样，边干边学。"

两人说着话，不觉窗户纸开始泛白……

不久，习仲勋在周冬至家的旁边搭起一个窝棚，托人将姑妈接来，后来又将堂弟习仲杰、胞弟习仲恺、表弟柴国栋一起接来参加了革命。他自己每天到附近村子开展群众工作。

有一天，他从附近村子了解情况回来，刚走进营地，迎面碰见三个女游击队员。她们看见习仲勋，好奇地打量着他。习仲勋走过去后，只听见她们小声嘀咕：

"哎，听说前几天上面派来一个干部，是不是他？"

"可能是，从来没见过这个人。"

"看着还没我们大呢，还是个娃娃嘛。"

擦肩而过时，习仲勋觉得其中一个女队员有些面熟，但一时又想不起来在哪儿见过。他哪里会想到，这个女队员，就是当年他在富平立诚学校读书时，严先生领着他们向纪德讨要的那个柳叶。而柳叶也不会想到，当年搭救过她的那帮学生里，就有现在的这个习仲勋。

那一年，柳叶被严先生和学生们从纪德家救出来后，她妈王翠兰害怕纪德再去找麻烦，便连夜带着她逃出了富平。母女俩一路乞讨，逃到照金，靠给人浆洗衣裳度日。王翠兰后来嫁给了木匠赵喜才，又生了个男孩儿。红军来了，柳叶参加了游击队，母亲也在这里帮红军浆洗衣裳……

22 ★ 民乐园

张静和刘倩走进省立师范学校图书馆旧书库的时候，陈涛、王洪生和其他学校的代表已经到了。图书馆馆长是地下党员，他以借用一些同学整理图书为由，掩护学运组织在这里召开秘密会议。

陈涛见张静与刘倩来了，示意大家安静，然后说："人到齐了，现在开会。"他清了清嗓子说，"'九一八'后，我们面临沦为日本殖民地的危险。我们要在西安掀起声势浩大的抗日救亡运动，必要时，要组织学生上街散发传单，宣传抗日。最近蒋介石的亲信戴季陶在西安巡视，到处散布反共言论，我们要抓住这个机会，给他点颜色看看！后天上午，戴季陶要在民乐园礼堂演讲，教育厅长要求各校都要派学生参加。这是一个好机会，我们要趁机进行斗争！"

陈涛所说的这个戴季陶，经历很复杂，他十四岁去日本留学，在那里结识了蒋介石。回国后投身反清运动，在上海《中外日报》当记者，写了很多反清文章，清政府下令拘捕他，他又逃到日本，加入了同盟会。后来又回到上海，为《民权报》撰文，公开反对袁世凯，被袁世凯下令关进了监牢。被朋友营救出来后，继续投身反袁斗争，协助黄兴武装起义，还当过孙中山的秘书。陈炯明叛变后，被蒋介石重用。

有个同学说:"戴季陶现在的身份是国民党宣传部长、中央常务委员会委员、国府委员及考试院院长,如果我们能在后天的演讲会上,打败蒋介石这个文胆,将对全国进步力量是个很大的鼓舞。"

王洪生说:"戴季陶的理论功底很深厚,我们跟他文斗,很难打败他。要我看,不如我们集体拒绝去听演讲,故意让他难堪。"

陈涛说:"如果我们不去听演讲,一是教育厅那边不好交代,二是没有针锋相对的斗争,不能有力打击戴季陶的嚣张气焰。"

张静说:"对,就是要针锋相对地斗争,让他当众丢丑!"

…………

两天后的上午,西安市各校师生五千多人聚集在民乐园礼堂,听戴季陶演讲。戴季陶四十多岁,秃顶,上唇留着一字胡,身穿长衫,显得很斯文。他从尧舜禹汤讲起,讲了半天,最后绕到了共产主义。

他说:"一讲到共产主义,有人便以为是马克思的独占;一讲到马克思,有人便以为是布尔什维克的独占,这是一种浅薄而错误的观念,只限于中国共产党中毫无学识和经验的人。没错,布尔什维克的共产党,是信奉马克思主义的,但是马克思主义却不全是布尔什维克的共产党。在中国,国民党是唯一的政党。所谓国共合作,那是共产党的阴谋,是共产党的寄生策略。共产党不为时代所需要,不为国民所需要。我们的一些青年,盲从共产革命,是受了共产党的煽动与蛊惑。我们提倡自由,但反对无政府主义……"

坐在前排的陈涛站起来,冲着讲台大声质问:"戴先生,我很佩服你的学识与口才!但我想请教先生,你们提倡自由,却为什么要限制共产党,限制你们党内的左派,限制言论自由?"

演讲突然被打断,戴季陶显然有些不高兴,但当着这么多学生的面,又不好发作。他说:"这位同学,你这么讲,有根据吗?"

陈涛说："你们国民政府在上海成立的新闻检查所，对新闻严加管制，政府派员到报馆监督，引来许多报刊用'开天窗'的形式抗议政府的言论霸权行为。一年之内，《申报》就开了九次天窗。还有，就因为王造时先生发表了批评国民政府的文章，你们派蓝衣社的人去跟踪威胁王先生，难道这不是事实吗？"

戴季陶说："言论自由，不等于胡说八道嘛。"

陈涛说："据我所知，戴先生创办过《民报》，后来因为发表过言辞激烈的文章，被捕入狱。你出狱的当天，就在报馆的墙壁上写下'报馆不关门，不是好报纸；主笔不入狱，不是好主笔'，你现在还这样认为吗？如果还这样认为，那你为什么不能容忍像史量才、王造时这些跟你当年一样有理想、有担当、敢讲真话的人呢？"

戴季陶红着脸说："他们造谣惑众，应该予以制裁！"

坐在陈涛旁边的张静，这时也腾地站起来，质问道："我想请教戴先生，既然国民党是中国的唯一政党，那么日本人侵占了我东北大片国土，为啥不举兵抵抗，反而签订卖国条约《淞沪停战协议》？为啥允许日本军队长期驻留吴淞、闸北和江湾、翔港等地？你说国民党最爱国，那我们军队为啥不能在上海周边驻防？这是爱国还是侮国？我们这些爱国学生抗日救国，政府为什么要镇压？"

对于张静的一连串质问，戴季陶却不正面回答，顾左右而言他，这更激怒了同学们，口号声、质问声、谩骂声顿时响成一片。省教育厅厅长李百令见势不妙，仓促宣布演讲结束，想保护戴季陶从后台离开。张静随手将一个橘子扔向戴季陶。

"打倒蒋介石的走狗！"

同学们怒吼着，将书本、石块、瓦片纷纷朝戴季陶砸去。一伙男同学跳上讲台，堵住了戴季陶的去路。戴季陶的长袍被扯烂，狼狈不堪。随后赶来的军警强行驱散了学生，这才将戴季陶匆匆从后门带离现场。学生们怒不可遏，放火烧了戴季陶的小汽车……

当天下午，西安学运会召集各校代表召开紧急联席会议，决定第二天举行反对卖国政府、驱逐反动政客戴季陶的示威游行。

柳芬得到消息后，赶忙去找柳是之，将各校学生要大规模游行的消息告诉了他。柳是之说："我马上去向老刀汇报。"

柳是之一直没有告诉柳芬他就是老刀。这是他的习惯，不会轻易暴露自己的真实身份。他说去找老刀，其实是去找安先生。

第二天早上，全副武装的军警突然包围了女师，张静等学运领袖和进步学生十六人被抓，关押在城里的一所秘密仓库。

两天后，学生们冲上街头，打着"还我同学"等标语，高呼口号，在以钟楼为中心的东西南北四条街道上，大规模地进行示威游行。国民党当局迫于压力，当天下午，便释放了张静等学生。

但是当局并没有就此罢休，而是派出更多的特务，秘密跟踪调查张静等学生领袖，计划等事态平息后，对他们实施暗杀。

省委决定：将这些进步学生，分批秘密送往照金根据地。

23 ＊ 特务队

1932 年夏天，王世泰带着杨盛和另外两名战士，去照金镇为游击队采买物品，在一家粮栈门口遇见了两个人。王世泰觉得他们有些反常，便叫住他们问："你们从哪儿来？干啥的？"

一个说："我俩从富平来，贩皮货的。"

王世泰问："咋一口陕南话？"

一个刚想解释，另一个转身就跑。王世泰一把抓住后面这个，杨盛等人去追另一个，眼看追不上了，杨盛举枪就打，一枪将那人摞倒在街口。他们把活捉的那个人带回去，一审问，竟是国民党的密探。

密探供认：他们正计划兵分三路，"围剿"照金根据地。第一路是驻陇东甘肃警备旅九十七团、九十八团，自宁县、正宁向南进攻；第二路是陕西警卫团何高侯部，从邠县自西向东进剿；第三路是富平、同官、耀县的三县保安团，从南向北进攻。

刘志丹召集紧急会议，商量对策。他说："我们根据地刚刚建立，力量还很不足，如果跟敌人硬拼，会把家底拼光，而且很难取得胜利。我建议游击队转移到外线作战，一来可以伺机消灭小股敌人，二来可以保存自己的力量。"大家都表示赞同。

于是，游击队连夜转移到照金北山，埋伏在密林之中。

第三天拂晓，游击队凭借大雾掩护，将先期到达的富平、同官、耀县三县保安团包围，激战一个多小时，歼灭三百多人。

几天后，敌何高侯团抵达照金。刘志丹率游击队埋伏在照金西南的安子洼，利用有利地形，突然发起进攻，一举击溃了敌人。

之后，刘志丹率游击队避开敌人锋芒，撤离照金，向南游击。这样既可把敌人从根据地引出去，也可借机筹粮筹款，置办冬衣；然后再将游击队撤退到陕北保安、安定一带，那里沟壑纵横，便于游击。

部队开拔时，刘志丹握着习仲勋的手说："仲勋，你身上的担子不轻啊，你们留下来，一方面要与敌人周旋，保护好自己的力量；一方面还要做好发动群众的工作。你有经验，知道咋跟农民打交道。"

习仲勋说："老刘你放心，我会守好根据地！"

刘志丹考虑到主力红军一走，尽管会引走大部分敌人，但还会有小股敌人向根据地不断进攻，坚守根据地的任务并不轻松，于是把特务队和参谋董伯昌留给了习仲勋。

主力走后，"围剿"之敌尾随而去，根据地的压力减小了。习仲勋带领留守人员，相继组织起农会、贫农会、赤卫队，附近许多青年纷纷加入了赤卫队。但是这一时期，周边的民团经常出来袭扰，习仲勋不得不带领留守部队经常转移。转移到谢家岭，见到了周冬至。习仲勋在一个土窑里召集开会，研究如何开展游击战争。

特务队队长程双印说："大部队转移时把武器都带走了，我们特务队现在只有七把短枪，十六支长枪，而且每支枪只剩下两发子弹，一旦敌人追上来，我们很难应付，这样下去很危险！"

习仲勋说："这是个大问题。打游击我们不怕，但是没有枪弹，这游击就没法打。现在，我们最关键的问题，是咋样搞到枪弹！"

参谋董伯昌说："粮食也快吃完了，伤员又增加了七八个，还得补充药品，可是，我们剩下的银圆也没几块了。"

习仲勋说："这一带农民也很苦，家家都缺粮，我们不能从老百姓的嘴里去抢粮。我的想法是，把一部分人员疏散到村里去，开展隐蔽斗争，等大部队回来了再召集他们归队。这样，既可以把各村的群众组织起来，又便于我们轻装转移，与敌人周旋。但是，伤员的药品不能缺，我们得想办法筹钱，尽快派人去集市买药。"

周冬至说："枪弹和银圆，我看只能向大户'借'了。郑家庄有一户大地主，以前曾给民团捐过不少枪弹，估计家里还有枪弹，我们不如派人去向他'借'。"

程双印说："这是个好办法！我们把他抓起来，如果不交出枪弹和银圆，就枪毙他！"

习仲勋说："我们不是土匪，不要动不动就杀人。你们特务队派人去郑家庄，出发前要向队员交代纪律，把枪弹搞来就行了，不要闹出人命。我们要想扎根，就要学会团结人，轻易不要得罪人。"

第二天早上，程双印派特务队中队长陈克敏带着十几个队员去了郑家庄。天还没黑，他们就返回来了，带回来两把短枪、六支长枪和三箱子弹。还有一布袋银圆，数了数，一共有一百三十六块。

程双印当胸擂了陈克敏一拳："你小子，还真行！"

陈克敏"嘿嘿"笑着说："对付这些家伙，我有的是办法。"

程双印想起陈克敏是土匪出身，忙问："没出人命吧？"

"我才不会浪费子弹哩。"陈克敏得意地说，"我把手枪往桌子上'啪'地一拍，那老小子就吓得尿了一裤子，乖乖把枪弹和银圆交了出来。"

天黑后，有个队员悄悄跑来告诉程双印，陈克敏私吞了一袋银圆。他们从地主那里弄了两袋银圆，走到半道上，陈克敏把一袋留在了一个老乡家，还威胁其他队员说："谁要敢声张，就一枪打死谁！"

程双印气得脸色发青，骂道："真是匪性不改！"

骂完，怒气冲冲地去找陈克敏。

陈克敏是河南泌阳人，以前在龙家寨一带为匪，后来刘志丹来了，被收编进游击队。他生性凶残，做事反复无常，不计后果。程双印找到他的时候，他正盘腿坐在炕上，跟几个队员聊天说笑。

程双印大喊一声："好你个陈克敏，胆子不小！"

陈克敏脸上的笑容僵住了，问："咋啦队长，生这么大气？"

程双印说："咋啦？还有一袋银圆，你放哪儿啦？"

陈克敏黑着脸说："你的话，我咋听不懂？"

程双印指着陈克敏大骂："你狗日的吃黑食，还想抵赖！那可是伤员的救命钱，你狗日的也敢黑，你还有没有良心？"

陈克敏低下头，很快又抬起了，不紧不慢地说："你既然知道了，我也就不瞒你了。我是留了一袋，可这是道上的规矩，谁弄来的谁就可以留下一半。我够仁义了，枪一支也没留，都上交了。"

程双印斥责说："我们是红军，不是土匪！"

陈克敏腾地从炕上跳下来，走到程双印跟前说："啥尿红军，整天东躲西藏地钻山沟，老子早就不想干了，老子还回龙家寨！"

"陈克敏，你太猖狂了，我毙了你！"

程双印说着就要拔枪。陈克敏先拔出手枪，一把揪住程双印的衣领说："老子先毙了你！"

说着，对准程双印的脖子就是一枪。

程双印歪倒在地上，脖子"突突"直冒血。

陈克敏挥舞着手枪说："兄弟们集合，跟老子回龙家寨！"

习仲勋听到枪声，急忙带人赶过来，陈克敏已经带着他的中队逃走了。看着躺在血泊中的程双印，习仲勋惊呆了……

陈克敏回到龙家寨，很快组建了民团，疯狂地袭扰红军营地，扬言要把红军赶出照金。而红军暂时还没有能力剿灭陈克敏。

习仲勋决定暂时撤离照金，向三原武字区转移。

24 ★ 兵败三原

习仲勋带领特务队转战半月，到达了三原武字区。

他在城隍庙里，见到了中共三原县委书记金理科和渭北游击队总指挥黄子文。习仲勋五年前就认识黄子文。黄子文受党指派，后来去山西组建晋西游击队，一年前回到三原，组建了渭北游击队。但习仲勋并不认识金理科，黄子文给他们做了介绍。金理科不到三十岁，看上去很沉稳。他对习仲勋说："早就听说过你，你来了正好，咱们一起干！"

两支队伍会合后，特务队改编为渭北游击队第二支队，黄子文抽调程国玺任队长，习仲勋任指导员。原来的渭北游击队改编为第一支队。习仲勋带着第二支队，驻扎在黄子文的老家甘涝池村。这里是三原、富平和耀县的交界，进可攻，退可守，便于开展游击活动。两支游击队相互配合，很快就在三原、富平一带打开了局面。

10月初，省委派李杰夫来到三原，指导游击队开展"纪念十月革命十五周年"活动。李杰夫此时的身份是中共陕西省军委书记。他在三原召集联席会议，传达省委《关于开展游击运动，创建渭北新苏区的决议》，要求发动群众，纪念十月革命。

黄子文觉得省委这样安排不大妥当，担心地说："渭北根据地刚刚建立，还不稳固，搞这么大规模的活动，一是没有多大意义，二是会引起敌人的注意，给自己带来麻烦。"

李杰夫扶了扶眼镜，十分自信地说："我们要的就是这种效果。我们就是要让人民受到鼓舞，让敌人受到刺激，担惊受怕！"

习仲勋说："可是，我们现在的力量还很薄弱……"

李杰夫打断习仲勋的话说："革命就是要敢于冒险，就是要针锋相对地去战斗！否则，我们建立游击队和根据地干啥？"

金理科半天没说话，这时开口说："省委的决议，我们拥护。但是能不能把范围搞小一点？我们可以发动学生游行搞纪念，游击队主要在外围负责警戒，万一出了啥事，也好随机应变。"

李杰夫不高兴地说："省委的决议必须执行！纪念活动两个支队都必须参加，而且要全副武装，这样才有震慑力。"

在李杰夫的坚持下，决定在武字区举行万人纪念活动。

游行那天，游击队第一、第二支队走在队伍的最前列，后面是学生，再后面是当地农民。游行队伍从三原东边的西阳镇穿过，浩浩荡荡经过富平瓦窑头和习仲勋的老家淡村。"十月天，碗里转，好婆娘做不下三顿饭。"这时节白天很短，游行队伍没有按原计划转完其他村庄，天就渐渐黑了，只好匆匆返回武字区。

第二天，继续游行。这样连续游行示威，终于惹来了麻烦。

国民党纠集三原、富平、泾阳、高陵、耀县、淳化六县民团，突然对渭北根据地进行"围剿"。他们采取"先搜塬，再搜沟，然后沟塬一起搜"的战术，到处捕人杀人。黄子文率领的一支队在心子区被包围，一场血战后，五十多人牺牲。渭北特委被冲散，根据地陷入瘫痪状态。习仲勋率领的二支队被迫撤退到甘涝池村，被敌人三面包围，只有十几个人冲了出来。敌人烧毁了黄子文家的房屋，抢走了牲畜、农具和所有能搬走的东西。突围出来后，队长程国玺与董伯昌带剩余人员去了旬邑打游击，习仲勋与李杰夫回到照金，寻找陕甘游击队。

他们没有找到陕甘游击队。照金一带到处是杨虎城的部队和民团，他们只好重返三原，白天打探消息，夜里藏身在一个偏僻的水洞里。他们身边有两支长枪和两支"老套筒"。水洞里夜里很冷，两人背靠背相互取暖。月亮升起来了，斜照进洞里。

习仲勋说："也不知道黄子文和金理科他们咋样了？"

李杰夫摘下眼镜，用衣袖擦着，叹息一声说："但愿他们没事。唉，当初要是不搞大规模游行，事情就不会这么糟糕。都怪我太主观，听不进大家的意见，让渭北游击队吃了这么大的亏……"

习仲勋痛心地说："是啊，那么多同志牺牲了！"

李杰夫沉默了一会儿，说："看来省委的决定有时也会出问题。我明天就回西安去，向省委汇报这里发生的一切。"

天麻麻亮，李杰夫爬出水洞，一个人去了西安。

习仲勋等到天黑，才从水洞里爬出来，背起用草席裹着的两支长枪和两支"老套筒"，绕开大路，一路朝北，向富平老家走去……

25 ★ "反春荒"

习仲勋没敢回家，悄悄躲藏在野地里，一直等到天黑，才悄悄朝孙杰家走去。他担心碰到人，没有走前门，而是绕到孙杰家后墙。他先将那捆枪用力扶上墙头，"咚"地扔下去，然后自己才翻进去。

屋里传出孙杰的声音："谁?"

"我，仲勋。"

后院门"吱呀"一声开了，孙杰手里提着一根棍走出来。

"呀，真是你!"

"别声张，先帮我把东西弄进去。"

孙杰抱着那捆枪往里走。

"啥东西，这么沉?"

"枪。"

孙杰把枪抱回屋里。习仲勋打开让他看，孙杰高兴地说："我的爷呀，你从哪儿弄回来这些宝贝疙瘩?"

"你先给我弄点吃的，我饿日塌了。"

孙杰拿来三个冷馍，一碗水。习仲勋圪蹴在地上，一口气吃完了三个冷馍，一仰脖，喝完了水，这才用衣袖擦了擦嘴，站起来踢了一脚地上的枪说："我们有这些东西，不愁拉不起队伍来!"

孙杰说："就是，咱接着干！"

第二天，他们开始秘密发展党员，准备组建游击队。半个月后，发展了七个人，在孙杰家举行了入党宣誓。习仲勋念一句誓词，新党员们也跟着念一句："严守秘密，服从纪律，牺牲个人，阶级斗争，努力革命，永不叛党！"

接着，成立了中共淡村支部，孙杰任支部书记。

春天悄然而至。石川河边的向阳坡上，蒲公英直直地伸向天空，菊状的花儿开放在茎秆上，如同一个个亭亭玉立的女子。心急的山桃花也开了，占据了一大片地方，像是要盖住蒲公英，但显然是徒劳。没过多久，杏花开了，桃花开了，梨花也开了。

习仲勋组建起二十人的淡村游击队，孙杰任队长，他任党代表。年馑刚过，百姓缺粮，习仲勋决定争取民众，开展"反春荒"斗争。

一天夜里，淡村游击队突然包围了西刘堡，打散了三十多个看家护院的团丁，收缴了地主刘本善、民团团长柳玉山囤积在家里的粮食。刘本善和柳玉山趁乱逃跑了，游击队将粮食分给了当地农民。

之后，游击队又开进庄里镇，分了大地主贾太成的粮食，枪毙了不愿意交出粮食的恶霸地主田顺子和党玉升。

逃到县城的柳玉山，带着富平县保安团几百团丁，气势汹汹地反扑回来，想一举歼灭游击队。鉴于"反春荒"斗争已经初步取得了胜利，为了避开敌人的锋芒，习仲勋决定暂时疏散游击队，化整为零，开展隐蔽斗争。他和孙杰等少数队员，白天藏在墓地里，夜里召集分散了的队员，准备袭击县保安团。

就在这时，渭北特派员老贾来到富平，与习仲勋秘密接上了头。老贾是陕北神木人，毕业于绥德省立第四师范学校，1928年入党，曾任共青团陕北特委组织部长、代理书记。老贾根据省委的指令，成立了中共三原中心县委，宣布由习仲勋担任团三原县委书记。习仲勋将淡村游击队交给孙杰领导，准备跟老贾离开富平。

临行前，习仲勋很想见家人一面。他回来这么长时间，怕连累家人，一次都没敢回家。好几次夜里路过村口，只远远地站在黑暗中朝自家的方向看上一会儿，然后又转身匆匆离去了。父母去世后，大妹秋英和三妹夏英也相继夭亡，家里还有十二岁的二妹冬英和五岁的小妹雁英。

他让孙杰把二妹冬英悄悄叫来。冬英走进孙杰家，看见油灯下的习仲勋，跑过来一头扑进他的怀里，"哇"的一声哭了。

"哥呀，你咋才回来呀！我好想你！你跟我回家去吧。哥，我想爸妈，想你，我好害怕，黑夜不敢睡觉……"

习仲勋抱着妹妹，鼻子一酸，泪水涌了出来。

"冬英，你要照顾好妹妹，等哥忙完了就回去……"

习仲勋走后的一天夜里，孙杰召集游击队里的党员在家里开会，商量以后的行动计划。会议一直开到半夜，孙杰刚送走最后一个党员，柳玉山带着一百多团丁突然包围了他家。逃是逃不出去了，孙杰只好背着哑巴母亲，躲进了后院的地窖里。

团丁们冲进家里，翻箱倒柜，没有找到孙杰。后来在柳玉山的指点下，找到了地窖。他们点燃裹着辣椒面的被子，扔进地窖里。孙杰的母亲被活活熏死了，孙杰晕了过去，被团丁抬走了。

几天后，孙杰在县城被保安团枪杀……

26 ★ 特务团

夏天的一个傍晚，习仲勋走进西安的一家茶楼，选择二楼靠窗的一个位置坐下来，一边喝茶，一边看着窗外。上个月，他被省委从三原调到西安从事地下工作。将他调离三原，是因为他在三原上学时被捕过，去年又带游击队在三原搞过声势浩大的游行活动，那里很多人都认识他，不便于开展工作。习仲勋离开三原后，省委派李勤接任了他的共青团三原中心县委书记职务。但是没过多久，三原地下党又一次遭到了敌人的破坏，李勤和许多同志先后被捕入狱。

习仲勋望着窗外，观察着每一个走进茶楼的客人，他在等人。这人叫祁民，可他并不认识祁民。接头暗号是右手拿一根文明棍，左手拿一本书。习仲勋的文明棍和书放在桌子上，来人一眼就能看见。据省委领导介绍，祁民因为掩护学生出城去照金，使城防司令王泰吉产生了怀疑，不再让他掌管印信，派他到特务团一连担任二排长。

习仲勋坐下不久，一个二十出头的青年人，右手拿一根文明棍，左手拿一本书，走进了茶楼。他看见习仲勋，迟疑了一下，然后径直走了过来，在对面的椅子上坐下。

习仲勋小声问："你是祁民同志？"

祁民朝他点点头。

习仲勋小声说："听说你们特务团这几天要开赴商洛去剿匪，省委要求你们在途中伺机组织起义。你们连长宁子硬可靠吗？"

"可靠。"

"其他几个人呢？"

"也没问题。"

习仲勋说："那就好，你们一定要小心，千万不可走漏消息。最近国民党的特务活动很厉害，陕南有个外号叫老武的特务，耳目很多，你们要多加小心……"

几天后，特务团开赴商洛。西安到商洛沿途，杨虎城驻军比较集中，不好动手，祁民与连长宁子硬商定，计划到户家塬后再起义。那里离湖北近，一旦起义失败，可以投奔鄂西北红军游击队。

可是，部队走到距离户家塬还有几十里的山阳附近，团部突然派传令兵追上来，要求部队停止前进，让连长宁子硬天黑前赶回团部。宁子硬吃了一惊，预感事情不妙，但也只好命令部队原地休息。他以交代事务为名，将祁民和另外几个党员骨干召集在一起，商量对策。

宁子硬说："看样子，他们已经有所觉察，要收拾我了，咋办？"

祁民说："可能是隐蔽在团部里的同志出了事，我们要把情况估计得更严重一些，才不会吃亏。你不能去团部，这样很危险！"

宁子硬说："可我不去，他们会更怀疑！"

祁民说："我们不如提前起义！"

宁子硬迟疑了一下说："也好，马上起义！"

祁民对另外几个党员说："等会儿我先动手，打死那个传令兵，你们随后结果一排长和三排长，然后由宁连长宣布起义。"

几个人商量完，还没回到队伍里，一排长突然拔出手枪，对准他们说："你们是不是想叛乱？"宁子硬想拔枪，一排长打开枪机喊：

"谁动打死谁！都给老子把枪扔过来！"

三排长也跑过来，掏出手枪，对准他们说："我早就看你们几个不正常，都他妈的乖乖缴枪，否则老子开枪了！"

他话音刚落，只听"叭叭"两声枪响，两个排长先后倒在了地上。祁民一看，是队伍里的自己人首先开了枪。传令兵见两个排长被打死，跳上马背，朝北狂奔。祁民举枪射击，连续几枪都没有打中，传令兵转过一个山包不见了，祁民跨上一匹马要去追。

宁子硬拦住说："别追了，团部反正已经觉察到了。"

他转身面对队伍，大声说："弟兄们，你们都看见了，不是我宁子硬要起义，是他们逼我起义！愿意跟我走的留下，不愿意跟我走的可以回家，我宁子硬绝不勉强弟兄们！"

许多士兵高喊："我们愿意跟连长起义！"

宁子硬说："那好，我们现在就起义！"

可是关于起义部队的行动方向，祁民与宁子硬发生了分歧。宁子硬想向北突围，去渭北与刘志丹的游击队会合。祁民却认为：团部很快就会派人来围追堵截，突围北上很难成功。他建议先向南开进，进入湖北山区，与鄂西北游击队会合，等待时机成熟后再打回来，去渭北找刘志丹。

宁子硬说："我们到湖北人地生疏，难以生存，还是北上为好。"

祁民据理力争："朝北开进，部队伤亡会很大啊！"

宁子硬说："我是支部书记，就这么定了！"

话说到这个份儿上，祁民不好再争论了。

但祁民突然想起一件事，提醒宁子硬说："刚才被打死的两个排长，还有几个亲信，他们会不会怀恨在心，要不要先清理掉再出发？"

宁子硬说："他们既然愿意跟我们走，就没必要赶尽杀绝！"

祁民有些担心地说："这种时候，还是小心点为好。"

宁子硬说："两三个人，即使闹腾，也翻不了天！"

于是，部队向北开进。一路钻山沟，走小道，躲过了敌人的多次"围剿"。第二天下午，行至西安西南方向的子午镇附近，部队没敢进镇子，而是在距离镇子五里地的低洼处隐蔽休息。宁子硬独自去解手，队伍里三个兵装着也去解手，冷不丁一齐向宁子硬开了枪。

祁民听到枪声，知道坏了，急忙带人跑过去，宁子硬已经倒在血泊中死了。那三个兵提着枪，猫着腰，朝西安方向狂奔。

祁民开枪射击，打死了两个，另一个钻进了一片玉米地。

团部派来的围堵部队就驻扎在子午镇，听到枪声，很快围了上来。祁民指挥起义部队突围，激战三个多小时，起义部队死伤过半，最后总算撕开一个缺口，带着四十多人突围出来。可他们还没来得及喘息，又被敌人前来增援的两个连包围，一个小时激战后，祁民只带着三人突出重围。

几天后，祁民找到了泾阳游击队。

游击队大队长苗家祥以前跟祁民联络过，任命他为三中队中队长。其他两个人分配到了另一个中队。

苗家祥二十五六岁，眼睛深陷，目光炯炯有神，下嘴唇稍厚，嘴角下垂，有一头浓密乌黑的头发，给人一种倔强的印象。他是泾阳县百谷人，小时候在村里上过私塾，十六岁到桥底镇县立第二高小读书时，参加了"泾阳青年奋斗社"，率领学校童子军，手执棍棒，赶跑了住在醴泉北屯教堂的美国传教士。两年后参加革命，加入了中国共产党，在桥底、口镇、王桥一带开展农运工作。后来在泾阳县发动"交农"运动，失败后因身份暴露，逃往外地，先在陕南汉江上当了半年船工，后在白河县参加了吴新田的队伍。吴部被土匪打散后，他又回到关中，在杨虎城的警卫团担任副官。前往永寿县剿灭土匪王结子时，路过监军镇，突然宣布起义。但因计划提前泄露，起义遭遇失败，他逃回泾阳北塬，隐藏在西凤山里，后来拉起了八十多人的队伍。去年3月，成立了泾阳游击大队，自任大队长。

祁民来到游击队不久，便对苗家祥有了看法。因为每到一地，苗家祥都要找地主家的大姑娘、小媳妇。游击队员们对此也很有意见，但都敢怒不敢言。祁民提醒苗家祥，苗家祥不以为然地说："我们革命的对象，就是这些地主富农。我没要他们的命，就算便宜他们了，搞他们几个女人算啥？"

27 ＊ 龙家寨

陕甘游击队离开照金后，陕西省委便与刘志丹、谢子长失去了联系。初冬时节，省委派张秀山到照金一带寻找陕甘游击队。

省委之所以派张秀山执行这次任务，是因为他与刘、谢二人都很熟。他们三人都是陕北人，而且是榆林中学的校友。张秀山与刘志丹在陈珪璋部那次兵变失败后，再也没有见过面。张秀山离开王子元部队后去了西安，一直在省委从事地下工作。

张秀山装扮成皮货商人，在照金山区转悠了半个月，也没有找到陕甘游击队。这天，他来到兔儿梁，树上突然跳下来三个蒙面人。

"站住！"

张秀山吓了一跳，只好站住。

"把褡裢扔过来！"

张秀山把褡裢扔过去。褡裢里有几十块银圆，但没有枪。枪在怀里藏着呢。一个蒙面人从地上捡起褡裢，打开一看，对同伙说：

"啊呀，这么多银圆！"

另一个也把脸凑过去看。

张秀山趁机去摸枪，第三个蒙面人用枪顶住了他的腰眼，"嘿嘿"笑着说："老子就防着你这一手哩。"说着，下了张秀山的枪。三人将张秀山捆起来，然后取下自己脸上的黑布。

一个刀条脸问："你是做啥的？"

"收皮货的。"

"从啥地方来？"

"西安。"

刀条脸踢了张秀山一脚，骂道："放屁！你根本就不是西安口音，鼻音这么重，肯定是陕北人！老实说，是不是跟刘志丹一伙的？"

"我不认识刘志丹。我老家在陕北，但我一直在西安做生意。"

"做生意为啥还带枪？"

"收皮货，跑山路，给自己壮胆嘛。"

"我看你像红军的探子！"

"我有好好的生意不做，当红军弄啥？"

刀条脸拿起褡裢，掂了掂，对另外两个土匪说："管他是商人还是红军，这里面有硬货，干脆把他办了，咱三个平分。"

矮个土匪扭头问高个子土匪："梁东，你说呢？"

那个叫梁东的说："要不，把货留下，把人放了？"

矮个土匪说："人不能放，说不定真是红军的探子。要是让老大知道了，咱哥仨就完了。别贪图几个钱，丢了性命！"

梁东说："咱不说，谁知道？"

刀条脸说："万一是红军呢？还是把他带回去交给老大。"说着，踢了张秀山一脚，"你狗日的要真是红军，就别想活着走出龙家寨！"

张秀山这才知道，他落在叛徒陈克敏的人手里。来之前他查看过地图，知道龙家寨下面是绣房沟，对面是薛家寨，陕甘游击队撤离之前就在这里活动。这下麻烦了，落在陈克敏手里，肯定凶多吉少。

三个土匪押着张秀山往山上走。矮个土匪和刀条脸背着枪走在前面，张秀山走在中间，那个叫梁东的人跟在后面。张秀山被捆着双手，走得很慢，渐渐与前面两个土匪拉下了五六步的距离。

那个叫梁东的人，低声对张秀山说："待会儿到了龙家寨，他们问你，你千万不要承认自己是红军。你要是承认了，就死定了。"

张秀山很吃惊，扭头看着梁东。

梁东说："你别看我，记住我的话就行了。"

走在前面的刀条脸扭头喊："梁东，你嘀咕啥呢？走快些！"

梁东答应着："来啦来啦！"

又低声叮咛张秀山说："记住我的话。"

张秀山小声说："那你干脆把我放了。"

梁东说："就是我放了你，你也跑不过他们两个的枪子。而且，前后树林里都有我们的人，一听到枪声，都会围上来。"

穿过河谷，爬上一道土坡，到了龙家寨。山脊上有一个天然洞穴，洞穴周围修筑了防御工事。张秀山被推进洞穴，带到陈克敏跟前。刀条脸把褡裢和手枪交给陈克敏，又在他耳边嘀咕了几句。

陈克敏翻看着手枪说："真是一把好枪！"他突然举起手枪，对准张秀山问："你娃老实说，到底是弄啥的？"

张秀山说："我是收皮货的，钱和枪我不要了，你们放我走吧。"

"放你走？没那么容易！"陈克敏上下打量了一下张秀山说："你根本就不像生意人！老实说，你跑到我龙家寨干啥来了？是不是刘志丹派你来摸老子的底来了？你娃要是再不老实，老子就毙了你！"

张秀山说："我真是生意人。刘志丹我听说过，但我不认识。"

陈克敏冷冷地盯着张秀山看了半天，然后说："那好，既然你说你是生意人，那我们就做一回生意。你给家里写封信，让他们准备五百块银圆，我派人去取，等我的人把钱拿回来，我就放了你。如果你敢骗我，让我查出你是红军的探子，我会扒了你的皮！给他松绑！"

两个土匪给张秀山解开绳子。有人拿来笔纸，张秀山只好写信。信好写，可是让土匪送到哪里去呢？送到西安北门里的秘密交通站去吧，那里的同志见到信，就知道我落到土匪手里了，他们就会设法营救我。可又一想，不行啊，不能因为自己，暴露了交通站。那送到哪里去呢？想来想去，没有一个合适的地方，最后胡乱写了一个地址。心想，送信的土匪来去需要七八天，这段时间，我可以设法逃出去，刚才那个叫梁东的人也许会帮我。即使逃不出去，大不了就是个死。对，就这么干！这么想着，将信交给了陈克敏。

送信的土匪走后，张秀山被关进马棚里，用铁链锁在拴马桩上。说是马棚，其实只是用树枝搭起的一个窝棚，后面是一道石墙，前面是一道木栅门。马棚里有十几匹马，到处是马粪，尿臊味很重。透过木栅门，可以看见绣房沟和兔儿梁，一条小路蛇一样在兔儿梁上蜿蜒向东，穿过一片草地，钻进绣房沟不见了。张秀山一直等待那个叫梁东的土匪出现，可是自从到了龙家寨，再也没有见过他。

几天后的早晨，浓雾从绣房沟翻卷上来，铺排在兔儿梁上，渐渐弥散开来，包围了龙家寨。坐在地上的张秀山，看见梁东低着头，从马棚前面走过。他心中一喜，"哎"了一声，梁东停下来，朝四周张望了一下，走了过来。

张秀山说："我知道你是个好人，你帮我逃出去吧！"

梁东没有说话。

张秀山说："你只要帮我把铁链上的锁弄开，我就能逃出去。"

梁东欲言又止，转身走了。

张秀山有些失望。日头爬上兔儿梁，晨雾渐渐散开了，到了中午，梁东又来了。他装作给马添草料，看也不看张秀山，低声说：

"今晚后半夜，你等着我。"

没等张秀山说话，他转身走了。

日头快落山的时候，外面突然响起了急促的哨音。张秀山不知发生了什么事，朝木栅栏外面张望，只见土匪们背着枪，在外面的一块平地上纷乱地集合。几个土匪打开木栅门，把十几匹马全牵了出去。

陈克敏跨上一匹白马，对土匪们喊："弟兄们，我们下山去旬邑，那里有一桩大买卖，干成了这桩买卖，可以够我们吃一年！"

说完掉转马头，来到马棚前，冲里面的张秀山说："等老子回来，你家的钱还没送到，就宰了你！"

这时，梁东跑过来对陈克敏说："我闹肚子，留下看家吧？"

陈克敏说："这是一桩大买卖，除了那几个腿脚不利索的留下看家，所有弟兄都得去！闹肚子怕啥，在马屁股上颠一颠就好啦！"

土匪们都笑了。

梁东还想说什么，陈克敏呵斥道："就你毛病多，给老子上马！"

梁东只好跨上马。临走时，朝马棚这边看了一眼，一脸无奈的样子。张秀山彻底失望了。寨子里只剩下五六个腿脚不利索的土匪，但他被铁链锁着，没人帮他，想逃出去绝无可能。

第二天早晨，张秀山坐在马棚里，呆呆地望着栅栏外面，正在苦思冥想着如何逃走，突然看见三个骑兵从绣房沟爬上来。他以为眼花了，揉了揉再看，真是三个骑兵。先是三个，后来又上来了六个。难道是陈克敏他们回来了？咋这么快就回来了？仔细再看，早晨的阳光下，红五星隐约闪烁。啊，是自己人！是游击队！

他猛地往起一站，又被锁链拽倒了。他刚想朝下面喊，骑兵又不见了。他很纳闷，怀疑是自己出现了幻觉，心里便更加失望。但他仍然不错眼地盯着绣房沟，盼望奇迹再次出现。

过了一会儿，几十个骑兵从沟里再次爬了上来，穿过兔儿梁，径直朝龙家寨方向奔来。啊，不是幻觉，真是自己的队伍！

守寨的土匪见红军来了，慌了手脚，趴在洞穴前面的工事里，噼里啪啦开枪射击。张秀山朝土匪们喊：

"你们赶快投降吧，只要交出寨子，我保证红军不杀你们！"

红军的骑兵越来越多，土匪们知道凭他们几个人，无法守住寨子，便不再开枪反抗，解开张秀山的锁链，把他从马棚里推出来说："我们缴枪，你要说话算话，保证红军不杀我们。"

张秀山抬头一看，一个熟悉的身影骑马朝这边奔来，他心中一阵惊喜，激动地大声喊："老谢，老谢，我在这里……"

张秀山见到了谢子长和刘志丹，传达了中央在上海召集满洲、河北、河南、山东、山西、陕西等六个省委负责人召开的"北方会议"和省委的指示精神后，又离开了照金，回西安向省委汇报去了。

张秀山离开照金的第二天，张静、刘倩和王洪生三个学生，辗转数月，来到了照金。刘志丹专门为他们开了一个欢迎会。王洪生被分到了保卫队。保卫队负责营区附近的警戒，另一项任务是负责根据地领导的安全。张静和刘倩被分配到妇女游击队。

队长孙兰英见来了两个女秀才，高兴地说："我们以后写标语，就不用发愁了。"

但是谁也不知道，这时的游击队里，已经混进了国民党的特务。

28 · 妇女游击队

耀县最大的集镇是照金。除此之外，还有庙湾、柳林、瑶曲、小丘四个镇。瑶曲和小丘一南一北，离照金比较远。庙湾和柳林离照金比较近，距离也差不多，也就半天的路程，一个在东北方向，一个在正东方向，与照金正好形成三角地势。

红军采买东西一般不去县城，也不去庙湾和小丘，除了照金镇，便去瑶曲和柳林。瑶曲山货多，柳林布料多。红军人数不断增加，军装不够发，被服厂连夜赶制，布料很快就用完了。照金镇的布料已经被红军买光了，妇女游击队长孙兰英，便带人去柳林镇买。

这天正好是柳林镇的大庙会。柳林镇的庙会很有名，是方圆百里最热闹的庙会。最初是老百姓为了祀奉神佛、先贤和精怪，敬神祈福、求子求药、祈雨禳灾，后来逐渐演变成了以物换物的集市。如今逢一都是庙会，每年的正月十五、端午、八月十五是大庙会，这种时候，常常会有各村的秧歌队前来凑热闹。

这天是端午，正是柳林镇的大庙会。家家户户插艾草，吃粽子，戴香包，喝雄黄酒，给娃娃鼻孔耳孔涂抹雄黄酒，以免虫子钻进去。

鸡叫头遍，孙兰英带着柳叶和刚来不久的张静、刘倩上了路。她们换下军装，一身当地女人打扮，每个人胳膊弯里挎一个包袱，里面

159

塞着两个冷馍。孙兰英的包袱里除了两个冷馍，还有一把盒子枪。

孙兰英是甘肃庆阳人，个头不高，敦敦实实，皮肤白皙，眼睛黑亮，性格直爽，说话嗓门大，笑起来露出满嘴的牙花子，队员们都叫她"孙二娘"。听说她在家里忍受不了男人的打骂，一天夜里，把喝醉的男人手脚捆住，丢下三岁的女儿，逃出来当了红军。

柳林在照金东边，中间隔着几道梁，所以得先朝东北方向走，经过陈家坡，然后再向东南拐，路过金盆、窄沟、单家村，才能到达柳林。四个女人走到窄沟的时候，天已大亮。她们坐在小溪边休息。

张静和刘倩第一次参加行动，既好奇，又害怕。尽管只是去买布，但柳林驻扎着一个民团，又听说团长杨魁是个色鬼，去年有个女队员，半路上被他捉住，糟蹋后杀害了，将赤裸的尸体扔在镇子外面的土壕里。孙兰英发誓一定要除掉杨魁，但是一直没有找到机会。

她们坐在溪边的石头上，吃着冷馍。孙兰英变戏法似的掏出几个青辣椒，分给大家。刘倩咬了一口辣椒，辣得直吐舌头。孙兰英说："学生娃就是口嫩，你看人家柳叶，一口下去就是半截，眼睛也不眨一下。"柳叶吸溜了一下嘴，歪着嘴巴笑。张静咬了一口，嚼了嚼，说："不辣嘛。"话刚说完，开始龇牙咧嘴，用手在嘴边扇风，好像风能把辣味带走。孙兰英哈哈笑着说："葱辣鼻子蒜辣嘴，都没辣子辣得美！这是我专门挑的最辣的，就是为了在路上提神。"

吃完冷馍，女人们掬起溪水喝了几口，继续赶路。这时，日头已经爬上山梁，软软地搁在那里，活像一个熟透了的软柿子。

柳叶说："队长，你不是会唱庆阳小调吗，给咱来一段。"

孙兰英说："我这破锣嗓子，怕把你们吓着。"

张静说："队长就唱一个吧，我还没听过你们庆阳小调呢！"

孙兰英说："小调有野曲、山曲和酸曲，你们想听哪个？"

柳叶说："哪个好听就听哪个。"

孙兰英说："那我就给你们唱个酸曲，小心把你们的牙酸倒。"

说着，夸张地清了清嗓子，唱了起来——

> 一对眼睛明生生，
>
> 好像天上织女星。
>
> 两道眉毛弯又长，
>
> 好比天上明月亮。
>
> 满口牙齿白如银，
>
> 张嘴一笑爱死人。
>
> 说话声音脆生生，
>
> 好比筷子敲盅盅。
>
> 一对辫子肩上坠，
>
> 走路好像蝴蝶飞。
>
> 绿绸裤子红夹夹，
>
> 好像一朵山丹花……

刘倩高兴得直拍手说："太好听了！队长再唱一段，再唱一段！"

张静和柳叶也都叫嚷着让再唱一段。她们一起哄，孙兰英来了劲儿，说："我还会唱男人唱的野曲哩，《熬长工》《王二旦揽工》，我都会唱，我学唱两句，你们可不准笑话我。"说着扯开嗓子，又唱了起来——

> 大年初一揭不开锅，
>
> 走投无路出门揽活。
>
> 上房里抛下老母亲，

根据地

下房里丢下小亲人。

吃糠咽菜把腰累断，

到年尾工钱不见面……

孙兰英唱完，柳叶说："这山曲听着让人心酸。"

孙兰英说："好了好了，不唱了，赶紧走。"

四个人来到柳林镇，庙会上的人已经很稠了，有个村的秧歌队正从镇子西头朝东头扭。伞头是个老汉，画个五花脸，在前面又唱又跳地扎场子。秧歌队跟在后面，不断变换着队形，一会儿"躁四门""卷菜心""蛇抱九颗蛋"，一会儿"秦王乱点兵""十二莲灯""串钱龙"，赢来众人一片叫好声。那老汉见众人喝彩，越发得意，带着秧歌队更加起劲地扭，先是"双辫蒜"，后是"蛇蜕皮"，再是"扭麻花"。跟在后面的是"蛮婆蛮汉"，做出各种怪异的动作，逗大家笑。秧歌队扭到集市中央，开始表演"搬四音""闹乱弹""二鬼打架"等各种传统节目。张静和刘倩从来没看过这种热闹，两人踮着脚，张着嘴，看得正起劲儿，孙兰英拉了一下她们的衣角，小声说："咱们走，正事还没办呢！"几个人厮跟着，朝高记布庄走去。

街边站着一些看热闹的民团团丁，身上斜背着长枪，盯着张静和刘倩看。她们吓得不敢抬头，低头钻进了人群。

布庄在镇西头，她们逆着人流来到布庄。门口有个衣衫破旧的年轻女人，坐在门墩石上，露出鼓胀的白奶，正在给怀里的碎娃喂奶。另一个两三岁的女娃依傍在女人身边，吮吸着脏兮兮的手指头，看着旁边的油糕摊子。孙兰英买了两个油糕，用麻纸托着，放在女娃手里。女娃急着吃，却烫了小嘴。孙兰英摸摸女娃的头说："慢慢吃，别急。"女娃一定是饿了，用舌头舔着油糕。孙兰英起身往里走，眼里噙着泪水。

刘倩小声问柳叶："队长咋啦？"

柳叶说："想自个儿娃了呗。她娃跟这女娃一般大。"

几个人买好棉布，日头已经偏西，便匆忙往回赶。刚过单家村，听见后面有人喊，回头一看，是一个细眉白脸、高挑身材的十七八岁的女子。她气喘吁吁追上来，说："红军大姐，我想求你们个事。"

孙兰英吓了一跳，但马上镇静下来："我们不是红军。"

女子说："我认得你，去年你来我们村刷过标语。"

既然已经被认出来了，就不好再否认了。

孙兰英问："你找我们有啥事？"

这一问，女子的眼泪"唰"地涌了出来，她抹了把泪说："红军姐姐，你们可得救救我呀，你们要是不救我，我就只能去死了。"

孙兰英见女子哭了，忙问："咋回事？慢慢说。"

女子说她是单家村人，名叫单水玉。一个月前，她去逛庙会，被民团团长杨魁看上了，非要娶她做小老婆。她不同意，杨魁就威胁说要杀她全家。她很害怕，只好先答应下来。杨魁逼着成亲，日子都定好了，就在后天。她想逃走，可她一逃走，家里人就要遭殃。刚才看见她们路过村口，认出是照金来的红军，就追上来，想求她们帮忙。

柳叶也曾被人抢过亲，气愤地说："队长，咱拾掇他！"

孙兰英早就想除掉柳林镇这个祸根了，但是事情重大，得回去向刘志丹汇报后才能决定。她略想了想，对单水玉说："你放心，我们一定会帮你，你先回去，装着啥事也没有，该准备嫁妆准备嫁妆。明儿个天麻擦黑，你来这里见我，到时候我自然会有办法。"

单水玉感激地说："谢谢红军姐姐，明晚你可一定要来呀！"

孙兰英回去，向刘志丹汇报了想借机除掉杨魁的想法。

刘志丹说:"好,我们就给他来个将计就计!你们妇女游击队承担主攻任务,你回去挑两个胆大心细、手脚麻利的女队员,一个当新娘、一个当伴娘,再挑十几个年龄大些的女队员,装扮成娘家人;我派十几个男队员,装扮成亲戚朋友,协助你们完成任务!"

孙兰英说:"太好了,这样更有把握。张静胆大心细,但她是城里女娃,身段和走路的架势不像单水玉,还是让柳叶装扮成新娘,她老家富平离这里很近,说话口音也差不多,只是胆子小点。"

刘志丹说:"你当伴娘嘛,保护她不就行了。"

孙兰英脸一红说:"我都娃她妈了,当伴娘也不像呀!"

刘志丹笑着说:"你才二十出头,咋就不像?"

孙兰英笑着说:"老刘你说像就像,你就等我的好消息吧!"

第二天天黑后,孙兰英来到昨天见单水玉的地方,单水玉早已等在那里,见只有孙兰英一个人,失望地说:"姐姐,就你一个人呀?"

孙兰英说:"我的人隐蔽在附近,到时候自然会出现。"

单水玉这才放心,带孙兰英回到家。单家是典型的渭北院落,分前房、厦房、上房三部分,前房与厦房之间,建有二门楼。说女子"大门不出,二门不迈",这"二门",说的就是二门楼。厢房屋顶呈单坡,斜向院内。房子后墙高,檐墙低,下雨时,雨水会朝一边流。后墙和檐墙用胡墼砌成,外面用麦草泥抹平。单家在村里算是富裕人家,杨魁敢对单家女子下手,可见十分嚣张。单家人见刘志丹真的派来了红军,激动得不得了。孙兰英将计划细说了一遍,一再叮咛不能走漏风声,要配合好红军。

单家人说:"我们全家都听你指拨!"

到了半夜,孙兰英将潜伏在村外的男女队员,悄悄领进村子,隐蔽在单家后院草房里。天快亮的时候,各自开始梳妆打扮。柳叶替换了单水玉，扮成新娘，孙兰英装扮成伴娘，张静和刘倩是梳头女子。剩下的男女队员，装扮成单家的男女亲戚。

一切准备停当，只等杨魁来迎亲。

吃过早饭，杨魁骑着高头大马，带着迎亲队伍一路吹吹打打进了村。柳叶绿裤红袄，头上蒙着红盖头，在伴娘孙兰英的搀扶下上了花轿。单水玉的父母装着依依不舍，又不敢阻拦，站在门口抹眼泪。

有人喊了一嗓子："起轿——"

迎亲队伍出了村口，一路吹吹打打走了，不久到了柳林镇。

杨魁家的门楼又高又阔，进门是高大的照壁，上面雕有鹿鸣和鹤唳。绕过照壁，是阔大的四合院。四面墙壁青砖到顶，镶有精致考究的砖雕，上自烟囱、女儿墙、屋顶脊兽、檐头瓦当，下至门楣，有历史掌故、三教故事，龙、麒麟、鹿、鹤、蝙蝠、龟等珍禽异兽，松、竹、梅岁寒三友，四季花卉，祥云瑞草等。如此气派的院落，方圆儿十里找不出第二家。

迎亲队伍来到门前，"新娘"在"伴娘"的搀扶下下了花轿，由杨魁牵引着朝里走。门口的下轿先生端着盛有谷草节、核桃、枣、麻钱的木升子，跟在"新娘"后面，边走边撒升子里的东西，嘴里唱：

> 新人来到大门前，
>
> 红鸾天禧紧相连；
>
> 凶神恶煞退一边，
>
> 有福有禄万万年！

进了大门，下轿先生又唱：

一撒桃窖吉时开，

二撒新禧迎门来，

三撒草料与牛马，

四撒铜钱与猪纳，

五撒五子连登科，

六撒新人到香桌。

新人走到拜天地的香桌跟前，拜罢天地，下轿先生伴随"新娘"向洞房走去，边撒升子里的东西，边唱：

七撒百年永同偕，

八撒八卦护身边，

九撒室内多清静，

十撒新人入洞房，

红鸾天禧坐中堂！

洞房门锁着，门闩上插有纸炮。这时有人跑来点燃纸炮，打开洞房门锁。"新娘"一进洞房，有女人把看热闹的男娃娃猛地推进去一两个，意思是第一胎会生男娃。然后是"铺床"，这种事由男方家的女人们来做。女人把洞房炕上的毡和床单反铺好，下面压着擀面杖和切面刀。"新娘"头上蒙着红盖头，盘腿坐在炕正中。新郎杨魁跳上炕，有意趿拉着鞋，把代表八个男娃的八个核桃和代表八个女娃的八个枣，用脚在炕上拨滚，围绕"新娘"左右各转三圈，这叫"趿帐"。等杨魁跳下炕，"伴娘"孙兰英用擀面杖和切面刀，再将毡和被褥翻正。这时，男方家的女人问："翻过来了没有？"

孙兰英答："翻过来了。"

男方家的女人将核桃和枣压在四角毡下，一边压，一边说："双双核桃双双枣，双双儿女满院跑……"

等所有仪式进行完毕，人们都去院里吃"汤水"，洞房里只剩下柳叶和杨魁。杨魁说："你把盖头掀开，让我看看。"

柳叶说："馍不吃在笼子里搁着哩，你急啥嘛！"

"我等不及了，你就让我看看嘛！"

说着，就要动手掀盖头。

柳叶推开杨魁说："你转过去，等我掀开了，你再回头。"

"这么麻烦。"杨魁说着，笑着转过身去。

柳叶撩开盖头，迅速从怀里掏出手枪，对准杨魁的后背，闭上眼睛，歪着头，"叭"的就是一枪。杨魁身子一硬，慢慢扭过身来，眼睛直勾勾地看着柳叶："你……你……"

话没说完，歪倒在地上。

紧接着，院子里"叭叭"两声枪响。

只听孙兰英喊："我们是红军，你们已经被包围了，都把枪扔到院中间来！谁反抗，打死谁！"

柳叶低头看着血泊中的杨魁，脸色煞白，握枪的手一直在哆嗦。

孙兰英跑进来，看了眼地上的杨魁，对柳叶说："你真厉害！"又踢了杨魁一脚说："走，咱们走！"拉起柳叶就往外走。

这时，杨魁醒了过来，挣扎着从腰里摸出手枪，朝孙兰英的后背"叭"的就是一枪。孙兰英"呀"的一声，歪倒在柳叶身上……

29 ★ 军政委

初冬第一场雪后，杜衡来到了根据地。

此时的杜衡，不再担任省委书记。1932 年 6 月，在中共中央召开的北方各省代表会议上，决定将开辟陕甘边苏区和建立红二十六军作为北方党组织的"第一项基本任务"。所以，作为省委委员的杜衡，这次来根据地的任务很明确。

陪同杜衡一起来的还有张秀山，因为他不久前才来过根据地，熟悉路线。护送他们的，除了泾阳游击队祁民的三中队，还有一个省委秘密联络员。这个联络员不是别人，是陈涛。

那天，张静和柳叶去找军需马锡五领土布。天气渐冷，围困根据地的敌人陆续撤离，游击队转移到了宜君县杨家店子，这一时期相对比较清闲，妇女游击队受领了一项新任务：给队员们做棉衣。她俩路过游击队临时指挥部门口时，看见王洪生站在那里跟一个人低声说着话。那人背对着她们，背影有点眼熟。

张静冲王洪生说："你们两个大男人，叽叽咕咕说啥哩？"

那人转过身，张静一下子愣住了。竟是陈涛！

陈涛说："我正说要去看你们哩。"

张静却不理陈涛，转身就走。陈涛追到一棵皂角树下，挡住了张静的去路。张静倔强地扭过脸去，不看陈涛。

陈涛说："你听我解释嘛，我家人不想让我来照金，那天晚上他们给我的稀饭里下了蒙汗药，等我第二天醒来，已经是下午了，你们早走了。我为这事都跟家里闹翻了，到现在也没有回过家……"

张静冷着脸说："我才没工夫管你的闲事！"

嘴上这么说，但心里的气已消了大半。陈涛一个劲儿道歉，张静的脸色才渐渐有了暖意，瞪了陈涛一眼说："没皮没脸，说话不算数！你也该捎个口信，免得大家为你担心。"

陈涛说："后来，我当了省委的联络员，组织上有纪律，要我切断以前的一切关系，不能擅自跟外界联络。"

张静问："你这次来还走不走？"

陈涛说："还得回西安去，不过以后还会常来。"

张静说："能不能不回西安，留在根据地？"

陈涛说："这是组织的安排，我没有权利决定。"

张静说："这我懂，不用你教育……"

这对年轻人在皂角树下叙旧的时候，一个重要会议正在指挥部里进行。杜衡宣布了省委关于将陕甘游击队改编为中国工农红军第二十六军第二团的决定，同时宣布，上级指定由他担任军政委。然后，杜衡讲了全国革命形势。在讲到陕西斗争形势时，他很激动，严厉指责刘志丹、谢子长和阎红彦等人，说他们是"梢山主义""逃跑主义""右倾机会主义"，说他们消极对待省委的正确路线。

在场的人都愣住了，以为自己听错了。刘志丹低头抽着旱烟；谢子长脸色黑青，扭头看着窗外；阎红彦生气地看着杜衡。

杜衡说："鉴于这种情况，省委决定，新组建的红二十六军必须彻底改组领导班子！从今天起，刘志丹和谢子长同志，不再负责部队工作。尤其是谢子长同志,在错误的道路上走得更远。省委决定,谢子长同志需要马上离开根据地,去上海接受培训……"

谢子长站起来,拍了拍屁股,朝门口走。

杜衡问:"老谢,你去哪里?"

谢子长一边朝外走,一边头也不回地说:"你不是让我离开嘛。"

杜衡一拍桌子说:"你这是啥态度!你这是对抗省委决定!"

"随你咋说!"谢子长撂下一句话,走出了屋门。

阎红彦也站了起来。

杜衡问:"你也想走?"

阎红彦脸色黑青,看着杜衡。刘志丹拉了一下他的衣角,他才重新坐下来。但他扭过身子,不再面对杜衡。

杜衡说:"今天的会就开到这里。明天部队在转角镇召开全体军人大会,选举第二团的领导。刘志丹、谢子长、阎红彦同志可以参加大会,但你们没有资格参选团领导。"

会后,刘志丹心情郁闷,独自来到马棚,看见一个战士正往马槽里拌料,便走过去,接过战士手里的搅料棍,熟练地搅拌起来,嘴里说:"牲口要好,夜里喂饱。你这草铡得长短不一,'寸草铡三刀,无料也上膘','有料没料,四周搅到',你都没搅匀嘛。"

那战士说:"老刘你倒心宽,大伙儿都心里不服,憋屈!"

刘志丹说:"这是组织的事,你们不要在下面胡吵吵!"

他把搅料棍交给战士,拍拍手说:"马圈湿了,垫些生土。"

说完,转身走了。回到窑洞,许多官兵聚集在里面。大家见他进来,围住他七嘴八舌地发牢骚,扬言要找杜政委评理。有人说:"老刘你咋这么软?总是一让再让。你愿意吃亏,我们可咽不下这口气!"

刘志丹说:"我们是红军,不是土匪!你们这么一闹,杜政委会说我们这是反党，反组织，矛盾就会更加激化。我们的队伍创建起来容易吗？很多同志都为此牺牲了。现在刚刚有些起色，敌人正在虎视眈眈，我们不能自乱，要讲团结，顾大局，服从组织决定，保持队伍稳定。杜政委刚来，不了解情况，时间长了，他就会明白过来。"

大家不再吭气了，蹲在地上生闷气。

刘志丹蹲下来，装了一锅旱烟，叼在嘴上，吧嗒着，不紧不慢地说："其实我也生气，可细细一想，就想通了。队伍是自己拉起来的，但队伍是革命的队伍，是党的队伍，个人必须服从党的决定。这就是觉悟，这就是纪律！我们要相信党，一切都会慢慢好起来的……"

第二天，红军在转角镇召开军人大会。杜衡宣布陕甘游击队正式改编为中国工农红军二十六军第二团。随后，开始民主选举团领导。

杜衡提出两个团长候选人，一个是中队长曹胜荣，一个是班长王世泰。一共选两次，一次是党员投票，一次是全体官兵投票。结果王世泰当选。杜衡以军政委名义，当场任命红二团各级领导：王世泰任团长，团政委由他自己兼任，郑毅任团参谋长，曹胜荣任骑兵连连长，张秀山任骑兵连指导员……

杜衡话音刚落，王世泰站起来说："这个团长，我干不了！"

杜衡拉下脸来说："这是组织的决定，你必须服从！"

王世泰说："组织也得让人说话嘛。"

杜衡说："好，你说，我从来不压制民主！"

王世泰说："我不当团长，有两条理由：一个是，我虽然在游击队里干了好几年，但是我一直是个普通战士，最大是个班长。打仗我可以，但让我指挥部队，我没这本事！第二个，我的理论水平不高，对党的方针政策了解不多，缺乏掌握全局的能力。就这些！"

杜衡说："这些都不是你拒绝党的决定的理由！"

王世泰梗着脖子说："反正我干不了！"

杜衡缓和了一下语气说："你的团长是民主选举的，党任命的，不干咋行？作为一个党员，不执行党的决定，这是党性所不允许的！"

王世泰站在那里，沉默了一会儿，然后说："要我干也行，但必须把老刘和老谢两个人留下来，至少也要留下一个。"

杜衡生气地说："你这是跟党讲条件！"

王世泰争辩说："你不是让我说心里话嘛。"

所有人把目光投向刘志丹和谢子长。刘志丹圪蹴在会场一角，一句话也不说，嘴里噙着旱烟杆。谢子长圪蹴在刘志丹旁边，想说什么，但终究没说。这里只有他了解杜衡的性格。

谢子长第一次与杜衡打交道，是在陕北绥德苗家坪南丰寨。1928年4月初，为了加强陕北地下党工作，省委派杜衡组织召开陕北第一次党代会，并任命杜衡为陕北特委书记。谢子长当时是陕北特委委员。他第一次见到杜衡，就觉得心里不舒服。三十多岁的杜衡，留着一撮人丹胡子，穿着黑呢大衣，戴个鸭舌帽，一副钦差大臣的傲慢做派。这些谢子长并没介意，因为杜衡当时的公开身份是古董店老板，这样的打扮，也是为了便于工作。让他看不惯的是，这个上海大学的毕业生，在党的会议上十分傲慢，根本不把别人放在眼里，从不耐心听取别人的意见，自以为是，口若悬河，一会儿引经据典，一会儿吟词赋诗，摆出一副"革命理论家"的派头。杜衡出生于陕北葭州一个地主家庭，家里养过戏班子，从小就爱看戏唱戏，爱拉板胡。爱唱戏爱拉板胡也没什么，可是他不该在会议期间，不顾中共陕北特委书记的身份，去捧绥德有名旦角"绥洲红"的场。那天，谢子长去找杜衡汇报工作，一进门，看见杜衡正在镜前梳妆打扮，见谢子长进来，爱理不理，专心用一把小剪子拾掇他的人丹胡子。谢子长站在那里汇报工作，话还没有说完，他便打断说："工作明天再说，今晚有'绥洲红'的戏，这个机会可不能错过。"

现在又碰上了这个杜衡。让这样一个人来领导红军，以后麻烦可就大了。但他是党派来的，又不能拿他咋样。

散会后，谢子长和阎红彦一起去找杜衡，表示服从组织决定，愿意去上海受训，但要求把刘志丹留下来。

杜衡不能不认真对待他们的意见。仔细想想，自己不懂军事，如果把刘志丹也赶走了，恐怕军心不稳，部队不好掌控。所以最终决定留下刘志丹，但只给刘志丹一个政治处副主任的职务。

几天后，谢子长和阎红彦离开了部队。陈涛也跟随他们回了西安。

30 ★ 胜败之谜

照金南接渭北平原，东截咸榆公路，西遏西兰公路。这里丛林密布，地形险要，进可攻，退可守，有利于山地游击战。但是，因离关中敌占区近，经常会受到敌人的袭扰。况且，附近的焦家坪、瑶曲、庙湾、柳林、马栏、香山、高山槐等地，都有民团把守，红军回旋余地有限。军政委杜衡要求王世泰尽快打响建军后的第一仗。可是先打哪儿？王世泰有个想法，但拿不准，就去找刘志丹。

刘志丹说："政委是啥意见？"

王世泰说："我问过，他说打哪儿都行，只要马上进攻就行。"

刘志丹问："你有啥想法？"

王世泰说："我拿不准，大主意还得你来拿。"

刘志丹说："你甭跟我绕弯子了，快说说。"

王世泰说："我是这么想的，刚下过一场雪，日头出来一晒全化了，路还不干，不利于部队长途奔袭。焦家坪距离我们最近，我想先打焦家坪。但是焦家坪民团肯定有防备，在山梁上设了哨卡，白天黑夜地监视我们。如果正面攻击，肯定占不了便宜。突袭呢，又很难成功。"

刘志丹抽着旱烟说："那咱就声东击西嘛。"

"声东击西？"王世泰不解。

刘志丹说："我们先朝焦家坪的反方向走，给敌人造成攻打马栏的错觉，麻痹他们，等他们放松警惕后，再突然杀个回马枪！"

王世泰高兴地说："这主意好！"

第二天下午，红二团大张旗鼓地向马栏进军。焦家坪的敌人果然上当了，放松了警戒，夜里撤走了山梁上的哨兵。红军走了三十里，隐蔽在山林里休息，等到天黑，突然掉头，急行军六十里，天亮前抵达焦家坪，突然发起进攻。敌人毫无防备，红军一举攻下了焦家坪。

日头爬上山梁。王世泰站在山坡上，看着从眼前走过的几十个俘虏兵，兴奋地对刘志丹说："这一仗多亏你老刘的主意！"

刘志丹说："仗是你指挥打的，甭扯上我。杜政委不让我管军事，要是让他听见了，会说我越权指挥。"

王世泰说："不管谁指挥，只要咱能打胜仗就行。唉，这些天我心情一直不好，今天打了胜仗，心里好受多了。"

刘志丹说："别忘了你是团长，要注意控制好自己的情绪。"

两人正说着，警卫员兴冲冲地跑过来，身上背着缴获的三支步枪。刚才进攻时，他跟着部队一起冲锋，看来收获不小。

王世泰把脸一沉，问警卫员："你的任务是啥？"

警卫员吐了下舌头，低下头说："团长，我错了。"

刘志丹笑着对王世泰说："人家一个人搞了三支枪，你应该表扬才对，咋胡批评人哩？"说着，朝警卫员竖起了大拇指。

王世泰说："他的任务是保护你，你可是咱红二团的宝贝疙瘩，比一千条一万条枪都重要！你要出了事，我就枪毙他！"

刘志丹说："越说越不像话了，我要是连自己都保护不了，还打个啥仗？"又扭头笑着对警卫员说，"你做得对，以后就这么干，不要老跟着我……"

红二团乘胜向西进攻，相继消灭了旬邑民团和照金民团，很快使游击区扩大到薛家寨一带。红军声威大震，青年农民纷纷参军，红二团增编了步兵第二连。不久，又创建了香山、芋园、照金、旬邑、宜君五支游击队，同时廓清了根据地内的敌人，初步打开了局面。

在一次军事会议上，军政委杜衡说："从这几个月的战况看，我们取得了一个又一个的胜利。目前，我们的根据地已经很稳固了，敌我力量对比发生了根本性的变化。所以从现在开始，我们要准备打大仗。庙湾民团是我们攻取关中的绊脚石，我们今天研究的主要议题，就是如何拿下庙湾镇。"

杜衡说完，半天没人回应。

杜衡鼓励大家："说嘛，大家都说说自己的看法。"

王世泰干咳了两声，然后说："我不同意打庙湾。我们刚来这里时，庙湾民团团总夏老幺，跟我们有过互不侵犯、互通情报的约定，他从来没有为难过我们，有时还给我们传递其他民团的情报，前些日子还帮我们买过枪弹药品，咱们不能恩将仇报。如果去打夏老幺，其他民团知道了，会说我们不讲义气，以后谁还相信我们？"

杜衡说："王世泰同志，你是团长，要注意自己的立场。这些民团是我们的敌人，跟他们讲啥义气？老刘，你说说。"

刘志丹在地上磕了磕烟锅说："世泰说的不是没有道理。革命要想成功，就得团结更多的力量，广交朋友，减少对立面。再说，庙湾地形险要，碉堡坚固，防守严密，不好攻打。"

杜衡看着刘志丹，质问道："我们跟民团交啥朋友？刘志丹同志，我提醒你，你这种思想很危险！"

杜衡态度强硬，坚持要攻打庙湾，刘志丹和王世泰只能服从。

第二天晚上，红二团兵分两路，悄悄向庙湾开进。行动计划是：杜衡和团参谋长郑毅带领主力部队走山路，迂回到庙湾镇，拂晓时分向庙湾突然发起进攻；团长王世泰率骑兵连绕到庙湾后面，隐蔽在山林之中，等主力部队打响后，从背后突然攻击，两面夹击敌人。

但由于杜衡不熟悉地形，主力部队未能按时赶到，拂晓没有按时发起进攻。王世泰率骑兵连隐蔽在山林中，一直听不到枪响，眼看太阳就要出山了，主力还没有打响，心里十分着急。就在这时，枪声响了。王世泰跃出山林，率领骑兵连冲进了庙湾街道。

夏老幺退入镇子里的三个碉堡，居高临下地疯狂阻击。王世泰这时才发现，杜衡率领的主力部队并没有到达。事后才知道，刚才的枪声不是主力发起进攻的信号，而是一个团丁的枪走火了。但是部队已经压上去了，只能硬着头皮往上冲。直打到日升三竿，杜衡才带着主力赶到，但已丧失最佳战机。红军发起多次强攻，伤亡很大，也没有拿下庙湾镇。战斗中，骑兵连连长曹胜荣不幸牺牲；一颗子弹打穿了指导员张秀山的肺部，前胸后背"突突突"地直冒血……

战斗一直持续到下午。

张秀山苏醒过来，听马夫说部队还在冲锋，已经牺牲了二十多人，焦急地对马夫说："快……快去找参谋长……让部队撤……"

马夫跑去找到参谋长郑毅，把张秀山的话告诉了他。郑毅曾在冯玉祥部当过营长，善打大仗，却不懂游击战术，这时已经打急了眼，根本听不进劝告，指挥部队继续冲锋，但每次冲锋都被敌人打了回来。直到天黑，还没攻打下来，这才不得不撤出战斗……

张秀山被抬到一个村子，流血不止，奄奄一息。当时红军没有医生，村里只有一个兽医。兽医将烟土用水和匀，当作消毒水，抹在张秀山的伤口上，用嘴一口一口吸出里面的脓血和骨头渣子……

这一仗，红军伤亡惨重，官兵们对杜衡意见很大，纷纷要求查找失利的原因。杜衡为了平息众怒，撤销了郑毅的参谋长职务，下放到一连当连长。官兵们仍不罢休，坚决要求刘志丹当参谋长。王世泰也找到杜衡，说："如果不让刘志丹当参谋长，我这个团长不干了。"杜衡迫于各种压力，不得不任命刘志丹为红二团参谋长。

半个月后，郑毅在一次战斗中牺牲了……

1933 年初春，关中地区许多农民断了粮。饥民以为山里有粮，不断拥向渭北照金山区。这时，红军也断粮了。杜衡听说香山寺拥有十几万亩土地，囤积了大批粮食，决定进占香山寺，开仓放粮，救助饥民，补充部队。

香山寺位于照金东北的笔架山，距离照金镇三十里，在柳林镇姚峪村西北侧，是陕甘两省交界处的一座著名古寺。此寺建于唐朝中期，寺内广厦百间，幽静古朴，有和尚千人，尼姑数十人。

杜衡带领红军到达姚峪村时，正是当地人做午饭的时候，但是村里没有几户人家的烟囱冒烟。抬头仰望山峦，三峰突兀，形似笔架。对面的一道山梁是苍龙岭，中间的那条长沟叫蝴蝶谷。

红军拾级而上，西行三里，到达香山寺中峰正洞。正洞里面供奉着千手千眼菩萨，洞口的石壁上刻着《重修香山寺碑记》，右边崖壁上是清人郭泌的一首诗："瞻仰青莲一品台，肉身坐化不须猜；燃灯细照双龙口，承得天浆半碗来。"左边崖壁上的诗是赞颂苍龙岭的："行来岭上快凝目，势似游龙力更遒；一脉精神留不住，蜿蜒天矫上山头。"和尚们看见来了这么多队伍，纷纷逃到后山去了。

红军占领香山寺后，发现寺内确实藏着很多粮食，足有三千多石。杜衡命令开仓放粮，救济饥民。附近的穷人不光分到了粮食，还分到了寺庙的土地，许多年轻饥民因此参加了红军。

杜衡认为香山寺是个要隘，距离照金很近，在军事上占有重要位置，一旦被敌人占据，会对根据地造成极大威胁，所以想焚烧香山寺，以绝后患。刘志丹反对说："我们烧掉寺庙，会激化红军与寺里上千和尚的矛盾。把寺庙烧了，和尚们咋生活？"

杜衡说："为了根据地的安全，香山寺必须烧掉！"

结果一把大火，烧了千年古刹香山寺。

攻打庙湾夏老幺后，使得周围的民团不再信任红军，开始联合起来对付红军。火烧香山寺，又激起了和尚们的愤怒和附近农民的反感。敌人越打越多，根据地却越打越小，最后只剩下了照金中心区域的薛家寨，孤零零地处在众多敌人的包围之中。

面对十倍于红军的敌人，如何应对？红军内部产生了分歧。刘志丹和王世泰主张避开敌人的锋芒，带红军主力撤出照金，到外线寻机作战，调动敌人撤离根据地。杜衡主张坚守根据地，打防御战。在红二团党委会上，杜衡以军政委的绝对权威，否定了刘志丹和王世泰的意见，执意把部队拉到芋园，准备与敌人决一死战。

红军刚到芋园，杨虎城的骑兵团、特务团和庙湾夏老幺民团，兵分三路包围了过来。他们疯狂进攻，火力很猛，步枪、机枪、迫击炮轮番攻击。刘志丹决定边打边向山上撤退。不料，后路又被其他民团截断。幸亏黄子文、金理科带领的渭北游击队及时赶到，才掩护主力红军撤出了战场。

红军接连打了几场败仗，不得不召开军事会议，研究下一步行动计划。刘志丹在会上说："我们的根据地位于山区，最适合游击战。我们不能死守照金，这样会被敌人困死在这里。我们应该留下部分步兵，留守根据地，主力跳出合围，到外围寻机作战。这样既可以引开敌人，还可以在运动中伺机歼灭敌人。"

这一次，杜衡没有再坚持自己的意见。

几天后，刘志丹率红二团向东出击，打下了同官的金锁关，消灭了当地民团，截断了咸榆公路。随后进军三原，再次与黄子文、金理科率领的渭北游击队会合。刘志丹得知北塬驻扎着敌人的骑兵一个排，想吃掉这个排。但敌人居高临下，不好强攻。刘志丹让少数游击队员佯攻，然后做出溃逃的样子，引诱敌人追击。敌人果然上当了，出动全部骑兵，闯进红军在西马道的伏击圈，全部被歼……

31 ＊ 省委秘书

程怀璞站在西安城南的一个小院里，正在等待习仲勋。这院落是"组织"租下来，专门供他这个省委秘书和"爱人"周凤居住。

院落不大，却很别致。院子里有两棵树，一棵是桃树，一棵是枣树。正是桃花盛开的季节，芳香四溢。枣树是他们住进来后新栽的。当初栽的时候，周凤说："你折腾个啥，等结上枣，咱早搬走了。"程怀璞说："这你就不懂了，'桃三杏四梨五年，枣树栽下当年甜'。这棵树当年就能见枣，你就等着吃枣吧。"

程怀璞对从厨房走出来的周凤说："你随便弄几个菜，但面一定要擀好，他最爱吃面。对了，油泼辣子可不能少。"

周凤二十出头，身材娇小、白脸大眼。她将一盆洗菜水泼在枣树下，笑着说："你都说了八遍了，快成婆婆嘴了。"

说完，转身进了厨房。

程怀璞之前并不知道习仲勋在西安，昨天才从省委书记老孟那里得到消息。老孟告诉他："陈涛已经通知了习仲勋，让他先认下你的门，然后你们一起去见我。"

自从上次在富平与习仲勋分手，他们就再也没有见过面。马上就要见面了，程怀璞自然有些激动。但等会儿见了面，怎么向仲勋介绍周凤呢？组织上为了让周凤掩护他的工作，让他们假扮夫妻住在这里。对仲勋说实话吧，组织有纪律，除了省委书记老孟，谁也不能说；不说实话吧，又怕仲勋将来知道了埋怨他。

他们在这里已经居住了一年多了，在外人看来，俨然是一对小夫妻。周凤比程怀璞小一岁，在西安女子师范上学时，就秘密入了党，一直在西安从事地下工作。周凤家在耀县狮子塬，离照金不远，可以经常名正言顺地回家，便于与根据地联络。

起初，晚上睡觉时，程怀璞等周凤躺下了，才进屋拉灭灯，摸黑脱掉衣裳，睡在铺有被褥的木地板上。到了深秋，事情发生了变化。一天夜里，周凤在黑暗中说："天凉了，你睡床上来吧，我睡地板。"程怀璞笑着说："我已经习惯睡地板了，睡在地板上随便滚，也不会掉下来。"周凤被他的话逗笑了，说："要不，咱再买一张床？"程怀璞说："一个屋里放两张床，外人看着像夫妻吗？"周凤说："老让你睡地板，我心里过意不去。天凉了，这样下去你会生病的。"程怀璞说："我这身子壮着哩，没事，这木地板可比我小时候睡冷炕舒服多了。"周凤没再说什么。

到了冬天，西安下了一场大雪。周凤从老家耀县取情报回来，在雪地里跑了一天，一回到家就打喷嚏，到了半夜开始发烧。深更半夜的上哪儿去找医生？程怀璞熬了姜汤给她喝，用凉毛巾帮她降温。折腾了半宿，周凤的烧渐渐退了，迷迷糊糊睡着了。程怀璞也累了，顺势躺在周凤旁边睡着了。天亮了，程怀璞醒来，发现周凤坐在旁边看他，一骨碌爬起来，不好意思地说："我咋睡着了？"

那天夜里，程怀璞像往常一样，等周凤睡下后才进屋睡觉。

周凤说："下雪了，地板冷……你也上来吧。"

程怀璞说："我没那么娇气，你睡吧。"

周凤说："我心里不舒服，睡不着，你还是上来吧。"

程怀璞没有说话。他在犹豫。他突然听到周凤在抽泣，慌忙问："你咋啦，好好的咋就哭起来了？"

周凤说："你是不是嫌弃我？"

程怀璞说："我咋会嫌弃你呢？"

周凤说："那你为啥不上来？"

程怀璞不吭声了，犹豫了一会儿，只好上床。黑暗中，周凤一把搂住程怀璞。程怀璞身子僵在那里，脑子一片空白，下意识地伸出手臂，搂住了周凤。

周凤说："你要是喜欢我，就请求组织批准我们结婚。我们结婚了，就可以名正言顺地在一起了，不用再别别扭扭地生活了……"

但程怀璞怎好向老孟开口？婚事便拖了下来。

这时，习仲勋走了进来，程怀璞热情地将习仲勋拉进屋。周凤听到声音，从厨房跑了过来。习仲勋一见，愣了一下。程怀璞介绍说："这是你嫂子。"习仲勋显然没有料到，表情尴尬地与周凤打了招呼。等周凤回厨房去了，习仲勋问程怀璞："你啥时结的婚，我咋不知道？"

程怀璞笑着说："咱俩几年没见面，你哪能知道？"

习仲勋想想也是，说："你小子艳福不浅，嫂子很漂亮嘛。"

久别重逢，两人有说不完的话，聊了会儿闲话，聊起当前的局势。不一会儿，周凤端上来饭菜。吃罢饭，约定的时间快到了，两人起身走出家门，来到西大街的一家茶馆。老孟已经等在那里。

习仲勋尽管来西安好几个月了，但还是第一次见老孟。老孟个儿不高，四方大脸，慈眉善目，像个教书先生。老孟与习仲勋密谈时，程怀璞坐在窗口一张小茶桌前，一边喝茶，一边望风。老孟一口河北口音，低声对习仲勋说："听省委其他同志讲，你这几个月的工作很出色，根据工作需要，省委决定派你去执行一项新的任务。"

习仲勋小声问："啥任务？"

老孟喝了口茶，然后说："杜衡同志工作积极性很高，但思想有些激进，个性很强，听不进别人的意见，容易把残酷斗争理想化，跟刘志丹同志沟通不够。考虑到你是渭北人，熟悉那里的情况，又在照金根据地工作过一段时间，省委决定派你去红二十六军。你的任务主要有两项：一是在杜衡与刘志丹同志之间起一些调和作用；二是你要把主要精力放在巩固照金根据地上，特别是要做好苏维埃政府的创建工作。最近，红二十六军主力正在根据地外围打游击，你可以先寻找到主力，然后再跟随他们一起去照金。"

习仲勋说："好，我明天就去渭北！"

谈完正事，三人喝了一会儿茶，在茶馆分了手。

从此以后，习仲勋再也没有见过老孟。一年后，老孟因与杜衡不和，被中央调到其他省去了，由老袁接替为省委书记。

第二天，习仲勋前往渭北。七天后，他在金锁关找到了红二团。这时他才听说，泾阳游击队刚刚遭遇了一场灭顶之灾……

32 ✳ 安利森

一个月前，为了将敌人从根据地引开，红军主力转移到外线作战，经过大小十几次战斗后，转战到三原与泾阳的交界地带。就在这时，西安传来情报说，第二天，杨虎城要带一个连的护卫兵力，陪同挪威水利工程师安利森来郑国渠参观。

郑国渠是秦朝一个名叫郑国的人修建的。渠长三百多里，将泾河水西引到东边的洛水，可灌溉渭北平原四万顷良田。当时，韩国在战国七雄中最弱小，担心被秦国吞并，便想出了一个"疲秦之计"，派郑国来到秦国。郑国建议秦国在泾水和洛水之间开凿一条绵长的灌溉水渠。秦王采纳了郑国的建议，耗费大量的人力国力开始修渠，再也无暇顾及韩国了。水渠修了整整十年，快要完工时，郑国的奸细身份突然暴露，秦王大怒，要杀掉郑国。郑国说："我承认是韩国派来的奸细，但我为秦国修渠，十年没有回过一次家，吃了很多苦。尽管修渠耗费了秦国的国力，但修成后，会为秦国的子民带来万世之福，难道你要杀一个对秦国有功之人吗？"秦王觉得郑国说得有道理，便放了郑国，并将水渠命名为"郑国渠"。

杨虎城亲自陪同挪威人参观郑国渠，刘志丹觉得这是一个绝好的战机，便与团长王世泰商量，决定在途中袭击他们，消灭这个连，补充枪弹，最好能抓住杨虎城；即使抓不住杨虎城，吓唬他一下也是胜利，让他往后不敢轻易派兵"围剿"根据地。

当天晚上，红军秘密行军几十里，在西凤山与泾阳游击队会合。一问泾阳游击队长苗家祥，才知道西安地下党的情报有误。原来杨虎城根本就没有亲自来，挪威人安利森只带了几个随从，来到桥头镇。刘志丹说："杨虎城没来，抓住这个挪威人，也可以给杨虎城一个教训，还可以趁机歼灭桥头镇的民团。"于是，连夜召开联席会议，决定由王世泰率骑兵连，配合泾阳游击队，天亮前攻打桥头镇，捉拿安利森；其余部队，由刘志丹带到西凤山山脚下待命。

谁知天还没亮，桥头镇的民团听到了风声，纷纷逃走了，红军扑了个空。王世泰率骑兵连追出十几里，在一个水闸边抓住了安利森，缴获了护渠队的枪支和炸药。王世泰将安利森交给苗家祥的游击队看押，带着队伍赶到西凤山与刘志丹会合，商量如何处置安利森。

王世泰刚一走，苗家祥就派出一个亲信，秘密去西安找杨虎城谈判，提出让杨虎城用粮食、银圆和枪弹交换安利森。

杨虎城感到问题很严重，赶忙请示南京。南京那边答复说，只要能保证安利森平安无事，可以答应游击队的条件。杨虎城不想给游击队枪弹，怕他们补充了枪弹越闹越大，只派人送来银圆和面粉。苗家祥一看没有枪弹，很不高兴，不愿意放人。杨虎城知道省党部特务室处理这种事情比较拿手，便请书记长宋志先相助。宋志先打电话给安先生，让他派得力干将，设法营救安利森。安先生早就了解到泾阳游击队队长苗家祥喜欢女人，随即派老刀护送一个年轻漂亮的女特务，假扮成西安学生，"投奔"泾阳游击队。安先生已与杨虎城商量好，等他的人探明游击队的内部情况，再让杨虎城派部队前去突袭，里应外合，救出安利森，并一举剿灭泾阳游击队。

老刀护送的女特务，不是别人，是柳芬。老刀的身份是柳芬的表哥，化名刘喜。柳芬告诉苗家祥，表哥怕路上不安全，一来护送她，二来自己也想参加游击队。苗家祥见柳芬年轻漂亮，又有文化，心里喜欢，便把她留在身边，当了文书。听说刘喜在家里放过羊，喂过马，打过铁，苗家祥让他去看管马匹。

游击队有百十号人，但只有二十几匹马。游击队临时驻扎在一个不大的场院里，四周没有围墙。马棚外堆放着铡好的马料，还有几棵洋槐树。正是槐花飘香的季节，空气里飘散着槐花和马尿的混合味道。马棚在院子西北角，紧挨着一间草房，安利森被关押在草房里，门口有两个游击队员看守。老刀很快就与他们混熟了。

柳芬说是文书，其实也没多少事可干。队部不大，前后两间屋子，柳芬住外间，苗家祥住里间。出乎柳芬意料的是，第一天夜里，好色的苗家祥并没有动她。柳芬有些纳闷：是我没有魅力，还是外面的传言不准确？第二天晚上，柳芬早早洗漱完，披散着湿漉漉的长发，穿着单薄的衣衫，松开上面两个衣扣，露出一点乳沟，有意在苗家祥面前扭来扭去。苗家祥果然上钩了，走过去抱住了她……

几天后，刘志丹派人请苗家祥去西凤山开联席会。苗家祥以为刘志丹知道了他与杨虎城的交易，主动汇报了这件事。刘志丹很不高兴，但考虑到特殊时期，应以团结为重，没有当面批评苗家祥，只是说："我们手里有这个挪威人，杨虎城就不敢把我们咋样。只要我们两支队伍联合起来，统一行动，将安利森安全押回照金根据地，就可以遏制敌人的进攻，为部队休整赢得时间。"苗家祥不大情愿跟红二团去根据地，但又不好当面表示反对，只好暂时答应下来。

苗家祥回到营地，柳芬听说要带安利森去照金，一下子急了，说："你傻呀，人家的窝子在照金，你的窝子在泾阳，你跑到人家窝里干啥去？你去了，就得把刚到手的粮食和银圆分给人家，你不白忙活了吗？说不定人家早谋算好了，等到了照金，把你的队伍一收拾，你可就人财两空了。你要去你去，我可不去，我回西安去！"

苗家祥哪儿舍得柳芬？他本来就在犹豫，经柳芬这么一说，就更不想跟红二团去照金了。可是不去照金，总得对部队有个说法呀。于是，他连夜召开干部会，谎称刚刚得到内线情报，有一个团的敌人正冲他们而来，距离这里只有二十多里了，游击队必须马上转移。

中队长祁民感觉不对劲儿，问："消息可靠吗？"

苗家祥说："当然可靠！"

祁民说："我们即使要转移，也得告诉老刘他们一声呀。"

苗家祥知道祁民性情刚烈，担心他知道真相后闹事，便想趁机把他支走，就说："你提醒得对，你赶快去向老刘通报情况！"

祁民没想到这是一个圈套，跑出屋子，跨上马朝西凤山下奔去。跑到红二团营地，气喘吁吁地向刘志丹做了报告。刘志丹一脸平静，吧嗒着旱烟说："他这是金蝉脱壳，不愿意跟我们去照金啊。"

祁民说："我也感觉不对劲儿，那我们快去拦住他呀！"

刘志丹摆摆手说："既然他主意已定，我们去也是白去。我估计这个时候，他已经带着安利森和队伍走远了。"

祁民焦急地说："我们赶快去追呀！"

刘志丹说："追上他容易，但对红军团结不利。我们把苗家祥捉起来，会让其他游击队产生疑虑，以后不敢再接近我们。况且，敌人确实来了，不过离我们还很远，估计明天早上才能到这里。"

祁民说："游击队是革命的队伍，不是他苗家祥私人的队伍，不能就这么让他带跑了！不行，我得回去阻止他们！"

祁民不听劝阻，骑马飞奔回去。等他赶回营地，正如刘志丹所料，游击队早就没了踪影，营地上只留下一些火堆和马粪。他垂头丧气地返回西凤山。刘志丹说："由他去吧，我们只能等待他回心转意。天快亮了，敌人快来了，我们也得马上转移。"

红二团朝东转移，没走多远，天就亮了。但却不见太阳出来，四周田野里一片迷雾。前卫哨报告说："前面五里发现敌人，晨雾迷漫，看不清有多少人，但能听到汽车的轰鸣声。"刘志丹让哨兵回去继续侦察，命令部队停止前进，隐蔽在路边的庄稼地里待命。

王世泰提着手枪跑过来，蹲在刘志丹身边说："敌人很狡猾，好像算好了我们要朝东转移，绕道包抄过来了。"

刘志丹说："他们既然有汽车，说明兵力不会少。"

王世泰说："他们显然是冲着挪威人来的，不过走错了方向。"

刘志丹说："这样也好，可以减轻泾阳游击队的压力。我们牵制住这股敌人，泾阳游击队就可以安全转移出去。"

正说着，哨兵气喘吁吁跑回来报告说："已经摸清楚了，敌人来了整整一个团，乘坐了二十多辆汽车，车顶上架着重机枪和迫击炮。"

王世泰扭头看着刘志丹，不无担心地说："他们整整一个团，比我们的兵力多出一倍，他们装备又好，我们硬拼肯定要吃亏，撤退又来不及，两条腿咋跑得过汽车轮子？老刘，你说咋办？"

刘志丹说："人少怕啥？西魏丞相宇文泰，当年在渭河和洛河间的沙苑，以一万兵马战胜了东魏的二十万兵马。狭路相逢勇者胜！"

这时，雾气越来越浓重，几米之外，看不清眉眼。

刘志丹站起来说："这雾来得正好！世泰，你让先头部队冲上去阻击敌人，把手榴弹往汽车轮子下扔，先炸塌他几辆汽车，挡住敌人进攻的道路！剩余部队分成两翼，趁着大雾，从公路两侧包抄过去，同时向敌人开火！还有，告诉大家，火力一定要猛烈，造成我们与泾阳游击队联合作战的假象，让敌人以为闯进了我们的伏击圈。等他们惊慌后撤时，我们再趁机撤出战斗，迅速向北转移。"

王世泰跑去组织部队。红军很快散开队形，分头发起攻击，一时间枪声大作，杀声震天。敌人果然中计，慌忙顺原路撤退。等大雾渐渐散去，敌人这才发觉上当，再反扑回来，红军早已没了踪影。

这股敌人是十七军警备师二团。他们寻找了一天，也没有找到红军的影子。到了傍晚，却突然得到情报，找到了泾阳游击队的踪迹。夜里，他们兵分三路，悄悄包围了游击队营地。

苗家祥脱离红军主力后，将游击队拉出三十里外，在泾河边的一个小村庄安营扎寨。他以为敌人去追赶红二团了，觉得自己很安全，夜里连外围哨也没有设。但他没有想到，半夜时分，敌人悄悄围了上来。一个队员出去解手，发现村子被包围了，边跑边喊：

"敌人来了！敌人来了！"

身后飞来几颗子弹，那个队员扑倒在地。

苗家祥听到枪声，边穿上衣裳，边伸手去摸手枪，却发现手枪早已经在柳芬手里。

"快把枪给我！"

柳芬脸色煞白，惊恐地看着苗家祥。按照老刀的计划，枪声一响，她负责就地结果苗家祥，老刀负责营救安利森。但她从来没有杀过人，手腕发软，怎么也扣不动扳机。

苗家祥说："快把枪给我！"

柳芬颤声说："你跑不了了！"

说着，扣动了扳机，但子弹打偏了，没有打中苗家祥。

苗家祥愣了一下，吃惊地问："你想杀我？"

柳芬的手直哆嗦，又开了一枪。苗家祥一闪身，又没有打中。苗家祥趁势扑过来，将柳芬压倒在地，夺过手枪，用脚踩着柳芬问："你到底是谁？快说！"

"你打死我吧！"柳芬闭上了眼睛。

这时敌人已经冲进了院子，子弹"叭叭"打在门板上。苗家祥来不及多问，一枪结果了柳芬，仓皇从后门逃了出去。

苗家祥逃到王桥镇，躲藏在姨夫家里。逃跑中他负了伤，但伤痛不如心痛。他悔恨不已。如果当初自己不打小算盘，没有听那个小妖精的话，而是跟随红二团去了根据地，游击队就不会全军覆没。这支他一手创建起来的队伍，现在被他一手葬送了。他对不起那些出生入死的战友！他是革命的罪人！他想等养好了伤，就去照金，当面向刘志丹谢罪。可是不久，他就被敌人抓住了，惨遭杀害，他的头颅被砍下来，悬挂在县城门上。

半个月后，苗家祥的姨夫用五十两银子买下他的头，将头和身子用针线缝在一起，埋葬在城外的河滩里……

33 ∗ 薛家寨

习仲勋跟随红二团来到照金。半月后，金理科和黄子文带领渭北游击队也到达了照金。根据省委指示，成立了中共陕甘边特委，金理科任书记，习仲勋任特委委员、特委军委书记和团特委书记。

不久，杜衡去了西安。金理科暂时离开薛家寨，前往附近的高尔塬、小池等村庄，建立贫农组织和红军游击队第六支队；之后，他又奔赴淳化北部的十里塬、马家山、城前头、铁王等地，建立农民联合会、贫农团，组建淳化游击队，进一步扩大根据地。

刘志丹、习仲勋、黄子文等人留守薛家寨。

这里是薛刚反唐时的驻兵之地，因此叫薛家寨。寨子建在一座葫芦形的高山上，离照金镇五公里，东、南、西三面都是悬崖绝壁，西北面与兔儿梁相连，通向桥山山脉。寨东是黑田峪，寨西是绣房沟，沟底有条小溪。站在溪边，抬头仰望，看不见寨子，只见灌木丛中一条小路蜿蜒而上，不见首尾。薛家寨共有五个小山寨，其实也就是五个岩洞，其中四个寨子相互连通，唯有四号寨不能连通，要想爬上去，得手脚并用，经过悬崖边仅有的三尺宽的一条悬空通道。

这里原来住着一对朱姓父子，他们在四号寨子里供奉了泥塑山神，三号寨子里挂着木质牌神，每天进香，养身修道。红军进驻照金时，父亲早已去世，儿子朱吉祥看到红军纪律严明、劫富济贫，十分感动，便主动邀请红军上山，将寨子捐献给红军做了营地。

薛家寨地势雄奇，易守难攻，但作为营地还需要改造修整。红军进驻后，加固了前后哨门，在哨门前筑起了碉堡。之后，又给前三个寨洞打了堞墙，将警卫队、红军医院、被服厂、兵工厂和红军指挥部分别安排其中。一号山寨住着警卫队；往上走两里山路，便是二号寨，是红军医院和被服厂；再往上是三号寨，是红军兵工厂；四号寨最为险要，是陕甘边特委总部和红军指挥部所在地。

马锡五作为军需委员，负责被服厂和医院工作。被服厂有三十多名妇女，手工缝制军装被褥。这些妇女大都是本地人。布料来源一部分是战利品，一部分是当地农民捐献的。妇女白天来被服厂干活，晚上可以留在山寨，也可以回家休息。柳叶妈王翠兰，就是其中之一。

红军医院里只有三个医生，一个是从西安来的学生，另外两个是杨虎城部队的俘虏。医院没有护理员，但红军行军打仗，难免有伤亡，光有医生，没有护理员不行。马锡五跑去找习仲勋，建议从当地年轻妇女中挑选几个，进行简单的业务培训，充当护理员。

习仲勋说："当地妇女拖累大，在被服厂干还可以，晚上可以回家，但当护理员需要日夜守护，有时还需要行军打仗，还是从女游击队员里挑选比较合适。"

马锡五说："好，我这就去女游击队员里挑几个人。"

马锡五刚走，刘志丹笑呵呵地走了进来，一屁股坐在炕沿上，掏出烟袋，一边点烟一边说："我刚从兵工厂过来，里面不能抽烟，憋死我了。"

他猛吸几口，接着说："咱的'麻辣手榴弹'弄成了。"

习仲勋很激动："真的？"

刘志丹笑眯眯地点点头说："这个惠子俊，可是个大能人哩。他在弹壳上绑上几根麻线，用一截铁丝压上火药，捆在装好药的弹壳上，一扔出去就响，杀伤力跟真正的手榴弹差不了多少。"

习仲勋说："这下好了，咱也能造手榴弹了。"

刘志丹抽着旱烟说："还有好事哩，他们还造出了土地雷，有拉火的，有踩火的，杀伤力都不小。炸弹的问题解决了，可是许多枪支还需要修理。我刚才去看了看，枪支都是不同时期从不同敌人手里缴获来的，步枪最杂，五花八门，工作量很大，咱人手不够啊。"

习仲勋说："照金镇有几个铁匠铺，我已经派人去请他们了。"

刘志丹说："如果能把他们请上山，让惠子俊教一教，捣鼓捣鼓，很快就能学会修枪。但造子弹的底火还是一个问题，主要是缺炸药。我们还得派人去西安，购买造底火的炸药。再把收缴香山寺的成堆的铜钱融化后，就能造出子弹壳和手榴弹壳子。"

习仲勋说："我们还可以发动群众，搜集旧弹壳，经过加工后也能使用。再下一道命令，今后打仗用过的弹壳，不能随便扔，打几颗子弹交回几个弹壳。打扫战场时，也要多捡敌人留下的弹壳。"

刘志丹在炕沿上磕了磕烟锅，低头用一根草棍挖着烟锅里的烟泥，说："咱们用土办法造的黑火药，装在弹壳里，压实封好，也能打出去，只是杀伤力不够，这个问题以后还得解决……"

34 * 女教员

这段日子，红军建立了随营学校。学校建在半山腰新平整出的一块山地上，只有两孔小窑洞，两间茅草房，作为宿舍和教室。

开学典礼由刘志丹主持。李杰夫担任校长，汪锋担任政委，他俩都是刚从西安来。汪锋是渭北根据地的创建人之一，曾与黄子文、黄子祥兄弟一起，在耀县、富平、泾阳、淳化等县带领游击队，组织农民围城"交农"。他先后担任中共陕西省委军委书记、中共渭北特委常委兼军委书记，中共渭北特委撤销后，担任三原中心县委副书记兼组织委员。

第一期学员只有三十多个，而且绝大多数都是文盲。他们在学校除了操课学打仗，还要学文化。学校除了祁民等有战斗经验的教官，教习行军打仗，还有两个从西安来的女学生，担任文化教员。

这两个女学生就是张静和刘倩。这天后晌，学员们进行军事操课，张静和刘倩闲着无事，便将土崖上的两株山丹丹移过来，栽在她们的窑洞口。栽好后，张静说：

"我们一人管一株，看谁的花开得红。"

刘倩拍拍手上的泥土说："有它们陪着，咱就不寂寞了。"

张静说："你有你表哥陪着，寂寞啥？"

刘倩脸"腾"地红了，扑过来要打张静。张静笑着躲开了，几乎踩到了一条蚯蚓，低头一看，旁边还有好几条，便抬头看天。

"要下雨了。"

"你咋知道？"

张静说："你没听说过？蚯蚓满地爬，雨水乱如麻。"

说着，仰起脸来，朝空中嗅嗅，"我都闻到雨腥味儿了。"

刘倩说："你是狗鼻子呀，雨腥味儿都能闻到？"

张静看见窑洞口上面的土崖上有一张蜘蛛网，说："你看，蜘蛛都结网了。我爷爷说，蜘蛛扯线，天气要变。今黑夜肯定要下雨！"

刘倩突然想起一件事："呀，我都忘了，还没去领麻油呢。"

张静说："走，咱俩一起去。"

刘倩说："就三斤麻油，你怕我提不动啊？"

张静马上会意，笑着说："哦，我忘了，那边有人等着你哩。"

刘倩脸红了，追打张静。两人笑闹一阵，刘倩去领麻油。天渐渐黑了，天上升起一轮圆月。刘倩领麻油回来，一进窑洞就说：

"你不是说要下雨吗，外面月亮明晃晃的，雨呢？"

张静说："你急啥，还不到时候哩。"

刘倩把领回来的麻油，添进麻油灯里，点亮，坐在灯下，开始备课。张静却不备课，手里拿着一本书看。

刘倩歪着头问："啥书？"

张静亮了一下书皮，是《薛涛诗选》。

刘倩说："你喜欢她的诗？她可是一个妓女。"

张静说："瞎说，她可是个冰清玉洁的女子！"

说着，翻到一页给刘倩念："花开不同赏，花落不同悲。"又翻到一页念道，"'不结同心人，空结同心草。'你看看，多好的诗啊！我喜欢薛涛的才情，更同情她的遭遇。她跟随父亲从长安到成都，父亲不久就死了，她孤苦伶仃，无依无靠，不得已才当了诗妓。她的才情名冠巴蜀，与当时有名的才子元稹、白居易、杜牧、刘禹锡、张祐等人，都有唱和之作。"张静叹息一声说："才情绝世，命如纸薄。可惜晚年遁入道门，一个人在浣花溪旁遗恨死去，只留下望江楼下一口'薛涛井'。"

刘倩说："我喜欢鱼玄机。她不但貌美如花，才情也在薛涛之上。她的命运也很坎坷，十五岁给人家当小妾，后来被抛弃，十七岁遁入道观，写下了很多好诗。'门前红叶地，不扫待知音。'多好的诗啊！"

张静说："鱼玄机确实是一个了不起的女诗人，但是她过于多情，嫉妒心很强，因怀疑女童与自己的相好有染，杀了女童，自己也被官府杀了头。"

刘倩说："唉，自古以来，才女命都薄。"

两人感叹了一会儿女诗人，聊了一会儿她们的诗，张静话锋一转，问刘倩，"你跟王洪生现在咋样了？"

刘倩叹息一声说："我也说不清。他对我不冷不热，一副心不在焉的样子，但有时又对我很关心，我也不知道他心里咋想的。"

张静说："都说女人心思难捉摸，其实男人的心思更难捉摸。就说陈涛吧，上次走了以后，到现在都杳无音信。"

刘倩说："等他下次来了，你干脆把话挑明。"

张静说："我就那么贱？"

刘倩说："你不是一向敢作敢为嘛。"

张静说："我才不会像你那样惯着你表哥呢。"

刘倩说："行了吧，嘴上这么说，心里还不是想着人家？"

两人正说着，有人"梆梆"敲门。

刘倩问："谁呀？"

门外没人吭声，又"梆梆"敲了几下。

张静说："敲啥敲，你没长嘴呀！"

门外的人仍不说话，又敲了两下。

刘倩走过去打开门，是柳叶。前不久，柳叶被挑选到医院当了护理员。刘倩说："你这死丫头，也不吭声，吓我一跳。"

柳叶"咯咯"笑着说："我想考验一下你们，看看你俩的警惕性高不高，结果你随便就开了门。我要是敌人，你们俩就完蛋了。"

柳叶走进来，问刘倩："你没去槐树林呀？"

刘倩说："深更半夜的，我去那儿干啥？"

柳叶说："我看见王洪生去了槐树林，还以为你们去约会哩。"

刘倩感到很奇怪："他去那里干啥？"

柳叶说："我哪儿知道。我刚才从医院出来，想在一棵树后解手，刚圪蹴下，听见有脚步声，吓得大气儿也不敢出。等脚步声过去了，我探头一看，是你表哥王洪生。我眼看着他走进了槐树林，还以为你们约好了呢。我怕张静姐孤单，就跑过来陪她聊天。"

三人说笑了一会儿，外面突然起了风，窑顶上的灌木丛在风中"沙沙"作响，好像有长长的队伍悄声从崖畔上走过。月亮早已不见了，天空昏暗下来。张静催促柳叶说："快下雨了，你快回去吧。"

正说着，外面"沙沙沙"下起了雨。

张静对刘倩说："你看看，是不是下雨了？"

刘倩看着晃动的灯苗发愣，没有听见张静的话。

柳叶高兴地说："下雨我就不走了，跟你们挤一挤……"

第二天，刘倩见到王洪生，问他昨晚在忙啥。王洪生说："特委领导开会开到很晚才结束，后来下雨了，我就睡觉了。"一听就是瞎话，刘倩很生气，想当面揭穿他，但想了想，啥也没说，转身走了。边走边生闷气：他不会爱上别的女队员了吧？越想心里越难过，禁不住落下泪来……

35 ∗ 遇 袭

1933 年春末，省政府秘书长南汉宸中共党员身份暴露，蒋介石命令逮捕他，派特务头子陈立夫亲自到西安督办。杨虎城得到消息，提前秘密护送南汉宸离开了陕西。陈立夫扑了个空，蒋介石很生气，知道是杨虎城捣的鬼，但又无可奈何，下令全国通缉南汉宸。

这时，照金根据地已经发展到东至耀县高山槐、胡家巷，西抵七届石、黄花山，北到王家沟、断头川，南接老牛坡、高尔塬，区域内约有四万之众，初步形成了西北地区第一个比较巩固的革命根据地。

这一时期，陕甘边特委和红军完成了两件大事：一是召开了陕甘边区第一次工农兵代表大会，选举产生了陕甘边革命委员会。根据省委"必须选一位雇农当主席"的指示，周冬至当选为主席，习仲勋当选为副主席兼党团书记。周冬至有些措手不及，对习仲勋说："我大字不识几个，没见过世面，大事还得你做主哩。"习仲勋说："这是党的决定，也是工作需要，我们都得服从。你放心，我会支持你！"

另一件事是，红军将周边六支游击队收拢在一起，成立了陕甘边区游击队总指挥部，李妙斋任总指挥，习仲勋任政委。

李妙斋高个儿、长脸、浓眉、厚嘴唇，戴一顶黑布瓜皮帽。他看上去五大三粗，但却心灵手巧，什么农活都会干，还会木工、泥瓦工。他是山西汾西县城关镇人，六年前来到陕北，在高双成部队当司务长，秘密加入了共产党，开始从事兵运工作；后来，在李亚军团当一营营长、邓宝珊部警卫营当营长。去年春天，他跟随邓宝珊到达兰州，担任补给队队长，在去平凉运送枪弹途中，突然发动兵变，将补给队部分官兵拉了出来，成立了红军陕甘游击队第七支队。但不久就遭到了敌人围攻，队伍被打散，他化装成脚夫，逃到了照金根据地。

根据地的迅速扩张，引起了国民党的惊恐。1933年初夏，杨虎城任命骑兵团团长王泰吉为总指挥，调集十七路军警卫团、骑兵团、特务团和八十六师五一一团等四个团的兵力，以及旬邑、淳化、耀县、三原、同官、宜君六个县的民团，兵分四路，"围剿"照金根据地。

陕甘特委召开紧急联席会议，决定由刘志丹和王世泰率领红军主力转移外线，插入敌后，寻机歼敌；习仲勋、李妙斋、黄子文和金理科等人，领导根据地各游击队，在内线与敌人周旋。

红军主力转移后，敌人尾随而去。附近的各路土匪得知红军主力撤离，在叛徒陈克敏的煽动下，趁机联合起来进攻根据地。各路土匪习惯以头领姓氏命名，比如：陈队、钟队、罗队、刘队。薛家寨易守难攻，双方都拿对方没有办法，形成对峙局面。

这天傍晚，习仲勋来到保卫队，对队长王胜说："我明天要带你们去陈家坡征集粮草，等会儿你给队员们开个会，动员一下，讲讲群众纪律和如何应对遭遇战。"习仲勋走后，王胜连夜召开了动员会。

会后不久，一个身影悄悄离开了保卫队，走进了槐树林……

第二天，习仲勋和黄子文带领保卫队前往陈家坡。刚爬上兔儿梁，习仲勋发现梁上有几个人影一晃就不见了，马上警觉起来，转身对队员们说："注意警戒，小心敌人的埋伏。"又往前走了一段路，感觉越来越不对劲儿。习仲勋命令停止前进，将队员分成两队，一队由他和黄子文带领，抄近道上陈家坡；一队由王胜带领，绕道到陈家坡。如果路上遇到敌人的埋伏，两路人马也好相互照应，夹击敌人。

习仲勋这一队走到鞍子坡时，突然遭到了土匪的袭击。习仲勋对黄子文说："我留下一个班阻击，你带其余队员赶快撤退！"

黄子文说："我留下，你撤退！"

习仲勋说："别争了，你快去联络王胜，绕到敌人背后进攻！"

黄子文没有再争执，带着队员撤出战斗，朝后山跑去。

习仲勋带着一个班，拼力阻击敌人。突然，一颗子弹击中了习仲勋的腰部。队员们一边阻击，一边搀扶着他撤退。三个队员相继牺牲，五个队员受伤。土匪们趁机包围上来，抓住了习仲勋。

一个四十多岁的老土匪押着习仲勋，朝龙家寨方向走。其余土匪追赶黄子文去了。习仲勋捂着受伤的腰，血水顺着手指滴滴答答地直往下流。习仲勋用另一只手掏出六块银圆，递给老土匪说：

"老哥，你放了我吧。"

老土匪接过银圆，犹豫了一下，留下三块，把另外三块还给习仲勋，说："其实我早就看出来了，你是红军里的大官。我不做伤天害理的事，我本来不想要你的钱，可我老娘病了，需要钱救命。你救我老娘一命，我还给你一条命。我放你走，你赶快跑吧！"

习仲勋撒腿朝一片密林跑去。刚跑到密林边，里面突然冒出来一股土匪，他又急忙朝另一个方向跑。

土匪们边追边喊："别开枪，抓活的！"

前面是土匪，后面是土匪，两边是山沟，眼看无路可逃了，习仲勋情急中，顺势滚下了山沟。土匪追过来，探头朝沟底看，不见人影，朝沟里胡乱放了一阵枪，骂骂咧咧地走了。

习仲勋被一个树桩挂住了。听到敌人走远了，他才捂着伤口，朝沟底溜去，爬到一条小河边，洗净身上的血迹，喝了几口冷水，站起身，跟跟跄跄地朝沟口走。沟口有个小村庄，他前段日子来过，认识住在村头的郑老四。他推开郑老四的柴门，一头栽倒在地……

习仲勋醒来，发现自己躺在土炕上。昏黄的灯光下，郑老四正在用土方子给他止血，见他醒了，高兴地说："你可醒了！伤得不轻哩，身子跟火炭一样烫。你躺着别动，我去给你擀碗面条吃。"

习仲勋一天没吃没喝，肚子早就饿了，身上的伤口又疼痛难忍。吃完面条，他感觉好些了。也不知保卫队其他人的情况咋样了。这里离庵子村不远，也许他们去了那里。这么想着，他挣扎着爬起来要走。

郑老四说："天这么黑，你伤得这么重，先歇上一夜，等天亮我再送你去。"

习仲勋坚持要走，郑老四只好用骡子驮着他，送到庵子村。

没想到黄子文他们真的在这里。一问才知道，他们也遭到了伏击。黄子文说："伏击我们的不光是陈克敏，还有附近另外两股土匪。看来他们早有预谋，在我们经过的两条路上都设了埋伏。"

习仲勋焦急地问："伤亡情况咋样？"

黄子文叹息一声说："王胜和另外两个队员牺牲了，还伤了六个队员，其余的都撤退到了这里。"

习仲勋半天没说话，心里很纳闷："土匪是咋知道我们的具体行动的？"

36 ★ 谁是奸细

第二天，黄子文让人用树枝绑了一副担架，将习仲勋抬回薛家寨红军医院。说是医院，其实只是一个能勉强容纳七八个伤员的石窟。天气渐热，又缺乏药物，习仲勋的枪伤开始溃烂，不断涌出脓血。想起牺牲的队员，习仲勋心里一阵绞痛。

这几天，他一直在思考一个问题：是谁走漏了风声？

这事是临时决定的，只有特委几个领导知道，他们不可能泄露消息。难道是保卫队内部出了问题？他把保卫队的人过了遍筛子，感觉都不大可能。那么，问题到底出在哪里呢？

正想着，有人进来报告说："有个人非要见你，说有重要情况报告。"习仲勋说："让他进来。"来人被领进来，习仲勋觉得有些面熟，又一时想不起是谁，便问："你是谁？找我有啥事？"

来人欲言又止，扭头看着领他进来的队员。习仲勋示意那队员出去，来人这才说："我是梁东呀，你不认识我了？"

习仲勋一下子想起来了，他以前是特务队的队员，后来跟着陈克敏逃走了。习仲勋冷着脸问："你回来干啥？"

梁东说："我是被陈克敏强迫带走的，我早就想回来了。"

习仲勋警觉地看着梁东："你有啥事？"

梁东朝门外看了一眼，然后低声说："陈克敏让我去照金镇取情报，路上我拐了个弯跑过来，就是想告诉你，红军里有奸细！"

习仲勋大吃一惊，但他不露声色，冷静地看看梁东，等他说下去。

梁东说："前天半夜，有个劁猪匠跑到龙家寨，对陈克敏说，红军里的内线送情报给他，说你要带保卫队去陈家坡。陈克敏连夜联络罗队和刘队伏击你们，想搞掉你们的保卫队。"

习仲勋因失血过多，脸色苍白，听了这话，脸色更加难看。

梁东说："陈克敏让我去照金镇取情报，那个劁猪匠让我回去告诉陈克敏，说昨天红军吃了大亏，死了六个，伤了十一个，说你的腰受了重伤，让陈克敏多联系几路人马，趁机突袭薛家寨。"

情报如此准确，让习仲勋十分震惊。

他问梁东："你为啥要帮我们？"

"我本来就是红军嘛。"梁东说，"我不走了，我要留下来。"

习仲勋沉思了半天，然后说："你能这样做，说明你还是一个红军战士，我们欢迎你回来。不过，你现在还不能回来。"

梁东不解地问："为啥？"

习仲勋说："你要重新回到龙家寨去。如果你不回去，陈克敏就会起疑心，就会改变行动计划，我们也就抓不到内奸了。"

梁东还想说什么，又没说出口。

习仲勋问："你是党员吗？"

梁东说："我以前是，不知道现在还是不是。"

习仲勋说："从今天起，我恢复你的党员身份。你要不露声色地回到龙家寨，密切关注陈克敏的动向，有情况及时跟我联系。这是党交给你的一项特殊任务。为了你的安全，你只能跟我单线联系。还有，你回到龙家寨，要尽可能地团结那些对红军有感情的人，等到时机成熟，可以组织武装暴动……"

梁东走后，习仲勋立即让人把黄子文、李妙斋、金理科和周冬至找来，在病房里召开了一个临时紧急会议。他斜靠在被垛上说："据可靠情报，附近的土匪最近可能要联合进攻薛家寨，咱们得分头与附近几路游击队联系，让他们夜行昼宿，隐蔽在薛家寨附近，准备伏击敌人。最近情况很复杂，调动游击队的事，仅限于我们几个人知道，要注意保密，联络工作要派身边最可靠的人去做……"

第三天夜里，多路土匪朝薛家寨包围过来，但他们还没有靠近薛家寨，就闯进了红军游击队的埋伏圈，被打得四散而逃。

不久，刘志丹率主力红军完成了外线作战任务，撤回照金。土匪见红军人多势众，不敢轻举妄动，纷纷躲进了附近的山林。红军这次外围作战，并没有与王泰吉的正规军正面交锋。王泰吉带着四个团的兵力，好像只是跟在红军后面游行，并没有对红军发起过一次像样的进攻。其中的原因，刘志丹心知肚明，因此很感激王泰吉。

刘志丹对王泰吉并不陌生，他们在渭华起义时一起战斗过，后来分道扬镳，走上了不同的人生道路。但那毕竟是七八年前的事了，现在他对王泰吉并不了解。他曾经问过祁民，祁民说："王泰吉这人城府很深，我也说不准他心里到底是咋想的。但是有一点可以肯定，尽管他背叛了革命，但对红军还有感情，不想跟红军结仇。当初我在他手下掌管印信，给地下党开路条，他明明知道，却没有为难我，反而暗示我要小心谨慎。"

刘志丹觉着王泰吉这样的人完全可以争取过来，多一个人，多一分力量嘛。如果能把这种手握重兵的人争取过来，那对红军就太有利了。他决定向省委汇报，建议省委派人去争取王泰吉。

习仲勋没有告诉刘志丹红军内部有奸细的事。不是他有意隐瞒，而是看到刘志丹眼里布满血丝，疲惫不堪，不忍心让他担忧。他想自己先暗中观察一阵子，等事情有了眉目，再告诉刘志丹。

可他没有想到，半个月后，发生了一件大事。

这天傍晚，刘倩去保卫队找表哥王洪生，还没走到保卫队，就远远看见王洪生朝这边走来，她急忙躲到一棵树后，想看看他要去哪里。王洪生拐了个弯，走上了另一条小路。这条小路通往槐树林。她想起前段日子柳叶说，曾经看见王洪生夜里一个人去了槐树林，心里"咯噔"一下。这么晚了，他去槐树林干啥？她悄悄跟了上去。树丛里偶尔有鸟儿冷不丁飞起来，钻进夜幕里。她听到自己的心在怦怦跳动。

王洪生朝前走着，不时回头看一眼。刘倩急忙闪到树后。王洪生鬼鬼祟祟的样子，加重了她的疑心。王洪生走到一棵老槐树下，扭头看看四周，然后将什么东西塞进了一人多高的树洞里。他刚想转身离开，刘倩从树后走了出来。

"你在干啥？"

王洪生吓了一跳，看清是刘倩，才舒了一口气。

"你吓死我了！"

"你刚才往树洞里塞的啥？"

"没……没啥。"

刘倩走到老槐树跟前，踮起脚尖，伸手从树洞里掏出一张字条。王洪生扑上来要抢字条，刘倩死死攥在手心里，藏在身后。

"快给我！"

"这是啥？"

"这是军事秘密，不能告诉你！"

"你骗人！"

"你别闹了，快给我！"

王洪生边说边抢字条。刘倩转身想跑，被王洪生一把抱住。刘倩见字条就要被抢走了，猛地蹲下身子，将手死死地夹在两腿间，气喘吁吁地说："你再抢，我就喊人呀！"

王洪生只好放开刘倩。

"你说，你干啥见不得人的事了?!"

"你先给我，再听我慢慢说。"

"你不说清楚，我死也不给！"

王洪生语气软了下来："哥也是没办法啊，快给哥吧……"

刘倩脑子"轰"的一声，抬头盯着王洪生："你不会是奸细吧?"

"哥也是被逼无奈……"

"你真是奸细?"刘倩惊呆了，迟疑了一下，大声喊道，"我要去告你！"

说着，猛地站起来，撒腿朝树林外面跑。

王洪生追上去，将刘倩扑倒在地，拼力掰开刘倩的手，抢过字条。刘倩趴在地上一动不动。他推了推，叫了几声，刘倩一点动静也没有。他这才看见刘倩的头磕在一块石头上，伸手一摸，头上热乎乎的，有些黏手。他慌了神，她不会死吧？王洪生一时害怕起来，将她背进树林深处的一个崖洞里。他将她平放在地上，帮她擦去头上的血，守在边上，等她醒来。等她醒来了，他会告诉她，他是上了同学柳芬的当，被人家控制了，已经无法脱身了。如果他不干，他们会杀了他的全家。

这时，远处隐约传来呼唤刘倩的声音。他慌忙爬出山洞，远远看见有人举着火把朝这边走来，他匆忙朝另一个方向逃去……

37 ＊ 搜　捕

王洪生逃回西安，找到老刀。老刀一听很不高兴，说："你事没干成一件，倒先暴露了自己！"训斥了一阵后，口气才渐渐缓和下来："事已至此，你想办法跟西安的地下党取得联系，争取挖出共党省委的几条大鱼，这样我才好在安先生那里替你求情。你不要怕，我会派人远远地跟着你，暗中帮你。"

王洪生一走，老刀便去向安先生汇报。安先生说："这个人已经暴露，留下也是个祸害，等他干完这件事，尽快处理掉！"

王洪生首先想到的是陈涛。陈涛是省委联络员，一定知道省委领导的行踪。但他找到陈涛家，却不见陈涛。陈涛妈说："他已经有一年多没回家了，你要是看见他，劝他赶快回来，就说我想他了。"老人说着，抹起了眼泪。王洪生说："我看见他，一定劝他回家。"

王洪生又去找原来认识的几个学运负责人，那几个人也不知去向。他很失望，在街上转悠，希望能碰到他要找的人。转悠了两天，没有一点收获，到了晚上，又累又饿，走进一家葫芦头泡馍馆。刚坐下，却意外地看见陈涛走进来，他一下子高兴地跳了起来：

"陈涛！"

陈涛看见王洪生也很吃惊，走过来小声问："你咋回来了？"

王洪生低声说："组织派我回来向省委汇报情况，你快带我去。"

陈涛说："我也不知道他们在哪里，我只和程秘书单线联系。"

"哪个程秘书？"

"省委组织部的程怀璞，只有他才能见到省委领导。"

"那你带我去找程秘书。"

"我还有事，得马上走。我告诉你地址，你自己去。"陈涛说着，把程怀璞城南的地址附耳告诉了王洪生。

两人吃完葫芦头，在门口分了手。如果这时陈涛能回头看一眼，一定会发现王洪生身后不远不近地跟着三个男人。但他没有回头，匆匆消失在夜幕之中。

王洪生找到程怀璞家，门却锁着。他示意那三个人躲在街口等着，自己一个人坐在门口的石礅上，等待程怀璞回来。一直等到黄昏，程怀璞才坐着一辆人力车回来，怀里抱着大包小包的东西。王洪生激动地站了起来，吓了程怀璞一跳。

程怀璞警惕地问："你是谁？"

王洪生小声说："陈涛让我来找你。"

程怀璞一听是陈涛，知道是自己人，便招呼王洪生进了家门。程怀璞把怀里的东西放在床上，转身问王洪生："找我啥事？"

王洪生说："我从照金那边来，刘志丹和习仲勋同志要我直接向省委领导汇报情况，你能不能把他们的地址告诉我？"

程怀璞觉得有些蹊跷，警惕地看了看王洪生。按照组织纪律，照金来的联络员汇报情况，一般由他转告省委领导；即使有重要情况需要面见省委领导，也必须有刘志丹或习仲勋的亲笔信。这个人并没有出示亲笔信，甚至连这条纪律也不知道，这里面肯定有问题。

于是，他试探地问："你为啥不直接去东关的交通站联系？"

王洪生愣了一下，然后笑着说："我去了，没找到人。"

程怀璞肯定这人有问题，因为交通站并不在东关，而是在北关。程怀璞镇定地说："你一路辛苦了，你先坐下，我给你倒杯茶。"

说着，走到桌子跟前去倒茶。桌子抽屉里放着一把手枪。程怀璞拉开抽屉，迅速拿出手枪，转身朝王洪生就是一枪。王洪生早有防备，身子一侧，子弹打在了门框上。王洪生扑上来夺枪，两人扭打在一起。外面的三个特务听到枪声，冲了进来，将程怀璞按倒在地……

第二天早上，周凤从照金回来，来不及回家，直接找到陈涛说："有个叫王洪生的人，是个奸细，前几天杀了一个女队员，连夜逃跑了，可能已经逃回了西安。这人很危险，你赶快向省委报告！"

陈涛一听傻眼了："哎呀，我昨天碰见他了，还告诉了你家的地址。我太大意了！程秘书的处境很危险！这可咋办？"

周凤"啊"了一声，说："我得马上回去！"

陈涛说："你不能回去，我去通知程秘书！"

周凤说："我的身份还没有暴露，你是省委联络员，不能出事。我们分头行动，我去通知他，你去向省委领导汇报！"

省委书记老袁去上海开会了，杜衡暂时主持省委工作。陈涛去找杜衡，没有找到，心里很着急，不知道杜衡是出去办事了，还是已经被捕。又担心程怀璞和周凤，来不及多想，急忙朝程怀璞家跑去。

周凤刚走进家门，不见程怀璞，知道坏了，急忙走进里屋，看见一切摆设照旧，床上还放着程怀璞买回来的结婚用品，一颗悬着的心稍微放下来。组织已经批准他们的结婚请求。她心想，王洪生可能还没有找到这里。她想出去寻找程怀璞。这时，王洪生和三个特务从厨房走出来，抓住了她。

周凤被两个特务秘密带走，王洪生与另一个特务留下来继续守候。不久，陈涛跑来了，王洪生急忙从屋里迎出来。

"陈涛，你咋来了？"

陈涛问王洪生："程秘书呢？"

"他出去买菜了，说要招待我。"

"不用他招待你，我来招待你吧！"

陈涛说着，从腰里拔出手枪，但还没来得及扣动扳机，隐藏在屋里的那个特务隔着窗户开了枪，陈涛应声倒在地上……

王洪生兴冲冲地跑去向老刀汇报。老刀表扬他说："你为党国立了大功！你跟着我好好干，我不会亏待你！你辛苦了，回家休息去吧。"王洪生转身刚走到门口，老刀朝他后背连开三枪……

程怀璞被捕后，特务们以强奸周凤相威胁，逼迫程怀璞供出了党内重要情报。周凤得知程怀璞叛变，羞愧难当，在狱中撞墙而亡……

38 ✳ **多事之夏**

这时，杜衡已经到达照金。他并不知道西安发生的事，更不知道程怀璞带着特务正在满世界找他。他这次来照金，是想干一件大事。

但他想干的这件事，却遭到了根据地几乎所有领导的反对。这让他很恼火，看来只有召开党的会议才能解决问题。他是省委常委、红军政委，完全可以代表党。再难统一的事情，只要拿到党的会议上，就变得不难统一了。

会议在照金的党家山召开，参加会议的是根据地的军政领导干部。会议议题，杜衡已经提前告诉了大家。习仲勋还在医院治疗枪伤，无法参加，让特委书记金理科把他的意见带到了会上。根据地军民经过一个多月的浴血奋战，取得了反"围剿"的胜利。按说军政委应该在会上好好总结一下经验，鼓舞一下士气，但是杜衡没说这个，他要谈另一件事。

他说："敌人为啥三番五次地向我们进攻？最根本的原因，就是照金作为我们的根据地，存在很多不利因素，没有固守的价值。首先是穷，根本养不了我们这么多红军；其次是群众觉悟低，基础差，眼睛只看着自己的一亩三分地，不利于进一步扩红；更重要的是，不利于我们与敌人展开大规模的决战。敌人一来我们就跑，到处打游击，

213

这哪儿像红军？而我们的南边，就是肥沃的关中平原，那里党的基础好，群众觉悟高，还有几支游击队，可以配合我们作战；那里村庄稠密，物产丰富，更便于我们扩红；我们开辟了关中根据地，还可以与红四方面军取得联系，切断陇海铁路，直接威胁省城西安。"

说到这里，他有意停顿了一下，看看大家的反应，然后提高声音继续说："我们为啥要守着金饭碗到处打游击讨饭呢？红军要发展壮大，就必须南下！必须到关中平原去！我们不能一直干这些偷鸡摸狗的事，我们要打大仗，打硬仗，打胜仗，一直打到西安去！唐朝有个黄巢大家都知道吧？'冲天香阵透长安，满城尽带黄金甲！'你们听听，这是啥气魄！黄巢当年一路所向无敌，突破潼关，只用了三天时间就占领了长安。一个革命者，难道连黄巢这样的英雄气魄都没有吗？所以我说，我们必须南下！"

刘志丹说："黄巢当时有五六十万人呢，我们现在才多少人？"

杜衡说："人少怕啥？我们可以一边南下，一边壮大嘛。"

刘志丹不说话了，低头抽着旱烟。

张秀山作为渭北游击队的政委，连夜赶来参加这个重要会议。他说："要说照金群众基础不好，我不同意！这里的老百姓很善良，很淳朴，很支持我们。照金周围几支游击队的力量也不弱呀。我认为南下时机不成熟，我们应该坚守照金，等力量强大了，再考虑南下。"

杜衡说："秀山同志，你要克服本位主义思想！"

张秀山刚想反驳，王世泰说话了："老刘来根据地的时间最长，对根据地的情况也最了解，我们还是听听老刘的意见吧。"

刘志丹在烟雾中抬起头说："要我说，我们暂时不要南下为好。我们好不容易在照金站住脚，这地方很适合我们打游击嘛……"

杜衡说："老刘啊，你就知道打游击，你能不能想得开阔点？"

刘志丹说："咋开阔？我也想打大仗，打胜仗，消灭更多的敌人。问题是，以我们目前的实力，根本就不可能嘛！关中驻扎着杨虎城的五万兵马，而我们满打满算也不过三百人，南下关中，无异于羊入虎口。要是我们把现在这点力量也折腾光了，今后还咋革命？"

杜衡脸色很难看，扭头问金理科："你们特委是啥意见？"

金理科说："我同意老刘的意见。我来开会之前，仲勋同志也让我把他的意见带到会上，他也不主张部队南下。"

杜衡恼怒地说："在意见不能统一的情况下，再讨论下去也毫无意义，我只能代表省委统一思想，做出最后的决定了。我以党的名义，代表省委宣布：红军必须立即南下！"

杜衡这么一说，谁也不好再说什么。

会议结束后，张秀山要返回渭北游击队，临走前去看刘志丹，问他怎么办。刘志丹说："南下关中，事关红军的生死存亡。但他是政委，又是省委常委，我们又不能拒绝他的领导，把事情搞僵。你回去赶快派人去向省委袁书记报告，让他设法阻止红军南下！"

张秀山回去后，给省委袁书记写了一封密信，连夜派人送去西安。可是，还没等到袁书记的指示，5月29日，杜衡就下令红军南下了，结果遭到了国民党军的围追堵截，造成红二团全军覆没……

红军南下失败后，省委决定召开一个重要会议，研究红军南下失败后根据地的重建问题，还有策反驻扎在耀县的骑兵团团长王泰吉的事情。省委书记老袁把开会地点选在盛福楼，通知省委秘书长老贾和杜衡等人参加会议。

在此之前，根据刘志丹和习仲勋的建议，省委曾派发行部长余海丰去耀县见过王泰吉，答应恢复他的党籍；之后，又派省委特派员杨声和三原中心县委的两个同志，先后去耀县做王泰吉的工作。王泰吉答应武装起义。可是什么时候起义？起义后谁去接应？起义部队以什么名称进行改编？这些问题都需要研究，确定后再派人通知王泰吉。

"盛福楼"是家羊肉泡馍馆。几个人先后到了盛福楼，找了一个小间坐下。包间没门，门口挂了一道竹帘，外面看不清里面，里面却能看见外面。老贾最先掰好了饼子，嘴里叼着烟斗，开始吞云吐雾，等待其他几个人掰好后，一起让伙计端走去煮。

一个男人从包间门口走过，扭头朝里面张望。走过去了，又走过来，还是扭头朝里面看。大家以为他在找熟人，没有在意。不一会儿，那人又返回来，后面还跟着另外一个人。两个人在正对面的包间坐下，却没有要泡馍，也没有点菜，坐了几分钟，又起身走了。

老贾感觉不对，小声对老袁说："刚才出去的那两个人鬼鬼祟祟的，我们是不是被人盯上了？"

老袁一听这话有些紧张，站起身说："宁信其有，不信其无。我们马上撤离，重新找地点开会。我和老杜先走，老贾你去结账！"

老袁说着，跟杜衡一起走出了包间。

他俩刚走出泡馍馆，就被特务抓住了。

老贾正在前柜结账，看见街上行人都站住不动，朝老袁和杜衡刚才离去的方向看，感觉大事不好，急忙从后门逃走了……

省委书记老袁被捕后很快叛变，交出了省委的全部秘密文件，并且开列出了各县地下党员的名单。紧接着，杜衡也叛变了，在西安报纸上刊登了脱离共产党的公开信，并带着特务到处抓捕地下党员。

老贾无法在西安藏身，秘密去了上海，向中央汇报去了。

陕甘边特委书记金理科恰巧来西安向省委汇报工作，被特务们逮了个正着。一时间，白色恐怖笼罩西安城，陕西地下党遭到严重破坏。仅渭北地区，就有五百多名党员被国民党特务逮捕杀害。

老袁叛变后不久，便神秘地消失了，不知所终。

杜衡因为"贡献"大，受到国民党陕西省党部书记长（实为CC，系陕西特务头子）宋志先青睐，担任陕西肃反委员会反省科科长，在西安从事反共活动，几年后，又调往南京从事特务活动。1949年，他逃往台湾，任内政部调查局处长、情报训练委员会主任、国民大会宪政研讨委员会召集人等职。1965年4月，病殁于台湾。

老刀走进安先生居所时，安先生正坐在沙发上，用一把"鱼化龙"紫砂壶泡茶。这把茶壶，鱼龙缠绕壶身，若隐若现，龙首从壶盖探出，伸缩自如，神韵生动。除此之外，他还有三把明清壶。一把是"和合"，壶身由两张包裹在一起的荷叶组成，条条经络清晰可见，莲子盖上趴着一只青蛙，造型别致，意趣盎然；一把是"玉兔奔月"，壶体酷似半个月亮，三只足底是三团祥云，壶盖上是一只活泼的小兔；还有一把是"线云"，壶身肩部有一条简洁的圈线，删繁就简，流畅自如。但这把"鱼化龙"，是他的最爱。

安先生身后的几案上，供奉着一尊鎏金的文殊菩萨。文殊菩萨面带微笑，右手持一把智慧剑，左手持的莲花上放着"般若经"，身下坐骑是一头狮子。老刀曾经问过安先生，文殊菩萨的坐骑为什么是狮子？安先生说："这表示文殊菩萨法力无边。传说文殊菩萨肚子上长了几个小脓包，他在集市上喊，谁舔我肚？谁舔我肚？大家面面相觑，没人理会。一只狗跑过来，舔了他肚子上的脓包，脓包突然不见了。文殊菩萨一挥手，这只狗就变成了一头神狮。原来文殊菩萨说'谁舔我肚'的意思是，谁舔我，我就'度'谁。"老刀很佩服安先生的学识。

安先生招呼老刀坐下，说："二道茶，刚出味儿，喝一杯。"

老刀没敢坐，站着说："先生找我有何吩咐？"

安先生说："急什么？来来来，坐下，喝杯茶再说。"说着亲手给老刀沏了杯茶。老刀受宠若惊，欠着半个屁股，坐在对面的椅子上。两人喝了一壶茶后，安先生才慢悠悠地说："以前，我们在照金安插了一个王洪生，到底是个学生娃，没干成什么事就暴露了。这一次，我想派一个老练的人去，给共党来个虎口掏心！"

老刀说："王洪生暴露后，共党防范很严，还敢派人去？"

安先生笑着说："共党猜我们不敢再派人去，我们偏偏再派一个人去，正所谓，兵不厌诈嘛。"

老刀觉得有道理，问："可是，派谁去呢？"

安先生微笑着看着老刀，不说话。

老刀说："先生的意思是——我去？"

安先生反问道："还有比你更合适的人吗？"

老刀面有难色："我去，是不是目标太大了？"

安先生说："你一直与我单线联系，就连老陈、老武、羊倌、老谷他们几个，只知道有你这个人，但并不认识你。至于跟你打过交道的那几个人，现在都已经死了。剩下一个程怀璞，现在掌握在我们手里，他出卖过共产党，即使知道你去了照金，也不敢乱说。"

老刀说："可是，我走了，省城和关中地区谁来负责？"

安先生说："你还是关中行动组的组长，照金那边本来就是你的管辖范围嘛。你隐蔽在共党的根据地，主要任务有三项：一要搜集共党的各种情报，及时送出来。二要策动共党内部兵变。共党一直在我们的队伍里搞兵变，我们也要以其人之道，还治其人之身。第三嘛，寻找机会，干掉共党几个重要人物……"

老刀说："我明白了，安先生！"

安先生说："还有，你不要直接去照金。近段日子，共党的渭北游击队发展很快，大小已经有十几支，多则上百人，少则十几人。但这些游击队都是临时组织起来的乌合之众，比较松散，你要想办法打进其中一支，然后经过一段时间的改头换面，再跟随游击队进入照金。这样，你在共党队伍里就有了经历，不容易被人怀疑。为了赢得共党信任，必要时，你可以杀我们几个人当作'敲门砖'……"

39 * 骑兵团长

这时，渭北游击队已经改编为工农红军二十六军第四团，团长黄子祥，政委杨森。红四团在三原、富平一带坚持打游击。这个消息，多少给苦撑根据地危局的习仲勋一些安慰。

黄子祥是黄子文的胞兄，但兄弟俩长得并不像。黄子文像个书生，而黄子祥却像个地地道道的农民。他留着一字胡，眼睛不大，闪烁着农民的善良、固执与睿智光芒。黄子祥曾经在杨虎城部的赵寿山团当过中校团副，后来脱离了杨虎城部，回到三原武字区参加了中共地下党，任中共武字区区委委员，领导农民武装斗争，后来担任渭北游击队总指挥。在筹赈救灾运动中，黄子祥与弟弟黄子文，双双被三原驻军魏凤楼抓捕关押，后经地下党多方营救，才被释放出来。

习仲勋多么希望红四团能来照金，希望被打散的南下部队能回到照金啊！这时，从秘密通道传来一个好消息：杨虎城的十七路军骑兵团团长王泰吉正在密谋武装起义。红二团被打散后，斗争越来越残酷，习仲勋一直忧心忡忡，对这个消息将信将疑。

王泰吉的"剿匪"指挥部设在耀县县城，离照金并不远，只需半天的路程，但是王泰吉却一直按兵不动，围而不剿。杨虎城知道照金目前只有少量红军，很容易得手，一再电令王泰吉出兵，但王泰吉只派兵转一圈便回来了，报告说找不见红军。

杨虎城很生气，命令王泰吉去西安当面汇报。王泰吉不得不去西安。地里的麦子快熟了，关中平原一片金黄。"麦梢发黄，绣女下床。"再过一个月，农民就开始收割庄稼了。

王泰吉没有带警卫连，却带了运输队。他了解杨虎城的秉性，知道此去不会有生命危险，大不了被臭骂几句。他有这个把握，所以没有带警卫连，至于为何带运输队，他却有自己的打算。

果然一见面，杨虎城就训斥道："红军主力已经被我们打散了，现在共匪的老巢照金，只有少量游击队，兵力空虚，你们正好斩草除根，以绝后患！你却迟迟不动，是何道理？"

王泰吉垂手侍立，解释说："共匪很狡猾，我们一去，他们就钻山林，连个人影也找不到，我实在没有办法啊！"

杨虎城一听这话，更加生气了，斥责道："我还不了解你王泰吉？那几个共匪，能是你这个黄埔一期学生的对手？是你没有尽责！"

"泰吉不敢。"王泰吉说，"我回去再集结兵力，攻打薛家寨！"

杨虎城训斥了一会儿，气便渐渐消了，然后换了口气，语重心长地说："泰吉啊，别人在我面前说了你很多坏话，说你脚踩两只船，但我从来就不信。我知道，你跟共产党已经断绝了来往，你这几年不管当西安城防司令，还是骑兵团团长，都干得不错。这次围剿照金共匪，责任重大，你可不能让我再失望了。"

"我一定不会让您失望！不过，我还缺一些东西……"

"需要啥东西，你尽管说，我都满足你！"

"需要一些军饷和枪弹。"

"这好办。你开个单子，我批给你就是了！"

王泰吉没想到杨虎城这么痛快，这让他很感动。离开时，他郑重地向杨虎城行了一个军礼，久久没放下手臂。杨虎城走过来，压下他的手臂，笑着说："好啦，你是忠诚的，我相信你！快回去吧，我在西安等着你的好消息！"王泰吉眼里一热，泪水几乎涌出来，他心里知道，他与恩人杨虎城这次分别后，很难再有见面的机会了。

王泰吉满载而归，将要来的军饷分发给官兵，将枪支和弹药存放在一个秘密仓库里，准备起义时使用。这个仓库建在沮河边上，很少有人知道。沮河是耀县最大的一条河流，发源于北部长蛇岭南坡，沿途又汇聚了许多小河，从北向南流经县城，从城西绕到城南，然后与漆河汇合，出汉口，流入富平境内后，改称石川河。

夜里，王泰吉在团部召开秘密会议。参加会议的只有三个人，除了他和红四团团长黄子祥，还有耀县地下党负责人张仲良。张仲良细长眼，厚嘴唇，脸形棱角分明，一副忠厚硬朗的模样。开会前，王泰吉先招待两人吃了一顿蘑菇窝窝面。窝窝面是耀县有名的小吃，用鸡蛋和面，擀成鞋底厚，切成方丁，再用筷子头在面丁中间戳成窝窝，倒入烧开了的肉汤里，加入蘑菇、木耳、肉末、蒜、姜、葱等，煮熟，淋上香油，吃起来特别香。

吃完饭，王泰吉严肃地说："我们吃了窝窝面，就成了一窝人，谁也跑不掉，大家有福同享，有难同当！起义时间定在 7 月 21 日，也就是后天。现在，我们研究一下具体行动计划。"

黄子祥问："以啥名义起义？"

王泰吉说："这事我想了很久，就以西北民众抗日义勇军的名义，起义后，再改编为抗日义勇军第三路军。"

黄子祥说："这个名称好！两个多月前，冯玉祥和我们党联合对日宣战，就是以'察哈尔民众抗日同盟军'的名义。"

王泰吉说："用这个名义还有一个考虑，就是不能太刺激杨虎城。

他毕竟对我有恩，这也是我犹豫不决的一个重要原因。"

张仲良说："人各有志，你不用自责。"

谈到起义的具体计划，黄子祥说："后天早上，我带四团隐蔽在县城南郊，一旦有情况，可以立即赶过来支援你们。"

张仲良接口说："你们一宣布起义，我们耀县游击队也马上宣布成立。我们已经组织了四十多人，但只有三支枪。枪的事咋样了？"

王泰吉得意地说："我已经准备好了，明晚你派人来取。"

张仲良一拍大腿说："太好了！后天我们游击队在城北策应。"

王泰吉说："县城里只有一百多保安团丁，附近还有一些民团，谅他们也不敢轻举妄动。不到万不得已，你们四团不要动。我的骑兵团负责解决保安团和附近民团，占领县城制高点；你们游击队负责捉拿区长张恒义，释放关押在牢狱里的地下党员和群众。"

黄子祥说："起义成功后，我们分头向照金开进。红军主力南下后，根据地兵力薄弱，土匪经常捣乱，我们去增援根据地。"

王泰吉说："你们先去，我带部队绕道去三原办件事。驻扎在那里的孙友仁跟我有交情，我想把他那个团一起拉到照金去。"

张仲良激动地说："这样就更好了！"

黄子祥说："可我听说，孙友仁这人很阴险，你千万要小心。"

王泰吉说："他跟我走就走，不想跟我走，咱也不勉强。我在西安当城防司令的时候，曾经给过他很多帮助，谅他不会对我下黑手。"

黄子祥说："现在形势复杂，你还是小心一点为好。富平淡村是咽喉要道，如果那里的民团从中作梗，我们的行动计划很可能被打乱。不如我带红四团一个连，先干掉淡村民团，以绝后患。"

王泰吉说："还是黄大哥心细，这样也好，我们分头行动……"

1933年7月21日凌晨，起义号角吹响。王泰吉率领骑兵团一千余人，迅速攻占了耀县县城，收缴了当地民团、保安团、公安局和县政府的所有枪支。接着通电全国，宣告成立"西北民众抗日义勇军"，骑兵团改编为第三路军，他自任义勇军总司令和第三路军总指挥。

黄子祥带领红四团一个连，埋伏在淡村与武字区交界的老虎沟。这天是淡村的庙会，黄子祥派七八个战士化装成土匪，闯入庙会，故意滋事，引诱民团追击。民团团长张德润果然中计，带着一百余人追了出来，结果钻进了红军的"口袋"。黄子祥一声令下，顿时枪声大作，杀声四起，经过两个小时的激战，除少数团丁逃脱外，其余全部被击毙或俘虏，张德润和他手下的两个头目当场被击毙。

战斗结束后，黄子祥按照约定，率红四团向照金进发。

王泰吉宣布起义后，在县城西大操场召开军民大会，当场处决了反动区长张恒义和几个恶霸地主。同时，派人给三原的孙友仁送去一封密信，邀请孙友仁率团一起北上。孙友仁痛快地答应了，回信约好，第二天在三原武字区会合。王泰吉命令部队连夜向三原进军。

可是，当起义军走到耀县与三原交界的辘辘把时，却突然遭到了孙友仁部队的伏击。王泰吉毫无防备，仓促应战，命令特务大队掩护，其他各大队分头突围。激战中，新收编的耀县保安团四散而逃，第一大队队长郑子明临阵脱逃，第二大队和第三大队先后缴械投降，只有特务大队一直坚持战斗，保护王泰吉且战且退，向照金方向转移。

起义军经过鲁桥、小丘，撤退到照金绣房沟，遇到了前来接应的习仲勋。这时，一千多人的起义军，只剩下了不足一百人。

习仲勋紧紧握住王泰吉的手说："泰吉同志，我们欢迎你啊！"

王泰吉说："惭愧，我只带来这么一点兵马。"

习仲勋安慰说："你们能安全来到根据地，就是最大的胜利！"

40 ＊ 陈家坡

初秋，是渭北山区农作物开花的时节。陈家坡当地农民在山腰种植了荞麦，山腰以上种了洋芋，山腰以下种了小麦。荞麦开白色的花，洋芋开黄色、紫色还有白色的花，从山顶到山下，从塬梁到川沟，五颜六色，层次分明。荞麦芒种下种，秋初开花，生长期只需要七八十天，而且不挑地方，生地、荒地、熟地都能生长；也不挑时节，春夏秋三季都可以播种。所以当地农民都喜欢种植荞麦。

渭北农谚说："荞麦出土就开花，七十五天就回家。""头戴珍珠花，身穿紫罗纱，出门二三月，霜打就回家。""红柳树，弯弯腰，黑马马，下白羔。""红柳树"是说荞麦茎秆细嫩，色润泛红，颇似红柳；"弯弯腰"是说荞麦开花的时候，茎秆低垂；"黑马马"是说荞麦的籽实是黑色的；"下白羔"是说荞麦花洁白如羊。

陈家坡是一架西北走向的山坡，西面是山梁，东面是深沟，是薛家寨通往北梁、金盆湾、胡家巷、高山槐等地的必经之地。村子不大，只有十几户人家，除两家四合院，其余都是后面窑洞、前面瓦房的前后院。这些院落依地形而建，横七竖八，没有章法。但是站在村子后面的土台上，一眼看去，倒也错落有致。

习仲勋和秦武山坐在石桌旁聊天。金理科被捕后，秦武山继任陕甘边特委书记，习仲勋担任军委书记兼团特委书记。他们身后是三间茅草房，茅草房前面有一棵古老的小叶杨树，树身向南倾斜，好像随时都会拔腿而走。午后的阳光下，稀疏的树叶泛着嫩绿的光。川道里清风徐来，树叶"沙沙"碎响。

习仲勋说："你看这荞麦花，雪一样白。"

秦武山说："月亮地里的荞麦花才好看哩。白居易有一首诗，写的就是月亮地里的荞麦花：'霜草苍苍虫切切，村南村北行人绝。独出前门望野田，月明荞麦花如雪。'"

习仲勋笑着说："没看出来，你还是个秀才哩。"

秦武山说："看着这白花花的荞麦花，让我想起一个笑话。从前关中有个员外，一心想让儿子读书考取功名。这儿子倒很聪明，但聪明没用到正经地方。一天员外招待客人，想显摆一下儿子的聪明，出了个上联：荞面开花似银子遍地，当众让儿子对下联。儿子对：高粱结子如臭虫一窝。员外感到很丢脸，又出一上联：春读书秋读书春秋读书读春秋。儿子答：东当铺西当铺东西当铺当东西。儿子对得倒工整，员外家东西两邻都是当铺。但员外嫌不吉利，一脚将儿子踢出门外。有一天，儿子走到泾河边，见一个年轻媳妇在河边洗衣裳，便走过去打趣说：有木是桥，无木也是乔，去了桥边木，添女便是娇；多娇谁不爱，谁不爱多娇，叫声妻啊，你来呀。谁知这年轻媳妇原来是大户人家的小姐，识文断字，因家境倒灶才下嫁到了乡下。那媳妇瞥了他一眼，一字一板地说：有米是粮，无米也是良，去了粮边米，添女便是娘；谁娘不爱子，谁子不爱娘，叫声儿呀，你去吧……"

两人说笑了一阵，习仲勋说："老秦，咱说正事。王泰吉来了，黄子祥、张仲良他们也来了，咱们是不是开个会？"

"好啊！"秦武山说，"我也这么想。"

第二天晚上，陕甘边党政军联席会议在陈家坡召开，由秦武山和习仲勋担任会议主席。参加会议的还有李妙斋、张秀山、高岗、杨森、黄子祥等连以上党员干部。

会议分析了近期的斗争形势：红二团在省委不知情的情况下，由杜衡操纵盲目南下，错误地闯进了敌人的统治中心，导致全军覆没。更为惨痛的是，省委书记老袁和杜衡被捕叛变，省委机关遭到了严重破坏，省委副书记赵伯平、陕甘边特委书记金理科等一大批同志相继被捕。这个血的教训，必须认真总结和吸取！当然在这一时期，红军也取得了很大发展，习仲勋、秦武山、李妙斋苦撑危局，巩固了根据地。王泰吉率部起义，尽管遭到敌人的伏击，只带出来一百多人，但意义却非同寻常。还有，渭北游击队改编为红四团，耀县游击队改编为八支队，到目前为止，红军已经建立了一、三、五、七、八、九、十一等支队，拥有将近六百兵马，比红二团南下前还要强大……

会议采纳了习仲勋和秦武山等多数人的意见，决定成立陕甘边红军临时总指挥部，统一指挥义勇军、红四团和游击队，推举王泰吉任总指挥，高岗任政委；会议选举刘志丹为参谋长，但暂不宣布。会议决定以照金为中心，扩大陕甘边根据地，并提出了不打大仗打小仗、积小胜为大胜、广泛开展游击战争和群众工作的战略方针。

开完会，大家走出茅屋，发现太阳已经出山了……

41 ＊ 山大王

黄龙山一带有六股土匪，有的人少，有的人多。最少的只有十几个人，白天种地，夜里打劫，只能算半拉子土匪。多的几十、几百号人，有自己固定的山寨。当地老百姓说起哪一股土匪，一般都叫土匪头子的绰号：铁二锤、刘冷娃、张疙瘩、胡奎子、杨谋子，等。土匪之间相互称呼，则叫王队、刘队、张队、胡队、杨队，听上去很正式，好像他们是正规军。但唯独不把郭宝珊叫"郭队"，而是叫"郭大爷"，因为"郭大爷"在这六股土匪中，最有实力。

郭宝珊浓眉大眼，一身豪气。这天午饭后，他用茶水"呼噜呼噜"漱完口，然后侧躺在炕上，开始抽饭后的第一锅烟——大烟。

有人跑进来报告："当家的，刘志丹来了，咋办？"

郭宝珊一惊，翻身坐起来："他带了多少人马？"

"不到二十个。听说被杨虎城打散了，从陕南逃过来的。"

郭宝珊一听只有二十人，放心了。

"慌啥，他们现在在哪里？"

"在山寨门口，被兄弟们围着，咋办？"

"让兄弟们先别动手，给大爷我等着。"郭宝珊丢下象牙烟枪，边穿衣袍边说，"我倒要会会这个大名鼎鼎的刘志丹！"

　　郭宝珊带人赶到山寨门口，远远看见一伙商贩模样的人被他的一百多弟兄围在中间。他跳下马，用马鞭拨开人群，走了过去。十几个短衣打扮的人手里端着手枪，护卫着一个穿长袍的男人。那个胡子拉碴面容清瘦的男人，圪蹴在一副货郎担边上，神定气闲地抽着旱烟。男人旁边站着一个壮汉，手里端着两把驳壳枪，怒视着郭宝珊。

　　郭宝珊问圪蹴在地上的人："你就是刘志丹？"

　　那人在地上磕了磕烟锅，将烟布袋绳往烟杆上一缠，然后站起来，微笑着说："我就是刘志丹，你是郭义士吧？"

　　郭宝珊有些吃惊："你知道我？"

　　刘志丹说："在这黄龙山，你郭义士的威名谁人不知？你是河南南乐县元村镇操守村人，民国十八年家乡遭难，一家老小九口逃荒到了山西，后来又逃到陕西洛川谢家峁。为了养家糊口，你当过矿工，揽过长工。有一年回家的路上，你遇到了驻扎在澄城的国民党连长韩疯子的人，他们要抢你揽活挣来的钱，你空手夺了他们的枪，打死了一个兵，逃进了北山。韩疯子没有捉住你，抢走了你家的牛，放火烧了你家的房子，你坐月子的婶婶和月娃被活活烧死了。后来，你领着一帮穷兄弟攻打韩疯子，没有成功，投奔了驻扎在洛川的张金贵部队。再后来，你又投奔了冯玉祥的部队，在贺立功师当过班长、连长、营长，还在西北军军官训练团训练学习过，参加过北伐战争和中原战争。后来，因为你对霸道的团长不满，在河南许昌县葛桥举行兵变，失败后带着几十个人逃回黄龙山，开始杀富济贫，救济百姓。现在，你手里有三百多个弟兄。你给部下立下了几条规矩：一是不得伤害穷苦百姓，二是不准欺负妇女，三是不结交青洪帮，四是买东西要照价付钱。郭大爷，我说得对不对？"

　　郭宝珊没有想到刘志丹如此了解自己，受宠若惊，忙抱拳道：

"啊呀，兄弟惭愧惭愧，你刘大哥才是真正的义士，真正的英雄，兄弟久仰久仰！今日刘大哥路过我黄龙山，是兄弟的福分，是我黄龙山的荣耀！请大哥上山，兄弟为大哥接风洗尘！"见手下还端着枪，骂道，"愣个啥！还不快给老子收起来！"

刘志丹介绍身边端枪的壮汉说："这是团长王世泰。"

郭宝珊惊讶地打量着王世泰说："失敬失敬！"

这天夜里，黄龙山寨张灯结彩，灯火通明。郭宝珊拿出山珍野味和老酒，招待刘志丹。酒到酣时，郭宝珊叫人捉来一只公鸡，一刀剁下鸡头，往两个酒碗里洒上鸡血，不由分说，拉刘志丹结拜为兄弟。

酒宴散后，郭宝珊让人沏上茶，跟刘志丹和王世泰盘腿聊天。刘志丹趁机劝郭宝珊跟他一起去照金。郭宝珊说："不瞒老哥说，我就是因为厌烦吃粮当兵，才从冯玉祥的队伍里跑出来。我知道你们红军杀富济贫，是穷人的队伍，可是你们规矩太多了，我受不了，我还是留在黄龙山当我的山大王。我们已经结拜为兄弟，情归情，事归事，老哥不要为难我，我们隔山相望，互不相扰。我一向仰慕老哥的英名，从今往后，老哥有事用得着兄弟，尽管派人来黄龙山，兄弟我肝脑涂地也在所不惜！我郭宝珊发誓，从今儿开始，绝不与红军为敌！"

话说到这个份儿上，刘志丹也不好再劝。

王世泰说："你日后想通了，可以随时来找我们。"

正聊着，郭宝珊烟瘾犯了，直打哈欠。手下忙递上象牙烟枪，点上烟灯。郭宝珊说："我撑不住了，先来两口，老哥您请喝茶。"

说着躺下，一边呼噜噜烧烟，一边跟刘志丹聊天。

刘志丹抽着旱烟说："你那玩意儿可不是啥好东西，会把身子骨弄日塌的，往后还是想办法戒掉吧。"

郭宝珊说："这东西沾上了就戒不掉，山上孤寂，解解闷儿。"

第二天，刘志丹离开山寨时，郭宝珊带着上百人马，一直送出一百多里。为了躲避敌人盘查，刘志丹他们经过洛川、保安，又绕到南梁、马栏等地，穿越十多个县，转了一个大圈，最后才回到了照金根据地。

红二团南下幸存官兵，最终回到照金的不到七十人。

刘志丹一回来，即任红军临时总指挥部参谋长，王世泰为红四团二连连长。黄子文被派去领导游击队。

刘志丹对习仲勋说："这次经过黄龙山，我遇到了山大王郭宝珊，这个人侠肝义胆，手下有三百多人马，我们得想办法把他争取过来。"

习仲勋一听很高兴，说："好啊，我们马上派人去做工作。"

刘志丹说："马锡五适合办这事，但现在不行，等过一段日子再说。我前几天刚劝过他，他没答应，给他点时间，让他考虑考虑。"

习仲勋说："这样也好，心急吃不得热豆腐嘛。"

不久，金理科被营救出狱，回到了照金。但根据工作需要，他很快又离开了照金，去淳化十里塬、马家山、铁王一带开辟新苏区，组建了中嘴、北城堡赵家、小池等乡村基层政权和贫农团、赤卫军，并担任赤淳工作委员会书记。让他没想到的是，这次被捕的经历，给他日后埋下了致命的祸根……

42 ★ 花棉裤

地下党送来情报说，驻扎在三原的十七路军孙友仁团，已经悄悄移防到耀县小桥镇；驻扎在宜君、旬邑、淳化、庆阳一带的国民党冯钦哉、何高侯、赵文治等三个团，也在悄悄向照金方向移动。

种种迹象表明，敌人正在准备向照金根据地发动新的进攻。而此时，红军正在恢复元气，敌我力量悬殊。红军临时总指挥部召开紧急会议，决定由刘志丹率领红四团、义勇军、耀县三支队和陕北一支队，避开敌军主力，迅速转入外线，寻机歼灭敌人。习仲勋、李妙斋、张秀山和黄子文等人，带领照金各路游击队坚守根据地。

刘志丹把攻击的第一个目标，锁定在合水城。因为合水城只有赵文治团的一个连和一个保安队，兵力不足三百人，而且战斗力不强；从照金到合水县沿途梢林遍布，有利于部队隐蔽行军。伤其十指，不如断其一指。打他个措手不及，给敌人一个下马威。

红军主力趁着夜色从照金出发，横穿马栏川，沿子午岭山麓，经正宁、宁县北上。两天后的傍晚，顺利到达合水县黑木塬。刘志丹派杨盛等三人化装成羊倌，混进合水城，侦察地形和敌情。部队则隐蔽在黑木塬下的梢林之中，没有生火做饭，随时准备战斗。

杨盛回来报告说："合水城的形状像个葫芦，葫芦头连着川道，葫芦尾部紧靠土山，城里的制高点就是葫芦把，敌人在上面建有碉堡，两边是深沟，不好正面进攻。"

刘志丹说："不好正面进攻，咱就偷袭！"

随即决定，由王世泰担任攻城总指挥。王世泰挑选出二十人组成攻城突击队，将突击队分为三个组，开始准备云梯、绳子等攻城工具；又以红四团二连和陕北一支队组成主攻连，由强世卿指挥，随突击队攻城；其余部队在城外隐蔽待命。

这时，天空突然噼里啪啦下起了雨。

王世泰问刘志丹："打不打？"

刘志丹说："打呀，雨声是最好的掩护！"

部队冒雨从黑木塬出发。王世泰带领突击队走在最前面，后面是主攻连和后卫部队。黎明时分，红军悄然抵达合水城下。第一和第二突击小组，从城东山沟悄悄登城，敌人竟毫无发觉。突击队员用尖刀结果了三个正在打盹儿的哨兵，城楼上一个排的敌人全部被俘。

王世泰见一、二组得手，命令第三组偷袭制高点"葫芦把"。但突击队员刚攀上山头，就被敌人的哨兵发现了。哨兵边开枪，边喊叫："红军来了！红军来了！"

经过一阵枪战，突击队消灭了据守碉堡的一个班。

王世泰命令主攻连强攻敌连部、民团团部和县政府。城内敌人听到枪声，纷纷拥上街道，开始组织反击。刘志丹带领后续部队从东城门打入城内，双方展开了激战。战斗持续了一个多小时，红军占领了合水城，歼敌二百余人，缴获了大批枪支弹药和物资。

天亮了，雨也停了。但黑云没有散净，镶了橘红的金边，聚积在天边。黑云的缝隙里，射出一束日光来，照得川道一片通红透亮。

早饭后，红军向老百姓开仓放粮，并将缴获的地主豪绅的衣裳，分发给官兵和老百姓。老百姓欢天喜地，有人唱起了信天游：

> 崖畔传来马蹄响，
>
> 红军来到咱们庄，
>
> 转身回屋烧羊汤，
>
> 扫炕铺毡换衣裳……

刘志丹身上的衣裳已经穿了好几年，到处都是破洞，看上去跟叫花子没有两样。他坐在一棵老槐树下，抽着旱烟，笑眯眯地看着战士们挑选衣裳。分发到最后，只剩下了一条女人的花棉裤。

刘志丹站起来，拍拍屁股上的土说："没人要，我要。"

王世泰阻拦说："穿女人的花裤子，不怕给红军丢人呀？"

刘志丹走过去，翻看着花棉裤说："丢啥人，好好的裤子丢了可惜。"说着，将花棉裤翻过来套在腿上。

王世泰哭笑不得："你个老刘，让我咋说你嘛。"

在场的战士看着老刘，哄笑起来。这种事他们早已习以为常了。老刘平易近人，在战士面前从不摆架子，平时很少骑马，多数时候让给了伤员和病号，或是让通讯员骑着跑前跑后地传达作战命令。行军打仗，他与战士们一起步行，一路说说笑笑，战士们跟着他走上百里路，也不觉得累。

几天后，红军在庆阳三十里铺又消灭了一个民团。

红军连连得手，激怒了敌人，赵文治团和谭世麟的骑兵营，死死咬住红军不放。红军长途奔袭，连日作战，已经非常疲劳，在庆阳毛家沟宿营时，又突然遭到敌人的袭击。王世泰带领骑兵连从山坡冲下来，蹚过一条小河，挡住敌人的进攻，掩护刘志丹带领大部队撤退。

王世泰提着驳壳枪，率骑兵连猛冲猛打，敌人的包围圈很快被突破，赵文治团被冲散，谭世麟见势不妙，带着骑兵营仓皇逃走……

43 · 失　守

这时，杨子恒纠集了四个正规团和民团，共六千余人，正从三个不同方向，朝照金根据地的核心地区薛家寨进攻。

最先发起进攻的是杨子恒所属的一个团。李妙斋与张秀山带领游击队在高山槐和老爷岭分头阻击敌人，敌人寸步难行，佯装撤退。李妙斋转移到绣房沟时，天突然下起了阵雨。雨点不大，却很急促，箭一样射在地上，溅起点点尘土，地面上很快起了一层尘雾。前卫哨兵突然发现黑田峪方向，偷偷摸上来一股敌人。李妙斋将游击队分成两组，冒雨迂回包抄过去，再次将敌人击退。

与此同时，敌人开始从后沟向薛家寨进攻。寨子里只留下保卫队和兵工厂、被服厂、医院等后勤人员，怎能抵挡住敌人的进攻？李妙斋急忙带领游击队增援薛家寨。一阵猛冲猛打，敌人沿着泥泞的山路开始撤退，李妙斋带人一路追赶。谁知敌人撤退时，在树林里埋伏了狙击手。李妙斋被一颗子弹击中，一头扑倒在雨地里……

游击队员们掩埋李妙斋的时候，杨子恒正在对面陈克敏的龙家寨里召开作战会议调整了兵力部署：陕西警备三旅孙友仁部特务团附属炮兵营，和三原、淳化、旬邑、同官、耀县、宜君县民团，直攻薛家寨；冯钦哉师一个团，在中部、宜君一带堵截红军；何高侯团在旬邑、淳化阻击红军的援兵；赵文治团继续追击主力红军。

第二天，敌人抓来许多老百姓，开始拓宽进攻薛家寨的山路。站在寨子前沿阵地观察敌情的习仲勋，对身边的黄子文说："看来敌人是想把大炮运上山来。他们来势凶猛，咱们的麻烦来了。"

黄子文说："当初我就说不要集中嘛，你们不听，这下好了，把敌人招来了吧？"

习仲勋不高兴地说："老黄，啥时候了，你还说这种话！"

黄子文还想说什么，嘴角动了动，没有再吭声。

几天后，山路修好了，敌人果然用骡马将大炮拉上了兔儿梁。习仲勋和黄子文站在山寨门口，隔着绣房沟，能看到敌人在兔儿梁上的炮兵阵地。习仲勋说："看着离得近，其实远着呢，他们的大炮未必打得到我们的山寨。"又指着远处的一道山梁说，"你看，陈克敏和耀县的民团也张狂得很，他们抢占了那里的制高点，正在修筑工事哩。"

话音刚落，敌人的大炮开火了，但没能击中薛家寨的要害部位。

黄子文哈哈大笑着说："准头也太差，让咱听响声哩。"

习仲勋神色凝重地说："走，找武山和秀山去，商量咋对付敌人。"

四个人聚集到指挥部，研究应对之策。习仲勋问张秀山："照金地区目前只有一、五、七、八、九、十一游击支队，按咱们目前的兵力和弹药，还有粮食储备情况，能坚守多久？"

张秀山想了想说："最多半个月。"

黄子文说："我看还是派人去找老刘，让主力赶快回来！"

秦武山反对说："主力转移外线，就是为了避开敌人的锋芒，保存实力，现在叫他们回来，那当初又何必撤离呢？再说，现在去叫主力也来不及呀，弄不好还会中敌人的埋伏。"

习仲勋说："不能叫主力回来，这样会打乱整体部署。但敌人来了四个团和五个县民团，兵力是我们的十倍，我们死守也不是办法。不如趁敌人还没有完全合围，提前撤退，唱一出空城计。"

黄子文说："咱一逃跑，老百姓咋看我们？"

习仲勋说："这不是逃跑，叫战略撤退。打仗嘛，不能在乎一城一池的得失。"

秦武山说："仲勋，老黄说得也有道理。我们的任务是坚守薛家寨，现在仗刚一打响，我们就撤退，确实有些说不过去。"

习仲勋说："但也不能死守。有时退一步，能进两步。只要能赢得最后胜利，啥办法都可以用。敌人看着人多势众，但不利于机动作战，而游击战是我们的优势，我们应该牵着敌人的鼻子在山里转圈圈，伺机搞他一家伙，这样既能保存实力，又能消灭敌人。等赶走了敌人，我们还可以回来。在这种敌强我弱的情况下，我们既要消灭敌人，更要保存实力。要是把这点力量也拼完了，再想重新建立起来可就难了。"

但习仲勋的意见未被采纳。鉴于他的枪伤未好，会议决定让他先行撤退，将来万一薛家寨失守，也好接应部队撤退和转移。

习仲勋带人刚撤到山下，敌人就开始了大规模的进攻。但一连进攻了几次，都没有成功。山下到处是红军提前布好的地雷，而且敌人一进攻，红军就往下扔自制的麻辫手雷，使得敌人寸步难行。

杨子恒见攻不下来，召集军事会议说："这样硬攻不行，围困也不是办法。西安电令我们，必须在一个星期之内拿下薛家寨，现在时间已经过去五天了，你们说咋办？"

陈克敏想了想，猛地站起来说："我们可以偷袭！"

杨子恒问："咋样偷袭？"

陈克敏说："薛家寨我很熟悉，在石门工事和山腰阵地之间的悬崖边上，有一道石缝，石缝两边长满了小柏树，石缝很窄，很难爬上去，所以红军没有在那里设防。那地方很隐蔽，我们等到天黑，可以派一个敢死队，从那里悄悄爬上去，然后潜伏下来，等到第二天发起进攻时，再突然杀出来，内外夹击，一举拿下薛家寨！"

杨子恒高兴地一拍桌子："好主意，就这么干！这事就由你负责。我从特务团抽调一百人，跟你的人一起组成敢死队，由你带领，今天夜里摸上薛家寨。如果这次行动成功了，我报告上峰，封你为团长！"

陈克敏开始组织敢死队，每人一把匕首，一把驳壳枪，还有三颗手榴弹、六颗手雷。梁东被选进了敢死队。

听说要突袭薛家寨，梁东心急如焚。如果让敢死队夜里摸上薛家寨，红军可就惨了。不行，必须把这一情况，尽快报告给习仲勋。可是咋报告呢？梁东去找陈克敏，说："我昨天路过石缝下面时，远远看见有几个红军在那里活动，他们会不会在那里设伏？"

陈克敏吃了一惊："不会吧？昨天我还看过，没发现红军呀。"

梁东说："红军很狡猾，要不，我再去摸摸情况？"

陈克敏想想说："也好，你带几个人赶快去看看！"

梁东说："人多容易暴露，我一个人去就行。"

陈克敏说："你快去快回，可别耽误了夜里的行动！"

梁东离开龙家寨，去找习仲勋汇报情况，可是刚接近山门，红军哨兵问也不问就开了枪，他应声滚下了山……

陈克敏一直等到天黑，也不见梁东回来，又派了两个人去摸情况。那两人回来报告说："没有找到梁东，也没有发现石缝那里有红军。"陈克敏不知道梁东是死是活。打死了倒也罢了，如果被红军活捉了，招出了突袭计划，那就完了。是否按原计划突袭？如果红军知道了计划，现在去突袭就等于去送死。但是万一梁东没有被活捉呢？那不就贻误了战机吗？他想来想去，最后把心一横，骂道："管他妈的，该死屎朝天！"等到天黑，陈克敏带着一百多人的敢死队，借助绳索，从石缝悄悄攀爬上山，隐蔽在一片灌木丛里。

第二天清晨，敌人向薛家寨发起猛攻。陈克敏见时机成熟，带领敢死队突然从灌木丛里冲出来，抢占了制高点，敌人内外夹击，打得红军措手不及。薛家寨很快失守了。

黄子文和张秀山带领游击队和后方人员，一边阻击，一边撤退到了党家沟。这时才发现，队伍里少了三个女兵……

44 · 女红军

这时，柳叶和另外两个女队员，已经被一伙敌人逼上了绝路。前面左右都是悬崖，后面是敌人，她们已经无路可走了。

敌人第一天进攻时，柳叶就想到了死，只是没有想到死亡会这么快到来。如果那颗手雷现在还在身上，她会毫不犹豫地把它投向敌人，即使自己活不成，炸死几个敌人也够本。

红军缺少枪支，医院里的女兵们都没有配枪。那颗土制手雷，还是前几天马锡五发给她们的，让她们关键时候防身。现在就是关键时候，但她却没有手雷，昨天晚上，她把那颗手雷留给了母亲王翠兰。

这几天，听到山下传来的枪炮声，她担心母亲和弟弟根宝。昨天晚上，她去被服厂看望母亲和弟弟。弟弟根宝已经两岁半了，又黑又瘦，但很懂事，见她直叫"姐姐"。临离开时，她想起腰里还掖着一颗土制手雷，便掏出来递给母亲说："这东西你留着，遇到危险，你就把它扔出去。"母亲说："我不要，我又不会用，万一炸到自个儿咋办？"柳叶说："这很好用，一学就会。"说着，教母亲如何使用。母亲真的一学就会，但她仍说："还是你留着吧，我看着这东西就害怕。"柳叶说："手里没东西才害怕呢，你就留下吧，免得我为你和弟弟担心。"母亲这才勉强留下了。

柳叶跟随部队撤退到半道，突然想起最里面的一孔窑洞里还有一个伤员，便急忙和另外两个女队员返了回去。等她们用担架将那个伤员抬出窑洞时，敌人已经冲了上来。她们抬着伤员，拼命往山上跑。敌人一边在后面追赶，一边朝她们打枪，子弹在头顶"嗖嗖"地飞。

她们慌不择路，被逼上了一道断头崖。柳叶探头往下一看，下面十几米的半崖处有个土台子，土台子与一片灌木丛相连，穿过那片灌木丛，就可以逃进山下的树林里去了。她急中生智，将担架上的被单撕开，连接拧成绳索，对另外两个女队员说："你俩带着伤员先下去，只要穿过那片灌木丛，跑进树林就安全了。"那两个女队员让她先走，她生气地说："敌人已经追上来了，你们再啰唆，谁也跑不了！你们先下去，我最后下去！"两个女队员只好带着伤员，顺着绳索溜下去。她们站在下面，焦急地朝上喊："柳叶，柳叶，你快下来呀！"

柳叶扭头一看，敌人已经到了跟前，跑已经来不及了。她担心敌人顺着布绳溜下去，抓住那两个女兵和伤员，便毫不犹豫地将布绳扔下山崖，转身拼命朝另一面山崖跑去。敌人喊叫着追了过去。她跑到悬崖顶，没了去路，便把眼睛一闭，纵身跳了下去……

敌人占领薛家寨后，开始进行清剿。没来得及撤退的游击队员和后勤人员，被敌人一个个活活推下山崖。苏维埃主席周冬至、土地委员王满堂、肃反委员王万亮等人被捕后，相继惨遭杀害……

柳叶跳下山崖的时候，她的母亲王翠兰带着儿子根宝，跟随十几个妇女躲进了附近的一个山洞里。这个天然山洞悬在半山崖，离地面有七八米高，周围长满了灌木和杂草。有人从下面经过，如果不留意朝上看，很难发现。女人们隐藏在山洞里，能听见成群结队的敌人正在下面搜山，吓得浑身直哆嗦，大气儿也不敢出。

有一伙敌人朝这边走来，走到山洞底下时，小根宝突然哭了起来，王翠兰急忙用手捂住他的嘴。敌人听见了哭声，停下来四处张望，哭声消失了，他们也没有发现山洞，便胡乱放了几枪走远了。

等敌人走远，王翠兰松了口气，拿开捂在儿子嘴上的手。这时她才发现，儿子脸色乌青，已经断气了。王翠兰"哇"的一声哭了，又急忙用手捂住自己的嘴，泪水无声地奔涌而出。

可是已经晚了，正从下面经过的另一路敌人，听见了王翠兰那一声哭喊，发现了洞口，朝上面打了几枪。

"谁在上面？给老子爬出来！"

洞里的人都不敢作声。

敌人又打了几枪，喊道："再不出来，老子就扔手榴弹了！"

如果敌人把手榴弹扔进洞里来，所有的人都会被炸死。王翠兰用衣袖抹了把泪，低声对大家说："你们别动，我下去！"

两个妇女拉住她的胳膊，朝她一个劲儿地摇头。王翠兰挣脱同伴的手，抱起还未僵硬的儿子爬出了山洞，朝下面喊："别扔手榴弹，我下来了！"

她抱着儿子，从缓坡上溜下来。

"上面还有人没有？"

"没人了，就我们娘儿俩。"她发现下面只有三个敌人，松了口气说："我知道其他人藏在哪里，你们过来，我指给你们看。"

三个敌人围拢过来。王翠兰指着后山说：

"你看，他们就藏在那个山洞里。"

敌人顺着王翠兰手指的方向，仰着脖子看。

"哪个山洞？"

王翠兰没说话，从怀里摸出手雷，猛地拉响了……

45 ∗ 转战南梁

照金失守后，习仲勋装扮成当地农民，将手枪掖在怀里，经过让牛村、高山槐，在七界石与张秀山等人会合。

不久，敌人尾随而来，他们只好向三嘉塬转移。途中，先后击溃了堵截的敌骑兵连和杨拐子土匪。习仲勋的枪伤还没有好利索，连续多日的行军打仗使得伤口发炎化脓，后来又得了伤寒，只能暂时隐蔽在老乡家养病。张秀山与敌人周旋一个月后，北上合水县包家寨，与刘志丹的主力部队会合。

1933 年 11 月 3 日，陕甘边区特委和红军临时总指挥部采纳了刘志丹的建议，在合水县包家寨召开了党政军干部联席会议。

会议在一个土窑洞里进行。窑洞的崖畔上开满了猩红的野菊花，陕北人称之为"花狗"。时令已进入深秋，黄土高坡上遍地都是"花狗"，它们在小沟小渠、旮里旮旯、边边角角，随心所欲地散漫地到处开放，淡淡的花香四处飘散。这种花很怪，颜色随生长的地方而变化，阳坡上的是浅蓝色，背洼地里的是金黄色，田埂上的是紫青色，崖壁上的是猩红色。而且猩红的野菊花，早晨时很艳丽，到了中午颜色慢慢变得深重，黄昏时分又变成暗红，看上去十分幽静。但是要不了多久，它们就会在一夜之间消失殆尽。那时候，冬天就该来了。

会议历时三天，认真总结了薛家寨失守的教训，清算了"左"倾冒险主义的错误影响，统一了思想，并对当前党和红军面临的几个最迫切、最重要的问题进行了讨论。

会上，刘志丹说："南梁地域广大，有平定川、豹子川、大凤川、林锦庙川、二将川、荔园堡川、白马庙川和玉皇庙川，方圆百十里，我们可以考虑在那里建立新的根据地。在那里建立根据地，起码有三个有利条件：第一，前些年我们经常在那一带打游击，熟悉那里的地形。那里属于桥山山脉中段，北起盐池、定边，南至照金，周围连接着陕甘宁十八个县，山高沟深，梢林密布，地形复杂，交通阻塞，便于我们打击敌人。第二，那里很多老百姓都是逃难去的外地灾民，吃过很多苦，有强烈的革命愿望，便于我们发动。第三，南梁处于两省四县交界处，西南是甘肃庆阳，东南是甘肃的合水县，北边是陕西的保安县，有许多山梁和梢林，是个三不管地区。更重要的是，那里敌人的力量比较薄弱。所以我觉得，在那里重建根据地比较理想。照金刚刚失守，现在想收复回来显然不大可能。等我们在南梁扎下了根，将来时机成熟了，再考虑收复照金……"

大家一致赞同刘志丹的建议，决定在南梁重建根据地。

接下来，研究重建红二十六军的问题。

刘志丹说："红二十六军尽管南下后基本全军覆没，但是一路上也打了很多仗，震慑了敌人。更重要的是，曾经为创建照金根据地和发展陕甘游击队建立了功勋。所以我觉得，应该马上恢复二十六军，组建第四十二师，撤销红军临时总指挥部。"

大家都表示赞同。关于红四十二师领导班子问题，经过讨论，决定王泰吉任师长，高岗任政委，刘志丹任参谋长，杨森兼任党委书记，黄子文任政治部主任。师部设政治部、供给处和直属警卫连。将耀县游击队三支队和原红四团的少年先锋队，同西北民众抗日义勇军合编为红三团，王世泰任团长，李映南任政委。红四团改编为骑兵团，黄子祥任团长，杨森任政委。并建立师团党委，连队建立党支部，加强党对红军的领导，便于做好官兵的思想政治工作。

接着，刘志丹提出了建立三路游击区的想法。

他说："南梁根据地建立起来很容易，但是如何扩大和巩固是个关键。我们不能像照金根据地那样，只有一个薛家寨，敌人一打我们就得跑。老话说，'狡兔三窟'。如果我们建立了三路游击区，就可以在游击区里自由穿梭，好分散，也好集中，可以四面出击，主动进攻，采取积极防御的战略，这样才能从根本上保住根据地。"

根据刘志丹的提议，会议决定建立三路游击区：第一路为陕北游击区，辖安定、清涧、横山等地区，以安定为中心，向南发展；第二路为陇东游击区，创建合水、安塞、甘泉、庆阳、保安、华池、中宜游击队，以南梁为中心，向四周发展；第三路为关中游击区，以照金为中心，向北发展，控制淳化、耀县、旬邑、宁县、宜君、正宁等县。这样一来，三路游击区就把陇东、关中和陕北连接了起来。三路游击区又共同以南梁为中心，红二十六军居中，便于开展运动战和游击战。

包家寨会议之后，红军开进合水县葫芦河川的莲花寺进行休整。1933 年 11 月 8 日，红二十六军第四十二师在莲花寺村正式成立。

习仲勋因为在莲花寺豹子沟养伤，没有参加包家寨会议。这段日子，他将照金根据地失守的原因细细梳理了一遍，发现一个问题：为什么敌人每次进攻的时机和地点，都是我们最薄弱的地方？他们显然对根据地内部情况了如指掌。是不是我们内部又混进了像王洪生那样的奸细？如果真是这样，那么奸细会藏在哪里？是隐藏在红军队伍里，还是当地老百姓中间？谁是奸细？是一个，还是两个，或者更多？他躺在炕上，把所有人过了一遍筛子，但并没有发现可疑之人。

习仲勋痊愈后，来到二路游击区，见到了总指挥杨琪。杨琪高个子，中分头，长脸，留着八字胡，说话底气很足。习仲勋担任队委书记。根据分工，他带领部分队员，扫清了阎家洼、东华池、南梁堡、二将川等地的民团，打掉了华池和庆阳的几个大土豪，没收了他们的粮食、牛羊和银圆分给当地农民。农民们纷纷参加红军，二路游击区趁势建立起了赤卫军。

赤卫军没有枪支，只有梭镖或大刀，有的甚至扛着铁锹和锄头。赤卫军的主要任务是站递步哨。每个村子都有递步哨，白天一人，夜里两人，负责执勤和传递敌情。一旦发现敌情，一村接一村地迅速传递，很快就能报告给红军游击队。赤卫军里的农民不会写字，他们将纸折一个角，上面插一根鸡毛，表示情况十分紧急。除此之外，赤卫军还有两项任务：一是盘查陌生路人，二是配合游击队打土豪。

这期间，二路游击区发生了两件事情。

一天，国民县政府的五个催粮员，到一个村子催要粮款。他们走进一户农家，见只有一个年轻女子，便起了歹心，上前调戏侮辱那女子，正好被村民何秉正撞见。何秉正性情刚烈，叫来几十个农民，杀了五个催粮员，夺了他们的枪，随后建立起了五十人的游击队。

另一件事是回民游击队的成立。正宁县的龙嘴子村和西渠村，居住着历年从陕南商洛和甘肃平凉逃难过来的三百多户回民。县民团见他们是外来户，经常欺负他们，摊派了名目繁多的税款。青年农民马彦林忍无可忍，秘密成立了回民游击队，开始反抗官府。

习仲勋得知后，同杨琪商议，派人收编了这两支游击队。不久，又趁势建立了庆阳游击队，习仲勋任政委，杨盛任队长。

至此，第二路游击区共拥有八支游击队。

46 ✦ 虎口狼窝

这半年，祁民经历了许多磨难。红军南下失败后，他与刘志丹失去联系，化装成木匠来到西安，想与省委取得联系。但他并不知道省委已经遭到了破坏，省委的其他人他不认识，他只认识程怀璞。

他来到城南程怀璞的家门口，发现巷道里有两个手插在风衣口袋里的男人，正朝这边看。感觉不对，想转身离开，可是已经晚了，那两个人追了上来，挡住了他的去路。

"你是干啥的？"

"我来找人。"

"是不是程怀璞？"

祁民心里一惊，马上意识到程怀璞出事了，故意装迷糊："程怀璞是谁？我不认识这个人。我找的人叫张良，他让我来做几个木箱。我可能走错了地方。你们是这巷里的人？知道张良住哪一家吗？"

"既然是熟人，你咋能不认得他家？"

"我只来过一次，上次来是黑夜，又喝了酒，五迷三道地没记清。但我肯定就在这附近，不是这条巷子，就是那条巷子。"

"那好，我们陪你一起找！"

"不敢麻烦两位大哥，我自个儿慢慢找。"

"我们闲着也是闲着，走吧，我们陪你一起找！"

祁民心里叫苦不迭，嘴上却说："你们城里人就是热心！"

祁民一边朝另一条巷子走，一边想着逃脱的办法。跟着他的那两个人的手始终插在衣袋里，不用说，衣袋里一定藏着枪。他腿脚再麻利，也跑不过子弹啊！这可咋办？

走到一个巷口，他朝里看了一眼，摇摇头说："不像是这里。"又继续朝前走，走到又一个巷口，还说不是。那两个人很有耐心，说："不急不急，你慢慢找，直到你找到为止。"

路过一个集市，里面人很稠密，熙熙攘攘的。祁民灵机一动说："我想起来了，过了这个集市就是。"

那两人相互看了一眼，警觉起来。

祁民加快了脚步，朝集市里面走。

"你走那么快干啥？"

祁民装着没听见，低头直朝前走，一头钻进了人群。

那两人在后面喊："站住！站住！"

祁民索性甩开两条长腿，拼命奔跑起来。那两人边追赶边掏出手枪，可是集市人多，又不敢开枪，只好朝天鸣枪。他们边追边喊："抓共匪！抓共匪！"

众人四散而逃，集市大乱，祁民转眼逃得没了踪影。

祁民一口气逃出西安城，朝照金方向逃去。他担心三原和富平一线有敌人盘查，走到北郊草滩后，又折向咸阳，想从咸阳到乾县，再绕道去照金。可走到乾县城外，碰上驻防在乾县的警备三团抓壮丁，他转身就跑，后面一阵枪响，子弹在脚下乱蹦，他只好站住。

一伙兵气冲冲跑过来问："你狗日的跑啥哩？"

祁民喘着粗气说："我是木匠，我不想当兵。"

"当兵是为国家效力，由不得你！走，跟我们走！"

祁民被抓进县城，强行换上军装。一个月后，警备三团开赴终南山攻打土匪，祁民趁着天黑逃了出来，连夜北上照金。这回他没敢进西安城，也没敢走乾县，而是由三原直接到耀县，然后再到照金。走到兔儿梁，看见了薛家寨，心里才踏实了。

这时，山崖背后冷不丁跳出来两个人，手里端着枪。

"干啥的？"

祁民见他们穿着红军衣裳，激动地说："自己人，刚从陕南回来。"

两个人相互看了一眼，其中一个笑着对另一个说："又回来一个。"又扭头对祁民说，"从陕南回来的都得经过严格审查，你得先让我们把你捆上，然后才能进寨子。"

祁民觉得奇怪，说："都是自己人，不用了吧？"

那人说："你脸上又没写红军二字，谁知道你是真红军，还是假红军？这是规矩，都得捆上，你就不要让我们为难了。"

祁民心想：已经到家了，捆上就捆上吧，审查就审查吧。他背过双手，很配合地让两个人把自己捆上。

一个人用枪管捅了一下他："走！"

另一个说："老大这招真灵，这已经是第五个了。"

祁民扭头问："老大是谁？"

一个人哈哈笑着说："老大就是陈克敏嘛，以前也是红军。"

祁民大吃一惊，知道自己上当了，但双手被捆着，想跑也不可能了。心想真是倒霉，刚出虎口，又入狼窝，落在了叛徒陈克敏手里，这可完了。

祁民被关进一个石窑里，里面已经关押了四个人。一问，都是从陕南返回照金寻找队伍的同志。陈克敏没有审讯他们，也没有杀他们，每天按时送水送饭，也不知道葫芦里卖的什么药。过了几天，一个看守他们的土匪，见四周无人，悄悄告诉他们说："陈克敏暂时还不会对你们下手，他想留着你们，跟红军讨价还价。"

祁民问那个土匪："你是谁？"

那土匪低声说："自己人……"

47 ★ 压寨夫人

耀县县城呈长方形，南北比东西略长，四面城墙居中开门，东为"丰门"，南为"雍门"，西为"远门"，北为"寿门"。城墙高三丈，底厚二丈五，顶厚一丈三。绕城墙一周，正好是六里七十步。这个数字，是李掌柜用脚一步一步量出来的。

李掌柜每天天不明就起床，漱口，洗脸，然后抽锅水烟，吃两口冷馍，喝一壶酽茶，这才慢悠悠地出门散步。他从"丰门"出去，绕城墙步行一周，再从"丰门"进来，回到家中，正好吃早饭。天天如此，多年不变。

李掌柜名叫李金昌，住在李家巷，离"丰门"不远，也就几十步的距离。李家巷里并不全是李姓，也有姓王、姓刘和姓谭的，但李家是这里最老的住户。据说李自成当年路过耀县时，随军的小妾快要生了，便将她留在了这里。李家巷里的半条街，都是李金昌的店铺，有茶铺、药铺、染料铺、日杂百货铺，还有一个油坊和一个粮店。李家的生意一直很红火。

李家大院靠近巷子东口，门楼不是很起眼，但院内建筑却相当讲究。这跟李金昌的为人差不多，内敛低调，不爱张扬。庭院为砖木结构，墙用水磨砖砌成，椽梁是柏木；檀木镂花格子窗，木雕龙凤高门楣；屋顶一律青瓦覆盖，屋脊全是陶质瑞兽。前院是菜园，后面是花园，外乡人从门前经过，不仔细看，会以为是一户普通人家。

李掌柜膝下一儿一女。儿子李林从小不爱念书，喜欢舞棒弄刀，十七岁离家出走，把李掌柜气个半死。李林先在冯玉祥队伍里当连长，后又到杨虎城的十七路军当到了团副。日子久了，李掌柜不再生气了，自己宽慰自己：有个吃粮当差的儿子也不是坏事，起码民团和土匪不敢欺负咱。可谁会想到，三年前军阀混战，李林战死在了陇东。儿子一死，李掌柜一下子病倒了，半年没有出门散过步。

儿子没了，李掌柜就把全部心思放在了女儿李岚身上。李岚二十岁，长得水灵，很单纯，很任性，想干啥就干啥，父母也得让她三分。她在西安女师上学，最近放寒假刚回来。李掌柜想给女儿招个上门女婿，一个女婿半个儿，自己后半生也能有个依靠。但这话他不好说，就让婆娘去说。可李岚不愿意这么早成亲，说我还小哩，还要上学哩。劝了几次，李岚生气了，说你们要是看我不顺眼，我以后放假就不回来了！老两口一听这话，就不敢再吭声了。

夜里落了一场雪，早上起来有点冷。李掌柜走出家门时，已经日上三竿。他袖着手，跨出门槛，见一个黑脸小伙子正在巷道里卖焦炭。他正想买些焦炭，给女儿屋里再生个火炉，便问那小伙子："一车炭多少钱？"

小伙子赔着笑脸说："掌柜的，两块银圆。"

"这么贵呀，前几日，三块银圆可以买两车哩。"

小伙子用衣袖擦了擦冻红的鼻头，笑着说："今儿个不是下雪了嘛，再说，我这是从焦家坪拉来的好炭，赶了一夜的山路，手脚都冻硬了，挣点下苦钱也不容易。您大福大贵，还在乎这几个小钱？"

李掌柜不好再说什么，让小伙子把焦炭挑进院子。

但李掌柜做梦也不会想到，这黑脸小伙儿是个土匪。

黑脸土匪往李家大院挑炭的时候，另一个土匪站在不远的巷口，袖着手，饶有兴趣地看一个老汉捏糖人，这人是陈克敏。捏糖人的老汉六十多岁，正在捏一只老鼠，两个娃娃仰头眼巴巴地看着他捏。老鼠捏成了，递给一个娃娃，接着又捏猫。捏出大形后，老汉吸了一口冷气，然后鼓起腮帮子往里吹气。没想到吹到一半忍不住咳嗽了一声，结果把猫吹成了四不像。

陈克敏有些幸灾乐祸，哈哈笑着说："吹日塌了。"

老汉红着脸说："天冷，不好吹。"

低头对娃娃说："你别急，我再给你吹个狗。"

陈克敏故意逗老汉："你刚才吹了个老鼠，现在又吹个狗，这不成了狗咬老鼠，多管闲事嘛。"

老汉生气地说："你才是狗咬老鼠！"

陈克敏没有生气，晃着一条腿，等着看老汉的笑话。

老汉的狗又没吹成，吹成了鳖。

陈克敏哈哈大笑说："又吹日塌了。"

老汉恼羞成怒，说："你个乌鸦嘴，避远些！"

陈克敏脸上挂不住，习惯性地伸手去腰里摸枪。犹豫了一下，没掏出来。就在这时，他看见李岚从李家大院里走出来。陈克敏从来没有见过这么水灵的女子，一下子愣住了。李岚从身边走过时，一股香气飘来，他吸溜了一下鼻子，心禁不住颤了一下，跟着李岚走出了巷道。

巷口圪蹴着的两个男人，见陈克敏过来，忙站起来。

陈克敏看也不看他们，压低声音说："远远跟着。"

李岚在前面走，陈克敏拉开七八步距离跟着，两个男人远远地跟在陈克敏的后面。李岚一路东看西看，时而蹦蹦跳跳地小跑几步，在雪地上留下调皮的脚印，不一会儿，走进了学古巷的文庙。

这文庙修建于北宋嘉祐年间，明洪武年间进行了重修。正殿、戟门、棂星门楼上覆盖着琉璃瓦，棂星门后有道砖雕照壁，照壁后面是一个院落。李岚在里面漫无目的地转悠，见几个娃娃在院落里用筛子捉麻雀，便站在一旁观看。看了一会儿，不见一只麻雀飞来，没了兴趣，在正殿转了转，便走了出来。

陈克敏追上来喊："哎，你等一下。"

李岚转过身，有些莫名其妙："你叫我？"

陈克敏走到跟前，笑着问："你是李掌柜的女子，李岚？"

"对呀，你是谁？"李岚警惕地打量着陈克敏。

陈克敏笑着说："你不认识我，可我认识你。你在西安上学，是耀州城里最有文化的女子。我是红军，专门来找你。"

"红军？"李岚吃惊地问，"找我弄啥？"

陈克敏说："我们想找人教我们学文化，打听到你放假回来了，刘志丹和习仲勋就派我来请你上山，给我们当几天老师。"

"刘志丹？习仲勋？"李岚一脸兴奋的神情，"真的？"

"那还有假？他们在薛家寨等你哩。"

"不是说红军被土匪赶跑了嘛，咋又回到薛家寨了？"

"我们又打回来了嘛。"

李岚感到有些突然，但又心中充满了好奇，心想：反正待在家里闲着也是闲着，不如去见识见识这些神秘的红军，也是一件有趣的事。于是说："好吧，我回家说一声，你在这里等我。"

陈克敏说："你就别回家了，咱们现在就走，几天就回来了。我们红军有保密纪律，除了你自己，不能让任何人知道，哪怕是你的父母。这里到处都是敌人的密探，斗争形势很复杂，万一走漏了风声，让敌人知道你跟我们红军有牵连，以后不光你有危险，也会给你父母带来麻烦。路上土匪多，我们天黑前得赶回去，走吧，咱们现在就走!"

李岚有些犹豫，想了想，然后咬了下嘴唇说:"那好吧，咱们走。"

陈克敏带着李岚走出县城，刚才远远跟在后面的那两个土匪骑着马追了上来。他们身后，还牵着两匹空马。陈克敏介绍说:"自己人，专门保护咱们的。"李岚觉得红军神出鬼没，感觉很刺激，心想此行一定很有趣，刚才忐忑的心情渐渐平静下来。她不会骑马，陈克敏让她偏腿坐在马背上，由一土匪牵着马缰绳，一路往薛家寨走。

太阳快落山的时候，他们到了一个山寨。李岚看见山门上写着"龙家寨"，奇怪地问:"不是说在薛家寨吗，咋跑龙家寨来了?"

陈克敏笑着说:"薛家寨和龙家寨都是红军的地盘。"

李岚看见迎接他们的那伙人穿着黑布衣裳，有的戴着毡帽，有的光着头，一个个嬉皮笑脸地看她。

"红军不是都戴红五星吗，他们咋没戴?"

陈克敏说:"我们是红军的便衣队。"

李岚"哦"了一声，不再多问。

李岚被安顿在一孔小石窑里，窑口有两个人守着。陈克敏回到自己居住的石窟，禁不住笑出了声。那个早上卖炭的黑脸土匪说:"老大，李家大院的地形我都摸清了，啥时候动手?"

陈克敏摆摆手说:"不急，缓缓再说。"

黑脸土匪似乎明白了:"老大是想用肉票换银票?"

陈克敏说:"你懂个屁! 老子不需要银票，老子改主意了，想留下这个水灵灵的女子! 我龙家寨不缺银圆，就缺个压寨夫人。这女子我看上了，李掌柜拿多少银圆来，老子也不换！"

黑脸土匪赔着笑脸说："是是是，老大早该有个压寨夫人了。"

李岚好奇，想走出石窑到处转转，却被守在窑口的土匪拦住了。她不解地问："我是来教你们读书识字的，干吗不让我出去？"两个土匪只是笑，不说话。李岚有些不高兴，"你们把刚才带我来的那个人叫来！"土匪说："就是他让我们看着你，不让你离开石窑半步。"李岚吃惊地问："为啥？"两个土匪只是嘿嘿直笑，不回答。李岚很生气，说："你们把他叫来，我要当面问他！"土匪只是笑，还是不说话。

陈克敏在隔壁窑里听到吵闹声，对手下人说："你们谁能让她心甘情愿地给我当压寨夫人，我赏谁五块银圆！"

没人吭声。谁都知道这五块银圆不好挣。

陈克敏说："你们平时不是都挺能嘛，关键时候咋都熊了？"

一个人站出来说："要不，我去试试？"

这人是梁东。陈克敏上次突袭薛家寨时，他自告奋勇去侦察地形，想借机向红军传递情报。可还没等他走近红军营寨，就被红军的哨兵一枪撂倒，滚下山去。但那一枪并没击中要害，只是从肩胛骨穿了过去。而且，他滚下山坡时，又被一棵灌木丛挡住，这才捡回一条命。等他苏醒过来，发现土匪已经攻占了薛家寨，大势已去，他已无能为力，只好满身血污地回到陈克敏的土匪队伍里，打算以后伺机再行动。也幸亏他挨了一枪，才没有让陈克敏产生怀疑，反而使陈克敏对他更加信任了。

陈克敏见是梁东，高兴地说："关键时候还是梁东行！好吧，你去好好劝劝她，我可不愿强迫她，强扭的瓜不甜。"

梁东来到小石窑，对窑口的两个土匪说："老大让我跟里面的人

257

商量个事，你们先站远一点。"两个土匪走到一边去了。

李岚见梁东进来，生气地说："你们哪儿像红军，简直就是土匪！"

梁东低声说："你说对了，我们就是土匪。"

李岚瞪大了眼睛，惊恐地看着梁东。

梁东"嘘"了一声，小声说："你别吭声，听我把话说完。薛家寨的红军已经走了，这龙家寨现在是土匪的地盘。今天把你骗上山的人叫陈克敏，是这里的土匪头子。他骗你上山，是想敲诈你家的钱，可他现在又改主意了。"

李岚吓得脸色煞白，惊恐地问："他想咋样？"

"他想让你当压寨夫人，让我来劝你。"

一听这话，李岚身子一软，瘫坐在了地上。

梁东说："但你别害怕，我会想办法救你出去。不过，你得答应他做压寨夫人，等成亲那天，我自有办法救你出去。"

李岚脑子一片空白，不知道该不该相信梁东。

梁东说："但现在你先不要答应他，那么轻易答应，会让他产生怀疑。你要装着哭闹几天，等我劝你几次后再答应。"

李岚六神无主，一脸泪水，慌乱地朝梁东点点头。

当天晚上，梁东趁换岗的机会，将行动计划悄悄告诉了祁民。接下来的几天里，他一边佯装规劝李岚，一边暗中串联秘密发展的地下党员，商定在陈克敏成亲那天进行武装暴动。

这一天，龙家寨张灯结彩，大摆宴席。许多土匪都喝醉了，陈克敏更是喝得烂醉如泥。半夜时分，梁东悄悄放出祁民等人，带领十几个人突然武装暴动，收缴了所有土匪的枪。梁东冲进陈克敏的窑洞，用一把驳壳枪抵住陈克敏的脑袋，没等陈克敏说话，他就扣动了扳机⋯⋯

杀了陈克敏，梁东跑出来大声对其他土匪说："愿意跟我当红军的，一起去南梁；不愿意跟我走的，我梁东也不勉强，发给你们路费，各自回家种地！"

大部分人愿意跟随梁东去南梁，只有七八个人不想再扛枪了，想回家过平静日子，梁东发给每人三块大洋，让他们走了。

梁东和祁民，带着李岚等几十人，连夜奔向南梁⋯⋯

48 ★ 绝命诗

腊月下旬，有情报称：外号"黑七"的刘桂堂，率领一万多号称"山东人民军"的土匪武装，进入了豫陕边境。

王泰吉听到这个消息很兴奋。他认识刘桂堂，想将这支比陕甘红军多出十多倍的武装拉到南梁来。耀县起义后，他遭到孙友仁的暗算，只带出来一百多人马。这一次，他想亲自去劝说刘桂堂率部投奔红军，挽回上次起义失败的面子。

这时，刘志丹正率骑兵团廓清根据地外围。王泰吉给习仲勋谈了自己的想法，习仲勋认为好事是好事，可以争取，但听说"黑七"是个喜怒无常的人，不赞成他亲自去。他建议王泰吉写一封信，派人送去。刘桂堂能来当然是好事，不能来也不勉强，更重要的是，王泰吉不会有什么危险。但是王泰吉主意已定，执意要亲自去。后来经师党委研究，同意他去试一试。

正月初二，习仲勋派几十名队员护送王泰吉出了南梁。他们经过廉家砭、固城川，沿宁县、正宁县一路南下，到达淳化县马家山。再往前走，就是白区了。王泰吉让护送他的队员返回南梁，自己化装成教书匠，独自继续往前走。

经过通润镇时，听说当年的老部下马云的保安团驻扎在这里，便想顺便去做做马云的工作，看能不能把他也赤化过来。即使赤化不过来，也要劝他今后不要跟红军作对。

其实马云早就得到了王泰吉要路过淳化的消息，正在与部下商量怎样才能堵住王泰吉，王泰吉这时却自己送上了门。马云心中暗喜，设宴招待王泰吉。酒过三巡，王泰吉屏退左右，开始劝说马云。马云红着脸，一声不吭，低头听王泰吉劝说。王泰吉以为马云听进了他的话，越说越来劲，马云却突然站起来摔了酒杯，几个团丁冲进来，将王泰吉捆了起来。

王泰吉傻了眼，怒骂道："马云，你个无耻小人，竟敢这样待我！"

马云一拍桌子说："咱俩谁是小人？杨将军对你有搭救之恩，你却背叛他，你比我更无耻！你还有啥脸指责我？"

王泰吉说："你不要把革命与个人恩怨扯在一起！"

马云说："在我眼里，你就是恩将仇报的小人，就是党国的叛徒！你也不要怨我无情，我也是受上峰之命捉拿你。"

马云说得没错。王泰吉刚一离开南梁，已经潜伏在红军内部的老刀，便将消息通过秘密通道传给了西安的安先生。于是上峰下令，沿途捉拿王泰吉。

王泰吉被押在保安团的拘留室里，他后悔不该来找马云，心里无比悲凉，咬破手指，在墙壁上写下一首诗：

> 二十八岁空蹉跎，
>
> 为谒故人入网罗；
>
> 狐鸦结交吾有愧，
>
> 愚瞆待看事如何。

他"待看"的结果，是几天后被马云押送到了西安。

王泰吉的叛变，让杨虎城伤透了心。但王泰吉毕竟是他的老部下，他不忍心加害王泰吉。杨虎城将王泰吉秘密关押在军法处，避而不见，但私下里交代军法处科长庞志杰，不准拷打审问王泰吉，劝他脱离共党就行了。如果王泰吉能悔过自新，脱离共党，他会既往不咎，还会让他继续带兵。可是一连好几天，不管谁去劝说王泰吉，都没有一点效果。杨虎城很无奈，不知如何处置王泰吉。

特务安先生见杨虎城没有处置王泰吉，便将这一情况报告给了省党部书记长、特务头子宋志先。宋志先找杨虎城交涉，想让杨虎城将王泰吉交给特务室审讯，借机再抓一批共产党。杨虎城对此很反感，不高兴地说："这事就不用书记长操心了，王泰吉以前是我的部下，我会军法处置。"

宋志先碰了软钉子，担心杨虎城放了王泰吉，便向南京报告了此事，想借南京之力，迫使杨虎城交人。他一边等待南京的指令，一边让特务秘密监视军法处，以防节外生枝。

宋志先的担心不无道理。这时，共产党正在设法营救王泰吉。军法处科长庞志杰是地下党员，曾几次想用其他死刑犯来顶替王泰吉，但由于特务们监视很严，没有成功。杨虎城本来也无心杀害王泰吉，又有中共派来的杜斌丞等人说情，所以更是难以处置。宋志先担心夜长梦多，再次向南京发去密电。南京政府给杨虎城来电，命令他立即尽快处决王泰吉。杨虎城骑虎难下。

宋志先见杨虎城迟迟不动手，授意特务室安先生，有意向报社透露了王泰吉被捕的消息，他想通过报纸的公开报道，给杨虎城施加压力。杨虎城迫于各种压力，忍痛割爱，决定处决王泰吉。

临刑前，杨虎城来到军法处。王泰吉正在看报纸，牢门"哗啦"一声打开了，屋里顿时一亮。王泰吉抬起头，看见杨虎城站在门口，愣了一下，立马站起来，手里的报纸掉在了地上。杨虎城走过来，捡起地上的报纸，抬头看着王泰吉。四目相对，感慨万千。

杨虎城黑着脸训斥道："你真是太浑了！走就走了，又回来干啥？你做事如此莽撞，何苦把我也陷入不仁不义之地?!"

王泰吉眼圈红了，一时竟说不出话来。

杨虎城的眼圈也红了，问："你今年快三十了吧?"

王泰吉说："二十八了。"

杨虎城叹息一声说："太年轻了啊!"

王泰吉苦笑笑，摇摇头说："您来了，我就知道我该走了。论公，我问心无愧，因为我对得起自己的良心；论私，我欠您的太多了，只能下辈子再还了。"

杨虎城眼里饱含泪水说："你还有啥事需要我办，尽管说。"

王泰吉从裤兜里掏出一张纸说："我没有子女，没有家产，这个就算我留在世上的唯一东西，您让人把它烧在我的坟头吧。"

杨虎城接过一看，竟是一首《绝命诗》：

　　为圆寂，将门儿掩，

　　谁也不见；

　　学秃陀参禅，

　　像睡佛咒天；

　　将孔孟抛在一边。

　　劳什子吓破几许英雄胆，

　　咱从来不说奈何天。

绝命词

这头颅任你割断，

这肉体任你踏践，

一切听自然……

杨虎城看完，泪流满面沉默了一会儿，将纸折起来，揣进口袋，默默地拥抱了王泰吉一会儿，然后转身离开了牢房。

1934 年 3 月 3 日，王泰吉在西安英勇就义。

49 ★ 特委书记

这天傍晚，陕甘边特委书记秦武山走进西安城。走到北城门，见哨兵盘查很严，他便急忙转身离开，绕到南门混进了城，直奔骡马市的"段记肉夹馍"店。

这是一个临时地下交通站，站长叫老段。老段是个秃头，五十多岁，以前负责北关的交通站。杜衡叛变后，北关交通站暴露了，特务们守株待兔，在那里逮捕了七个前去联络的地下党员。老段侥幸逃脱，第二天在报纸上刊登了一则广告，暗示交通站已经暴露，让各地联络员有事到骡马市"段记肉夹馍"店去找他。其实这个店的店主不是老段，而是老段的堂弟。堂弟也是地下党员，跟老段单线联系。

可秦武山来到骡马市，却没有找到"段记肉夹馍"店，一打问才知道，已经改成了"牛肉面馆"。新店主说，半个月前，店主将店盘给了他。秦武山心里一惊，知道出事了，不敢多问，匆匆离开了骡马市。走出南门，去找省委组织部秘书程怀璞。

他以前去过程怀璞家，但并不知道程怀璞已经叛变。按组织纪律，一般情况下，他不能直接去找程怀璞。可是现在情况紧急，他只能违反纪律，冒险去找程怀璞了。

秦武山受刘志丹和习仲勋的指派，专门来西安组织营救王泰吉。

他准备通过党内关系，联系上杨虎城的高级参事杜斌丞，从中斡旋，想办法救出王泰吉。如果斡旋失败，便准备组织西安附近的游击队，化装入城，武装劫狱。要想联系上杜斌丞，就得先找到程怀璞。

他来到程怀璞家门口，轻轻一推，门无声地开了。院里很黑，能闻到槐花的香味儿，灯光从屋里倾泻出来，黄金似的洒了一地。他走过去，推开屋门，几个人正在屋里打麻将，见他进来，全愣住了。他一眼认出其中一个是程怀璞。

程怀璞惊讶地看着他："你找谁？"

"我是秦武山呀！"

"啥五山六山的，我不认识你！"程怀璞冷冷地说，"深更半夜的，你乱跑啥？门也不敲，有没有教养？我不认识你，你赶快给我出去！"

秦武山一时蒙了，惊讶地看着程怀璞，还想说什么，见程怀璞使劲儿给他使眼色，顿时明白过来，急忙躬身道歉说："对不住了，得罪得罪，天黑地生，我没看清，进错了门，打扰，打扰。"说着，转身就往屋外走。

"别急着走啊！"一个胖子站起来说。

另外两个人跑过来，围住了秦武山。

秦武山赔着笑脸说："我走错了，对不起，打扰了。"

"别装蒜了，给老子抓起来！"胖子大喊一声。

秦武山刚想掏枪，那两人早有防备，将他按倒在地。胖子走过来笑着说："原来你就是共党的特委书记！"又扭头对那两个同伙说："弟兄们今天运气太好了，钓到一条大鱼！走，带回去领赏！"

其实秦武山刚一离开根据地，老刀就将这一消息传到了西安。

秦武山被特务带走后，程怀璞一屁股瘫坐在椅子上。周凤在狱中自杀后，程怀璞在特务的挟持下，继续以省委组织部秘书的身份活动，但他暗暗发誓，不再出卖自己的同志。刚才他极力暗示秦武山，但还是让他被捕了。他枯坐在那里，欲哭无泪。好多次，想起周凤在监狱里最后看他时的鄙视与失望的眼神，想起周凤撞向墙壁时的决绝与惨烈，想起一个又一个被捕的同志，他痛不欲生。

秦武山被捕后，宁死不屈，一个星期后被杀害了。

不久，程怀璞从西安神秘地消失了，再也没有出现……

50 ★ 秋林子

刘志丹骑马跃上一道山梁，马家圪崂便展现在眼前。这个小山村仅有二十几户人家，蛰伏在一条土沟里。地主马老四逃走后，留下的七孔窑洞成了红军的临时粮仓。刘志丹想去看看粮食够不够过冬，如果不够，秋粮下来还得想办法再筹集一些。

根据地不断扩大，苏区人口越来越多，周围的老百姓还在源源不断地朝这边拥来。人多是好事，但红军的负担也随之加重。老百姓投奔根据地来了，总不能让他们饿肚子啊。

一阵悠扬的信天游从沟里传上来，是个女声——

长枪短枪马拐枪，
跟着哥哥上南梁。
你骑骡子我骑马，
剩下毛驴给娃娃。

唱完一曲，接着又唱——

日头出来端上端，
南梁来了刘志丹。

老刘练兵又宣传，

要把世事颠倒颠……

刘志丹骑在马上，探身朝山下张望，一条蜿蜒的山路从沟里钻上来，却不见一个人影。他信马朝山下走去，拐过一道土崖，迎面走上来两个女队员，其中一个他认识。

"原来是张静，你的嗓子不错嘛。"

张静见是刘志丹，红着脸说："不是我，是她。"

刘志丹打量着另一个女队员："我咋没见过你?"

女队员有些不好意思，脸一下子红了，扭头看着张静。

张静介绍说："她叫李岚，刚来没几天。"

"哦，我知道了，是不是从龙家寨来的那个学生娃?"

张静说："就是。"

刘志丹笑着对李岚说："你唱得很好听，但不要唱我。"

李岚红着脸低头说："我是跟老乡学的。"

刘志丹说："老乡咋唱咱管不了，咱可不能这么唱。"

张静说："这是事实呀，咋就不能唱? 你老刘不讲民主!"

刘志丹笑着说："你的嘴就是厉害。你们这是要去干啥?"

张静说："我们去镇上买些布和针线。"

刘志丹跳下马说："路还远着哩，你们骑我的马去吧。"

张静说："我们两个人，一匹马咋骑?"

刘志丹笑着说："两个人换着骑嘛，回来还可以驮东西。"

张静"扑哧"一声笑了，说："跟你说笑呢，我们可不敢骑你老刘的马，耽误了你的大事，我们可负责不起。"

说着，拉起李岚嬉笑着走了。

刘志丹笑着摇摇头，重新上马，继续朝山下走去。

马家圪崂村头的空地上有个石碾子，马锡五跟几个战士正在碾小米。刘志丹走过去，一个战士悄悄溜到身后，猛地推了他一把，他趁势一个鹞子翻身，跳下马来。那战士飞身上马，一溜烟跑走了。

刘志丹看着远去的战士，笑着说："这小子，手脚倒很麻利。"

见刘志丹来了，马锡五让出一截棍，两人一起推碾子。马锡五是军事委员会管理科长，碾小米的事由他负责。刘志丹一边推碾子，一边跟马锡五聊天，了解部队的粮食储备情况。

身边一起推碾子的战士叫刘明，是南方人，去年夏天跟父亲到渭北贩洋布，路上遭到土匪抢劫，正好红军路过，父子俩才免遭劫难。父亲回了南方老家，刘明执意跟着红军上了南梁。因为都姓刘，刘志丹每次见了刘明都叫他"一家子"。

刘明见刘志丹与马锡五说完正事，便指着正在碾的小米问刘志丹："有人把这叫谷子，有人叫粟子，还有人叫小米，我都被他们说糊涂了。老刘你说，这东西到底叫什么？"

刘志丹边推碾子边笑着说："谷子在古代叫'禾'，就是'锄禾日当午，汗滴禾下土'里的那个'禾'。写这首诗的唐朝诗人李绅，是你们南方人，他说的'禾'，其实是水稻。在我们陕北，把去了壳的谷子叫小米。古代把小米叫'粱'，'黄粱美梦'里的'粱'。"

刘明说："老刘你真有学问。我就分不清谷子和狗尾巴草，上次帮老乡锄地，把谷子当狗尾巴草给锄掉了，闹了大笑话。"

刘志丹说："狗尾巴草跟谷子很像，你一个南方人，当然很难分清了。谷子地里的狗尾巴草很多，良莠不齐的莠，说的就是狗尾巴草。日子长了，你就能分清了。"

刘明佩服地说："老刘你真能，啥都懂！"

正说着，习仲勋骑马跑来了。刘志丹知道他大老远跑来，一定有紧急情况，便离开碾子，迎了上去。

习仲勋跳下马说："赤卫队送来情报说，谭世麟聚集了几千民团团丁，准备攻打我们南梁哩。"

刘志丹一听，脸色严峻起来，说："我去一趟秋林子，找老侯打探一下情况。等我回来，咱们再商量对策。"

说着，转身喊："马锡五，牵马，跟我走！"

马锡五牵来两匹马。两人跳上马背，向北边飞奔而去。

秋林子在鄜县西北，离南梁不远，一个时辰就到了。村子不大，五十多口人，十七八孔窑洞。村里没有一棵树，但村南边的沟里有一大片梢林。这林子很怪，春天不见树叶，夏天才开始发芽，到了秋天，林子里枝叶繁茂，所以叫秋林子。

这个时节，梢林里到处是黄色的沙枣花。沙枣花米粒般大小，酷似桂花，但却没有桂花的香气。它不显眼，果实却好吃。枣儿成熟的时候，比叶子还要多，可惜这时节还没结枣儿。

两人将马拴在树上，给马嘴戴上套子，以防它们嘶叫。然后，爬上一道土坡，走进了村子。

刘志丹说的"老侯"叫侯有才，是红军的秘密联络员。侯有才有个侄儿叫侯青山，在谭世麟民团里当排长。侯青山从小父母双亡，由侯有才拉扯长大，所以跟侯有才感情很深。侯有才从侄子那里经常能为红军打探到许多情报。

侯有才家在村子中间，坐东朝西，有三孔窑洞。窑洞旁边有几株南瓜，黄色的南瓜花经太阳一晒，蔫不拉唧的，像一个个懒散的没有来得及洗脸的黄脸婆姨。

两人走进侯有才家时，侯有才和婆姨正在后窑做饭，一个烧火，一个擀荞面，案板上放着一盆刚炒好的羊肉臊子。侯有才见是他们，忙从灶前站起来，高兴地说："老刘你鼻子真尖，循着味儿就来了，我正准备吃罢饭去找你哩。"

刘志丹俯身嗅了嗅羊肉臊子，说："我这人就是有口福。"

侯有才说："走，去前头窑里，我有事向你汇报。"

刘志丹跟侯有才出了后窑，走进院子西边的另一孔窑洞。马锡五到大门口去望风。没等侯有才开口，刘志丹问："谭世麟民团咋回事？"

侯有才说："我正要给你说这事哩。我侄子昨晚跑回来说，谭世麟正准备攻打南梁哩，具体日子还不清楚，估计就在这几天。"

刘志丹坐在炕沿上，抽着旱烟说："看来这一仗免不了了。你这几天盯紧些，一有情况，赶紧去找我。是福不是祸，是祸躲不过，咱得准备跟狗日的好好干一场！"

正说着，侯有才婆姨一手端着一碗羊肉荞面走进来。刘志丹忙站起来接过碗，挑了一筷头荞面说：

"嫂子这面擀得又细又长，闻着就香。"

婆姨用围裙擦着手说："快吃快吃，锅里还多着哩。"

刘志丹正要吃，马锡五跑进来说："村里来了三个团丁，但没有进村，坐在村口一直朝这边张望哩，是不是盯上了咱？"

侯有才一下子紧张起来，放下饭碗问："在哪一头？"

马锡五说："在村西头。"

侯有才扭头对刘志丹说："最近谭世麟的团丁经常在村里晃悠，老刘，你们赶紧从村东头走吧。"

刘志丹端着饭碗，边吃边说："慌啥哩，吃了饭再说。"又抬头对马锡五说，"你把老侯这一碗先吃了，吃了咱再走，回去还有几十里山路哩。"

马锡五端起老侯的老碗，"呼噜呼噜"吃了起来。

吃完面条，刘志丹把碗放在炕沿上，抹了把嘴说："老侯你去看看，看村东头有没有团丁。"侯有才刚要走，他又叫住说，"你别去，让嫂子去。嫂子你装着出门倒恶水，出去看看。"

侯有才婆姨端着一盆洗锅水出去，很快又跑了进来说："村东头有几个老汉，圪蹴在老槐树下谝闲传哩，树后面好像有几个生人，但我没看清，不知道是不是团丁。"

老侯训斥道："你个瓜婆姨，不会看清了再回来？"

婆姨嘟囔说："我怕人家怀疑嘛。"

侯有才说："我再去看看！"

刘志丹拦住说："别去了，看来他们已经包围了村子。"

马锡五从腰里拔出盒子枪说："咱冲出去，我掩护你！"

刘志丹摆摆手说："硬拼不行，枪一响，会招来更多的团丁，还会给老侯两口带来祸害。"他低头略想了想，然后扭头对侯有才的婆姨说："嫂子，把你的衣裳拿两身出来。"

侯有才婆姨不解地问："要我的衣裳干啥？"

侯有才明白了，呵斥婆姨道："你快去拿，啰唆个啥！"

婆姨拿来了两身花衣裳，两个花包头。刘志丹与马锡五换上。刘志丹上身穿件大襟蓝布衫，腰系花围裙，头上裹个红包头；马锡五穿件红布衫，一条印花裤，头上包块绿包头。装扮停当，刘志丹对老侯说："对不住了，只能把你两口捆起来了。"

婆姨说："老刘你这是弄啥？"

侯有才说："你个瓜婆姨，老刘这是为了保护咱。"又扭头对刘志丹说，"老刘你只管捆吧，捆结实些，捆好了你们赶紧跑！"

侯有才两口被捆在桌子腿上，嘴里塞上毛巾。

刘志丹手里端着猪食盆，马锡五胳膊弯里挎着一个藤条篮子，两人学着女人走路的样子，一前一后扭出家门，做出喂猪抱柴火的样子，朝沟畔边的麦场走去。绕过一堆麦草，从猪圈后面溜下山沟，钻进那片梢林，翻身上马，朝南梁方向狂奔而去。

跑出老远，才听到后面传来零乱的枪声。他们相互看了一眼，看见对方身上的女人衣裳，忍不住哈哈大笑起来……

51 · 丹　丹

　　刘志丹一进门，端起习仲勋的水缸子就喝，喝完抹了把嘴说："情况都弄清楚了，准备进攻我们的除了谭世麟部的民团，还有驻守庆阳一线的仇良民民团、王子义民团和旬邑的何高侯团，加起来好几千人哩，是我们兵力的三倍。"

　　习仲勋说："你上午走后，照金那边的联络员也跑来了，说耀县的干部团和特务团、洛川冯钦哉的一个团、延安张瑞楼团，最近都有异常行动，看来这一次他们想联合起来，一口吞下我们的根据地。"

　　刘志丹坐在凳子上，抽着旱烟说："让他们来吧。别看他们人多，但都是乌合之众，成不了啥气候。"

　　习仲勋叹息一声，神情沮丧地说："还有一个坏消息，秦武山同志已经牺牲了。联络员从耀县带来一张西安的报纸，上面登了这件事。"说着，把一张皱巴巴的报纸递给刘志丹。刘志丹迅速浏览了一下报纸，脸色很难看，半天没说话。

　　过了一会儿，刘志丹说："敌人就要来了，他们多股推进，意图很明显，想与我们在南梁地区决战。我们才不上他们的当哩！咱还是老办法：我带主力跳到外线，寻找战机，先歼灭弱小敌人；你带游击队坚守在根据地，牵制敌人。"

习仲勋说："好，就这么干！"

第二天，刘志丹率红四十二师，从敌人的夹缝间转移到外线。

送走主力，习仲勋带着枪械修理员李三来到阎洼子。这里位于白马庙川、玉皇庙川和荔园堡川的三岔路口，是南梁根据地的中心区域，有红军的军械物资库。习仲勋找来村干部武万荣，交代完如何坚壁清野，留下李三督促掩埋武器物资，又去了别的村。

李三和武万荣带领全村老少，在大场边挖了一个大坑，将武器弹药和物资全部埋了起来。其中有六十支枪、七麻袋子弹、四十套马鞍马镫，以及几千块铜圆、十余石粮食和几千颗鸡蛋。还将打土豪得来的三十头牛，赶进深山密林里，隐蔽起来。

几天后，多股敌人一齐向根据地扑来。谭世麟民团带着铡刀和绳子，从合水出发，经过太白镇，沿葫芦河向南推进。另几股敌人，也从不同方向朝南梁地区扑来……

刘志丹率红四十二师沿子午岭，经过宁县、正宁向东，又突然南下，出现在照金北部地区。敌人误以为红军想谋取照金，急令南线部队正面堵截。刘志丹却挥师同官、宜君一线，先后袭击了瑶曲、大石板、五里镇、店头等民团。之后又迅速转向西北，从槐树庄经张村驿、黑水寺，再过太白镇，回到南梁东华池一带，消失在茂密的梢林里。

红军主力突然消失，让敌人一时乱了阵脚。几天后，红四十二师又突然出现在陕北保安一带。敌人以为红军要攻占保安县城，慌忙增兵布阵，红军却从金鼎山渡过洛河，在离保安县几十里的地方，挥戈西进，经过小蒜川，向陕甘交界的三道川进军。趁敌人毫无防备，一举攻下了金佛坪寨和蔺家砭。随后，红军骑兵团包围了崖窑堡。

崖窑堡是个小堡子，只有二十几户人家，但三面都是土崖深沟，只有北面连着一道土梁，通向外面，地势险要，易守难攻。这里驻扎着张廷芝的一个骑兵连，唯一朝北开着的土城门，整日紧紧关闭着。

这个骑兵连连长不是别人，正是三年前在合水城固城川踹死瘸子李富贵、抢走李富贵小婆姨丹丹的那个连长。丹丹至今不知道李富贵已经死了。三年来，瘦猴领兵打仗，走到哪儿将丹丹带到哪儿。他喜欢丹丹，丹丹却恨他。

丹丹是一个重情重义的女人，尽管比李富贵小二十几岁，但总忘不了李富贵对她的好，一有机会就想逃跑回家。先后跑过几次，最终都被抓了回来。后来，瘦猴连长指派一个兵，专门看守她。看守丹丹的兵三年换了五个，现在这个兵叫得娃，比丹丹小六岁。因是合水同乡，私下里叫她丹丹姐。

红军包围堡子后，瘦猴连长带着所有的兵上了土城墙，连部只剩下了丹丹和得娃。连部设在离城门不远的一个小院，院里有两孔窑洞，一孔连长和丹丹住，一孔警卫班住。说是警卫班，其实连同得娃，只有五个人，另外四个人已经跟连长上了城墙。得娃当兵不到半年，胆子又小，听到枪声就害怕，隔一会儿就跑出去看一下，回来说：

"姐，外面全是红军，密密麻麻的一山梁。"

"姐，刚才红军又进攻了，多亏城门关着，红军一点办法也没有，又被打回去了，红军死了七八个人哩。"

"姐，听说外头的红军是个骑兵团，刘志丹就在里头。"

丹丹说："得娃，你过来，姐问你话。"

得娃走过来看着丹丹："姐，你说。"

丹丹却不急着说话，拿那双毛茸茸的诱人的大眼睛看着得娃，看得得娃涨红了脸，低下头去。

"姐，你有啥话你说嘛！"

"得娃，姐对你好不好?"

"好，比亲姐还好。"

"姐对你好，那你帮姐一个忙。"

"啥忙，你说。"

丹丹不吭声了。

"姐，你说嘛。别说一个忙，十个忙我也帮!"

"你帮姐一个忙，姐一辈子都感激你。"

"姐，你说嘛。"

"你先答应我，我才说!"

"我答应，你说。"

"那我可说了。"

"你说。"

"趁现在外面乱，你放姐走吧，姐想回家。"

得娃一听这话，愣在了那里。

"就算姐求你了，你放我走吧!"

丹丹用乞求的眼神看着得娃。

得娃不敢看丹丹的眼睛，低下头说："连长会杀了我的。再说外面全是红军，就是我让姐跑，姐也跑不脱呀!"

"只要你放了我，我就有办法跑脱。我认识刘志丹。"

得娃惊讶地看着丹丹。

"我不骗你，我真的认识刘志丹，他还在我家里住过哩。"

"你认识刘志丹也没用，城门关着，你跑不出去。"

"这你不用管，你只要放了我，我自己有办法。"

"我不敢。连长会杀了我，也会杀了你。"

"刚才你不是答应姐了嘛，咋又变卦了?"

得娃低下头，满脸通红，不说话。

丹丹笑着说："姐跟你说笑哩，看把你吓得。"

得娃不好意思地笑了："我还以为姐真的想跑哩。"

"我才没有那么傻哩。外面这么乱，枪子可不长眼，跑出去就是个死。"丹丹说，"姐饿了，你去灶房给姐拿个冷馍。"

得娃舒了一口气，高高兴兴地转身走了出去。丹丹手里拿把锁子，悄悄跟在身后。得娃刚一进灶房，丹丹从外面把灶房门锁了起来。

得娃在里面喊："姐，你这是弄啥？"

丹丹说："你不帮我，我自己跑呀！"

说着，转身进屋里拿了得娃的手枪，便朝巷道里跑。巷道里空无一人，所有人都上了城墙。枪声"乒乒乓乓"乱响，在兵营待了三年，丹丹听惯了枪声，也学会了使枪。她将子弹顶上膛，右手握着枪，顺着墙根飞快地朝城门口跑去。

来到城门口，只见一个兵守在那里。丹丹忙将枪藏在身后。那兵见是丹丹，说："嫂子你咋跑来了？"丹丹说："我来给你们帮忙嘛！"说着，扬手就是一枪，那兵还没反应过来，就倒在了地上。丹丹跑过去用力打开城门，边朝外面跑边喊：

"红军哥哥们，快冲进来啊——"

她朝城外刚跑出十几步，城墙上飞来一颗子弹，击中了她的后背，她张开双臂，然后扑倒在地上。

刘志丹见城门突然被人打开，趁机带着骑兵团冲进城堡，全歼了敌骑兵连。打扫战场时，他才发现刚才打开城门的那个女人，竟是合水固城川李富贵的小婆姨丹丹……

几天后，红军主力进入甘肃境内，在高桥镇抓获了国民党庆阳县第四区区长高明山，迅速占领了元城。然后，又突然包围了谭世麟的老巢赵家梁子，消灭了留守在那里的一个骑兵连。

正在到处寻找红军主力的谭世麟，得知红军袭击了他的老巢，慌忙向庆阳王子义团求援。王子义派副团长率两个营和一个直属机枪连七百余人，向赵家梁子扑了过来。

红军迅速撤离赵家梁子，从五蛟、悦乐城壕穿插过去，抵达合水县赵家塬。敌人援军在赵家梁子扑空后，担心红军攻打合水县城，又急忙向合水方向追来。刘志丹见敌人已经上钩，命令部队撤离赵家塬，南下西华池。

王子义团向来看不起红军，认为红军是一群乌合之众，装备很差，没有战斗力，所以特别嚣张，一路穷追不舍，尾随红军来到西华池，想在这里一口吃掉红军主力。刘志丹命令步兵团从正面迎击，骑兵团从东面迂回到敌人侧后，组成散兵线，截断敌人的退路；将先锋连部署在北城墙上，掩护主力正面出击。敌人距红军阵地一百多米时，步兵团突然发起攻击，骑兵团从后侧冲杀过来，先锋连从城墙上向敌人射击。红军三面夹击，打得敌人溃不成军，歼敌六百多人，缴获长短枪六百余支。

这一仗，是红四十二师成立后消灭敌人最多的一次。战后，部队迅速向南转移，路上，有人唱起了信天游：

荞面饸饹杂碎汤，

死死活活相跟上。

骡子走前马走后，

深一脚来浅一脚，

咱们就又上了路……

52 · 护 枪

红军主力转移后，习仲勋组织根据地军民掩埋好枪弹和粮食，准备带领游击队撤入梢林，与敌人开展游击战。

撤离前，他把李三找来，叮嘱说："老李，你是本地人，情况熟悉，你就留下来看护咱们的物资。阎家洼子埋藏的那些枪支，可是咱最后的家当，千万不能让敌人搜去！"

李三说："你们放心走吧，我在，枪就在！"

习仲勋说："你不要待在阎家洼子，还是回九眼泉去，这样不会引起敌人怀疑。你把这边安顿好，时常抽空过来看看就行了。"

习仲勋带游击队走后，李三便回了九眼泉。第二天不放心，又去了一趟阎家洼子。他和村干部武万荣查看了掩埋枪支物资的大场，发现那里新翻动过的生土很显眼，便在上面撒了一些老土，武万荣牵来一头牛，转着圈踩了一阵，又撒了一些柴草。李三歪着头左看右看，还是不放心，又让人在上面堆了两大堆麦草垛，然后背着手围着草垛转了几圈，感觉看不出破绽了，这才放心，回了九眼泉。

李三是九眼泉人。九眼泉离阎家洼子不远，两袋烟的工夫就到了。村子叫九眼泉，其实并没有九眼泉，只有三眼泉，而且其中两眼早就干涸了，只剩下一个泉眼，勉强够全村人饮用。叫九眼泉，是说泉水多的意思。

九眼泉村子不大，百十来口人，村民以务农为主，也有几家做生意的，但都是小本生意，而且是季节性的。齐老六贩驴，老刘头贩布，赵升走村串户卖些针头线脑，也就这么三家。有手艺的只有李三和王高泉。李三祖辈是铁匠，王高泉祖传做豆腐。都说同行是冤家，他们一个打铁，一个卖豆腐，本不该是冤家，但最后也成了冤家。

这都是因为水。

村里只有一条巷道，西高东低，中间是个洼地。王高泉家在西头，李三家在中间。天一下雨，李三家门口就有很多积水。但天不下雨，李三家门口还是有积水，那都是王高泉做豆腐的脏水。王高泉的豆腐远近闻名，生意红火。做豆腐的脏水从西流向东，流到李三家门口停下来，聚积成亮晃晃的一洼，然后才继续往村东流去。村里人有怨气，但没人吭声。李三性子直，去找王高泉，让他挖个排水沟，将脏水排到村子外面去，或者在他家门前挖个深坑，让脏水流进去，填上草木灰，还可以沤肥。王高泉说人往高处走，水往低处流，我没办法不让它流。话不投机，两人便吵了起来，从此心里存了芥蒂。

三年前，红军来到九眼泉。刘志丹得知李三是铁匠，登门拜访，问他会不会捻弄枪炮。李三说："只要是铁的，我就会捻弄。"刘志丹很高兴，让人把从战场捡回来的一堆子弹壳拿来，又拿来一些火药，说："你试试，看能不能造出子弹来。"李三摆弄了几天，敲去子弹壳的旧底火，再装上火药，重新安上底火，就成了子弹。刘志丹高兴地说："老李你可真是个能人啊，你到我们红军队伍来吧，专门给我们造枪造炮。"李三说："我是手艺人，靠手艺吃饭，帮忙可以，但我不想操枪弄炮。"刘志丹说："不是让你操枪弄炮，是让你捻弄枪支造子弹。"李三摇头说："我只帮忙，不当红军。"刘志丹笑着说："我不勉强你，你不管参加不参加红军，都是我们红军的大功臣。"

造子弹没有火药，李三就自己琢磨烧炭、熬硝、配火药。硫黄和炸药是马锡五从白区买来的。根据李三的要求，马锡五还从白区买来锡和铜钱。李三在土坯上掏个尖窝，把熔化好的铜水倒进去，冷却后稍加修整，就是子弹头。马锡五见人就说："李三是个神人。"

李三造的子弹，跟缴获敌人的子弹没两样，只是有一个缺点：打几枪就得擦一次枪筒，否则火药燃烧时产生的大量烟尘，会把枪筒锈死。刘志丹看看弹膛，问李三："能打几发子弹不锈膛？"

李三说："不要超过十发，最好打五发就擦一次膛。"

刘志丹说："能打五发就了不起。我们的子弹主要是靠战场上缴获。我们经常打遭遇战，你造的子弹能打五十米就行。"

李三说："我再琢磨琢磨，看能不能再打远一些。"

那时，南梁根据地还没有建立，阎家洼子还住着赵奎的民团。赵奎听说李三会修理枪支，也来请他。

李三跑到梢林里，找到刘志丹问："咋办？"

刘志丹说："人家请你，你就去嘛。"

李三说："我不想给那帮狗日的捻弄枪。"

刘志丹笑着说："你去装着给他们修枪，然后把民团的情况摸清楚，回来告诉我，我带人把他们的窝端了。"

李三笑着说："好，我去！"

李三去了阎家洼子，摸清了民团驻地的情况，报告给刘志丹。刘志丹夜里带领红军摸进阎家洼子，在热炕上活捉了赵奎，消灭了这股民团，拔掉了南梁地区最后这颗"钉子"。

战斗结束后，李三找到刘志丹，要求加入红军，说："我帮红军打掉了民团，就跟红军穿上了一条裤子，不加入红军，人家也会找麻烦，我干脆加入红军算了。"

刘志丹高兴地说："这就对了，咱们本来就是一家人嘛。"

就这样，李三成了红军枪械所所长，也是唯一的修理员。

李三回到九眼泉的第二天，仇良民民团和谭世麟的民团占领了阎家洼子。王高泉那天去阎家洼子卖豆腐，正好碰到民团进村。谭世麟问王高泉是哪个村的，王高泉说是九眼泉的。谭世麟问："你们村有没有人当红军？"王高泉一下子就想到了李三，想趁机报复李三，又觉得这样有些缺德，便支支吾吾起来。谭世麟一脚蹬倒了豆腐担子，扇了王高泉一耳光，骂道："你狗日的说不说？"王高泉害怕了，捂着脸说："有一个……叫李三，是给红军捻弄枪炮的。"

谭世麟一听很高兴，心想抓住了李三，就能找到红军掩埋枪支的地方，马上派人去九眼泉抓李三。

那时，李三正端着老碗，圪蹴在自家院畔上吃洋芋擦擦。一抬头，看见远处尘土飞扬，跑来了三个骑兵，以为是自己的队伍回来了，高兴地端着老碗迎了上去。走近才发现是民团，转身想往回跑，团丁叫住了他。

"你跑啥哩？"

"我看走眼了，以为是我家亲戚。"

"你家亲戚是红军吧？"

李三没说话，转身朝家里走。

团丁在身后喊："李三，你站住！"

李三下意识地站住了。

团丁哈哈笑了起来，说："你还真是李三。"

三个团丁扑上来，将李三五花大绑，拉到了阎家洼子。谭世麟亲自审问："红军逃跑时，把枪埋在啥地方了？"

李三说："我咋知道？"

"你是红军枪械修理所的所长，你能不知道？"

"我不是所长，我是铁匠。我啥也不知道。"

"我让你娃嘴硬！"

谭世麟让人将李三吊起来，打得皮开肉绽，李三还是说不知道。谭世麟又把李三放下来，捆在一个板凳上，压杠子，灌辣椒水，用烧红的烙铁烙，李三被折磨得昏死过去，醒来后还是说不知道。

谭世麟无可奈何，让人将李三和二十几个捉到的红军伤员绑起来，拉到村外，一个个推下早已挖好的土坑。有人拼命往上爬，团丁用铁锹砍了下去。再往上爬，再砍，三个人被当场砍死在坑里。

谭世麟说："给老子活埋！"

土埋到腰眼，谭世麟突然喊停下，让人将李三拉上来。

"我最后再问你一次，枪埋在哪里？"

李三满脸是血，呻吟着说："我真不知道。"

"你娃还嘴硬，再不说，老子活埋你！"

李三说："你活埋我，我也不知道。"

谭世麟气急败坏，掏出手枪，朝李三的脑袋就是一枪……

53 · 逃　难

谭世麟攻占根据地的同时，刘志丹也端了他的老窝赵家梁子。谭世麟没有找到红军主力，反而被红军端了老窝，便气急败坏地北上保安县金汤镇芦子沟，抄了刘志丹的老家。

刘家人早有防备，提前躲进了崖窨子里。陕北的崖窨子跟别处不同，不是挖在地上，而是挖在半土崖上。这种崖窨子离地面十几米高，一旦听说土匪来了，一家老小顺着梯子爬进去，再把梯子抽上去，土匪明知道主人躲在上面，也干瞪眼没办法。

刘志丹的妻子同桂荣背着五岁的女儿贞贞，顺着梯子往上爬的时候，村外已经响起了枪声。她心里一紧张，一脚踏虚，母女俩摔了下来。她的颧骨摔破了，贞贞摔疼了屁股，却没哭，看见母亲脸上流了血，才"哇"的一声哭了。同桂荣抓了一把绵绵土按在伤口上，背起女儿，继续往上爬。

她们爬进崖窨子，刚把梯子抽上去，敌人就冲进了院子。敌人朝崖窨子打了一阵枪，诈唬说："你们快下来，要不然，一颗手榴弹把你们全炸死！"刘家的崖窨子很高，手榴弹根本扔不进去，掉下去反而会炸着他们自己。敌人诈唬了一阵，见没人出来，以为上面没人。这时，有团丁跑进来说："刚才听村里人说，刘志丹的家人不在崖窨子里，逃到山梁上去了，团长让我们去山梁上搜。"

一阵杂乱的脚步声后，敌人跑远了。

谭世麟没有抓到刘家人，一怒之下，将刘志丹的妹夫和同族的一个弟弟枪杀了。还不解恨，又指挥团丁烧了刘家的房子，挖了刘家的祖坟，打开棺材，将尸骨焚烧后散了一地。

崖窨子不是久留之地。刘志丹的父亲刘培基趁着天黑，带着一家老小从崖窨子上溜下来，逃进附近山上的一片梢林里。

刘培基从小跟人学纸扎，后来在金汤镇上开了个纸扎铺子。经他苦心经营，生意越来越好，两年下来，攒下二十两银子。有了本钱，又开了个柴草店，给来往客商供应牲口草料，生意也不错。再后来，娶了金汤镇王家的女儿。夫妻俩都很会过日子，不久又买了土地，买了牛马，也添了个男娃娃。刘培基的父亲刘士杰，是清朝同治年间的拔贡，在镇上教书，见生下个孙子，高兴得不得了，因这娃娃是 8 月生的，便起名"景桂"，字"子丹"（后来刘志丹自己改为"志丹"），有"桂子月中落，天香云外飘"的意思。

可是现在，这个"景桂"没有让刘家"天香云外飘"，反而给刘家带来了灭顶之灾。家被人烧了，祖坟被人挖了，先人的遗骨糟蹋了一地。刘培基老人气得浑身发抖。黑夜里，他跪在坡地上，流着混浊的老泪说："老天爷啊，我造了啥孽呀，要遭这样的横祸啊！我不孝，生下个逆子，辱没了祖宗啊……"

同桂荣跪在老人面前，哭着说："大呀，您不要怪志丹，我替他给您赔罪了！"说着，就给老人磕头。

同桂荣一哭，女儿贞贞也跟着哭起来。老人急忙起身抱起贞贞，拉起儿媳说："大老糊涂了，大不骂了。"

刘培基已经好几年没有看见儿子了。志丹走了，小儿子景范也跟着跑了，就连长工张万银的两个儿子，也被志丹拐跑了。

七年前，长工张万银给儿子娶媳妇，借了刘家三百块银圆。借钱娶妻，攒钱盖房，这倒没啥。老张一时还不起，就带着两个儿子到刘家当长工，用工钱来抵账。刘志丹私下里劝张家的两个儿子去闹红。老张的儿子张明科说："我家欠你家的钱咋办？"刘志丹说："你们只要跟我闹红，钱就不用还了！"张家的两个儿子便答应了，跟着刘志丹参加了红军。刘培基老人知道后气得大骂："这个逆子啊，我三百块银圆打了水漂啊！"

一连多日，民团天天搜山。刘家人先后转移了三道梁、五个梢林，最后躲进大渠沟的一个山洞里。这个山洞很隐蔽，地处在一道山梁的半腰上，而且洞子一直通向后山，一旦情况不妙，可以安全撤离。

临出门时带的干粮早就吃完了，只剩下了一点炒面。老人和同桂荣舍不得吃，留给贞贞。山上找不到水，只能喝雨水。老人饥渴难忍，没有力气站起来。同桂荣到底年轻，还能勉强走出山洞。她去附近梢林里挖野菜，采野果子。野菜和野果子很少，不够三个人吃，同桂荣每次都说自己吃过了，可老人知道，她肯定没吃，这从她一天天消瘦下来的身子上就能看出来。

老人说："我们刘家欠你的太多了！"

同桂荣说："只要你和贞贞娃好好的，我将来才有脸见志丹。"

这一天，同桂荣又去梢林挖野菜，突然冒出来一伙拿枪的人。她想往回跑，又担心暴露了老人和贞贞，便撒腿朝相反的方向跑。那伙人在后面边追边喊："老乡，别跑，我们是红军，不会伤害你的……"

一听是红军，同桂荣双腿一软，瘫坐在地上。那伙人跑到跟前，同桂荣真真切切地看见他们头上戴着红五星。真是红军！她的眼泪

"哗"地涌了出来。

有个红军问："老乡，看见刘志丹的家人没有？"

同桂荣哽咽着说："我就是他的婆姨……"

54 · 左冲右突

这时，刘志丹正率领红军穿行在三道川。他从抓获的俘虏那里得知，高桥镇的高区长第二天要给父亲过周年，决定袭击高桥镇。

高区长是当地最大的地主，一道沟几千亩地都姓高，家里有一百多口人，仅庭院就占地五十多亩，高大阔气的门楼上挂着"五世同堂"的烫金匾。家里从外到内全是石雕望柱，拴马桩、上马石、过门石、抱鼓石、门枕石、柱础石，一应俱全。拴马桩上的"马上封侯"的石猴，顽皮可爱。大门口一对石狮子张口相望，做恭迎状，嬉态可掬。庭院石阶两旁石柱上，蹲着一对浮雕乌龟。柱础石雕刻精细，"月晕而风，础润而雨"，据说有预测阴晴雨雪的作用。高家大院居高临下，四周围墙上设有哨楼，一个连的民团在此防守。

高区长今天宴请的都是当地有头有脸的人物。刘志丹派出五个便衣，化装成乞丐，分头靠近高家大门和左右两边偏门。等客人们到齐了，家宴刚开始，"乞丐"们突然从腰里掏出手枪，冲进院子，控制了高区长和在座的土豪。团丁们冲进院子，包围了"乞丐"。但高区长头上有枪顶着，他浑身哆嗦着说：

"别开枪，别开枪，有话好说，有话好说。"

刘志丹得到信号，率领队伍冲进镇子，包围了高家大院。红军里应外合，没费多大劲儿就缴了民团的枪……

当天下午，探子报告说：谭世麟民团已经从保安撤退到园城子。天黑后，红军离开高桥镇，悄悄向园城子方向运动。

园城子是个小镇，只有一条街道，对面是刘家堡子。谭世麟住在刘家堡子。刘家堡子后面有一条浅沟，沟沿上是李家梁子，那里驻扎着谭世麟的一个骑兵连。

刘志丹率一路兵马悄悄包围了刘家堡子；张秀山率另一路兵马，从后沟摸上去，包围了李家梁子。黎明时分，两边同时发起进攻。谭世麟做梦也不会想到，他到处寻找的红军主力会突然出现在面前，一时乱了阵脚。两袋烟的工夫，刘家堡子和李家梁子的民团都被红军分头歼灭。谭世麟骑马突围时，被红军战士一枪撂倒，滚落进山沟里，当场死亡。

红军在园城子休整了一天，掉头直扑赵家梁子，摆出攻打合水县城的架势。敌人连夜出动两个步兵营和一个机枪连，增援合水县城。红军闻讯撤离赵家梁子，抢占了合水重镇西华池。

刘志丹跟随师部和三团驻扎在镇子里，张秀山带着骑兵团驻扎在镇外的骡马大店。骡马大店有两个院子，前边有门，后边没门，也没围墙。部队休息造饭。张秀山正在窑洞里洗脚，外面突然响起了枪声。哨兵气喘吁吁地跑进来报告说：

"敌人追上来了，黑压压一片，少说也有六七百人。"

张秀山湿脚穿上鞋子，大喊一声："集合部队，准备战斗！"

敌人果真摸上来七个连。快接近镇子时，敌前卫营营长对团长说："前边就是西华池，我们展开战斗队形吧。"

团长说："打一帮土包子，还要啥队形！"

这团长毕业于黄埔军校，刚从陕南调来"围剿"红军，还没有真正和刘志丹交过手。他很狂妄，从骨子里就看不起红军。部队出发前，他给每个人发了一根绳子，说是准备捆红军时用，要求每个人必须活捉一个红军。

营长提醒说："红军狡猾得很，我以前吃过他们不少亏。"

团长轻蔑地哼了一声说："保持原队形，继续前进！"

敌人大摇大摆地来到了红军前沿阵地，不但前卫营没有展开队形，后卫营也没有展开。张秀山看见这阵势，笑着说："这帮傻蛋，会不会打仗啊？"他骑马去找刘志丹。

刘志丹正站在一段城墙上观察敌情，见张秀山跑过来，便说："秀山，你带着骑兵团从后边打过去。"

张秀山掉转马头，返回部队。战士们早已上马。张秀山一挥马刀喊："跟我来，冲啊！"

骑兵团迂回到敌人背后冲杀过去，马踏刀劈，杀得敌人丢盔弃甲，惊慌逃窜。刘志丹见状，率红三团从正面冲将过去。红军两面夹击，很快将敌人压到镇子外面的山沟里。一时间，山沟里黄尘弥漫，杀声震天。敌人弄不清来了多少红军，吓得纷纷缴枪投降。

西华池一仗，俘敌五百多人，缴获德国马克沁机关枪两挺，迫击炮两门，炮弹几十箱，步枪、盒子枪五百多支。而红军伤亡却很小，只牺牲了两个骑兵、三个步兵。

敌人吃了大亏，匆忙调整"围剿"计划：仇良民民团和庆阳民团向南进攻；马弘章骑兵团驻防正宁山河镇，封锁西路；冯钦哉团一个营和数百名民团，防守直罗镇和黑水寺，另两个营在杨家店、转角镇一线拦截红军；何高侯团与另一股民团，从淳化土桥向北进攻，妄图围歼红军。

刘志丹决定北上，跳出合围。

　　红军撤出淳化，经香山河、油坊沟、黑牛坬，到达正宁县的五顷园子。冯钦哉部一个营先期到达这里，企图围堵红军。王世泰率一个连迅速占领了附近的一座小山，阻击敌人，掩护大部队突围。红军掉头向南，趁机攻取马栏，未克，又迁回抵达耀县。红三团攻下黄堡寨子，接着奔袭淳化县城，未克，又向十里塬、马家山方向转移。

　　转移途中，刘志丹获悉敌何高侯两个连正从土桥镇出发，前往淳化，便决定在三里塬伏击这股敌人。红三团一连和二连，分别从东、北两面发起攻击。由于地形不利于骑兵作战，骑兵只好下马，徒步从南面向敌人发起进攻。敌人火力很猛，先后有十几名战士伤亡，师政委杨森头部受伤。王世泰组织部队强攻，终于突破敌阵，歼敌两个连……

　　半个月后，红军主力回到荔园堡。

　　随后，红军在寨子湾成立了陕甘边军事委员会，刘志丹任主席，杨森任四十二师师长，张秀山任陕甘边特委书记。

55 ∗ 亲 人

　　自从刘培基老人来到南梁根据地，就很少开口说话。只有在习仲勋或者梁东去看他的时候，才会露出笑脸，说上几句。他们一走，他又耷拉下脸，一声不吭了。

　　同桂荣知道，老人还在生志丹的气。他们被习仲勋派去的保卫队副队长梁东接来快一个月了，刘志丹至今没有露面。同桂荣一到南梁，就要求习仲勋给她安排工作。

　　习仲勋说："你的工作就是照顾好老人和贞贞。"

　　同桂荣说："不就是一天两顿饭嘛，又不喂鸡拦羊的，剩下的时间我闲得心慌，你让我干啥都行，我不想在这里吃闲饭。"

　　习仲勋被缠磨得不行，就让她有空去红军被服厂帮忙。被服厂都是女人，平时做军鞋、军装和军旗。同桂荣生性好强，又是个急性子，不想给刘志丹丢脸，总是抢着活干。有时还把布料带回家来，晚上加班赶活，一干就是大半夜。

　　老人劝她："你悠着点，别累坏了身子。"

　　同桂荣正在灯下缝军衣，说："我这么年轻，哪儿就累着了？我一忙活，心里反倒舒坦多了。倒是您老人家，没事的时候也出去转转，别老闷在屋子里，日子久了，会闷出毛病来的。要是您老有点啥，我咋向志丹交代？"

一提志丹，老人火了："给他交代啥？离了他，我就不能活？"

同桂荣忙笑着说："您老还在生他的气呀？您再生气，他也是您的儿子。您大人不记小人过，气坏了身子，不值当。"

老人"哼"了一声，不再说什么，蹲在地上闷头抽烟。

同桂荣白天去被服厂的时候，女儿刘力贞便在荒山坡上疯跑玩耍。听说附近有野狼出没，老人很担心，对儿媳说："你也管管贞贞，我老胳膊老腿的，追都追不上她。"

同桂荣说："这里到处是人，哪里就有狼了？您就放心吧。"

老人说："听说敌人已经撤走了，志丹咋还不回来？"

老人嘴上骂儿子，心里还是想儿子。同桂荣看透了老人的心思，她心里何尝不在为丈夫担心？但是队伍上的事她不懂，又不好问习仲勋他们，也不知道丈夫现在在哪里。

她安慰老人说："您就别操心了，他那人福大命大，不会有事的。"

过了几天，刘志丹果然回来了。

他一进屋，老人忽地站起来，就往外走。刘志丹叫了声"大"，说："我回来了。"这一声"大"，把老人的心叫软了。老人重新坐在板凳上，扭头抽他的旱烟。刘志丹叫了几声"大"，他也不理。刘志丹圪蹴在老人跟前，抢过老人手里的旱烟袋，叼在嘴上，猛吸了几口说："我的旱烟早没了，可憋坏我了。"

老人把脸扭向一边，说："没皮没脸的东西！"

刘志丹笑着说："我不好，也是您老没调教好。"

老人生气地说："你看你革的啥命！前些年我听你的，拿出了一百多顷地，一百只羊，还有两个大元宝，两头牛，三头驴……"

刘志丹吧嗒着旱烟说："您的记性可真好！"

"你别给我嬉皮笑脸的！我问你，我支持你没有？"

刘志丹笑着说："支持了么，您最支持革命。"

老人说："你别给我戴高帽子！我问你，你把老张家那两个小子拐走了，让我的三百块银圆打了水漂，我说啥没？"

"那时我跑了，您想骂也骂不着。"

"我支持革命，可如今家让人烧了，祖坟让人刨了，两个亲戚被民团打死了……你说我辛辛苦苦一辈子，造的啥孽？"

老人说着，抹起了眼泪。

刘志丹安慰说："我不闹革命，国民党还是要照样抓人，照样杀人。他们不杀我们，也要杀别人，穷人的日子还是照样没法过。咱穷人只有跟他们对着干，他们才不敢欺负咱！"

这时，同桂荣正好从被服厂回来，看见刘志丹，先是一愣，接着眼泪就扑簌簌落了下来。本来有满肚子的委屈，但看见他眼里布满血丝，心疼得光落泪，一句话也说不出来。

转眼冬天到了。山梁和沟壑里，到处是刺眼的白雪。刘志丹晚上回家，看见炕上摆着一件新棉袄，拿起来穿在身上。他身上的薄夹袄已经旧得不成样子，已经无法御寒了，正想着有件棉衣呢。但穿在身上一看，发现长出一截，便扭头问正在忙碌的同桂荣："你咋做这么长，这不是浪费布料嘛！"

同桂荣扭头笑着说："这是给世泰兄弟做的，明天再给你做。"

刘志丹脱下棉袄说："你不早说。"又想起下午看见习仲勋还穿着薄夹袄，开会时冻得直哆嗦，便说："我不急，你给仲勋也做一件吧。"

296

这段日子，习仲勋的主要工作是到南梁周围的村子组织群众打土豪。他从小河子沟开始，然后在荔园堡、玉皇庙川、白马庙川、二将川，相继成立了苏维埃政府。昨天他去一个村子，有个光棍问他："你们打土豪，分田地，分牛分马，咋不把土豪家的大姑娘小媳妇分给我们？"习仲勋又好气又好笑，回来当成笑话说给刘志丹听。刘志丹先是笑，后来觉得这是个问题，说："这是群众的思想误区，我们一定要做好解释宣传工作。敌人造谣说我们共产共妻，可不能让群众真的以为我们是这样。"

习仲勋说："是啊，打土豪必须讲清政策。"

刘志丹说："现在我们的干部力量增强了，黄子文、蔡子伟、张邦英、龚逢春、刘景范他们都来了，看样子最近敌人也不会进攻根据地，我们要把工作重点放在组织和武装群众上。但也不能麻痹大意，军事工作一天也不能放松。"

习仲勋说："对，准备打仗，啥时候都是最大的事情！"

几天后的晚上，习仲勋来家里找刘志丹商量工作。谈完工作，习仲勋准备要走，同桂荣拿出刚刚做好的棉袄，让他试试。

习仲勋有些惊讶："给我做的？"

同桂荣笑着说："你穿上试试，看合不合身。"

习仲勋穿在身上，正好合身，他原地转了一圈，高兴得像个娃娃。但扭头看见志丹身上还穿着那件破夹袄，忙脱下来说："不行不行，还是给老刘穿吧。我年轻，撑得住。"

同桂荣说："这是照你的身材做的，他穿不上。"

刘志丹笑着说："你就穿上吧，客气个啥。"

习仲勋只好穿上棉袄，不好意思地走了。

同桂荣看着坐在炕沿上抽烟的刘志丹，穿得跟个叫花子似的，忍不住一阵辛酸，眼圈儿红了，说："我这就给你做棉袄。"说着，开始翻箱倒柜，找寻布料和棉花。

刘志丹见婆姨落泪了，忙笑着安慰说："你看你这人，好好的，哭个啥嘛。我在这山沟沟里，整天钻梢林爬坡上梁的，你就是做件新的，我也穿不出个啥名堂。"

他们十三年前成亲后，刘志丹就去榆林上学，后来又去广州上黄埔军校，再后来东跑西颠闹革命，很少回家。半年前，刘志丹带着队伍路过保安县刘家硷，离家只有五里路，也没顾上回去一趟。同桂荣得知后，带着女儿赶到刘家硷时，刘志丹已经带着队伍走了。

刘志丹看着瘦弱的妻子，心疼地说："这些年，苦了你了。"

同桂荣说："我苦点没啥，可作为你的婆姨，让你在人前穿得这么破破烂烂，我实在觉得丢脸。"

"现在是困难时期嘛，大家都很艰苦，等革命胜利了，一切都会好起来的。"刘志丹叹息一声说，"唉，年轻时身体好，耐冻，冬天随便穿个褂子，蹦蹦跳跳就扛过去了。现在上了年纪，还真经不住冻，你还别说，这胳膊腿最近老疼。"

同桂荣一边翻找布料，一边扭头说："你也老大不小的了，往后可得疼惜自个儿。我今晚无论如何也得给你把棉衣赶出来。"

可她翻遍了衣柜，只找出一些碎布头，有新的，有旧的，有白的，有蓝的。被服厂的布料早就用完了，她给王世泰和习仲勋做棉衣用的布料，还是逃难时从老家带出来的。她东凑西凑，一块块拼接缝补，一夜没合眼，总算缝成了一件棉衣。

早上起来，刘志丹看见这件五颜六色的"百家袄"，高兴地穿在身上，嘴里一个劲儿地说："美得很，美得很!"

看着刘志丹高兴得像个娃娃，同桂荣心酸地说："你就将就着穿吧，等有了布料，我再给你做件新的。"

刘志丹满不在乎地说："不用了，这个就美着哩! 棉袄嘛，暖和就行，穿上百家袄有福哩。我外面用羊皮袄一罩，谁也看不出来。"

过了几天，刘志丹从外面回来，同桂荣发现他身上的"百家袄"没了，就问他："棉袄哩?"

刘志丹嬉笑着说:"有个战士掉河里了,衣裳湿透了,我给他穿了。"

同桂荣心疼丈夫，又不好说什么，就把自己穿的大偏襟棉袄，连夜往宽里长里改了改，让刘志丹第二天穿上。

刘志丹说："我穿了你的棉袄，你穿啥?"

同桂荣说："你要出去打仗? 没棉袄咋行? 我一个婆姨家，在家里穿啥都行。我拆了咱家那床破被子，再凑合缝一件。"

夫妻俩都忙，贞贞一个人在山坡上玩。山里风硬，贞贞受了风寒，夜里高烧不退。刘志丹带兵去了九眼泉，同桂荣很着急，半夜找来后勤部长杨在泉。

杨部长是个中医，诊断后说是伤寒。但敌人正在封锁根据地，无法到集镇上去买药。杨在泉就将牲口用的剩药找了几样出来，配在一起，煎了喂给贞贞喝。几天后，贞贞的病竟然奇迹般地好了。

刘志丹回来听说后，笑着说："这娃皮实，吃牲口的药也能好。"

贞贞不仅皮实，而且顽皮，疯起来跟男娃一样。部队转移时，贞贞跟同桂荣同骑一匹马。同桂荣骑在前面，她骑在后面，一点也不害怕，还不停地用小手拍打马屁股。马突然跑了起来，惊得同桂荣脸色都变了，可贞贞一点也不怕，还"哈哈"地笑。刘志丹笑着说:

"这才像我的闺女嘛。"

有一次，贞贞一个人偷偷去骑马，没想到马受了惊吓，嘶叫着奔跑起来。正在旁边忙碌的刘志丹赶忙追上去，抓住了马缰绳。贞贞牢牢地趴在马背上，冲他"嘿嘿"傻笑。

战士们笑着说："这是她行军时，在马屁股上颠出来的功夫。"

56 ★ 马鞍里的秘密

1934 年初夏，陕北红军游击队总指挥部在安定县杨道峁成立，谢子长任总指挥，郭洪涛任政委，贺晋年任参谋长，下辖三个支队，共计三百多人。成立当天，就攻克了安定县城。

消息传到南梁，人们欢欣鼓舞。

南梁根据地的人们对谢子长并不陌生，但是没人见过郭洪涛。听说他是中共中央北方代表，去年底来到陕北的，其中一项主要任务，就是与谢子长建立陕北游击队。他很年轻，只有二十五岁，陕西米脂人，曾就读于榆林中学，在那里加入了中国共产党。大革命失败后被捕，关押在太原监狱，在狱中整整蹲了六年，后来被组织营救出狱，派回陕北。

安定县城的失守，深深地刺痛了井岳秀。在蒋介石的指使下，井岳秀勾结陕甘两省的军阀，调集八十六师和地方民团，向安定、清涧和神木三个陕北红军游击区进行"围剿"。他们采取步步为营的碉堡政策，每村每寨都建立了保甲制度，企图将红军与老百姓隔离开来。谢子长与郭洪涛考虑到陕北游击队刚刚建立，只有三百多人，无法应对几千敌人的围攻，决定南下南梁，与刘志丹的红二十六军会合。他们一路走，一路打，从敌人包围圈的缝隙中逃脱出来，进入南梁地区。

两军会合后，在阎家洼子召开了联席会议。会议决定由谢子长率陕北游击队重返陕北，并派红四十二师红三团北上配合，粉碎敌人的这次"围剿"。陕甘边特委同时决定，调拨一百支枪、五百块银圆，支援陕北游击队的反"围剿"行动。

谢子长离开南梁的前一天，保卫队副队长梁东截获了一封老刀给一个外号叫羊倌的密信。密信上写着谢子长北上的准确日期和路线，让羊倌组织人途中截杀谢子长。

谢子长来阎家洼子之前，梁东就盯上了阎家洼子镇上的"铁掌李"。早在两个月前，梁东从西安城里的内线得到消息，说有个外号叫老刀的特务，已经潜伏进了根据地。他秘而不宣，秘密寻找老刀。他先在红军内部寻找，但是两个月下来，一无所获；又扩大范围，渐渐把目光集中在老李的铁匠铺。

梁东盯上"铁掌李"，是因为他的铺子原来在照金镇，几个月前才搬到阎家洼子。红军走到哪里，他跟到哪里，这也没什么，因为红军队伍里的马匹多，整天东奔西跑地打游击，马掌磨损快，跟着红军能多揽生意。也不是只有"铁掌李"跟着红军跑，还有一家洋布铺子和一家卖油盐酱醋茶的杂货铺，也从照金跟到了南梁。但"铁掌李"的铺子每天进出红军最多，人多嘴杂，容易泄露消息，这就引起了梁东的关注。

"铁掌李"主要钉马掌，兼修马鞍等用具。老李四十多岁，个子极矮，但手艺不错。别人钉的马掌跑半年，他钉的马掌能跑一年。老李是个哑巴，一直没有成家。他收了一个徒弟，叫白三娃，十四岁，是他的外甥。白三娃是个闷葫芦，一天说不了十句话，而且起码有三句是半截话。所以，铁匠铺里只有他们俩的时候，除了"叮叮当当"

打铁的声音，再没别的声音。

一天，梁东在铺子外面转悠，突然听见白三娃在里面失声哭喊，急忙跑进铺子，只见老李将白三娃按倒在凳子上，用一根藤条发狠抽打。梁东拉开老李。老李拼命地挥舞着藤条，叽里呱啦喊叫着还要往前扑。梁东拦住老李，让白三娃出去躲一躲。白三娃捂着屁股一瘸一拐地跑了出去。老李指着桌子上七八块"袁大头"，朝梁东一阵叽里咕噜地喊叫，梁东不明白是什么意思。

梁东从铺子出来，在镇东头的土坡上找到了白三娃。见梁东过来，白三娃不好意思地把头扭向一边。梁东坐在他身边。

"你做啥坏事了，惹你舅舅生那么大气？"

"舅舅冤枉我！"

"他咋冤枉你了？"

"他非说我偷了人家的钱！"

"是不是桌子上放的那些'袁大头'？"

"那是我自个儿挣的，舅舅不信。"

"你干啥能挣这么多钱？"

白三娃低下头，不说话。

梁东问："你挣那么多钱想干啥？"

白三娃脸红了，说："还能干啥？娶媳妇，伺候我舅。"

梁东笑着说："你才多大，就想娶媳妇？"

"是男人，都得娶媳妇，迟早的事。"

"你做啥了，挣那么多钱？"

白三娃低头不语。

"你告诉我，我不会告诉别人！"

"人家不让我说。"白三娃红着脸说。

梁东心里"咯噔"一下，装出漫不经心的样子问："你为他们做一次事，他们给你多少钱？"

白三娃看了眼梁东，犹豫了一下说："一次一块'袁大头'。"

"我给你两块'袁大头'，你告诉我，他们让你干啥了？"

白三娃不吭声了，用手指在地上画道道，横一道，竖一道。梁东从身上掏出两块"袁大头"，拿起白三娃的手，放在他手心里。白三娃推脱不要。梁东说："钱多不咬手，挣谁的不是挣？你多挣些钱，将来也好早日娶媳妇，伺候你舅舅呀。"

白三娃不再推辞了，将钱攥在手里，红着脸说："其实我也没做啥，就是给他们捎个字条子，每捎一次，给一块'袁大头'。"

梁东很激动，不露声色地问："上面写的啥？"

"我不识字。"

"谁让你捎的？"

白三娃说："我不认识。原来在照金镇的时候，有一天舅舅出去了，铺子里来了一个人，说让我帮他捎字条，捎一次给我一个'袁大头'。我从来没见过'袁大头'，就答应了他。那人不让告诉舅舅，更不让告诉你们红军。"

"那人叫啥？"

"我不知道。"

"长啥样儿？"

"高个子，瘦猴脸。"

"他让你咋捎字条？"

"在照金时，他让我把字条塞进镇子后面树林里的一个树洞里，然后再把树洞里的字条拿给他。搬到这里以后，他让我每天在红军拿来修理的马鞍子里摸一遍，看有没有字条。要是有，就让我连夜跑到照金镇，塞进以前的那个树洞里。树洞里要是有字条，我就拿回来，塞进我家铺子后面的墙缝里，等天黑后，在铺子门口挂上羊皮灯。"

"你们不见面？"

"不见面。"

"那他咋给你钱？"

"钱就在树洞里搁着，每次去都有一块'袁大头'。"

"以后你再发现马鞍子里有字条，先拿给我看，我给你两块'袁大头'，然后，你再跟以前一样，塞进照金那边的树洞里，好不好？"

"我不敢。那人说了，如果我告诉了别人，我就活不成了。"

梁东拍了拍别在腰里的盒子枪说："你怕啥？他就一个人，我们红军这么多人保护你，还怕他？"

白三娃想了想说："那好，但你不能告诉别人。"

"这事天知地知，你知我知，我保证不告诉别人！"

从第二天起，梁东几乎每天都要在铁匠铺附近转悠，看看白三娃那里是否有动静。就在谢子长要回陕北的前一天中午，他又去了铁匠铺，白三娃悄悄把他拉到一边，塞给他一张字条，说是从红军拿来的马鞍子里摸到的。梁东展开一看，上面写着：谢九日北上，经马岭、上里塬、吴起，伺机截杀。老刀。

看完字条，梁东大吃一惊，奸细怎么知道得这么详细？

他急忙向刘志丹和习仲勋做了汇报，两人都说，先不要打草惊蛇，要引蛇出洞。同时让谢子长改变了北上路线。

当天傍晚，梁东将字条交给白三娃，让他像往常一样，连夜送到照金那个树洞里去。梁东带着一个队员，悄悄跟在白三娃后面。他想守株待兔，擒获那个取情报的人，这个人肯定跟老刀有联系。擒住了这个人，就可以顺藤摸瓜，抓到狡猾的老刀。也许，去取情报的人就是老刀。梁东带的队员叫赵满囤，是个孤儿，人很老实，身手不错，尽管当红军时间不长，但也杀过三个敌人。

他们尾随白三娃来到照金镇北的树林里，眼看着白三娃将密信塞进一棵树洞里，转身离开了。梁东事先跟白三娃说好，让他放好信后，跟以前一样，在照金镇转一圈，然后直接返回阎家洼子。白三娃走后，梁东和赵满囤埋伏在附近，盯着那棵枯树。

赵满囤比梁东大两岁，大刀眉，小眼睛，个子不高，但很结实。平时在保卫队里，赵满囤大大咧咧，没大没小，也没把梁东当队长。两人在草丛里趴着，有小虫子钻进了梁东衣裳里，梁东痒得难受，用手去挠，挠又挠不着，就让赵满囤帮他。梁东小声说："咦，真是日怪，虫子咋不咬你？"赵满囤说："我身上有烟味哩，所以虫子不咬。要不，你也来几口？"梁东说："我从来不动这东西。"赵满囤说："那你就让虫子咬去。"自己装了一锅烟，吸了起来。刚吸了两口，梁东一把夺了去，叼在嘴上。赵满囤"嘿嘿"笑了。梁东吸了一锅烟，虫子果然不来咬他了。梁东翻看着这杆两拃长的烟袋锅，说："你这烟袋锅没有老刘的长嘛，老刘的有三拃长。"赵满囤说："老刘那是榆木疙瘩旋的，我这可是核桃木疙瘩旋的，核桃木吸烟不焦，不牙疼。"梁东不信，说："你娃日哄我哩。"赵满囤一本正经地说："真的，谁骗你是狗！"梁东发现烟袋杆是两截接起来的，说："这烟杆咋是两截？"说着，就想拔开来看看。赵满囤急忙抢了过去，说："你甭给我弄坏了，烟杆分两截，方便掏里面的烟屎嘛。"

两人正说着，梁东看见一个男人出现在树林里，正朝那棵枯树走去。那人走到树下，朝四周看看，绕树转了一圈，然后又朝北走了。梁东掏出盒子枪，与赵满囤悄悄跟了上去。

跟出一里地，那人突然跑了起来。他们急忙追赶，眼看追不上了，赵满囤开了一枪。梁东说："别开枪，捉活的!"可是已经晚了，那人一头扑倒在地。梁东心想坏了，打死了。

可等他们跑到跟前，发现那人并没有被打中，只是吓瘫在地上。他浑身哆嗦，颤声说："甭开枪，我不要钱了，还不行嘛!"

梁东用枪指着那人厉声说："站起来!"

那人颤颤巍巍站起来，可怜巴巴地看着梁东。

梁东问："你是干啥的?"

"我是姚村的，我老婆病了，我来照金抓药。"

"你哄鬼哩，跑到树林里来抓药?"

男人说："我抓完药正往回走，走到镇子东头碰见一个人，他让我跟着他走，说只要我在一棵树前转一圈，然后往北走上一里地，再往前跑上一里，就给我一块'袁大头'。我不信，那人掏出一块'袁大头'给了我。我怀疑是假的，吹了一下，放在耳边一听，铮铮响，我就相信了。一块'袁大头'能给我老婆抓一百服药哩。我就跟着他来到了树林里，走到树林边上，他不走了，指着那棵老树说，就是那棵树，你围着树转一圈，然后就朝北走。我照他说的做了，没想到你们从后面追我，朝我打枪，我还以为是他后悔了，想要回那块'袁大头'哩。"

梁东恍然大悟，对赵满囤说："坏了，我们上当了!"

两人转身朝回跑。跑到枯树跟前一摸，树洞里的密信不见了……

梁东空手而归，很是沮丧，体会到了对敌斗争的复杂性。他告诫自己：要冷静，要细心，要有耐力!已经看见了狐狸尾巴，就不怕抓不到狐狸!突然又想：白三娃发现密信的那天，谁往铁匠铺送过马鞍，谁不就有最大嫌疑吗?顿时兴奋起来。但是他马上又想：老刀不会这么傻，那些马鞍谁都可能接触，老刀只要趁人不注意，很容易往马鞍里塞张字条啊。他隐藏了这么久没有暴露，说明非常狡猾。与他较量，得格外小心谨慎啊！但只要盯紧白三娃，只要老刀他还要继续传递情报，他就总有一天会露出马脚。他突然意识到，在照金取信的那个人，很可能已经有所觉察，所以才来了个"调虎离山"之计。或许，那人已经通过别的方式和渠道，通知和提醒了老刀。所以，必须内紧外松，麻痹老刀。只有这样，他才会继续传递情报，我才可能有机会抓住他。还有，白三娃的工作也要做好，不能让他流露出一点破绽。同时，还要保护好他……

梁东边走边想，只听有人说："梁队长，把啥值钱的东西丢了？"

梁东一抬头，见是张静和李岚。"你俩干啥去？"

张静说："我俩来找你，不行呀？"

梁东脸红了，挠着头说："找我干啥？"

张静说："干啥？让李岚给你说，我还有事，先走了。"

张静神秘一笑，继续朝前走了。

梁东认真地问李岚："你找我啥事？"

李岚看着梁东的眼睛说："你为啥老躲我？"

"我没躲你呀。"

"那咋整天看不见你人影？"

"我忙嘛。"

"就你忙！我问你，你心里到底咋想的？"

梁东明白李岚的意思。去年他们一起从龙家寨到南梁后，一来二往，逐渐产生了感情，现在已经到了谈婚论嫁的地步。李岚是问啥时候向组织报告他们结婚的事。可是最近因为老刀的事，梁东忙得焦头烂额，没有时间考虑个人问题。

梁东笑着说："等忙过这阵子，好不好？"

李岚有些生气，没有说话，涨红着脸走了。

57 ⋆ 谢子长和他的婆姨

　　谢子长率红三团和陕北游击队一路北上，由于早有防备，临时改变了行军路线，躲过了羊倌的截杀，路上基本没有遇到什么麻烦。路过安定县时，他很想回家去看看，但因急着赶路，就没有回去。

　　他的家在枣树坪村，离安定县城只有二十里地。安定县城坐落在凤凰山下。当地有首信天游："骑马要骑花点点，爬山要爬凤凰山；找婆姨要找花眼眼，放风筝要等三月三。"凤凰山不是一座山，而是安定城外许多山峦的总称。这些山连在一起，很像一只凤凰。凤头是祖师庙山，翅膀是文笔山和关山，二郎山和墩儿山是凤凰身子和尾巴。山下是默默流淌的泛着白光的秀延河。

　　安定县城不大，狭窄的街道上只有十几家店铺。从前有一家杂货铺姓"谢"，那是谢子长父亲开的。自从谢子长"闹红"以后，当局天天来找麻烦，杂货铺被迫关了门。

　　谢家在枣树坪算是大户。父亲谢彪鹏在安定县很有名望，识文断字，为人正直，办事公道，常常被人请去写祭文、碑文、对联和立约。他经常给娃娃们讲清朝大学士阮元的故事，用以说明学问的重要。阮元去京城赶考，考官见他器宇不凡，有意想考考他，让他以名字"阮元"对下联。他略加思索，对了"伊尹"。伊尹是商朝贤相，这样对，既工整，又以伊尹自比。考官见他才气十足，录为进士。

谢家兄弟三个，姐妹四个，下一辈有十二个男娃。谢子长无儿无女，儿子谢绍明是哥哥过继给他的。谢绍明的乳名叫双玉。双玉命苦，出生不久，父母就去世了。谢子长常年在外，很少见到这个儿子。现在想想，觉得很对不起儿子，对不起家人。有一年，游击队急需一笔钱买枪，谢子长筹集不到钱，只好狠心地把年龄尚小的侄女嫁了出去，换回来五十块大洋彩礼，买了枪弹。事后他很后悔，每每想起这事都心如刀绞。谢子长"闹红"的十年间，家里先后有十一位亲人参加了革命，其中六位现在已经牺牲。大哥谢德惠是安定县西区区委书记，被敌人杀害。二哥谢占元是地下党员，在敌人的一次追捕中被乱枪打死。还有三个侄子和一个侄女婿，都是当地的游击队员，也先后在战斗中牺牲了。

谢子长不知道婆姨史秀芸和儿子双玉现在到底是在枣树坪，还是在县城，或者别的什么地方。敌人经常去枣树坪搜查，他们不得不到处躲藏。史秀芸比他小十几岁，娘家在安定县城。成亲第三天，他就带着队伍离开了家。史秀芸既要带着继子双玉，又要走村串户宣传"扩红"，还要时常提防敌人的搜捕。

史秀芸是谢子长的第三个婆姨。他的第一个婆姨姓南，模样很俊。成亲时他才二十岁，满脑子都是革命，心里根本没有女人。枣树坪的男人成亲早，父母没有征求他的意见，就给他定了亲，并且选好了成亲的日子。他寒假从榆林中学一回来，就被强行推进洞房成了亲。他不想这么早就成亲，被婚姻拴住手脚，新婚之夜在地上圪蹴了一夜，第二天偷偷逃到了西安。

尤祥斋是他真正喜欢过的女人。两人相识时，尤祥斋才十五岁，是米脂县的妇女促进会负责人。"米脂的婆姨绥德的汉，清涧的石板瓦窑堡的炭。"米脂出美女，貂蝉就是米脂人。尤祥斋脸白，牙也白，长着一双毛茸茸的大眼睛。她在米脂女校读书时，女校创办人王璧介绍她入了党，她成为陕北最年轻的女党员。第一次见面，谢子长就喜欢上了她，她也对谢子长一见钟情。谢子长托人给尤祥斋捎去一封信，信中写道："万两黄金易得，一位知己难遇。"表达了对她的爱慕之情。后来她被组织派去北平从事地下工作，两人中断了联系。

1933年初夏，尤祥斋被派往察哈尔，担任抗日救亡妇女联合会主任。不久，谢子长在上海中央局受训结束，被派到张家口察绥民众抗日同盟军第十八师，协助师长许权中指挥作战。那时，日本人已经占领了东三省，正向山海关和热河进攻。为了推动国民党地方实力派走上抗日道路，共产党派出大批干部，分赴爱国将领冯玉祥、吉鸿昌、方振武和许权中部队去做统战工作。谢子长与许权中是老相识，渭华起义时，许权中是总顾问兼骑兵分队队长，谢子长是第三大队大队长。起义在李虎臣几个旅的"围剿"下惨遭失败后，许权中去了河南，谢子长北上回到榆林。时隔五年，他们又在张家口相遇了。

抗日同盟军从张北出发，开赴抗日前线。不到一个月，就收复了康保、宝昌、沽源、多伦等战略要地，将日伪军驱逐出察哈尔省境。蒋介石以"妨害中央统一政令"为借口，开始围攻抗日同盟军。同盟军遭遇失败，冯玉祥被迫引退。谢子长与逃出来的几个地下党员，隐居在张家口一家牛客店里，一边与地方地下党联络，一边等待中央驻北方代表指派新的任务。

在这家牛客店里，谢子长遇到了久别的尤祥斋。他们都感觉到机会难得，革命的缘分到了，不想再一次失去对方，便向当地老乡借了一间房，借来一床棉被，简简单单地结了婚。

婚后不久，谢子长去了张北前线。三个月后，也就是1933年11

月，中共北方局指派谢子长以西北军事特派员的身份重返陕北，组织领导西北地区的武装斗争。那时，尤祥斋已怀有身孕。夜里，外面下着鸡娃子雪，尤祥斋特意煮了一碗汤圆，为他饯行。他吃着汤圆，看见尤祥斋的眼泪一颗接一颗地滴落在木桌上。他帮她擦去泪水，说："祥斋，坚强点，等我回去打开了局面，就马上来接你。"尤祥斋哽咽着说："你这一走，不知道啥时候才能见面，你给娃儿起个名吧。"谢子长想了想说："我在陕北闹红时曾用过一个化名，叫秋阳，如果是男娃，就叫秋阳；是女娃，就叫秋莲吧……"

谢子长回到安定后，恢复了陕北第一支队，带领部队打土豪，筹经费，采取夜战奔袭的战术，打了几次胜仗。同时，还成立了赤卫队、少先队、妇女会等群众组织，很快建立了安定、延川根据地。战斗间隙，他经常会想起远方的尤祥斋，惦念她和肚子里的孩子。他一连给她写了好几封信，都未得到回音。后来他才从联络员那里得知，由于叛徒告密，尤祥斋已经被捕入狱，孩子也流产了。过了一些日子，又有消息传来，说尤祥斋和狱友为了反抗国民党当局，卧轨自杀了。

其实这是一种误传。尤祥斋卧轨反抗是实，但并没有牺牲。她被关押在监狱里，一直到"西安事变"后才释放出来。后来根据党的安排，从北平到了延安。可那时，谢子长已经牺牲两年了。

但谢子长当时信以为真，悲痛欲绝，多次托人向北平地下党打听，得到的消息都是：尤祥斋同志已经牺牲。

组织上考虑到谢子长孤身一人，又有一个年幼的过继儿子需要照管，便给他介绍了地下党员史秀芸。他们不久便结了婚……

58 · 黄土高坡

重返陕北后，谢子长把反"围剿"的第一仗，选在了景武塬。因为井岳秀的一个连刚到景武塬，立足未稳，好打。

景武塬不大，只有十几户人家。村子周围有五座山。相传从前山下有匹"金马驹"，一个妖道跑来想把它偷走，当地五个后生打死了妖道，保住了"金马驹"，但那五个后生也因此献出了生命，他们后来变成了五座山，当地人为了纪念他们，将五座山依次叫作大郎山、二郎山、三郎山、四郎山、五郎山。景武塬就在二郎山与三郎山之间北大沟的半山坡上。

傍晚时分，在离景武塬七八里的一个土梁上，谢子长、王世泰和贺晋年三人圪蹴在地上，用树枝和土疙瘩摆成敌我态势，研究作战计划。王世泰说："南边的宜川、洛川和宜君有敌人的十七路军，还有当地民团，大约有三千人；北边的井岳秀也有几千人，已经从延长、绥德和靖边等地，正在向安定运动。而我们现在只有几百人，兵力悬殊啊。"

贺晋年说："看这阵势，敌人是想南北夹击，东西合围。"

谢子长说："我们先打井岳秀伸出来的这个头。井岳秀的八十六师姜梅生团，在横山县石湾镇驻防。这家伙好大喜功，目中无人，竟

313

敢派出二营六连，先期到达景武塌，这就等于把头伸给了我们。我们先砍掉这个头，给他们来个下马威！"

贺晋年说："景武塌挂在半山坡，我们夜里悄悄把四面山头抢占了，然后包他的饺子！"

王世泰说："我们兵力不足，怕饺子包不严实。"

谢子长说："从战略上看，是敌人包围了我们，但从战术上来看，我们现在包围了景武塌。兵力是不够，但我们可以在抢占周围山头的同时，派出一个突击队，钻进铁扇公主的肚子里，打他个措手不及，搅他个乱七八糟，然后再一起朝里进攻！"

这天半夜，红军分头隐蔽行动，迅速抢占了周围的山头。谢子长带领陕北游击队占领了二郎山，把住了北大口，这样既切断了敌人的后路，又可防备二十里外石湾镇的敌人来增援。王世泰带领红三团，占领了村子的堖畔山，扼住了敌人向南逃跑的道路。赤卫军、少先队和部分游击队，分别占领了其他山头。贺晋年率领十几人的突击队，早已准备就绪，只等进攻命令。

拂晓时分，贺晋年率突击队悄悄摸进村子。一个哨兵抱着枪正在丢盹，贺晋年一个手势，两个队员扑上去，掐死了哨兵。可是村里的狗突然叫了起来，窑洞里的敌人跑出来问："咋回事？咋回事？"

贺晋年高喊一声："打！"

突击队员们手里的家伙同时开火，突突突，撂倒了好几个敌人。敌人乱作一团，纷纷朝山沟里逃窜。敌连长提着手枪大喊："不要慌，不要慌，几个共匪怕甚哩。不要下沟，给老子往山上冲！"

敌人又纷纷朝山头上冲。可他们没想到，几路红军这时同时从山上冲下来，将他们很快压到南大沟里。红军又是扔手榴弹，又是扫射，不到一个时辰，就结束了战斗。

等姜梅生带着援军赶到景武塌，红军早已无影无踪。

这时，谢子长已经率队走在一条崎岖的山路上。半道上他得到一个情报说，敌人的一个连占领了安定县的金吴塌。想丢盹偏偏递过来个枕头，正发愁没肉吃哩，再吃掉他一个连！

金吴塌前面是一条大沟，后面是一座高山，整个村子散落在半坡上，上下有四五层窑洞。夜里，谢子长率红三团和一、二、五游击支队，悄悄包围了金吴塌。红三团占领了山头，居高临下，准备主攻。一、二、五支队，分别抢占了沟沿和沟底，截断了敌人的退路。

鸡叫二遍，发起进攻。井岳秀的这个连虽然只有一百多人，但是武器精良，作战勇猛，战斗力很强。他们凭借院墙和窑洞，拼命抵抗。仗打得很激烈，整整持续了一个上午。敌人大部分被歼灭在村子里，小部分逃到沟底，被等候在那里的游击队悉数消灭。

战斗结束后，红军迅速东进，在敌人的夹缝间穿行，向绥德方向快速运动，经南沟岔，到达老君殿。行进到离清涧南边的张家圪台还有十几里的时候，当地联络员跑来报告说，张家圪台驻扎着敌人两个排。谢子长决定原地隐蔽休息，夜袭张家圪台。

半夜时分，红军悄没声息地靠近了张家圪台。

山梁上，当地一名联络员指着村子对谢子长说："村西头第三个院子，住着连部和一个排；东头第五个院子，住着另一个排。"

谢子长举起望远镜，借着月光，看见连部院子外面有个黑影，一动不动，可能是敌人的哨兵睡着了。而另一个排居住的院子里，一个哨兵也没有。他转身对王世泰说："你带三团收拾村东头那个排，我带其他人对付连部和另一个排。一定要快，干净利索！"

部队开始分头行动。谢子长猫着腰，带着队伍向村西头摸去，准备先干掉睡觉的哨兵。可是刚接近哨兵，黑暗中一条狗突然叫了起来，哨兵惊醒了，跳起来端着枪问："谁?"

谢子长"叭"的一枪，把哨兵撂倒了。

跟在身后的队员们"呼啦"包围了院子，爬上院墙，朝窑洞里猛烈射击。敌人从梦中爬起来，从窗户胡乱放枪。谢子长朝里面喊："你们被包围了，赶快把枪从窑口扔出来!"

里面停止了射击，但并没扔枪出来。谢子长从腰里拔出一颗手榴弹，一扬手扔了进去。窑洞窗台被炸塌了。里面的敌人见势不妙，朝外面喊："别炸了，我们缴枪!"纷纷将枪扔了出来。

与此同时，王世泰带人消灭了另一个院子的敌人……

井岳秀得知后，急令驻守薛家峁的一个连前来增援。谢子长早有防备，将部队埋伏在附近的山冈上。敌人一进入伏击圈，红军同时开火，敌人很快被击退，狼狈逃走了。

红军抵达袁家沟时，得知河口镇驻守着敌二十二军五团三营的一个连，他们经常出来"清剿"游击队，气焰很嚣张。

河口镇在黄河边上。从毛乌素沙漠里流淌出来的无定河，经过榆林、米脂、绥德、清涧等地，在这里汇入黄河。这是清涧县、延川县守敌的战略支撑点，对红军妨碍很大。谢子长决定拔掉这颗钉子。

可是，河口镇地势极为险要，突兀的一座山上修有坚固的碉堡，居高临下，易守难攻。这个连驻守后，警备更严，为了防备红军游击队的袭击，将黄河里的摆渡船只全部收缴。姓董的连长是井岳秀的亲信，对付红军游击队很有一套，知道红军多采用夜间袭击的战术，所以驻防后，特别加强了夜间巡逻。同时，还在附近村子里网罗了一些地痞流氓作为密探，专门探听红军的动向。

拂晓时分，红军抵达河口镇附近时，被敌人的巡逻队发现，双方接上了火，打了一阵，巡逻队退回到村子里去了。

红军偷袭不成，只能强行发起进攻。谢子长和王世泰率红三团，从后面的山上俯冲下来，直扑敌阵。一支游击队从东西两面发动攻击，另一支游击队控制了黄河渡口，截断了敌人东逃的后路。敌人见红军攻势猛烈，撤退进碉堡里，拼命阻击。这时，天空突然下起了大雨，红军进攻的难度越来越大，许多战士倒在了泥泞的进攻路上。战斗一直持续到下午，红军伤亡很大，毫无进展。

谢子长打红了眼，扭头对王世泰说："我带人冲上去！"

王世泰拉住谢子长说："你是总指挥，你不能去，我去！"

谢子长瞪着血红的眼睛，固执地说："我去！我就不信拿不下它！"

说着，把帽子往后一推，豹子一样跃出阵地，朝身后一挥手，高喊："同志们，跟我冲啊——"

可是，刚冲出十几米，一颗子弹突然飞来，击中了他的胸部，他趔趄了几下，扑倒在了雨地里……

59 * "郭大爷"

外号"郭大爷"的郭宝珊，是黄龙山势力最雄厚的土匪，手下拥有三百多兵马，使用的枪炮比县保安团还厉害，所以官府一般不惹他。可是前不久，冯钦哉的部队和当地民团，联合起来突袭了郭宝珊的山寨。郭宝珊猝不及防，被打得落花流水，山寨很快被占领。郭宝珊带着剩余的兄弟，逃到了凤凰山。

有人向刘志丹建议，趁机消灭郭宝珊这股土匪。

刘志丹说："郭宝珊对我们一向很友善，红军南下失败后，他还搭救过我和许多同志。现在人家有难，我们咋能落井下石哩！如果干掉郭宝珊，就违反了我们刚刚制定的政策。"

红军刚颁布了对待土匪的政策：死心塌地跟红军作对的要坚决消灭；祸害老百姓的民愤极大的惯匪要彻底消灭；对根据地没有威胁、对红军友善、帮助过红军的土匪，要积极争取他们，改造他们。不仅对土匪，对扇子会、哥老会、红枪会、硬肚团、软扇会等会道门，也要积极争取，为我所用。

习仲勋说："老刘说得对，我们应该积极争取郭宝珊。我建议马上派人去凤凰山，劝导郭宝珊带着队伍来根据地。"

刘志丹说："不仅要派人去，还要带上牛羊和军饷去。郭宝珊的老窝被人家端了，现在缺吃少穿的很困难。我们雪中送炭，真诚地帮助他，他一定会愿意跟我们干！"

习仲勋说："可是，让谁去呢？"

刘志丹说："让马锡五去。马锡五经常出入白区，对凤凰山一带熟悉。而且他为人随和，白道黑道上都有朋友，懂得黑话和黑道上的规矩，派他去最合适。"

第二天，马锡五去了凤凰山。十多天后，马锡五带着郭宝珊和他一百二十多个兄弟，回到了根据地。郭宝珊的兵马被改编为"西北抗日义勇军"，刘志丹任命郭宝珊为司令。

可是，郭宝珊来根据地不到半个月，就惹出了事端。

郭宝珊带着十几个人去筹办粮草，夜里在一个村子宿营，借住在一个地主家的大院里。第二天早晨，部队要离开时，男主人发现一把银酒壶不见了，过来抱住郭宝珊的腿，哀求说："求求你们，把酒壶还给我吧。那不是一般的酒壶，是我祖上传下来的宝贝。你们拿啥都行，就是别拿我这把壶。"

郭宝珊很生气："谁拿你壶了？"

男人说："昨晚还在哩，今早就不见了。家里又没来别人，肯定是你手下的兵拿走了。"

郭宝珊扭头问："你们谁拿了人家的酒壶？"

大家都嘻嘻笑，直摇头。

村民们听到吵闹声，围了上来，纷纷议论说：

"红军还偷老百姓的东西？"

"没见过这样的红军！"

"这帮人，原来就是土匪……"

郭宝珊脸上挂不住了，大声说："给老子搜！"

没有搜出酒壶，却从一个兵身上搜出一杆银水烟袋。

男主人扑过去抢在手里说："啊呀，这也是我家的！酒壶肯定也是你们偷了！"

郭宝珊更加生气，怒吼道："搜！给老子再搜！"

结果，从另一个兵身上，搜出了那把银酒壶。

郭宝珊走过去给两个兵几个耳光，骂道："狗日的，给老子丢人现眼！"边骂边将两个兵踢翻在地，"给老子滚！"

两个兵从地上爬起来，往村口跑。

郭宝珊掏出枪来，一扬手，"叭叭"两枪，把那两个兵打死了。

郭宝珊回到驻地，受到了刘志丹狠批："你现在是红军，应该懂得红军的法纪！战士犯了纪律，要由组织来处理，你咋能随便枪毙人呢？再说他们偷了东西，你是司令，你就没有责任？老郭啊，你不能再用过去那套带部队，这样迟早要出事！"

郭宝珊低垂着脑袋说："老刘我错了，我改！"

"改又有啥用？人已经死了，又不能复生！"

刘志丹找来一张纸，用毛笔在上面写下《西北抗日义勇军九条纪律》，递给郭宝珊说："今后，你们就按这九条执行！"

郭宝珊连连点头："老刘你放心，我一定照办！"

站在一旁的习仲勋说："我刚介绍你入党，你就犯了这样的错误，确实不应该啊。还有，你吸大烟的毛病也得改掉！听说你的队伍里还有一些人吸大烟，都必须统统戒掉！我们苏维埃政府颁布过禁烟令，不许红军抽大烟。我们手里只能有一支枪，那是用来革命的；可不能再保留第二支枪，让烟枪打倒我们自己！"

郭宝珊说："我回去就戒！"

郭宝珊说到做到。回到营地，命令部下全部交出烟枪，堆在院子

320

里一把火烧了，然后宣布了戒烟令。他说："从今天开始戒烟！如果你们谁发现我再抽一口，就一枪打死我！"

当天夜里，郭宝珊让人把自己捆绑起来，嘴里狗一样咬根木棍，让人在外面把门锁上，关了三天三夜，终于把烟戒掉了。

刘志丹见到瘦了很多的郭宝珊说："你还真是条汉子！"

郭宝珊说："我要对得起你老刘，我再也不能给红军丢脸了。我要将功补过，亲自去一趟凤凰山，把胡占奎的队伍也拉过来。"

刘志丹说："如果你真能把胡占奎拉过来，那你可为红军立了一大功。那年老谢想把胡占奎拉过来，胡占奎反倒劝他留在山上当土匪。老谢都没办成的事，你能办成？"

郭宝珊说："我了解他，我自有办法。"

刘志丹问："你有啥办法？"

郭宝珊说："那你别管，反正我把他给你拉过来就是了。但是你得答应我，我拉来后，你得把他们编入我的义勇军。"

刘志丹笑着说："弄了半天，你是想扩充自己的队伍啊。"

郭宝珊不好意思地说："我的队伍也是你老刘的队伍嘛。"

刘志丹纠正说："不是我老刘的队伍，是共产党的队伍。"

郭宝珊去了一趟凤凰山，真的把胡占奎二百人拉到了南梁。刘志丹说话算数，将他们编入了义勇军。

可是谁也没有想到，这次收编，却给红军埋下了祸根……

60 ★ 六路围攻

1934年秋，敌人突然对南梁根据地发起了"六路进攻"。

作战会议上，刚从西安赶回来的张秀山，汇报了中央苏区目前的情况。刘志丹说："看来敌人这次对我们的进攻，与中央根据地反'围剿'的失败有关。中央红军都遭受了失败，我们将面临更大的困难。"

他用一根木棍指着墙上的地图，接着说："根据联络员提供的情报，敌人的第一路，是陕西警备骑兵旅第二团张廷芝部，他们经吴起、金佛坪，现在已经到达了保安金汤镇、陆方坪一带。第二路是骑兵旅第三团张廷祥大部分，正由铁角城的头道川、二道川、三道川向我们逼近。第三路是骑兵旅第三团张廷祥小部分，到达金鼎山，沿洛河两岸推进。第四路是敌八十六师井岳秀部的五一二团二营高玉亭部和旦八寨的民团，他们正朝麻地台川、义正川一带运动。第五路是敌八十六师二五八旅的一部分，正从下寺湾、丈八寺、黑水寺方向，朝我们围拢过来。第六路是陇东警备第二旅第六团和甘肃骑兵旅，正在向庆阳、合水一带运动。从敌人的部署来看，他们这次进攻的特点是，分路向我们的边沿地带蚕食，步步为营，然后向我们根据地的中心区域推进。"

习仲勋接口说："我们可以留下少数兵力与敌人周旋；主力红军大胆向敌后穿插迂回，消灭其一路，破坏他们联合进攻的计划。"

刘志丹说："仲勋说得对。张廷芝是我们的老对手，彼此都很了解。张廷芝兵强马壮，武器精良，只要先把他打掉，或者打残，其他各路敌人就好解决了。所以，我的意见是，先拿张廷芝开刀！"

第二天，刘志丹率主力红军北上保安。按照预定的作战方案，保安游击队前往吴堡川引诱敌人，骑兵团在中途选择有利地形设伏。张廷芝果然上钩，率部一路尾随追击保安游击队，不知不觉钻进了骑兵团的伏击圈。刘志丹一声令下，骑兵团从四面山包冲杀下来，打得敌人溃不成军，到处逃窜。骑兵团穷追不舍，一口气追出六十里，击毙敌人七十余人，缴获大量枪支弹药和战马。

接着，骑兵团长途奔袭环县曲子镇，在庆阳游击队的配合下，击毙国民党区长朱文成，俘虏民团团长李恒泰等一百多人。

就在这时，刘志丹得到情报，张廷芝的步兵营和骑兵营，进驻保安金汤镇和楼坊坪。他决定吃掉他们。他率骑兵团和红二团由甘肃华池县大板岭出发，连夜奔袭楼坊坪。途经新户湾时，抓到了敌人的一个密探，经过审问，摸清了敌人的分布情况。

拂晓时分，红军突袭楼坊坪。敌人听到枪声，躲进了窑洞，负隅顽抗。刘志丹命令部队边打边撤。敌人以为红军溃败了，追击上来。红军退到孔涧村，突然分成左右两翼，呈散兵线掉头包抄回去，打得敌人落花流水。骑兵团追出十余里，全歼了敌人。

刘志丹料到金汤镇的敌人听到枪声，必定前来增援，便命令红二团埋伏在敌人的必经之路上。日上三竿，敌人果然闯进伏击圈，红二团突然发起进攻，敌人四散而逃。张廷芝元气大伤，撤出南梁根据地。

与此同时，红一团连续打击了麻子掌、梁掌堡、直罗镇、王郎坡等敌军与民团；红三团挺进头道川，消灭了新寨、白家屯等地的民团。至此，敌人的"围剿"宣告失败。

敌人撤退后，保卫队副队长梁东并没有感到轻松，因为老刀还没有抓住。这段时间，他派赵满囤一直秘密监视"铁掌李"的铺子，但白三娃再也没有得到过密信，照金那边的树洞里也不见给老刀的来信。是不是老刀嗅到了危险，警觉了，不敢活动了？或者，他并没有停止活动，而是更隐蔽了？这次敌人的"六路进攻"，情报如此准确，难道跟老刀没有关系？但是，我早已对怀疑的几条线索，提前进行了秘密布控和排查，并没有发现问题呀。可老刀是怎么把情报送出去的呢？难道他还有别的渠道？也不能排除这种可能！老刀很狡猾！我应该再扩大范围，尽快捉住这只老狐狸！

半个月后的一天夜里，白三娃突然找到梁东，说他在马鞍子里得到了一封密信。梁东展开密信，是一张二指宽的麻纸，上面写着：

"他们盯上我了，我准备实施第三套计划。老刀。"

这封密信，跟上次密信的字迹完全吻合。

可是，老刀的第三套计划是什么？他要再一次把敌人引来？这种可能性很小。敌人刚刚撤退，不可能在这么短的时间内组织新的"围剿"。那么，他想干什么呢？这次敌人"围剿"吃了亏，第三套计划会不会是一次小型的报复行动？如果是，那么报复谁呢？很可能是根据地的领导。想到这里，梁东吃了一惊，脊背冒出了冷汗。从目前情况判断，老刀很可能就隐藏在红军队伍里，他要想下手，很容易成功。梁东提醒自己，从现在起，必须内紧外松，严加防范，确保根据地领导的绝对安全！

为了防止打草惊蛇，梁东让白三娃将密信送到照金，并指派赵满囤秘密跟踪。他叮嘱赵满囤，没有十分把握不要轻举妄动，不要抓捕取信人，只要摸清取信人的底细就算完成任务。

梁东没有亲自去，他要应对老刀的第三套计划。果然这天半夜，红军指挥部附近出现了一个黑影。埋伏在暗处的梁东带队员一跃而起，扑向黑影。黑影扭头就跑，眼看就要翻过墙头，梁东连开三枪，但黑影还是消失在夜幕里。梁东带人追了半天没有追上，急忙返回营区，紧急集合队伍，清点人数。结果除了外出执行任务的十几个队员，其余一个都不少。那几个被怀疑的人，也都站在队列里。

又一次让老刀跑掉了。梁东很懊恼，也很纳闷，难道老刀不在我们内部？是不是我的侦察方向有偏差？

天亮后，梁东带人顺着老刀逃走的线路搜寻，发现墙头上有几点血迹，说明老刀中了枪。继续往前搜寻，血迹断断续续，一直延伸到镇子里，最后在"铁掌李"铺子门口消失了。

梁东拔出手枪，示意队员做好战斗准备。他侧耳细听，铺子里没有一点动静。他向队员使了个眼色，接着一脚踹开屋门，冲了进去，只见老李一个人仰躺在屋角的土炕上。

梁东举着枪喊道："不许动！"

老李一动不动。梁东举枪走到跟前，发现他已经死了。老李身子底下有一摊血迹，翻过身一看，脊背上有一个血糊糊的枪眼。

梁东大吃一惊："原来他是老刀……"

但后来梁东想来想去，怎么也把老李和老刀画不上等号。可老李真的死了，营区墙头上留有他的血迹，事实明摆着，他就是老刀。如果不是老刀，他深更半夜跑到营区去干什么？但是梁东总觉得这事有些蹊跷，凭他的直觉，老刀不可能这么愚蠢。他觉得事情不会这么简单。他想等赵满囤回来，弄清那个取信人的身份，证实了老李就是老刀，才能确认危险排除。可是即使如此，也不能掉以轻心，因为老刀很可能还有其他帮手。

　　七天后，赵满囤从照金回来了。他向梁东汇报说，他在树林里蹲守了五天六夜，也没有等来取信的人。看来敌人不会再使用这个渠道了。这个结果，让梁东很沮丧。

　　老李到底是不是老刀？

　　老刀是否还活着？

　　如果活着，他是谁？

　　这一切，仍然是个谜。

61 ✳ 娃娃主席

第二次反"围剿"胜利后，南梁根据地有了更大的发展，红军先后新成立了七支游击队，兵力增加到两千七百多人。

1934 年 11 月初，红军在荔园堡召开陕甘边工农兵代表大会，选举苏维埃主席。广场上聚集了几千人，除了红军官兵外，更多的则是根据地各村寨派来的群众代表。附近老百姓也觉得很新鲜，纷纷跑到荔园堡来，站在远处看热闹。

选举有政策要求，不是谁都可以当代表、有选举权的。地主和富农没有选举权；中农二十个人选一个代表，雇农五个人选一个代表。

选举开始前，刘志丹站在刚堆起的土台子上，对代表们说："今天，我们要选自己的当家人，所以要从最基层选起，从每一个村里选起，一级一级往上选。代表们都坐到前头来。"

三十几个候选人在前面坐成一排，习仲勋也在其中。选举结果，习仲勋得票最多。刘志丹当场宣布，陕甘边苏维埃政府正式成立，习仲勋当选为陕甘边苏维埃主席。广场上响起了热烈的掌声。老百姓在下面悄声议论：

"听说这个主席才二十一岁。"

"还是个娃娃嘛，就当了主席？"

"你可别小看这个'娃娃主席'，他本事可大了……"

接下来，选举出各委员会。

刚当选的苏维埃主席习仲勋根据选举结果，宣布粮食、财政、经济、土地、肃反、放足、禁烟、禁赌等委员会成员名单，宣布建立农会、贫农团、赤卫军、工会、青年、妇女、儿童团等群众组织。张静当选为苏维埃政府妇女委员长，李岚为妇女委员。

习仲勋宣布完后，刘志丹面对官兵和群众，大声说："我们陕甘边苏维埃政府的成立，是在中国共产党陕甘边特委领导下，经过多年流血牺牲所取得的伟大胜利！这几年，我们虽然在耀县、保安、华池等许多县建立了县、区、乡政府，但当地的国民党反动组织还没有完全摧毁。我们过去受压迫受剥削，就因为我们没有自己的政府。现在，我们终于有了自己的政府！但是革命才刚刚开始，蒋介石还在反共、反人民，日本人还在屠杀我们的同胞，我们将要面对更加艰苦的斗争！我们要拿起武器，赶走日本人，推翻蒋介石……"

之后，陕甘边苏维埃政府和红二十六军召开了军政联席会议。会议决定成立陕甘边区革命军事委员会，选举刘志丹任军委主席。同时，研究通过了边区十大政策，包括土地政策、财经粮食政策、军事政策、对民团政策、对土匪政策、肃反政策、知识分子政策、对白军俘虏政策和文化教育政策。

习仲勋在会上说："我们这些新政策实行的过程中，肯定会遇到一些困难，这就需要我们一边实行，一边完善。群众不满意的，我们就应该马上改正。苏维埃政府的工作，有政策的按政策来，没政策的按惯例来——这个惯例就是当地群众的乡俗，没有惯例的跟群众商量着来。目前我们最紧迫的任务，就是尽快建立集市，发行边区货币。"

刘志丹接口说："习主席说得对，建立了集市，印制了我们自己的货币，才能彻底打破敌人对我们边区的经济封锁。我还有几点建议：一个是，我们要着手建立红军军政干部学校；第二个，各乡村都要开办列宁小学，发展边区教育，在群众中扫除文盲；第三个，目前我们的军事力量已经壮大了，不需要女同志上一线了，可以解散妇女游击队，让这些女同志到各村去开展群众工作，宣传婚姻自由，动员妇女踊跃拥军支前……"

不久，红军举行了盛大的阅兵仪式。习仲勋和群众代表站在观礼台上，政府机关干部、学生们和当地群众盘腿坐在台下的草地上。刘志丹检阅了红军、赤卫军、少先队后，红军武装开始分列式。走在最前面的是以十路纵队为先导的赤卫军、少先队，紧随其后的是红军军政干部学校，接着是威风雄壮的红军四十二师第二团、三团和二、三路部分游击队，最后是骑兵团。看着精神抖擞、雄壮威武的红军队伍，刘志丹激动不已，当天挥毫写下了一首诗：

陕北儿女有豪气，

赤手空拳争权利。

今日武器扛肩上，

列队阵阵成铜墙。

新成立的苏维埃政府设在南梁寨子湾。寨子湾是个小镇，以前没有集市，只有三个商行，一个卖油盐酱醋，一个收购山货，还有一个用布匹换羊皮，基本处于原始贸易状态。边区政府建立集市后，逢一为赶集日。市场上卖粮食的、卖鸡蛋的、卖鞋的、卖小吃的，各种生意多了起来，边区外的商人也跑来做生意，带来了许多稀罕的"洋货"，集市里的货物更加丰富了。每逢集日，寨子湾就像过年一样热闹。红军也添置了许多新鲜玩意儿，干部用上了手电筒，战士用上了洋瓷碗，女兵们有了好看的发卡和洋袜子，还用上了"洋碱"。

集市建立起来后，习仲勋开始琢磨发行边区货币。货币怎么印制？用什么材质？面值多大？这些都是新问题，大家都没经验，不知该如何搞。习仲勋说："不懂就学嘛，我们可以到白区去请能人。"

马锡五去白区找能人。他经常来往于边区与白区之间，为根据地采办各种物资，白区朋友很多。几天后，马锡五还真请回来一个"能人"。这人五十多岁，从前在县衙当师爷，现在赋闲在家。他到根据地后，把自己关在屋子里，琢磨了好几天，用木头刻出来一个钞票模子，往油泥里一按，然后再往白土布上一盖；为防止上面的字迹时间长了会掉，又在上面涂了一层烧热的麻油，一张边区钞票就印出来了。有一元、五角、二角、一角，与银圆等值，共计发行三千元。边区政府在荔园堡还专门设立了兑换处，群众随到随换。这样的钞票，既便于携带，使用起来又很方便，老百姓称之为"苏币"。

这时，陕甘边根据地已经扩大到东至临镇、西至定边、南接耀县、北靠高桥川的广大地区。在刘志丹和习仲勋等人的组织领导下，又先后建立了庆北、淳耀、富西、富甘、定边、西靖边、合水等七县的革命委员会，以及赤安、安塞、华池等县的苏维埃政府。

秋收后，习仲勋来到平安川，走访当地农民，征求他们对政府的意见。一户农民家里兄弟俩，大小六口人，是去年从葭县（今佳县）逃荒来到根据地的，政府实行新的土地政策后，兄弟俩耕种了十垧坡地。见到习仲勋，兄弟俩双双跪倒在地上。

习仲勋吓了一跳，赶忙扶起来问："你们对政府有意见？"

哥哥说："我们感谢政府啊！你看，我们院子里的牛是政府给的，身上穿的衣服是用政府发的布做的。我们感谢红军啊！"

弟弟红着脸说："我感谢红军，但也对红军有意见。"

习仲勋一愣，笑着问："你有啥意见？尽管说！"

弟弟说："今年秋粮收成好，我们一共打了三十八石粮食。我跟哥商量，留下一家人的口粮，剩下的都送给红军。可是我们好说歹说，他们才收了我们五石粮食，还非要给我们钱。习主席您经常说，红军和老百姓是一家人，你们这么客气，还是一家人吗？这是看不起我们，把我们当外人！"

习仲勋一听是这么回事，笑着说："粮食嘛，红军当然需要，但是收多少政府有规定，要按土地亩数来计算，不能多收。红军不是把你们当外人，是想让你们多给自己留些粮食。你们有余粮，可以拿到集市上去卖嘛，换些油盐酱醋钱。"

哥哥说："我们长这么大，还从来没有见过这么好的官府！"

习仲勋纠正说："不叫官府，叫政府，是我们自己的政府。"

62 ＊ 红色学校

张静当了妇女委员长后，经常带着李岚走村串户，组织妇女纳军鞋、缝军衣，宣传妇女解放，鼓励妇女放脚，并很快在各个村庄组织起了妇女会，吸收许多年轻妇女参加了革命。

她们正干得起劲，红军开始创办列宁学校，习仲勋让她俩去学校当老师。列宁学校条件十分简陋，张静和李岚带着学生们，自己动手垒了几排土台子，在上面支上木板，算是书桌和板凳。没有教材，她们自己动手编印，油墨常常沾在手上脸上，搞得五眉三道。学生都是几岁、十几岁的娃娃，不少是烈士留下的孤儿，所以她们既要当老师，又要当父母。娃娃们衣裳破了，她们一针一线给补好；手脸脏了，一个个拉到屋里给洗净；身上长了虱子，她们晚上坐在油灯下，一个个帮他们捉掉。李岚开始还有些害怕、嫌脏，但后来看见张静捉到虱子，头一偏，两个大拇指指甲盖一挤，"咯嘣"一声，虱子就被挤破了，胆子也就慢慢大了。但是她逮到虱子，还是不敢那样活生生地去挤，而是用针挑到麻油灯芯上去烧。

张静笑着说："你这样用火刑，更残忍。"

夜深了，娃娃们都睡了，两人躺在炕上聊天。

李岚问张静，"你有喜欢的男人吗?"

张静说："有呀。"

"谁呀?"

"不在这里。"

"在哪里?"

"我们没挑明，不知道算不算爱情?"

"相互喜欢，就是爱情!"

平时大大咧咧的张静，这时叹息一声说："以前在照金时，他来过一次，后来就再没见过，也不知道现在咋样了!"

"他是谁呀?"

"他叫陈涛。"

李岚"哦"了一声，问："他人咋样?"

张静没回答，反问李岚："你跟梁东的事咋样了?"

李岚说："我不想理他了。你说他多气人，他说他只把我当妹妹看。他明明喜欢我，却不敢承认，胆小鬼!"

张静笑着说："你越生气，说明你心里越喜欢他。"

李岚说："谁稀罕他!"

张静说："我哪天看见他，替你出出气。"

几天后，张静和李岚在路上碰到了梁东，张静想过去替李岚"出出气"，看见梁东正在跟祁民说话，不好意思走过去，就站在远处叫梁东："梁队长，你过来，我有话问你。"

李岚小声说："你可千万别提我的事。"

梁东见是她们俩，丢下祁民走过来。李岚看也不看他，跟祁民说话去了。梁东挠了挠头，红着脸问张静：

"谁惹她了?"

"这得问你!"

"我没有惹她呀。"

"你不喜欢她，就是惹她。"

"她是我妹妹，我能不喜欢？"

"你把她当妹妹，就是惹她！"

梁东被这话噎住了。

这时，李岚在那边朝张静招手叫张静过去。张静和梁东走过去，李岚神情紧张地问张静："你说的那个人，叫啥？"

"哪个人？"

"就是前几天晚上咱俩说起的那个人。"

张静脸红了，瞪了李岚一眼。

李岚焦急地问："你快说呀，是不是叫陈涛？"

张静见李岚脸色不对，忙问："是呀，他咋啦？"

李岚低下头不说话，张静预感到了什么。

"陈涛咋啦？"

祁民说："陈涛他……早就牺牲了。"

张静脸色煞白，愣了片刻，转身跑走了……

许多天后，习仲勋来到列宁学校，问张静最近给娃娃讲些什么课。张静说："正在讲《三字经》和孝道。"习仲勋说："讲孝道好啊，孝是中国文化的优良传统。我们红军不讲孝道，就会失去民心。"李岚拿来她们新油印的两本课本，给习仲勋看。习仲勋翻着看了看说："讲共产主义是对的，但娃娃们不一定能理解。还是给娃娃们讲讲咋爱国、为啥要打反动派，这样比较实际。"

离开列宁学校，习仲勋又朝红军军政干部学校走去。

军政干部学校隐藏在一条山沟里，从远处看，与普通村庄没有什么两样，只是多了一个操场。在这个用打麦场改造的操场上，学员们正在练刺杀。依山崖而建的窑洞教室，他曾经进去过两次，里面全是用土块垒成的土台子，上面盖上石板，算是课桌；板凳是学员们从山上搬来的石块或树桩。

创建军政干部学校之前，刘志丹曾对他说，中央已经在瑞金创办了苏维埃大学，专门培养苏区急需的经济、政治、文教等方面的干部，毛泽东亲自担任校长，我们也应该建立自己的军政干部学校。学校很快建立起来了，刘志丹兼任校长，习仲勋兼任政治委员，吴岱峰任军事主任，马文瑞、蔡子伟等人兼任教员。

现在，军政干部学校已经走上了正轨。设立的政治课，主要是《共产党宣言》、苏维埃政府、土地革命、古田会议，还有"三大纪律、六项注意"等内容。军事课主要讲授游击战术，行军中的尖兵、本队、后卫联络；如何进攻，如何打遭遇战、埋伏、袭击，如何步骑协同；如何撤退、运动防御；如何投弹、射击、刺杀，还有技术训练和队列训练。同时，还专门开办了赤卫队员班，教他们如何设岗放哨、传递消息、侦察敌情、盘查路人、捕捉敌探等本领。

习仲勋只想站在校门外随便看看，可刚走到门口，就被正在带领学员操课的刘志丹看见了。刘志丹朝学员喊了一声"立正"，然后跑了过来，先"啪"地立正，然后向他敬了一个军礼，报告说："习主席，学员正在操课，请检阅！"

习仲勋慌了手脚，忙还礼说："继续操课！"

刘志丹让其他教官继续操课，他陪着习仲勋视察学校。习仲勋红着脸小声说："老刘，你这是干啥嘛，咋还给我敬礼呢！"

刘志丹说："这是规矩嘛，老百姓选出来的政府主席，我们红军要带头尊重和拥护哩，这样，我们的苏维埃政府才会有威信嘛。如果连我们自己都不尊重你这个主席，那老百姓慢慢也就不在乎我们的苏维埃政府了。"

63 ⋆ 粮 台

寨子湾北坡上的一孔窑洞里，围坐着七个土地委员。习仲勋站在一张破旧的木桌前，正在讲话：

"我们根据地的雇农和贫农，都分到了土地，许多人还分到了地主和富农的牛羊。从现在起，根据地边缘地区，也要开始实行土地政策。除我刚才说的个别地方需要调整以外，其他地方和中心区一样，红军家属有分得好地的优先权；没收地主和富农出租部分的土地，地主愿意参加劳动的也可以分给他土地；只分川地，不分山地，因为山地没有人种嘛。还有，土地和青苗要一起分，农民最需要的是青苗，如果分地不分青苗，就会打击农民的积极性。关于阶级划分问题，要以主要生活资料来源和剥削或被剥削的程度来决定。还有一个很重要的问题，你们带工作组下去以后，要多做村里'二流子'的工作。俗话说，若想穷，天天睡到日头红。这些人家里穷，身懒嘴馋，游手好闲，属于渭北人说的那种'腰长肋子稀，干活不出力'的懒人，光分给他们土地不行，还要帮助他们改掉身上的懒毛病，教他们如何种地，让他们也要参加生产劳动……"

接着，习仲勋开始强调生产上的一些具体事情：

"现在正是播种谷子的时候，我们要尽可能地帮助老百姓下好种。

七十二行，庄稼为王。只有老百姓丰收了，我们才能吃上香喷喷的小米饭。谷子耐旱，这一带山地水分不足，地又粗生，空隙较大，谷芽容易悬死。为了保证种子早发芽，深扎根，出苗齐，我们要派一部分同志下去，跟村民们一起随种随压。从播种后到出苗前，至少要用石碌碡碾上两三次。人哄地一时，地哄人一年啊，不要图省事。还要种好荞麦、豌豆和糜子。种好，只是第一步，关键还要经管好，还要勤锄草。要教战士们学习当地的农谚，比如：'干锄谷，湿锄麻，连阴天气锄芝麻。''豆要深，麦要浅，荞麦菜籽盖过脸。''湿锄糜子干锄谷，不干不湿锄豌豆。'这些谚语，都是老百姓总结出来的经验，我们都要学习掌握，这样才能帮到点子上……"

习仲勋讲话的时候，土地委员长张步清一直闷头抽着旱烟，一副心事重重的样子。他预感到习主席接下来会说到他。张步清是横山人，几年前带着婆姨娃娃逃荒来到南梁。刚来时家境很差，一家五口住在废弃的一个破窑里，没有一寸自己的土地，靠给地主揽活养活婆姨娃娃。春荒时节，还得出去讨饭。红军来到南梁后，苏维埃政府给他分了土地，日子一下子好了起来。最近他开垦了大片荒地，土地一多，一家人忙不过来，就雇用了几个人来耕种。昨天下午，习仲勋专门找他谈话，批评说："你作为土地委员长，没有经过政府允许，咋能私自开垦公家的坡地呢？"

他辩解说："那片坡地荒着也可惜，我这也是自食其力嘛。"

习仲勋说："好个自食其力！你作为党的干部，雇用老百姓耕种土地，这也是自食其力吗？"

"他们也不白耕种呀，我一天三顿好饭待他们哩。"

"地主也给长工饭吃哩，你跟他们有啥区别？"

他不服气地说："我们闹革命，不就是为了过上好日子嘛。"

一听这话，习仲勋更加生气，说："革命是为了让所有老百姓都过上好日子，而不是损害大家的利益，让自己过上好日子！你这样雇用短工，就是剥削！"

接到开会的通知后，张步清意识到这个会跟他有关。他知道自己的土地委员长当不成了。当不成就不当，我还不想当哩。

习仲勋布置完工作，果然话题一转，说到了张步清。

习仲勋说："边区革命委员会还有一个决议，我在这里宣布一下：鉴于张步清同志在土地革命中的表现和问题，决定撤销他的土地委员长职务，并给予留党察看的处分。责令张步清同志，立即退还侵占公家的土地，辞退雇用的农民……"

开完会，刘志丹来找习仲勋，问张步清的事情处理得咋样了。习仲勋说："我已经撤销了他的土地委员长，这样的人不处理，老百姓咋看我们苏维埃政府？"

刘志丹说："处理得好，不过事后还要做好思想工作。处理是为了帮助他，不是为了把他推到落后分子的队伍里去。"

习仲勋说："先让他自己反思，然后再帮助他转变思想。"

两人正说着，梁东跑进来报告说："粮台的军粮被人贪污了，亏空了三百多斤。粮台李海银承认那些粮食是他拿走的。"

习仲勋生气地说："刚处理了一个张步清，又出来一个李海银。"

刘志丹一拍桌子说："这还了得！红军纪律写得清清楚楚，贪污十元以上，一律枪毙！你们给我把李海银抓起来！"

梁东说了声"是"，转身跑了出去。

粮台设在荔园堡的瓦房院，前面是老爷庙，后面是一片浓密的杨树林，这样不易被敌人发现。李海银为人忠厚老实，见谁都是一张笑脸，大家都喜欢他，亲切地叫他"李粮台"。

　　当时发给部队的粮食，主要是"炒面"。所谓"炒面"，就是将糜子、玉米、小米等粮食，放在锅里炒熟、晒干，再用石碾碾成面，然后装在细长的布袋里，行军打仗时一人身上背一袋，饿了随手抓一把，塞进嘴里，边走边吃，既方便，又耐饿，还不容易坏。李海银的主要工作，就是看管粮台，组织人员加工这样的"炒面"。

　　不一会儿，梁东跑回来报告说："粮台聚集了很多群众，挡住我们保卫队，不让我们抓李海银。"

　　刘志丹问："群众为啥阻拦？"

　　梁东说："他们都说李海银是个好人，不能枪毙他。"

　　刘志丹说："好人也不能贪污，必须执行纪律！"

　　习仲勋说："老刘你先别急，这事有些蹊跷，我去粮台看看，了解一下情况再做处理。"

　　刘志丹说："也好，你去看看。"

　　习仲勋跟随梁东来到瓦房院，粮台外面已经聚集了几十名群众，他们堵在院门口，不让保卫队的人进去抓李海银。

　　习仲勋问："乡亲们，你们为啥要保护李海银啊？"

　　有人说："李粮台是个好人，红军不能枪毙好人哪！"

　　习仲勋说："他管理的粮库出现了亏空，他贪污了军粮，犯了纪律，必须受到惩处！家有家规，国有国法，如果我们不惩处他，不跟国民党一样了吗？那我们的根据地还不乱了套？"

　　没人吭声。但是人们还是守着门口，不让保卫队进去。

　　习仲勋耐心地说："你们都是有觉悟的人，应该支持政府工作嘛。"

　　有人突然站出来，跪倒在习仲勋面前说："求求政府，求求红军，饶了李粮台吧，他不是贪污犯，他是把粮食接济了我们这些刚从白区逃难来的穷人了。"

　　七八个人跟着跪了下来，一起哀求："求求习主席，别枪毙李粮台，要枪毙就枪毙我们吧，是我们连累了李粮台……"

　　习仲勋吃了一惊，让人把李海银叫出来问："真是这样?"

　　李海银低头说："我错了，我不该拿公家粮食救济人。"

　　习仲勋说："你这个李海银，好事也让你给办坏了! 救济老百姓没有错，但你应该向政府报告一下，我们也好统筹安排。大家都像你这样，各行其是，咱们政府定的政策谁来执行?"

　　李海银低头说："我乱了章程，我愿意接受惩罚!"

　　习仲勋说："这次就不追究你了，下次你得按政策办!"

　　围观的群众一听这话，高兴地鼓起了掌……

64 ⋆ 借 道

这一时期，中共中央北方代表孔原派巡视员黄翰来到陕北，主要任务是统一陕北、陕甘两个根据地的武装力量。并要求刘志丹即刻北上，负责西北军委的工作。

1934年12月底，刘志丹率红二团和陕甘五、六支队奔赴安定。这天下午，部队抵达安塞县高桥镇附近的腊平川。高桥镇是延安通往保安的必经之路，镇西北崖畔上，建有一个坚固的土寨。据当地游击队提供的情报说，土寨里驻守着民团几百人。

部队隐蔽休息时，刘志丹带着几个便衣前去察看地形。他反穿羊皮袄，手拿放羊铲，头上扎着羊肚毛巾，活脱脱一个拦羊汉。他们借了老百姓的一群羊，吆喝着在土寨附近转悠。经过近距离的侦察，发现土寨居高临下，只要有一挺机枪架在制高点上，就能封锁住唯一的通道。他们赶着羊群，佯装去河边饮水，侦察了河水的深度、宽度和河面上冰的坚硬程度，确定如果一旦出现意外，部队可以从河面通过。

返回营地，刘志丹把红二团政委胡彦英叫来，分析说："看来强攻不行。这里离肤施只有四五十里，我们一打响，敌人就会马上派兵增援，这样一来，我们不仅打不下高桥镇，还有可能受到两面夹击，打乱我们的北上计划。"

胡彦英说："不打他们，我们过不去，咋办？"

刘志丹说："看来只有借道了。"

胡彦英问："借道？他们能愿意？"

刘志丹说："不愿意也得愿意！"

黄昏时分，按照行动计划，红军先头部队突然包围了土寨城门，其他部队开始从高桥镇通过。先锋连连长仰头朝城头喊："我们是红军，不打你们，只是向你们借个道。你们可以朝天开枪，但不许伤我们。要不然，我们就端掉你们的老窝！"

敌人看不清红军到底有多少人，不敢轻举妄动，迟疑了一会儿，开始朝天鸣枪。红军也朝天鸣枪，听上去好像是在还击。红军顺利通过了高桥镇，走出很远，还能听见后面的枪声。

胡彦英笑着说："他们真客气，一直在欢送我们哩。"

刘志丹骑在马上抽着烟，笑眯眯地说："不打枪，人家不好交差嘛。过一会儿，延安的援兵就该来了。"

果然，红军走出三十里，到达招安镇时，侦察员跑来报告说，驻防在延安的敌军两个营，正在朝高桥镇方向赶去。

红军连夜朝李家塌进发。李家塌是安塞县西部的一个山寨，坐落在一条由北向南的山沟里，寨子只有东面开着一道寨门，寨内有民团数百人。寨子西边险要的山头上，修有一个寨堡，东西两面是大沟，沟底有小溪流淌。因长年雨水冲刷，沟越来越深，很难攀爬，只有东面有一段缓坡。但敌人早有防备，将缓坡削成了峭壁。敌人还在寨子周围修筑了寨墙，设置了滚木礌石，而且在寨外挖了一条很深的壕沟，上面架了一道吊桥。这些，早已提前侦察过。

时值三九，头天落过一场雪，白天被日头晒化了，夜里结成了冰，路上很滑，红军行进速度很慢，距离李家塌还有四五里路时天已大亮。偷袭显然不可能了，强攻也不行。

刘志丹说："咱们再来一次借道！"

他派一个连沿西山脚下朝山寨包抄过去，主力部队顺着沟底溪边迅速向北挺进，抵达山寨城门。这时，太阳已经冒出了山顶。睡眼惺忪的敌哨兵，发现红军队伍正大摇大摆地经过，匆忙开了枪。胡彦英命令举枪还击，同时朝寨墙上喊话：

"不要打枪！我们只是路过。让你们团总出来说话！"

敌人停止了射击。

不一会儿，城门楼上冒出一个人头，朝下面喊："我是唐海燕！你们是哪一部分的？从哪儿来？要到哪儿去？"

胡彦英说："我们是红军，是刘志丹的队伍，你放聪明点，不要胡来。跟红军作对，绝对没有好果子吃！"

唐海燕犹豫了一下说："但我们得打枪呀，否则不好交代啊！"

胡彦英憋住笑说："打枪可以，但不许伤我们一人一马！"

唐海燕说："行啊，你们就放心过吧，我们朝天打枪！你转告刘志丹，让他记着这个情，日后别为难我们就是了。"

红军在敌人的枪声中，顺利地通过了李家塌，一路向北，朝灯盏湾进军。刘志丹想去看望正在那里养伤的谢子长。

有消息说，巡视员黄翰已经在崖窑沟将陕北各红军力量改编为红二十七军八十四师。刘志丹接到通知，春节期间，红军要在赤源县周家崄召开联席会议，准备成立中共西北工作委员会和西北军事委员会。

刘志丹有许多事情，需要跟谢子长商量。

65 ∗ 灯盏湾

谢子长在河口镇战斗中负伤后，并没有离开队伍。他简单包扎了一下伤口，继续挥师北上。随后，攻打了安定县的董家寺，击溃了敌人一个营，攻入了安定城，击毙了敌团总李丕成。

但是，他的伤口由于没有及时得到清理治疗，很快开始化脓感染。在大家的再三劝说下，他才同意转移疗伤。

敌人在战场上吃了亏，派特务到处追踪谢子长。当地苏维埃政府派三个人护送谢子长向安塞转移。在一个小村休息时，有个老百姓跑来说，李绍棠的部队正在到处寻找他们，已经到了水晶沟。水晶沟离他们不到十里，必须马上转移。可他的病情已经恶化，几个人用担架抬着他，怎能跑过敌人的骑兵？

谢子长对护送他的人说："你们不用管我，赶快跑吧。"

"我们抬着你跑，跑不脱，大家一起死！"

几个人抬着担架拼命奔跑。

谢子长躺在担架上说："我不想拖累大家呀！万一敌人追上了，你们就给我一枪，可千万不要让敌人捉住我！"

他们一路狂奔，逃脱了敌人的追捕，天黑时到达韩河村。

这个村谢子长以前来过，村民认出了谢子长，赶忙腾出窑洞给他们住。经过一路颠簸，谢子长已经昏迷不醒。人们又是掐人中，又是灌羊汤，手忙脚乱地折腾了半夜，他才慢慢苏醒过来。

听村民说，这里常有敌人搜查，看来这里也不是久留之地。他们天不亮便离开了韩河村，转移到了杨道峁。杨道峁也不安全，几天后又转移到周家崄，之后又转移到磁圪湾，最后才在灯盏湾安定下来。

为了照顾谢子长，组织派人去安定把他婆姨史秀芸和儿子双玉接到了灯盏湾。这时药已经用完了。史秀芸想起以前听老人说过，把烧熟的南瓜瓤敷在伤口上，可以治疗枪伤。她找来一个大南瓜，放在灶坑里烧。"砰"的一声，南瓜爆裂了。她急忙掰下一块，跑进窑里，跪在炕上，撩开谢子长的衣裳，将热南瓜敷在他的伤口上。谢子长一阵钻心的疼痛，咧着嘴问："这行吗?"

史秀芸说："行，小时候我见大人这么弄过。"

果然过了一会儿，伤口就不怎么疼了。谢子长闭着眼说："你跟了我，没过上一天好日子，让你受委屈了。"

史秀芸安慰说："我们往后的日子还长着哩。"

谢子长叹息一声说："我恐怕活不长了。如果有一天，我真的走了，你再寻个好人，把自己嫁了吧。"

史秀芸的眼泪涌了出来："你别胡说，你一定能好!"

尽管是冬天，谢子长头上还是冒出了密集的汗珠。他闭着眼睛，故意不去看史秀芸，继续说着自己心里的话："你不用管双玉，把他交给队伍就行了。没有拖累，你好嫁人。"

史秀芸用手捂住谢子长的嘴，趴在他身上"呜呜"地哭了。

这天傍晚，天下起了鸡娃子雪。谢子长听到有人走进窑洞，吃力地抬起眼皮，看见刘志丹走了进来，惊讶地张大嘴巴。

"志丹? 真是你?"

刘志丹忙跑过来，紧紧握住谢子长的手。

"是我，老哥。"

谢子长不敢相信自己的眼睛，目不转睛地看着刘志丹。

"真是你哩志丹，我还以为再也见不着你哩。"

说着，想坐起来。

刘志丹忙按住他："老哥，你躺着别动。"

谢子长的眼睛潮湿了。

"志丹，你咋给来了？"

"我想老哥了，就跑来了。"刘志丹查看了谢子长的伤势，然后说："我给你带了好些药哩，你别着急，一定会好的，只是得慢慢养。"

谢子长摇摇头说："我恐怕不行了。"

刘志丹说："你可不能胡想，我还等着跟你弄大事哩。"

谢子长还想说什么，刘志丹有意岔开话题：

"我饿了，有没有黄煎？"

谢子长含泪笑了，说："你就好这一口……"

黄煎是安定有名的小吃。制作时需要将硬糜子去壳，用水浸泡、沥水、磨粉、过罗，取一小半，用开水烫成面糊，放在锅中蒸熟；然后将蒸熟的面糊和剩下的面粉和在一起，放入盆中等发酵后，加上碱水，舀一小勺，倒入热锅里，摊开，盖上锅盖，等蒸熟了，一张黄煎就做成了。

吃过史秀芸做的黄煎，两人坐在炕上拉话，聊起了统一指挥和联合作战问题。聊到八十四师师长和政委人选等问题时，两人意见竟然惊人的一致：师长杨琪，政委张达志。可是，说到谁当西北军委主席时，两人意见产生了分歧。

刘志丹说:"你是老大哥,这个主席理应你来当!"

谢子长说:"你看我现在这个样子,不能行动,也不能指挥,咋当主席?志丹,你了解根据地的整体情况,这个主席你当最合适。我是中央派来的西北军事特派员,你得尊重我的意见。我参加不了联席会议,你把我的意见带到会上去。"

两人争执了半天,刘志丹最后说:"那就等会上定吧。"

接下来,谢子长从陕北反"围剿"的形势,说到新成立的红二十七军,一直在说队伍上的事,显得话很多,唠唠叨叨的,像是要把积攒在肚子里的话,一股脑儿都倒给刘志丹听;又像是在交代后事。这让刘志丹产生了一种不祥之感。

正说着,双玉从外面跑了进来,见窑里来了生人,愣在窑口不敢到跟前来。谢子长说:"双玉,快过来,这就是我常给你说起的刘志丹刘叔叔,快叫刘叔叔。"双玉走过来,胆怯又好奇地看着刘志丹,叫了一声"刘叔叔"。刘志丹将双玉拉进怀里说:"告诉叔叔,长大了想干啥?"

"当红军!"

刘志丹点点头说:"好样的,像老谢家的后生!"

谢子长对刘志丹说:"双玉将来就托付给你了。"

…………

天快亮的时候,刘志丹离开了灯盏湾。这时雪下得更大了。谁也没有想到,这场雪会一直下到年关。

大年三十晚上,外面传来了"噼噼啪啪"的鞭炮声。双玉拿着一串鞭炮,刚要跑出去,被谢子长叫住:"双玉,别跑,过来。"

双玉很不情愿地走到炕跟前。

谢子长从被垛上撑起身说:"给我一个鞭炮。"

"你又下不了炕，要鞭炮干啥？"

谢子长叹息一声说："我好几个月没打仗了，想闻闻火药味儿。你把鞭炮剥开一个，把里边的火药倒在我手心里，让我闻闻。"

双玉剥开一个鞭炮，小手掬着，捧到谢子长的脸前，一股浓浓的硝烟味儿顿时散发出来。谢子长闭上眼睛，贪婪地吸了一口，一副很陶醉的样子。等他再睁开眼睛，眼角挂满了泪水。

双玉不解地问："大，你咋哭了，你不喜欢过年？"

谢子长说："大喜欢过年，可大下不了炕……"

66 ★ "杨龟子"

　　杨家圪梁是个小村庄，只有三十多户人家，没有一户杂姓，都姓杨。据说三百多年前，有杨姓五兄弟从西凉逃荒到这里，开荒种地，繁衍生息，渐渐形成了小村庄。所以细究起来，村里人都有些沾亲带故，但是贫富不一，除了地主杨成仁，其余都是穷人，其中有一半给杨成仁家扛过活。

　　去年秋天，谢子长的队伍路过杨家圪梁，一把火烧了杨成仁藏在柜子里的地契，将土地分给了穷人。杨成仁带着两个婆姨、三个女儿吓跑了。有人说他去了榆林，有人说去了西安。

　　杨成仁的儿子杨林，当时没在家，跟人"过事"去了。"过事"是关中陕北一带对红白喜事的统称。杨林会吹唢呐，会唱"道情"，经常跟乐人班子给人"过事"。等他回来，一家人早不见了，红军也已经离开了杨家圪梁。

　　杨林是杨成仁唯一的儿子。杨成仁的大婆姨比杨成仁大三岁。当初成亲的时候，杨成仁嫌她年龄大。杨成仁妈说："女大三，抱金砖，你看她那磨盘尻子，能生一大堆娃。"这女人进门后，倒真能生娃，噼里啪啦一连生了三个，却都是女娃。杨成仁想要个男娃，于是又讨了一房婆姨。小婆姨长得水灵，翘臀细腰，有一双毛茸茸的黑眼睛。

349

人好看，肚子也争气，过门一年多就生了个带牛牛的。杨家摆了二十桌水席，请全村老小吃了一顿。

可是后来，这娃却越长越像在杨家扛活的一个年轻后生。村里人悄悄议论说，这小婆姨成亲前就跟那后生好上了，嫁给杨成仁，就是想天天见到那后生。后生听到议论害怕了，工钱也没要，一个人偷偷跑了。杨成仁把小婆姨吊起来打了一顿，小婆姨死活不承认，说："我要是真跟他相好，早就跟他跑了，还等着你来拾掇我？"杨成仁想想也是，但从此对儿子生分了。

杨林长大后不喜欢念书，却迷上了唢呐和"道情"。陕北人把吹唢呐的叫"龟子"。据说唢呐是从西域龟兹国传来的。龟兹应该念"qiū"兹，但是陕北人念成了乌龟的"龟"，所以叫"龟子"。关中人却不这样叫，把唢呐叫"乐胡"，把吹唢呐的叫"乐人"，意思是"胡人的乐器"。

"道情"是陕北民歌的一种，跟信天游一样流传很广。以瓦窑堡为界，道情分为东西两路。东路道情从绥德米脂传过来，俗称"嗨嗨腔"，衬词多，节奏明快，热烈奔放；西路道情是从甘肃、宁夏传过来的，叫"西凉调"，曲调悠扬，节奏舒缓。"道情"曲牌很多，以"十字调""冒凉腔""耍孩调"为主，有"一板一眼""一板三眼"和散板等形式。"道情"又说又唱，很是热闹，陕北人都喜欢听。

杨林回家一看，家里人跑了，地也没了，便一个人坐在崖畔上吹唢呐。唢呐声凄厉忧伤，村里人听了心里很不是滋味，毕竟大家分了人家的地嘛。于是，到了吃饭的时候，家家户户都争着给杨林送饭。这家端一碗洋芋擦擦，那家端一碗荞面饸饹。杨林吃饱喝足，一句话也不说仍然坐在崖畔上吹他的唢呐。

有一天，远远看见山路上来了长长的队伍，杨林跳了起来，拍拍尻子上的土，提着唢呐跌跌撞撞地朝队伍奔了过去。跑到跟前，问走在前面一个骑马的红军："你们得是谢子长的队伍？"

那红军说："我们是刘志丹的队伍。"

杨林说："刘志丹也行，我就找他！"

那红军说："你找老刘弄啥？"

杨林说："我认得他。"

其实，他并不认识刘志丹，这么说，是担心那红军不让他见刘志丹。那红军把他带到刘志丹面前，发现杨林说了谎，有些不高兴，要赶杨林走。

刘志丹拦住问："你是哪个村的？找我啥事？"

杨林一指后面的杨家圪梁说："我就是这个村的。谢子长分了我家的地，家里人都跑了，我啥也没有了，我想当红军。"

刘志丹问："红军分了你家的地，你不恨红军？"

杨林说："那地是我大的，又不是我的。"

刘志丹笑了。

杨林说："我早就不想待在这里了。"

刘志丹问："你多大啦，扛得动枪吗？"

杨林说："我十七啦，只要让我当红军，干啥都行。"

有人俯在刘志丹耳边小声说："他可是地主的儿子。"

刘志丹说："一个人不能选择出身，但他可以选择自己的道路。"

于是，收下杨林，让他当了红军的宣传员。

1935 年 2 月 5 日，中共陕甘边特委和中共陕北特委，在赤源县周家崄召开了联席会议。会议决定成立中共西北工作委员会，委员有惠子俊（书记）、崔田夫（后接任组织部长）、刘志丹、谢子长、习仲勋、马明方、郭洪涛等人。同时成立了西北军事委员会，刘志丹任主席，谢子长任副主席。会议还任命刘志丹兼任红军前敌总指挥。

不久，灯盏湾传来不幸的消息：谢子长病逝了……

会议之后，红军主力开始反"围剿"。行军途中，杨林经常给大家吹唢呐、唱"道情"，大家都叫他"杨龟子"。杨林站在路边，扯着嗓子朝行进中的队伍唱：

　　　　　白天想你墙头上爬，

　　　　　到黑夜想你没办法……

刘志丹把杨林叫到跟前说："这些酸曲你要少唱，你要多编些革命曲儿，给大家鼓鼓劲儿，提提神儿。"

杨林脑子灵，第二天就编了一首，站在路边唱：

　　　　　刘志丹，是好汉，

　　　　　精脚片子打裹缠。

　　　　　腰里别的手榴弹，

　　　　　吓得白军腿打战。

　　　　　刘志丹，是好汉，

　　　　　不拿架子蛮和善。

　　　　　半月二十常见面，

　　　　　和咱百姓好熟惯……

刘志丹又把杨林叫到跟前，说："你不要唱我，唱红军。"

杨林说："你是咱红军的头头，不唱你唱谁？"

刘志丹说："你这娃，咋不听话？说不能唱，就不能唱！"

杨林吓得吐了下舌头说："好，老刘，我再给咱编新词儿。"

这天晚上，前敌总指挥部召开军事会议，刘志丹特意让杨林参加，说："你好好听，根据形势任务编新词儿，唱给大家。"杨林坐在一个角落里，默默听，认真记。

刘志丹在会上说："自从去年10月以来，蒋介石已经纠集了六个师三十个团，总共五万兵力，对我陕甘边根据地进行包围。高桂滋八十四师，作为这次'围剿'的主力，已经从山西渡过黄河，进驻绥德地区。井岳秀的八十六师分布在榆林、神木、府谷、葭县、米脂、横山、三边一线，准备进攻神府苏区；北线是高桂滋八十四师的四个团，部署在绥德、清涧、延川、延长、延安、安定一线，准备进攻安定苏区；西线是马鸿宾三十五师的三个旅，加上陇东警二旅，共七个团的兵力，部署在陇东曲子、环县、合水、庆阳一线，形成新月形的战线，目标是我们的南梁根据地；南线是杨虎城的第四十二师的四个团，摆在关中至宜君、洛川、中部、宜川一线，担负战略警戒任务；东线是阎锡山的七十一师二〇六旅，驻扎在绥德以东的义合镇、定仙、宋家川、穆家塬等地；我们的西南方向，是胡宗南的六十一师杨步飞的六个团，已经进驻合水、正宁、宁县一线，楔入我南梁根据地和关中根据地之间。敌人准备围堵结合，分进合击，对我们进行全面'围剿'。情况就是这样，反'围剿'战役马上就要打响了，我们要有充分的思想准备，大家有啥高见，都说说。"

红八十四师师长杨琪说："敌人虽然经过了精心部署，但也留下一些漏洞。我们的根据地地盘很大，他们只能采取分段进攻，没有与我们主力决战的条件。而且，除杨步飞部外，其他都是杂牌军，都想保存自己的实力，扩大地盘，各自为战，不能握成拳头。高桂滋部虽然是进攻主力，部队装备精良，但他们初到陕北，人地生疏，加之高桂滋与井岳秀有旧仇，现在又在井岳秀地盘上打仗，相互之间必然会有戒备，很难协同作战。敌人虽然人多，但是分散在这么大的范围内，相互联系很困难，首尾不能相顾，缺乏机动兵力重点突击……"

杨琪说完，师政委张达志接着说："敌人兵力众多，来势汹汹，但我们也有自己的优势。根据地这一年来发展很快，陕甘边已经扩大到了十八个县，陕北也达到了十四个县，这些地区都建立了红色政权，群众基础很好，可以坚壁清野，封锁消息，让敌人耳目失灵。各地游击队、赤卫军可以就地作战，牵制敌人。我们的主力部队可以机动灵活，寻机各个击破敌人。我们这几年经历了大小上百场战斗，也积累了丰富的反'围剿'经验。再说，陕北山大沟深，不利于敌人的大兵团作战，反而利于我军机动灵活的游击战……"

刘志丹说："但是不要忘了，敌我力量悬殊。敌人加起来五万多人，而我们不到四千人。红二十六军四十二师五个团，两千多人；红二十七军八十四师三个团，也才一千多人；陕北各地的游击队加在一起，差不多有一千多人。我们是以一当十啊，绝对不可轻敌！"

杨琪说："不是还有秀山和杨森的游击队和赤卫军吗？"

刘志丹说："他们的任务是坚守南梁根据地，不能轻易调动。我们南边是杨虎城的部队，根据情报，徐海东的红二十五军已经从湖北进入陕南，同他们接上了火。西边是马鸿宾的三十五师，我分析，他主要想保住陇东一带的地盘，不会大举进攻。东边阎锡山的部队战斗力不强，一打就跑，我们不用惧怕。北边的井岳秀，他想保持榆林的土皇帝地位，怕高桂滋抢他的地盘。如果我们先打高桂滋，井岳秀肯定不会来支援。所以我的想法是，先打高桂滋！"

反"围剿"方案很快确定下来。杨林回去后一夜没合眼，编成了一段陕北"道情"，在行军途中唱了起来：

正月呀么二十三，

敌人过了黄龙山。

井岳秀，高桂滋，

还有那个阎锡山。

爬圪台，上三川，

身上穿的是孝衫。

前面都是鬼门关，

他们一起都完蛋……

67 · 埋 伏

杨家园子离瓦窑堡三十里，驻扎着高桂滋的一个营。

刘志丹决定趁敌人立足未稳，集中兵力消灭这个营，争取反"围剿"第一仗实现开门红。红八十四师一团迅速在杨家园子附近集结待命。刘志丹爬上附近一道山梁察看地形，发现敌人在杨家园子修筑了坚固的碉堡，寨墙也由原来的两米增高到了四米，不好攀登，不宜强攻。而且，两侧都是深沟，兵力无法展开。他想派人化装进去，夜里偷偷打开寨门，接应部队攻进城去。可是，派谁去呢？

杨林找到刘志丹说："让我去吧，我是'龟子'，能说会唱，敌人不会怀疑我，我保证完成任务！"

刘志丹觉得杨林年龄小，参加红军时间不长，缺乏实战经验，有些不放心。但架不住他死磨硬缠，最终还是同意了，派杨林和另外两名战士化装进入寨子。杨林他们反穿羊皮袄，天麻擦黑混进了寨子。杨林的任务是吹唢呐、唱"道情"，吸引敌人的注意力，掩护另外两个战友打开寨门。杨林在敌营前的一片场地上坐下来，膝盖上绑着竹板，手里拿着唢呐，鼓起腮帮子吹奏起来，很快就招引来许多士兵和老百姓，博得一阵阵喝彩声。

夜幕降临后，有人端来了麻油灯，杨林放下唢呐，开始唱"道情"。唱的是荤腥《女掌柜》，惹得围观的士兵和百姓哈哈大笑。唱完《女掌柜》，又唱更加荤腥的《小夫妻》。

正唱着，人群里突然有人说："这不是杨家圪梁杨财主的儿子嘛，你不是跟红军走了吗，咋在这里？"

杨林一惊，但马上笑着说："我家是地主，红军不要我嘛。"

围观的士兵一听"红军"二字，"哗啦"围了上来，七手八脚按住了杨林，吹响了哨子，寨子里顿时乱了起来。另外两个战士见杨林暴露，赶忙去开寨门，却被守卫寨门的哨兵抓住了。

杨林的唢呐声突然消失了，寨门又没有按照约定时间打开，刘志丹意识到他们出事了，只好取消进攻命令，将部队撤退到吴家寨附近的山坳里，等待战机。

两天后，附近不见红军的踪影，敌营长郭子封便放松了警惕，派出一个连，押送杨林三人和以前抓捕的四个地下党员，去绥德城邀功。吴家寨是去绥德的必经之路。

刘志丹得知后，高兴地说："我正等你们出来哩！"

他的想法是，在吴家寨伏击这个连，郭子封必然会出城来营救，到那时，再来个十面埋伏，将他们全部吃掉！

日头爬上山梁的时候，敌人押解着杨林等人从川道里晃晃悠悠地走了上来，很快就进入了伏击圈。只听一声枪响，红军从两面山梁上冲杀下来。敌人猝不及防，乱了阵脚，慌忙向张家峁逃窜。杨林他们趁乱相互解开绳索，四散奔逃。其他人都朝红军这边跑，杨林却奔上一个山包，将唢呐当作冲锋号吹起来，给追击的红军指引敌人逃窜的方向。突然，一颗子弹飞来，杨林手里的唢呐慢慢掉在地上……

红军在张家峁追上敌人，将他们全部歼灭。

敌营长郭子封闻讯后，倾巢出动，气势汹汹地向吴家寨扑来。红二十六军三团和义勇军，接到伏击命令后，丢下饭碗，迅速朝吴家寨以北的山坳集结。之后兵分两路，悄然埋伏在两边的山梁上。红二十七军一团潜伏在沟岔口，等待敌人进入伏击圈后，断其后路。

一个时辰后，敌人闯入伏击圈。战斗打响后，三路红军将敌人压缩在娘娘庙一带，经过两个时辰的激战，全歼增援之敌。

战斗刚结束，侦察员跑来向刘志丹报告："敌人的另一个营从绥德出发，给瓦窑堡李绍棠团运送夏服、军饷、弹药和医药，走到马家坪时，被陕北游击队第九支队和赤卫军包围。但是游击队兵力不够，不敢进攻，担心一口吃不下这股敌人。"

刘志丹命令部队火速驰援马家坪。红军到达马家坪后，迅速抢占制高点，将敌人压缩到沟底，日落前全歼该营。

两次战斗，红军共歼敌两个营，击毙敌营长郭子封和左象亨，俘虏九百余人，缴获长短枪八百多支、轻机枪六十三挺、重机枪两挺、迫击炮两门，同时还缴获了敌人许多军饷、弹药和军服。红军也伤亡了三十八人，其中包括"杨龟子"杨林。

傍晚，刘志丹来到杨林的墓前。新堆起的坟茔上，孤零零地立着杨林那把心爱的唢呐。寒风中，刘志丹仿佛听到了悠扬的唢呐声……

68 · 反 水

胡占奎投奔红军时，没有带婆姨。不仅没有带婆姨，甚至连兵马和枪弹也没有全部带来。他把压寨夫人和十几个兄弟，还有许多枪弹留在了山寨。他对红军怀有戒心，想给自己留条后路。

但来根据地两个多月后，发现红军真诚待他，便渐渐消除了戒心，派人把婆姨接了来。接来的不是一个，而是两个。大婆姨叫兰香，从来没有去过胡占奎的山寨，一个人独住在村子里。胡占奎对兰香感情很深，多次派人下山去接她上山，可她死活不去。胡占奎没办法，便隔三岔五地派人夜里下山，给兰香送去钱粮和洋布。兰香都从门里扔了出去，说我就是饿死，也不要这些不干不净的东西！

渐渐地，胡占奎死了心。在山上寂寞难忍，便想找一个压寨夫人。去年秋天，他去韩城赵家庄踩点，遇到村里一个十七八岁的女子，一眼就看上了她。一打听，是赵老四的二女子，名叫秋叶。当天夜里，他就带人将秋叶掳上了山寨。

但有了年轻水灵的秋叶，胡占奎并没有忘掉兰香。现在，他觉得自己有了红军身份，兰香不会再嫌弃他了，在派人去山寨接秋叶时，绕道也把兰香一起接了来。

之前，胡占奎并没有告诉郭宝珊是去接婆姨，只是说派人回山寨，去取遗忘在那里的一些枪弹。

郭宝珊当时高兴地说："好啊，咱们正缺枪弹哩。"

郭宝珊见胡占奎接来两个婆姨，不高兴了。

"你咋带来两个婆姨？"

"这有啥稀罕？冯财主还娶了五房婆姨哩。"

"你是真糊涂还是装糊涂？红军有政策，只能有一个婆姨！"

"她们都是我来南梁之前娶的，总不能让我休掉一个吧？"

"那也不行，只能留下一个。我们来到南梁，就得按照红军的政策执行，无论是谁，只能有一个婆姨！你这样影响很不好，会给红军丢脸！你是义勇军副司令，更不能违反纪律！"

胡占奎脸上挂不住了，牛脾气上来了："就是老刘和习主席来了，我还是这话！你要是看不惯，可以去报告！"

郭宝珊生气地说："我不用给谁打报告，我们义勇军有九条纪律，谁都不能例外！你必须送走一个，否则，别怪我不给面子！"

胡占奎鼻子里"哼"了一声："你看着办！"

郭宝珊见胡占奎这态度，也犯了难。胡占奎是副司令，手下有一帮弟兄，要是真处理他，恐怕会惹出事端。胡占奎又是自己接到南梁来的，也不好向习仲勋汇报，只好先拖着。但拖也不是办法。郭宝珊正在想咋处理胡占奎，有个队员跑来报告说："胡占奎的一个婆姨跑了。"

郭宝珊问："咋回事？"

那队员说："不知道，听说那个叫秋叶的小婆姨跑了。"

郭宝珊一听松了口气，高兴地说："跑了好，省得我撵！"

秋叶来到南梁后，担心与兰香不好相处，可让她没想到的是，她俩一见如故，很快成了好姐妹，无话不说。说起自己如何被胡占奎抢上山，强行成了亲，秋叶伤心地哭了。兰香很同情秋叶，也陪着一起掉泪。秋叶抹着眼泪说："姐姐，你帮帮我吧，我家里人至今还不知道我是死是活，一定急死了！姐姐，你给他说说，放我回家吧。"

兰香心直性耿，去找胡占奎。兰香说："人家不愿意，你硬抢来做婆姨，缺德不缺德？"

胡占奎说："谁说不愿意？她不愿意能跟我成亲？"

兰香说："你要是还有点良心，就放人家娃回家去！"

胡占奎说："你管好自己的事就行了，别人的事少管！"

兰香与胡占奎因此大吵一架，胡占奎也没答应放秋叶走。

第二天中午，胡占奎回家发现秋叶不见了，问兰香，兰香说我让她走了。胡占奎大怒，扇了兰香一耳光，派人去追，可是直追到天黑，也不见秋叶的踪影。胡占奎很生气，但事已至此，也没办法。他本来还想拿兰香出气，但想到自己也亏欠兰香不少，便咽下了这口气。但秋叶一走，心里空荡荡的，猫抓似的难受，便有些后悔来南梁。

不久，郭宝珊接到刘志丹的命令，带着大部分义勇军北上保安。胡占奎留守南梁，身边是他带来的二百人的旧部。

郭宝珊一走，枪械修理所的老高来找胡占奎，问有没有需要修理的枪支。老高来根据地快两年了，现在的枪械修理所不比从前，有十几个修理员了。胡占奎到根据地后，最先认识的就是老高。老高对胡占奎说："你初来乍到，人地生疏，需要帮啥忙尽管说。"老高比胡占奎大一岁，但反过来却把胡占奎叫"胡大哥"，胡占奎知道这是老高在抬举他。别人表面上对胡占奎客气，可胡占奎能感觉到，他们骨子里看不起他这个土匪。只有老高，从里到外尊重他，这让他很感激。

老高来了，胡占奎自然很客气，说修不修枪倒不打紧，你兄弟来了，咱喝两盅。老高说："不敢喝酒，要违反纪律的。"胡占奎说："屌的纪律！咱哥儿俩关起门来喝，谁知道？"

于是，让兰香炒了几个下酒菜，两人关在屋里喝酒。

喝着喝着，胡占奎酒劲上来了，说自己到这里后很不自在，这不让干，那不让干，都快憋屈死了。说着说着，开始骂郭宝珊，说郭宝珊不是东西，把他骗到南梁来了。

老高说："你小声点，要是让人听见了，麻烦就大了。"

胡占奎说："老子手下有几百号人哩，谁能把老子咋样？"

老高给胡占奎斟满酒，说："胡大哥，有句闲话，我一直想给你说，但又不敢说。不给你说吧，又觉得不够意思；说吧，又觉得不大好。"

胡占奎红着眼，看着老高说："有啥话，你只管说！"

老高摇了摇头说："算了算了，还是不说为好。"

胡占奎急了："你有啥话就直说嘛，吞吞吐吐的像个婆姨！"

"那我可就说了，但都是听来的闲话，你可别当真。"

老高俯过身子，压低声音说："根据地领导对你不是很信任，有人说，不能让一个土匪来领导红军。听说等你的队伍稳定后，就要把你撤到一边，让别人来领导你的队伍……"

胡占奎一听很生气，猛地摔了酒杯，站起来大骂道："他妈的！他们想收拾我，我还想收拾他们哩！"

老高急忙把胡占奎按坐在凳子上，说："你小点声，要是让人听见了，你活不成，兄弟我也活不成了。"

胡占奎坐在那里，呼哧呼哧直喘粗气。

老高见状，不敢久坐，悄悄溜走了。

胡占奎最近心里本来就很窝火，早就想离开南梁了，听老高这么一说，更是铁了心。但也不能就这么灰溜溜地一走了之，离开前必须采取一个报复行动。红军主力一部分已经北上，一部分又远离中心区，在根据地外围游击防御，中心区寨子湾只有习仲勋带着部分游击队员和赤卫军留守，正是采取行动的好机会。成功后，他可以迅速把队伍拉回凤凰山去。当天夜里，胡占奎召集来几个亲信，密谋反水。

兰香进屋去取东西，无意中听到他们要杀习仲勋，大吃一惊。等其他人走后，她劝胡占奎千万别干这种傻事，可胡占奎根本听不进去。兰香又哭又闹，也没能让胡占奎回心转意。逼急了，胡占奎把枪往炕上一拍："这是男人的事，你少掺和！再啰唆，老子毙了你！"兰香不敢再劝了。

第二天早上，胡占奎刚一出门，兰香就悄悄跑去报告了习仲勋。习仲勋大吃一惊，决定逮捕胡占奎。但带兵去抓胡占奎不是上策，必然会引起红军自相残杀。想来想去，只能诱捕。习仲勋将一切布置好后，让梁东去请胡占奎来寨子湾开会。

这个节骨眼上，突然让他去开会，胡占奎心生疑窦。但他的行动计划还没有准备好，如果不去，会引起习仲勋的怀疑，提前暴露计划，所以还是去了。为了以防不测，他带去了手枪队。

他们来到开会地点，胡占奎的手枪队却被拦在外面。胡占奎刚想发火，梁东跑过来解释说："胡副司令，实在不好意思，习主席有令，今天开的是秘密军事会议，除了参加会议的领导，其他人一律不准进去。"胡占奎有些怀疑，下意识地把手伸向腰里的手枪。这时，窑洞里传出来说笑声，不像是陷阱，这才放下心，一个人走了进去。

习仲勋正坐在炕上，满面笑容地跟早到的人聊天，见胡占奎走进来，笑着招呼他上炕。胡占奎更加放心了，朝习仲勋走去。习仲勋热情地拉住胡占奎的双手说："大冷的天，快上炕暖和暖和吧。"

胡占奎手被习仲勋拉着，只能双脚交替着蹬掉鞋，准备上炕。可他一只脚刚踏上炕沿，梁东从后面扑上来，死死搂住了他的腰。胡占奎的双手被习仲勋死死抓着，想反抗动弹不得，腰里的手枪很快被梁东下了。梁东将胡占奎摔倒在地上，屋里的人七手八脚将他捆了起来。

与此同时，胡占奎的手枪队也被保卫队控制；赤卫队立即包围了义勇军营地，缴了胡占奎队伍的枪。

胡占奎一下子慌了："习主席，这是弄啥呢？"

习仲勋说："弄啥哩？你心里不明白？"

胡占奎知道事情已经暴露，索性叫骂起来。

习仲勋说："押下去，好好审问！"

审讯胡占奎时，赵满囤负责记录。

梁东问胡占奎："你为啥要反水？"

"你们早就想拾掇老子了，不如老子先反了。"

"谁说要拾掇你了？"

正在气头上的胡占奎说漏了嘴，把枪械修理所的老高供了出来。话刚一出口，便有些后悔，觉得对不住朋友，忙改口说："不是老高一个人，大家都这么说。"

但已经晚了。梁东立即派人把老高抓了起来。

审讯老高时，老高开始死活不承认煽动胡占奎反水，审讯了两天两夜，老高终于扛不住了，供出了老刀。原来老刀并没有死，一直隐藏在红军队伍里。老刀发展了老高。或许，老刀还在红军队伍里发展了更多的人。

梁东脊背一阵发凉，厉声问："谁是老刀？"

"我不知道，我只按他的指令行事。"

"你咋接受他的指令?"

"有事的时候,他会在我的枕头里塞一张字条。"

梁东不相信老高不认识老刀,继续审讯。审问到半夜,还是没有结果,老高一口咬定不认识老刀。

忙碌了一天,梁东也困了,想回去睡一会儿再接着审。梁东留下两个哨兵,把守在门口,然后跟赵满囤回去睡觉了。

黎明时分,哨兵突然听到屋里"啊呀"一声,急忙打开屋门跑进去一看,老高已经倒在地上,胸口扎着一把飞刀⋯⋯

老高死了。刚刚找到的线索又中断了。

几天后,胡占奎被枪决。

69 ★ 转 移

1935 年春，马鸿宾的三十五师，突然向南梁根据地发起进攻。他们从宁夏出发，兵分两路：一路经中卫、环县、曲子，进抵悦乐；另一路经固原、西峰、庆阳，进驻六寸塬。敌人采取堡垒战术，每占领一个地方，便立即修筑工事和碉堡，将老百姓集中起来，形成所谓的"战略村"，企图孤立红军，步步为营，一举攻取南梁根据地。

习仲勋率游击队和赤卫军，在老爷岭的沟岔间与敌人周旋。红军神出鬼没，时隐时现，迷惑牵制敌人。红军有时会在山坡上搭起许多毛毡帐篷，在密林中挂起许多红旗；白天有时让游击队员分散打着红旗到处奔走，夜里在山沟里到处点上篝火，并不时派出小股游击队不停地袭扰敌人，造成主力红军还在老爷岭的假象。敌人被红军牵着鼻子，在老爷岭一带转悠了一个多月，到处寻找红军决战，却始终没有找到。敌人被拖得疲惫不堪，渐渐失去了耐心，放松了警惕。

一天夜里，红军悄悄包围了田嵝崄。马殿邦团占领这里后，留下一个营驻守。习仲勋命令义勇军和保卫队担任主攻，从正面进攻田嵝崄制高点，消灭那里的一个连；合水游击队、庆阳游击队从两翼夹击田嵝崄，并随时准备阻击敌人的援兵。

突袭战斗在拂晓前打响，半小时，消灭了敌人的一个连。敌营部和另外两个连前来增援，被两支红军游击队围堵在中间，与回撤下来的主攻部队三面夹击，全歼在田嵝崄。

这时，另一路红军正在向六寸塬进发。

六寸塬是一个沟壑纵横的小土塬，东西走向，上面隆起许多小山包，形成一道凹凸不平的土梁。敌一〇五旅冶子文的一个营驻守在这里，防御工事就修筑在山梁之上。

红四十二师师长杨森和政委张秀山，率领红军长途奔袭，凌晨抵达土梁下面的一个小山村附近。侦察员报告说，村里驻扎着敌人的前卫排。红军悄悄摸进村里，消灭了这个排。

天亮后，红军向六寸塬发起进攻。红三团担任主攻，冲上敌前沿阵地。骑兵团从左侧山梁向敌人迂回进攻，却被敌人密集的火力阻止在半山腰，无法前进，伤亡很大，团长赵国卿身负重伤。这时，敌旅长冶子文带援兵赶到土梁下，红军面临被前后夹击的危险，只好放弃进攻，撤退到安全地带。

六寸塬战斗失利后，张秀山率红三团和义勇军北上陕北，向刘志丹的红军主力靠拢。杨森率骑兵团、红一团坚守南梁地区，与敌人周旋半个月后，根据"前总"命令，也向陕北转移。南梁根据地只留下习仲勋和政府机关、保卫队，以及部分赤卫军。

4月13日，也就是农历三月十一日，是荔园堡逢"一"赶集的日子。马鸿宾获悉红军主力已经陆续撤离南梁，便倾巢出动，向根据地中心区发起猛烈攻击。红军兵力很少，无法抵挡敌人，习仲勋只好率领剩下的一百多人，撤离苏维埃政府驻地寨子湾，迅速向北转移。

梁东率领保卫队掩护队伍转移，频繁与追上来的敌人激烈交火，一天之内，先后有三名队员牺牲。赵满囤主动请求走在队伍最后，负责警戒。一连几日，部队睡到半夜，敌人就围了上来，又急忙爬起来，边阻击，边撤退。撤退到第五天，梁东不知吃了什么东西，开始拉肚子，走不了一会儿，就得躲到树丛里拉一泡。肚子里没有什么东西，拉出来的全是黄汤水。

这天后晌，梁东又一次拉肚子。等他从树丛里钻出来，发现队伍已经走远了，连负责断后的赵满囤也不见了踪影。他爬上一棵树，向部队撤退的方向张望，终于看见了山林里时隐时现的撤退队伍。他从树上跳下来，急忙追赶上去。

追赶的路上，梁东发现每走一段，路边树身上就被人削下一片皮。看样子，是刚刚被人削了的，削了皮的地方，流出新鲜的树脂。也许是谁饿急了，用树皮充饥。一连多日，大家都没有吃上一顿饱饭。他没多想，继续追赶队伍。可是走了很远，还是能看见被人削过皮的树干，而且很有规律，白生生的十分显眼。他便起了疑心。走着走着，看见了赵满囤。显然赵满囤并不知道他掉队了，一直跟在后面。只见赵满囤每走十几步，就用刀子在树干上割下一小块树皮，却并不吃。梁东心里一惊：难道他就是老刀，他在有意给追击的敌人留暗号？难怪我们最近总是遭到敌人的袭击！梁东没有声张，悄悄跟在赵满囤后面。

傍晚，部队在一个土地庙宿营时，梁东突然逮捕了赵满囤。在后院一间破败的草房里，梁东连夜突审赵满囤。梁东坐在一盏麻油灯后，赵满囤被捆在一把木椅上。

梁东说："好你个赵满囤，隐藏得很深呀！"

赵满囤面无表情地说："我不叫赵满囤！"

"我知道，你叫老刀。"

"我有很多名字，老刀只是其中一个。"赵满囤平静地看着梁东说："事到如今，我也不想瞒你。看在你一直对我很信任的份儿上，我都告诉你。你想知道啥，就问吧。"

"你的同伙还有谁？"

"就我自己，没有别人。"

"这不可能！"

"以前有，可惜他们都死了。"

"都有谁？"

赵满囤说："枪械修理所的老高和铁匠铺的老李。老李以前在照金时，就一直跟王洪生单线联系。王洪生出事后，他按照我的指令，一直潜伏在照金。等我到了照金，才又重新起用他。他跟随你们红军来到南梁，也是执行我的指令。我还告诉你，真正帮我传递情报的是老李，而不是他的外甥白三娃。当我知道你已经盯上老李的铁匠铺后，我就故意让白三娃暴露，目的是转移你的视线。你果然上当了，把注意力集中到了白三娃身上。"

"老李到营地行刺，也是你指使的？"

"那天夜里去行刺的，并不是老李。"

"那是谁？"

"是我。"

"这咋可能？当时你不是跟踪白三娃去了照金吗？"

"我中途又折回来，夜里演了一场戏。"

"演戏？"

"对，是演戏。你们不是一直在找老刀吗？如果老刀出现了，而且死了，你们就不会再追查了，我就安全了。"

"你是说，你翻墙逃走后，去铁匠铺杀了老李？"

"你说反了。是我先杀了老李，然后才去的营地。"

"铁匠铺离营地并不远，我咋没听到枪声？"

"这很简单，我用棉被裹住了枪管。"

"那也不对，如果那晚真是你的话，你身上应该有枪伤。"

"你根本就没有打中我。"

"那墙头和路上的血迹咋解释？"

"那是鸡血。我事前把鸡血洒在墙头和路上，还有铁匠铺门口。我这样做，就是想把你的注意力引到铁匠铺去，造成老李就是老刀的假象。"

"这么说，那封密信也只是个幌子？"

"你说对了。那封密信的作用只有一个，就是为了迷惑你，等你上了钩，它就变成了一张废纸，一钱不值。"

"这么说，白三娃送去的密信，不会有人去取？"

"它会烂在那个树洞里。那个树洞，我们早就不用了。"

"那么，你杀了老李后，到你假装回到营地之前，中间还有六天时间，你没有在照金，你躲在哪里？"

"我没有躲藏。再说，你们以为老李就是老刀，他已经死了，我就没有必要躲藏了。这么好的机会，我不能不利用。"

"你去了哪里？"

"我去了一趟西安，向我的上级汇报了根据地的详细情况。"

"还有一个问题：那时老李并没有暴露，你为啥要杀他？"

"你盯得那么紧，他迟早会暴露。再说，铁匠铺和老李对我已经没有用了。如果不杀他，他出了事，会把我供出来。再说，我不杀他，谁来代替我这个老刀去死呢？"

"你好狠毒啊！"

"无毒不丈夫嘛。不狠毒，我也活不到今天。"

梁东突然想起另外一个问题："这么说，老高也是你杀的？"

370

"你很聪明。"

"可是那天晚上，我们一直在一起，你没有时间杀老高呀？"

"等你睡着了，我假装去上厕所，又悄悄返回去，从后窗甩进去一把飞刀，然后又悄悄回去睡在你身边……"

"你确实很狡猾！胆子也够大！王洪生出事后，你还敢隐藏在我们保卫队里，你不觉得这样很危险吗？"

"越是危险的地方越安全。你们以为保卫队出过一个王洪生，不会再有第二个王洪生，可我偏偏这么干。聪明反被聪明误嘛。你不是一直对我很信任吗？说明我这么干是对的。再说，藏在哪里，都不如藏在保卫队里掌握情报多，消息灵通，行动方便，你说是不是？大概就这些了，我说完了，你动手吧。"

"我不会杀你！你险些葬送了根据地，我不会让你这么痛快就解脱。你在照金的同伙是谁？你的上线是谁？"

"这个我不能说。说了你们也抓不住，他们已经撤了。"

"你不说，就别想痛痛快快地死！"

"你让我抽口烟吧。"

"你少耍花招！"

"你们这么多人看着我，我还能咋样？"

梁东对身后的队员说："给他松绑！"

两个队员走过去，松开了老刀一只手臂的绳索，双腿和另一只手臂还捆绑在椅子上。老刀用松开的那只手，从身上摸出核桃木烟袋，将烟布袋夹在两腿间，从里面挖出烟丝，用大拇指按了按，然后将烟杆噙在嘴上。

梁东对一个队员说："给他点着。"

那队员帮老刀点燃。老刀猛吸了一口，让烟从鼻孔蛇一样爬出

371

来，十分享受地闭上了眼睛。然后他说："梁队长，你是个好人。死在你手上，我也认了。"

说着，猛地拔开烟杆，只见一道亮光一闪，他将半截烟杆捅进了自己的喉咙，一股黑血"哧"地奔涌了出来。

梁东和几个队员急忙扑过去，可是已经晚了，老刀痉挛了几下，渐渐断了气。他双眼圆睁，嘴里噙着另外半截烟杆，喉咙上的血洞里一股接一股地往外冒着污血。

梁东这才发现，老刀的烟杆里藏着一把韭叶刀。他突然想起，上次与老刀埋伏在照金的树林里时，曾经发现这烟杆中间有个接口，当时觉得好奇，想看个究竟，却被老刀糊弄过去了。原来这烟杆里暗藏着玄机啊……

几天后，习仲勋率队伍撤退到豹子川、白沙川交会处的张岔岭时，敌人的骑兵追了上来。梁东带领部分保卫队员抢占了一道山梁，与赤卫军副总指挥梅生贵带领的赤卫军一起，顽强阻击敌人。敌骑兵大约五六百人，而红军的阻击队员还不到三十人。除此之外，突围队伍里只剩下没有多少战斗力的妇女和学员。一旦被敌人追上，整个陕甘边区苏维埃政府就完了。

梁东见敌人越来越多，对梅生贵说："这样硬拼肯定不行！即使我们全部牺牲了，也保护不了习主席他们。"

梅生贵说："我带赤卫军继续阻击，你想办法把敌人引开。"

梁东撤出战斗，让队员们在马尾巴上绑上树枝，骑马沿着山梁朝西奔跑，弄得一路尘土飞扬，造成苏维埃政府人员朝东撤退的假象。然后，又急忙跑下山梁，朝另一个山坳跑。

梅生贵的赤卫军终因寡不敌众，伤亡惨重，最后只剩下梅生贵一人。他端起赤卫军唯一的机枪，站着朝敌群疯狂扫射，击退了敌人的三次冲锋。在反击敌人的第四次冲锋时，他打完了最后一颗子弹，直挺挺地站在那里，直到被敌人乱枪打死，才轰然倒地。

而更多的敌人则绕过山梁，朝梁东保卫队"撤退"的方向追去。追到一个三岔口，发现前面只有十几个红军，知道上了当，恼羞成怒，发起疯狂进攻。梁东他们被重重包围，全部英勇牺牲……

习仲勋带领剩余队员，撤退到一个山沟时，发现自己的双脚已经被马镫磨出了两个血洞。他顾不得包扎，集合部队，清点人数，发现只剩了四十多人。部队继续转移，一个女兵却站着不走，扭头朝后张望。习仲勋认出是李岚，问她："你咋不走，是不是受伤啦？"

李岚说："我没有受伤。"

"那快点走吧，敌人马上就要追上来了！"

李岚说："我想等梁东他们。"

习仲勋突然想起来，前段日子，李岚和梁东向组织提交了结婚申请，他已经同意了，后来因为反"围剿"开始了，他们没来得及举办婚礼。其实这时他也一直在担心梁东和梅生贵他们，但是作为一个指挥员，这时最重要的任务是保住苏维埃政府，把其余人员转移到安全地带。于是他说："他们打退敌人，就会赶上来的。"

话是这么说，但他心里并没有底。在残酷的战场上，什么样的事情都可能发生。他无法保证每一个人都能活着突围出去，但他要保证陕甘边苏维埃政府不被敌人打散！

这时张静返回来，把李岚拉走了。李岚一边走仍一边扭头张望。习仲勋担心敌人追上，不断改变撤退方向，先是朝东，走到天黑，又突然折向北。凌晨时分，他们到达瓦子川，但他们只在这里住了三天，又立即转移到洛河川的石峁湾。

习仲勋在一道斑驳的墙壁上，看到一张国民党的告示：

捉住匪首习仲勋者，赏银三千，马两匹。

这里也不能久留。他们继续向东转移，到达了阎家湾。之后，又转移到距离甘泉县城七十里的下寺湾……

70 ✦ 攻城拔寨

习仲勋抵达下寺湾时，红军主力已经包围了兴隆寨。

半个月前，红军攻下了绥德与清涧之间的张家圪台，歼敌一个连，击溃两个营。然后，佯装要攻打绥德城。高桂滋急忙集结兵力北上绥德，严加防范。红军却金蝉脱壳，连夜隐蔽南下，一举攻克了延长县城，消灭了高桂滋的一个骑兵连和县民团。高桂滋调兵增援。红军丢下延长县城，继续南下，击溃了敌八十四师驻守在延安的五〇一团二营后，又掉头北上，包围了安塞县政府所在地兴隆寨。

兴隆寨建在一座土山上，四面筑有高墙，只有一条山路与外面相通。寨内除了国民党县政府机关外，还有附近逃难的地主，以及守护寨子的数百名团丁。红军到处攻城拔寨，敌人早有防备，在寨子外面布置了三层火力网，准备了礌石滚木，想与红军在这里决一死战。

天麻擦黑，红军开始攻城。刘志丹派部分兵力佯攻，吸引敌人的注意力。同时派更多的兵力，悄悄朝寨墙方向抢挖交通沟。后半夜，红军从交通沟接近寨墙，爬上云梯，攻入寨子。县长带着地主豪绅从寨子后墙顺着绳索滑下沟来，准备逃走，被早已等候在此的赤卫队全部活捉。

接着，红军计划攻打李家塌。这时天气已经很热。部队隐蔽在李家塌附近的一片梢林里，前敌总指挥部在一处土崖下，召开团以上干部会。刘志丹指着悬挂在土崖上的地图说："李家塌是敌人钉在陕甘边和陕北两个根据地之间的最后一颗钉子，我们必须拔掉它！这次攻取李家塌，由二十七军一团担任主攻；二十六军三团打援，阻击保安的援军；义勇军和二十七军二团抢占李家塌南山，用火力支援主攻部队；二十七军三团作为预备队。"

担任主攻的红一团团长贺晋年高兴地说："总算轮到我们了！打兴隆寨时，我们担任打援，结果连个敌人毛都没看见。这次'前总'让我们团主攻，李家塌的敌人我们全包了。不管有多大困难，我们坚决完成任务！"

刘志丹说："尽管你们一团在二十七军里人数最多，装备最好，但也不过八九百人，而且没有营的建制，只有七个步兵连和一个机枪连。老贺啊，拿下李家塌可不是那么容易，你可不要轻敌！"

红一团政委张达志帮腔说："老贺在来的路上就开始谋划咋打主攻了，他心里有数，老刘你就放心，我们保证完成任务！"

刘志丹说："好，这回就看你们一团的了！"

1935 年 6 月 17 日拂晓，红一团突然包围了李家塌。贺晋年把主力部署在北山上，打算居高临下攻打寨子。但敌人挖了壕沟，火力很猛，一天连续冲锋了五次，也没有攻下寨子。

贺晋年只好将主力撤下来，夜里集中兵力偷偷地向寨子里挖地道，准备采用爆破手段，炸塌一处寨墙后，再攻进寨子。

可他没想到的是，敌人在寨墙下早就埋了水缸，从水缸里听到了红军挖地道的声响，派兵连夜又加深了壕沟，把地道拦腰截断后，同时向地道里扔下手榴弹，把地道炸塌了。

折腾了四五天，寨子还是没有攻下来。强攻不行，围困也不是办法，因为寨子里不缺水，也不缺粮。两军处于僵持状态。民团团总唐海燕站在城墙上，朝红军喊话："叫刘志丹上前说话。"

刘志丹骑马来到城下。

唐海燕大声说："好你个刘志丹！上次我借道给你，没有动你们一根毫毛。我们说好井水不犯河水，你为啥还来攻打我们？"

刘志丹说："你这颗钉子钉在我眼窝里，我不拔掉疼嘛。上次我是借道，这次我想借寨子。如果你愿意把寨子借给我，我保证不伤你一兵一卒。"

唐海燕生气地说："你想得美！你有本事继续打嘛。"

刘志丹说："那我再试试吧。"

刘志丹骑马跑上南山，用望远镜观察寨子周围的地形。这时贺晋年也骑马跟了上来。刘志丹举着望远镜，头也不回地说："老贺你还好意思来，你不是吹牛说把李家塌包了吗？"

贺晋年红着脸说："你就甭说了，我羞得都想把脸装裤裆里。"

刘志丹的脸上突然露出了笑容，把望远镜递给贺晋年说："老贺你看看，寨子崖壁上是不是有一道裂缝？"

贺晋年拿起望远镜看了看，兴奋地说："真有道裂缝哩。"

刘志丹用手指着说："那里是敌人的软肋。你组织一个突击队，夜里悄悄从那里爬上去，然后迅速抢占寨子西南角，掩护主力从东门攻进寨子……"

贺晋年说："老刘你放心，这回我一定拿下！"

刘志丹笑着说："你老贺这回再拿不下，你可真要把脸装到裤裆里了。你要是拿下，我亲手爆炒羊肉给你吃。"

贺晋年说："好，你准备好羊肉，等着我！"

贺晋年骑马返回队伍，挑选了三十名突击队员，分成火力组和突击组，每人配备了绳索、马枪、盒子枪和手榴弹。

天黑后，他带领突击队悄悄向崖壁裂缝处摸去。经过一道缓坡时，敌人发现了他们，突然开了枪，并喊叫着推下滚木和礌石。贺晋年被礌石击中，脊背火辣辣的疼痛，一摸头上全是血。他顾不得疼痛，命令队员们朝寨墙上扔手榴弹。在爆炸声和烟雾中，突击队冲到寨墙下，搭起人梯，爬上寨墙，与敌人展开了肉搏，最终占领了寨子西南角。

这里距离东门五十多米，中间都是民房，墙接墙，院挨院，到处都是敌人的火力点。而且寨子东高西低，由下朝上进攻，难度很大。贺晋年打急了眼，一挥手枪喊："同志们，冲啊，占领东门！"

突击队与敌人短兵相接，展开了巷战，突击队员纷纷倒下。冲到东门时，只剩下了十几个浑身是血的队员。攻占东门后，贺晋年放下吊桥，朝城外的团政委喊："老张，快带同志们冲进来啊！"

话音刚落，一颗子弹击中了他的后背……

红军攻下了李家塌，陕甘边根据地和陕北根据地终于连成了一片。李家塌一战歼敌六百人，缴枪二百多支，俘敌百余人。战斗结束后，红军组成临时法庭，宣判唐海燕死刑，当场执行。

贺晋年苏醒过来，听说李家塌已经攻下来了，嚷嚷着要吃老刘的爆炒羊肉。看护他的战士说："老刘已经去给你做了。"过了一会儿，刘志丹果真端了一老碗爆炒羊肉进来了，乐呵呵地说："爆炒羊肉来了，可香了，老贺你快尝尝！"

贺晋年看见刘志丹，嘴唇哆嗦着说："老刘，我没脸吃，我没有完成好任务，牺牲了那么多战士。"说着，眼泪就涌了出来。

刘志丹安慰他说："你已经尽力了……"

夜里，"前总"在李家塌一孔窑洞里召开军事会议，研究攻打靖边城的行动方案。刚从靖边城回来的侦察员介绍说："靖边城在毛乌素沙漠的南端，城外有一条无定河。城墙高三丈六，城中有城，西山寨最高，建在长城上，墙高十多米。东南北三道城墙上各有一个城门，共有十多个制高点，都是砖石门楼，高大坚固。东北角开了个水门。城里东西、南北两条街道，十字街中心点上有个钟鼓楼，南北大街有城隍庙、南门楼、北门楼等制高点。城东南有一段城墙已经坍塌破损，部队可以从那里攀登攻击……"

刘志丹一边吧嗒着旱烟，一边说："靖边城西通安边、定边、宁夏，东连横山、榆林，北接内蒙古，是塞北的一个交通要道。攻下靖边城，我们就可以把敌人斩成首尾不能相接的两段。显然，敌人也明白这一点，所以非常重视那里的防守。那里驻扎着井岳秀的高双成旅机炮营和四个连，还有靖边保安队、常备军和从安定逃去的保安队。营长曲子鹏这个人顽固狡猾，很有作战经验，以前多次跟我们交过手。周边还有横山二五八旅段宝山团，石湾的二五六旅左协中团，三边的张廷芝骑兵团，他们随时都有可能赶来增援，对我们攻城威胁很大。所以，咋个打靖边，大家可以讨论一下。"

大家先后发表了自己的意见。

刘志丹最后集中了大家的意见，确定了作战方案：集中四个团共三千优势兵力，远距离奔袭，强攻靖边城。郭宝珊率抗日义勇军，率先攻取西山寨制高点；步兵二、三团偷袭城东南角，成功后，吴岱峰率步兵三团乘胜攻占南门城楼；贺晋年的红一团作为预备队。同时派出部分兵力，阻击宁条梁方向可能出现的增援敌军；陕北游击队第三纵队配合赤卫军，布防在楼沟嘴一带，准备阻拦横山来的援军。

刘志丹说："总攻时间，以义勇军攻打西山寨为号。"

部队北上，隐蔽渡过芦河，中午时分集结到指定位置，暂时隐蔽休息，准备夜里攻城。夏日正午的沙漠，炎热异常，隐约可见远处残缺的长城。

天黑后，郭宝珊派人找来一个羊倌为向导，带领义勇军向靖边城开拔。但由于天黑，向导带错了路，部队绕了一个大圈，天快亮了还没有到达城下。吴岱峰带领红三团早已到达城外，听不到义勇军的枪声，心急如焚。如果再不攻城，就会失去偷袭的最佳时机。不能再等了！他请示刘志丹，要求攻城。刘志丹只好下令，改偷袭为强攻。

红三团很快攻下了东南角。他们继续向南城楼进攻，一连攻占了东门，二连和三连向钟楼进攻。刘志丹见红三团得手，命令预备队也投入战斗，绕道从东门突破敌人防线。激战两小时，攻克了城隍庙制高点，而后又兵分两路，与红三团夹击攻占了钟鼓楼。

这时，郭宝珊率义勇军才匆忙赶到，他们立即投入战斗，很快就攻克了西山寨。与此同时，贺晋年率领的红一团也攻占了北城楼。至此，全城制高点全部控制在红军手中。战斗一直持续到下午，靖边城守敌全部被歼灭。营长曲子鹏带着卫兵突围出城，逃往横山，红军一路追击，将他们全部击毙。

红军撤出靖边城时，城墙上有人唱起了信天游：

　　　　　　红缨杆子长，

　　　　　　人马闹嚷嚷，

　　　　　　走一回靖边提一回枪。

　　　　　　靖边包围定，

　　　　　　老刘发命令，

　　　　　　造一个云梯上了城。

上到城墙上，

队伍站两行，

老刘是军长，

炮打敌营长……

根据地

71 ★ 围堡打援

这一时期，蒋介石亲任"西北剿匪总司令"，并任命张学良为副司令，调集东北军十一个师和第八十四师、八十六师，以及阎锡山的五个旅，妄图将陕北红军围歼在保安和安塞一带，彻底摧毁陕甘边根据地。这是两年间，敌人对陕甘根据地发动的第三次"围剿"。

红军"前总"在杨家园子召开团以上干部会议。刘志丹一边抽着旱烟，一边不急不缓地说："蒋介石对江西和鄂豫皖苏区，先后进行过五次大的'围剿'，不也没把中央红军剿灭吗？第一次，老蒋举兵十万，以江西省主席鲁涤平为总指挥，长驱直入，分进合击；第二次，以军政部长何应钦为总指挥，举兵二十万，稳扎稳打，步步为营；第三次，老蒋调兵三十万，亲自担任总司令，分路'围剿'；第四次，老蒋自任鄂豫皖剿匪总司令，先用三十万兵力围攻湘鄂西苏区，得手后，又集结兵力五十万进攻中央苏区；第五次，老蒋调兵上百万，用于中央苏区的就有五十多万，准备一举剿灭中央红军。从老蒋对中央红军的五次'围剿'来看，无非就这么几种路数，没啥可怕的。"

刘志丹在桌子腿上磕掉烟灰，站起来走到墙上的地图跟前，比画着说："这次老蒋采取南进北堵、东西配合、逐步向北压缩的战法，他们的具体部署是：东线沿黄河沿岸，是晋军孙楚部的三个旅，以及七十一师的二〇六旅、七十二师的二〇八旅；北线的清涧、绥德、米脂、横山、神木、府谷等地，是高桂滋部和高双成的部队；西南线的环县、庆阳、合水、长武、邠县一带，是三十五师的一九五旅，以及东北军五十七军董英斌部的一〇六师、一〇八师、一〇九师、一一一师，骑兵三师、骑兵六师、骑兵十师、骑兵十团；西北线宁陕交界地区，是十五路军马鸿逵部的三个骑兵团；南线的鄜县、甘泉，是东北军六十七军王以哲部的一〇七师、一一〇师、一二九师。敌人的兵力加起来，大概有十多万人。他们的先头部队，是东北军王以哲部队，目前已经走到了鄜县、甘泉、延安一带，他的一〇七师驻守在洛川，并以六一九团和六二〇团守备榆林桥；王以哲亲自率一二九师和一一〇师的六八五团，留守甘泉县城，派其余部队和特务营驻守延安……"

讲完敌人的部署，刘志丹回到桌子跟前，坐下来继续说："针对敌人的部署，我们要避实就虚，集中主力，先拣软柿子捏，然后再各个击破，积小胜为大胜。谁是软柿子呢？当然是阎锡山的晋军。我们避开东北军的王以哲部队，先打东线的晋军。为了确保首战必胜，陕北各地游击队、赤卫军和独立营，要不间断地袭扰敌人，搞得他们疲惫不堪，晕头转向。红四十二师一团和骑兵团，留在陕甘根据地，坚持游击战争，牵制和迟滞南线敌人的行动……"

晋军二〇六旅旅部驻扎在宋家川，旅长叫方克猷。这人很狡猾，他吸取了高桂滋失败的教训，农历三月渡过黄河后，就将部队分散驻扎在宋家川、郭家崾、穆家塬、辛家沟、一步塌、郭家沟等地，然后强化保甲制度，修筑堡垒，加强防卫，伺机出动，不断进行清乡。

穆家塬地处吴堡县中心的交通要道，村子大，地势高，每遇战争，必是兵家拼命争夺的战略要地。刘志丹决定先包围穆家塬。包围不是为了攻打，而是为了消灭敌人的援军。

刘志丹说："这叫'围堡打援'。"

红军队伍里有个战士叫穆宝，他家就在穆家塬，他父亲穆仁贵是个地下党员。刘志丹派穆宝回村侦察敌情。日头快落山时，穆宝走进了家门。父亲穆仁贵吓了一跳，忙把他拉进窑里，悄声说："你不要命啦？村里这么多敌人，你回来做甚？"

穆宝说："你不要怕，老刘带队伍已经到了宋家坡，我们马上就要打穆家塬了，先派我回来探探敌情。"

父亲一听很高兴："早就该拾掇这帮狗日的了！"又问，"你都想知道些啥？"

穆宝说："只要是跟敌人有关的，我都想知道。"

父亲说："你等着，我找几个人来，咱们一起合计合计。"

父亲很快找来村里另外几个地下党员，大家聚在窑洞里，七嘴八舌地向穆宝介绍情况。穆宝妈坐在窑畔上，一边纳鞋底，一边望风。穆宝给母亲交代过，如果看见有人走过来，就让她往窑门口丢土坷垃。

天黑了，穆宝摸清了敌情，准备返回部队了。

父亲说："这一回，我能不能看见老刘？"

穆宝说："等打下这里，你就能见到老刘。"

临走时，又叮嘱父亲说："鸡叫二遍时，我们可能就要进攻了。你们千万不要乱跑，枪子可不长眼，等消停了再出来。"

父亲说："我记下了。"

穆宝妈抹着眼泪说："宝啊，你也要多长个眼窝。"

穆宝走后，老两口躺在炕上，激动得睡不着觉，爬起来，又不知道该干啥，像丢了魂似的在窑洞里转圈圈。

一个说："我们不能这么瞎转呀，得为红军做点啥。"

另一个说："那咱给红军烧锅绿豆汤吧。"

"对对对，喝绿豆汤解暑。"

老两口开始给红军熬绿豆汤……

穆宝在一孔窑洞里找到了刘志丹，这里是红军的临时指挥部。穆宝向刘志丹报告说：村里驻扎着方克猷旅四团三营的一个连，一百多人，连长叫张武亭。他们进驻后，强迫老百姓用了半个月时间，日夜不停地打起了两丈高的土墙。土墙上有碉堡，碉堡上有枪眼。他们在土墙外面还挖了三丈多宽、一丈多深的壕沟。村子后面土塬上的几百棵枣树也被他们砍了，怕里面隐藏红军。他们将枣树桩挖出来，一排排栽在碉堡壕沟外面，又围上三道铁蒺藜，还挂上了手榴弹……

这种情况，强攻损失很大。刘志丹决定引蛇出洞。

鸡叫头遍，刘志丹下令部队进攻。战士们猫腰前进，很快包围了穆家塬。敌连长张武亭以为是地方赤卫队，从碉堡枪眼朝外喊："你们再胡乱开枪，天明了，老子杀你们全家！"

突击队冲过铁蒺藜，往土墙上搭云梯。敌人打起照明弹，看见是成群结队的红军，一下子慌了，这才开了火。

敌旅长方克猷得到消息，慌忙命令宋家川和郭家崾的部队前来增援，结果闯进了刘志丹早已设好的埋伏圈，先后被红军歼灭。方克猷又派辛家沟一个连前来增援，他们匆匆忙忙赶来，毫无防备，途经车家塬时，也被红军骑兵围歼。紧接着，埋伏在柳家坊的郭宝珊的义勇军，先后将一步塌和郭家沟两个连的援兵也一举消灭了。

打掉援军后，红军集中兵力强攻穆家塬。红三团团长王世泰，让刚才打援时抓来的俘虏反戴军帽，朝碉堡里喊话："张连长，红军人山人海，援军全都被打掉了，咱们恐怕顶不住了。红军说了，缴枪不杀，优待俘虏，你们赶快缴枪投降吧。"

张武亭在里面高声骂："狗日的软蛋，老子先敲了你！"

说着，"叭"的就是一枪。

那俘虏一缩脖子，没有打中，趴在那里继续喊："好汉不吃眼前亏，你要是跟红军作对，到时候后悔就来不及了。"

张武亭"叭"的又是一枪。

红军集中兵力，开始强攻。战斗一直持续到后晌，终于攻破了穆家塬，张武亭当场被击毙。红三团团长王世泰也中弹负伤。

穆宝父亲不见红军进村，就挑着绿豆汤找到红军营地。他想见刘志丹，却不知道他在哪里，正在发愁，突然看见了薛翰臣。薛翰臣在红三团当指导员，他姥姥家就在穆家塬，按辈分，该叫穆仁贵爷爷。

穆仁贵叫住薛翰臣，问："你看见老刘没？"

薛翰臣一愣："我的爷呀，你咋跑来了？"

穆仁贵笑着说："我来给老刘送绿豆汤。"

薛翰臣用手一指说："老刘在那儿呢。"

穆仁贵顺着薛翰臣手指的方向，看见一伙人正围在一起说话，就担着担子朝那边走。马上就要见到老刘了，穆仁贵心里有些紧张，边走心里边埋怨儿子穆宝："驴日的说好要带我见老刘，这会儿跑得连个影子也不见了。"骂着儿子穆宝，已经走到了那群人跟前。穆仁贵放下担子，东瞅西看，却不知道哪个是老刘。

这时，一个人扭过头来，问："大爷，你找谁？"

穆仁贵说："我找老刘。"

那人说："我就是老刘。"

"你咋就是个老刘？"

"我就是老刘。"

"看着不像嘛。"

刘志丹笑了，问："你见过老刘？"

"没有。但心里见过多少回，你跟心里见的不一样。"穆仁贵上上下下打量着刘志丹，小声嘀咕："你咋就是个老刘？"

刘志丹笑着说："我大姓刘，我也就跟着姓刘了嘛。"

穆仁贵被刘志丹的话逗笑了，说："你真是个老刘？我以为你人高马大，威武得很哩，没想到你老刘跟咱庄户人一个样样儿。"

"我本来就是庄户人嘛。"刘志丹笑着问，"你找我有事？"

"我就是想看你一眼。"突然想起肩上的担子，"噢，对了，我给你们烧了绿豆汤，你快喝上一碗，解解暑。"说着急忙放下担子盛了一碗绿豆汤，双手端给刘志丹。

刘志丹一口气喝完，用袖子一抹嘴说："美得很！"

…………

听说三团团长王世泰负伤了，刘志丹赶忙去看望。王世泰躺在担架上，脸色煞白，满头冷汗，强忍疼痛开玩笑说："老刘，我可不是故意给你撂挑子，是枪子不长眼呀。"

刘志丹俯身看了看他的伤势，心疼地说："世泰，伤得不轻哩，我派人明天送你去延川永坪治疗。"

王世泰说："你别想甩了我，我哪儿也不去！"

刘志丹笑着说："伤好了再回来嘛，你怕谁抢了你的团长？"

第二天，王世泰被送去延川永坪疗伤。

红军主力掉头南下，到达定仙嫣。这时，地方游击队已经将方克猷旅驻守在定仙嫣的一个营围困了两天两夜。敌人动弹不得，已经弹尽粮绝。刘志丹命令只围不打，逼迫方克猷派兵救援。同时，命令步兵二团在王家新庄东北方向构筑工事，准备阻击增援敌人；郭宝珊的

抗日义勇军与步兵三团，在王家墕、老舍窑圪台一带隐蔽待命，随时
准备出击；红二十六军一团和红二十七军一团，分散隐蔽在马家墕、
井家墕、刘家洼、寨沟一带；游击队第二、五纵队和五支队，在枣林
坪一带集结待命。

方克猷果然上当了，派第六团前来增援定仙墕。援兵进入红军部
署在王家新庄附近的伏击圈。这个团的团长姓马，绰号"马老虎"，
发现被围后，疯狂反击，拼命突围。

刘志丹站在山梁上，举着望远镜观战，见红二团快要顶不住了，
扭头对通讯员刘懋功说："懋功，你快去！命令三团增援，从敌人侧
后攻击，把敌人的退路堵死，不能让一个敌人跑掉！"

刘懋功一口气跑了三里地，将命令传达给红三团。刚气喘吁吁返
回来，刘志丹又说："懋功，你再去通知郭宝珊，让他的义勇军赶快
过沟，从敌人侧翼攻击！"

刘懋功又跑去向郭司令传达命令。

郭宝珊接到命令，把驳壳枪一挥，带着队伍冲了上去，被敌人占
领的山头很快又夺了回来，敌人全线崩溃，红军开始满山遍野地追杀
敌人。刘志丹笑着说："老虎变成了老鼠，被人追着打哩……"

红军攻克了定仙墕。这一仗，歼敌一个整建制团又一个整营，创
造了西北红军创建以来，一次歼敌一个建制团的先例。

随后，刘志丹率领红军主力，先后攻克了六座县城，很快使陕甘
边和陕北两块根据地连成一片。游击战争扩展到十九个县，红军队伍
这时已经发展到了五千多人……

72 ＊ 会 师

　　1935 年 9 月初，红二十五军经过长途跋涉，到达陕北根据地边境豹子川。看到路过的村庄墙上贴着红军的标语，徐海东长嘘了一口气，对躺在担架上的程子华说："我们就要和陕北红军会师了。"

　　去年冬天，红二十五军从湖北进入陕南商洛地区。中央根据地第五次反"围剿"失败后，中央红军开始战略转移。插入国民党统治区腹地鄂豫皖苏区的红二十五军，自然成为敌人"围剿"的重点。面对即将被吃掉的危险局面，中央指令红二十五军向西转移。1934 年 11 月中旬，这支不到三千人的红军部队，扛着"中国工农红军北上抗日第二先遣队"的旗帜，开始了极其艰难的突围与西征。

　　蒋介石紧急调集三十个团的兵力围追堵截。红二十五军从鄂东出发，长途跋涉六千余里，翻越了大别山、伏牛山，进入陕南商洛山区。他们一路上经历了十几场恶战，军政委吴焕先在激战中不幸牺牲。红二十五军突出重重包围，历时十个月，终于到达了陕北根据地。

　　红二十五军在这里短暂休整后，召开了鄂豫陕省委扩大会议，军长程子华因伤势过重，提出改任政委，会议决定由徐海东接任军长。

　　徐海东派先头部队先行北上，并到处张贴告示，寻找刘志丹和习仲勋，下面落款是：军长：徐海东，政委：程子华。

陕北地方游击队将红二十五军的告示，快马送到了刘志丹和习仲勋手里。刘志丹看后高兴地说，二十五军来了，我们的力量更加壮大了！两人率队迎接红二十五军，身后带着五百只山羊。他们知道，红二十五军跋山涉水，一路艰辛，这时最需要的是食物。

1935 年 9 月 15 日，红二十五军到达延川永坪镇，见到了在这里迎接他们的刘志丹、习仲勋等人。会师那一刻，许多人都流下了激动的泪水。饥饿疲惫的红二十五军官兵，终于吃上了陕北香喷喷的羊肉和小米饭。他们用脸盆煮羊肉，或者把羊肉切成薄片搁在石板上烤，或者干脆拿着羊腿，直接放在火堆上烤。这是他们进入陕西以来，吃得最香、最踏实的一顿饭。

这时，聂洪钧和朱理治也来到了永坪镇。

聂洪钧是上海北方代表孔原派到陕北来的，比红二十五军早到陕北半个月。他是湖北人，三十岁，1925 年入党，曾在广州农民运动讲习所学习，后任湖北省农民协会秘书长兼组织部长、中共咸宁特委书记。在他之前，孔原还派来了朱理治。朱理治比聂洪钧小两岁，清华大学毕业，先后出任共青团江苏省委书记、中共河北省委代理书记。现在的身份是中共北方代表的特派员。

三军会师后，在永坪镇召开了联席会议，研究统一指挥问题。会议决定由朱理治、程子华、聂洪钧组成中共中央代表团；成立中央陕甘晋省委，朱理治任书记，郭洪涛任副书记，聂洪钧任军委主席。同时，撤销了西北工委和鄂豫陕省委；将红二十五军、二十六军、二十七军合编为红十五军团，徐海东任军团长，程子华任政委，刘志丹任副军团长兼参谋长。红十五军团下辖七十五师、七十八师、八十一师。七十五师由红二十五军缩编而成，张绍东任师长，赵凌波任政委；七十八师由红二十六军缩编而成，韩先楚任师长，崔田民任政委；八十一师由红二十七军缩编而成，田守尧任师长，张明先任政委。新组建的红十五军团的总兵力，达到了七千多人。

"九一八"事变四周年纪念日那天，红军在永坪镇隆重召开了纪念会和红十五军团成立大会。主席台是临时搭起的席棚，两旁贴着字迹未干的标语：两军亲密团结，携手齐心作战。红军官兵坐满了山坡，会场上红旗招展，喊声震天……

红军会师后不久，王以哲令何立中的一一○师留下一个营，驻守甘泉县城，其余部队跟随军部直属队和一二九师周福成部，迅速进驻延安；一○七师刘翰东部、一一七师吴克仁部的一个团，留驻洛川和鄜县的交道镇；一二九师的高福源加强团，驻守鄜县的榆林桥一线，准备与红军决战。

红军再次召开联席会议，研究反"围剿"计划。军委主席聂洪钧做了形势报告，但只笼统地谈了红军今后的任务，没有提出具体的行动方案。他不懂军事，很少参加面对面的战斗。

关于具体的军事行动，有人主张从北路开刀，先打井岳秀和高桂滋，吃掉敌人的两个杂牌师。理由有两条：一是井岳秀和高桂滋部队好打，一打就散；二是先拿下绥德和米脂，这两个地方是陕北最富裕的地方，既可以补充军粮，又能与神府苏区连成一片。然后，主力部队再扭头向西南开进，打出三边，收拾马鸿逵。

徐海东说："吃掉敌人一两个杂牌师，虽然把握性大，但对整个战局影响不大，不能给敌人致命打击。我们应该先打来势凶猛的东北军，如果把东北军主力师吃掉一两个，战局就会发生根本性变化。"

刘志丹赞同徐海东的意见。他说："东北军长驱直入，已经深入到我们苏区的中心地带，一天进驻一个县城，十分猖狂嚣张。我们必须把东北军的嚣张气焰打下去！可是咋打呢？我这两天一直在琢磨：可以先将甘泉县围起来，做出攻打甘泉的姿态，然后切断敌人的一切交通联络，他们就会进退两难，王以哲必然恐慌，一定会命令延安守敌回头增援甘泉。这样，我们就可以设伏打掉他的增援部队。"

徐海东说："老刘这个主意好！可是，我们在哪儿布兵打援呢？老刘，你心里是不是已经有了想法？"

刘志丹说："延安南边六十里处有一大片森林，那里叫劳山，南距甘泉三十里，东西两边群山耸立，树林茂密，地势险要，是延安通往甘泉必经之地，是个打伏击的好地方。"

徐海东高兴地说："好！就在劳山打他个伏击！"

几天后，部队从永坪镇出发，急行军二百四十里，到达甘泉县洛河川的王家坪、油粉村一带，隐蔽待命。军团部驻扎在王家坪一所小学院内。政委程子华因伤口感染，留在永坪镇治疗养伤。

第二天，徐海东和刘志丹率团以上干部，来到劳山附近观察地形，现场部署兵力。徐海东与刘志丹商量，决定在东、西两面山上设伏。为了不让敌后卫部队逃脱，考虑到设伏地形，又推算了敌人援兵的数量和纵队的长度，决定将口袋底选在甘泉城北边的清凉山。这样一来，从口袋口到口袋底大约四十里。但又担心口袋阵装不完敌人的行军纵队，又规定负责扎口袋口的红七十五师，在敌后卫部队未通过九沿山时不能开火，等敌人全部通过之后，再将口袋口扎死。同时向北派出警戒部队，迂回到敌人后面跟进。全军以口袋底打响为号，前面堵，后面赶，左右夹击，把敌人一举消灭在口袋里。

具体部署是：八十一师的二四三团和地方游击队，包围佯攻甘泉县城；二四一团在劳山以南十里处的白土坡设伏，堵截敌人的先头部队和甘泉敌人的退路；七十五师的二二三团和二二五团，分别埋伏在劳山东西两侧山上，担任主攻任务；七十八师骑兵团隐蔽在杨庄和土黄沟两地，切断敌人的后路，并阻击援兵；八十一师扼守在县城西北的关家沟，作为策应。

军团指挥部设在小劳山西侧榆树沟山上的杜梨树下，这里居高临下，可以观察和指挥全线战场。部署完作战任务，军团部宣布了"三不铁律"：每人携带三天干粮，不准生火，不准走动；敌人进入埋伏地区后，指挥枪不响，任何人不得开枪。

9月28日傍晚，八十一师的二四三团和游击队，突然包围了甘泉县城。拂晓前，徐海东和刘志丹率部进入伏击阵地……

早在两个月前，朱理治从上海来到陕北后，在永坪镇主持召开了中共西北工委扩大会议。会上，他传达了北方代表和河北省委共同签署的一封很长的指示信。信中指示，要在陕甘党内开展反"右倾取消主义"运动。运动开展起来后，习仲勋等陕甘根据地领导很快发现，运动渐渐变了味儿。即将开始的"肃反"，更是让他们始料不及……

73 ☆ 哈达铺

这时，毛泽东率中央红军突破天险腊子口，打开了北上的通道，抵达甘肃宕昌县的哈达铺。前不久，中央红军与张国焘率领的四方面军彻底分裂，张国焘率八万红军南下，毛泽东率七千红军北上。

最先到达哈达铺的是侦察连。为了便于行动，他们化装成国民党的中央军。他们中的许多人都操着南方口音，国民党的镇长、党部书记和保安队长信以为真，热情欢迎他们，结果被一网打尽。

侦察连在哈达铺邮局旁边的一家旅馆里，活捉了国民党的一个少校副官。他是来取信件和报纸的，几匹马和骆驼背上的驮子里，装满了书籍和报纸。侦察连长发现其中一张《大公报》，上面刊登了徐海东率红二十五军与刘志丹的陕北红军会师的消息。同时，他们还在副官身上搜到了一张《陕北匪区略图》。侦察连长兴奋不已，策马将这两样东西火速送到聂荣臻手里。

聂荣臻如获至宝，拿着报纸和地图找到毛泽东。毛泽东正与周恩来、刘少奇、谢觉哉等人在河边休息聊天。毛泽东将地图放在一边，先拿起那张《大公报》，只见上面写着：

刘志丹赤匪已占据六座县城，拥有匪兵五万，游击队、赤卫军和少先队二十万，窥视晋西北，随时有东渡黄河的危险。赤匪徐海东在陕南战败后，率部仓皇逃往陕北，已与刘匪会合……

毛泽东高兴地说："这下好了！我们有了落脚的地方了。"

周恩来笑着说："真是天无绝人之路啊！"

刘少奇说："阎锡山这么吹嘘红军，明摆着是在借记者之口告诉蒋介石，与山西一河之隔的陕北红军势力很强大，我阎锡山的防共任务很重，你老蒋可不要吞并我。"

谢觉哉说："是呀，听说蒋介石最近准备削减阎锡山的军事势力，调阎锡山去行政院当院长，把阎老西架空。阎锡山有意夸大红军的力量，暗示他不能离开山西，这是为不去行政院找借口，造舆论。"

聂荣臻笑着说："他们的钩心斗角，却给咱们报了个好信。"

"让他们去斗法吧。"毛泽东拿起刚才丢在一边的地图，扬了扬说："我们可要拿着这张《陕北匪区略图》，上陕北找刘志丹去喽！"

为了便于行动和保密，中央召开紧急会议，将中央红军改编为陕甘支队，彭德怀任司令，毛泽东兼任政委，下编三个纵队，林彪任支队副司令兼第一纵队司令，聂荣臻任一纵队政委；彭雪枫任二纵队司令，李富春任政委；三纵队即中央军委纵队，由叶剑英担任司令，邓发担任政委。

在榜罗镇会议上，中央确定将红军的"落脚点"放在陕北。毛泽东说："我们要北上，张国焘要南下。天要下雨，娘要嫁人，由他去吧。张国焘说我们是机会主义，究竟哪个是机会主义？目前，日本帝国主义侵略中国，我们就是要北上抗日！我们现在的人数是少了点，但同时目标也小了，不会引来麻烦。大家不用悲观，我们现在的七千多人，比1929年初，红四军下井冈山时的人数还要多嘛。我们从江西算起到现在，已经走过了十个省，前面的陕西就是第十一个省了。我们整整走了一年，从江西出发时八万人，现在只剩下了七千人。但是，我们很快又会发展壮大起来，因为我们马上就要与陕北红军会师了。东方不亮西方亮，黑了南方有北方。我们应该感谢国民党的报纸，感谢阎锡山，为我们提供了陕北红军的消息。那里不但有刘志丹，还有徐海东。我们离那里只有七八百里，很快就要到了。那里是我们的落脚点，是我们中央红军的新家……"

74 · 劳山之战

红军包围甘泉县城第三天，东北军一一〇师师长何立中终于沉不住气了，率师部和三个团从延安出发，增援甘泉。行至三十里铺时害怕有伏兵，突然改变行军计划，将六三〇团李东波部队留下，固守警戒；命令师部和六二八团、六二九团继续前进。走到湫沿山，又疑心山坡上有红军伏兵，命令六二八团沿山坡两侧搜索前进，直到探明没有埋伏，这才命令部队快速推进。

红军军团部早就料到敌人会这样。为了诱敌深入，红军有意往地势险要的湫沿山派了少数游击队，看见敌人来了，故意放几枪就跑。敌人以为红军被赶跑了，在周围随便搜索一下，便放心大胆地往前推进。何立中以为已经闯过了龙潭虎穴，把两路纵队变成四路纵队，缩短了队形，加快了行军速度。于是公路上，密密麻麻挤满了趾高气扬、来势汹汹的敌人。

主力红军已经埋伏了两天两夜。按时间和路程推算，敌人也该进入伏击圈了。可是已经到了中午，还不见敌人的影子。徐海东有些着急了，心想何立中一直寻找红军决战，这回怎么这么磨蹭，难道走漏了风声？正琢磨这事，侦察员跑进来报告说：

"来了！来了！"

徐海东走出掩体，举起望远镜，果然看到了敌军的先头部队。他掏出怀表看了一眼，是下午两点。过了十几分钟，又有人报告：敌前卫部队六二九团已到达劳山南边十里的白土坡后村，敌师部也行至劳山后沟。也就是说，敌人已经全部进入了伏击圈。原先估计敌人要以两路纵队行军，这样，最少有两个团能钻进"口袋"里来。可是现在，敌人竟然毫无顾忌地以四路纵队前进。

徐海东放下望远镜，心里说："好你个何立中，也太欺负人了！"

这时，何立中正骑在马背上，得意地对他的参谋长范驿洲说："龙潭虎穴我们闯过了，红军胆小如鼠，早被我们吓跑了。"

话是这么说，可何立中毕竟是一个久经沙场的职业军人。在前卫部队距离甘泉还有两公里时，他突然命令尖兵连抢占右侧高地。但是他哪里知道，这个高地就是红十五军团部所在的1170高地。徐海东又好气又好笑，说："好你个何立中，直接冲我来了！"

敌人尖兵连距离指挥部二十米时，徐海东喊了一声："开火！"

警卫连立即开火。枪声一响，七十五师二二三团、二二五团，及七十八师，从公路两侧的潜伏阵地跳出来，一起向敌人发起冲锋。机枪、手榴弹等各种武器怒吼着，打得敌人晕头转向，乱了阵脚。

同时，红军骑兵团冲杀出来，直插敌师部，很快冲乱了敌指挥机关和重兵器防御阵地。红军前堵后截，敌人进退两难，被包围在劳山到榆树沟两公里的公路上，成了瓮中之鳖。

刘志丹在前沿阵地指挥战斗。通讯员穆宝骑着刘志丹的战马跑上跑下，不断传达战斗命令。最后一次，战马回来了，穆宝也回来了。但趴在马背上的穆宝已经牺牲了，鲜血染红了马背。刘志丹双手颤抖着把穆宝从马背上抱下来，眼圈顿时红了。但他没时间悲伤。他下令向敌军发起总攻。

何立中慌了，用无线电台命令留守在三十里铺的六三〇团火速增援。团长李东波知道增援有去无回，按兵不动。何立中再次下达命令，李东波这才带着两个营，慢腾腾地前来增援，他们走到湫沿山，听到枪炮声已经不是很激烈了，便对手下营长说："看来大势已去，我们还是别去送死了。"于是掉头撤回了三十里铺，没敢停歇，继续北撤，仓皇逃向延安。

何立中骑马逃到石崖岽，看见眼前一片开阔地，摇了摇头，苦笑着说："五虎嘁住个莲花盆，今天我扑在老虎嘴上了，完啦！"

正说着，胯下的坐骑被一颗子弹击中，战马仰脖嘶鸣一声，翻倒在地上，何立中随即滚落下来。副官连忙把他搀扶起来，朝外突围。他们逃到小劳山王台沟口村时，看见山坡上有一片茂密的树林，想爬上去隐蔽起来。可刚爬到半山腰，被埋伏在那里的红军一阵乱枪又打了回来。他们逃回到公路上，一颗子弹击中了何立中的脖子，他"啊呀"惊叫一声倒了下去。子弹雨点般射来，参谋长范驿洲当场毙命，跟随何立中的师部军需、军医、副官等人乱成一团，东奔西跑，各顾逃命。

何立中的身边，最后只留下一个中尉郭绍宗。他背起受伤的何立中，蹚过一条小河，朝南沟方向逃去，天黑后来到一个农户家。这家主人叫韩老四。何立中清醒过来，郭绍宗央求韩老四给他们换一身便衣，把他们化装成马夫。郭绍宗说："我给你一百块大洋，你去村里雇四个人来，抬着我们师长去甘泉城。"

韩老四一辈子也没有见过这么多的银圆，便找来自己的四个亲戚，连夜将何立中送到了甘泉敌医院。可何立中因失血过多，最后还是死了。

经过半天的浴血奋战，劳山战役取得了胜利。毙敌一千余人，击伤两千余人，连同生擒的俘虏，共歼敌三千七百人。六二八团团长裴焕彩被俘，六二九团团长杨德新身负重伤后自杀。战利品堆积如山，有 75 山炮四门，82 迫击炮二十四门，轻重机枪二百余挺，长短枪五百五十余支，无线电台四部，战马五百余匹……

这是红十五军团成立后，打的第一个大胜仗。

但这时甘泉县城还没有拿下。打扫战场时，红军组织当地老百姓将敌人伤兵抬进了县城。这样做，一是心理战，体现红军优待俘虏的政策，用以感化东北军官兵；二是让龟缩在县城的敌人背上沉重的包袱，增加防守的负担。城里守军见师长已经死了，群龙无首，军心动摇，县城很快就被红军攻克了。

红军主力乘胜南下，包围了鄜县榆林桥。

拂晓，红七十五师向榆林桥东山发起攻击，红八十一师从北面沿洛河向榆林桥发起进攻，红七十八师从西面攻进镇内。红军三面夹击，全歼了守敌，敌团长高福源被俘。

劳山和榆林桥两次战斗，红军歼灭敌六十七军将近一半兵力。使得进驻延安的敌一二九师和留驻洛川的敌一〇七师残部，处于首尾不能相接的状态，南线之敌的"围剿"基本被粉碎。

与此同时，陕北游击队和红四团加紧了对瓦窑堡敌八十四师五〇〇团的围困。敌人几次出来抢粮，都被红军打了回去。劳山战役胜利后，敌人更加恐慌，连夜弃城逃往绥德……

刘志丹在红军战地医院看见了杨盛。当年那个收羊皮的杨盛，腿受了伤，此刻躺在床上动弹不得。看见刘志丹，他激动得想坐起来，却被刘志丹一把按住："你好生躺着，不要乱动。"

杨盛很久没有看见刘志丹了，眼圈一下子红了。

刘志丹说："你安心养伤，慢慢会好的。"

杨盛说："你瘦多了，也黑多了，连眼圈都是黑青的。天这么冷，你还穿着单衫子。老刘，你可得保重身子哩。"

刘志丹笑着说："我这人皮实，扛得住。"

这时的刘志丹哪里知道，一场灾难正在朝他袭来……

几天后，刘志丹突然接到调他到军委工作的命令，并要求他即刻起程。他没多想，跨上枣红马，直奔瓦窑堡。

半路上，遇到从瓦窑堡方向来的一名通讯员。这通讯员认出了刘志丹，知道他是十五军团的领导，便把陕甘晋省委给军团领导的一封信交给了他。刘志丹打开一看，竟是一张逮捕令，上面列着军团营以上八十多位干部的名单，都是原红二十六军的干部，他的名字排在第一个。他不敢相信自己的眼睛，又从头到尾仔细看了一遍。千真万确，省委下令要逮捕他们。

他掏出烟袋，装上烟末。在战场上，面对敌人，他的手没有颤抖过，可是这时，他的手颤抖了。他点了几次，才将烟点燃。他猛吸了起来。吸完一锅烟，他把烟锅在马鞍上磕了磕，揣进兜里，重新把信折好，交给通讯员说："你快去把信送给军团领导吧！"

望着通讯员远去的身影，刘志丹沉思良久。他知道此去凶多吉少。他完全可以逃走。可是为啥要逃走呢？作为陕甘边根据地和红二十六军的创始人，我不能逃跑，我要保护红二十六军的干部！我是无辜的！红二十六军跟随我一起出生入死的这些干部也是无辜的！这肯定是一个误会！我要去找省委领导说清楚！

这么想着，他重新上马，朝瓦窑堡疾驰而去。

可他赶到瓦窑堡，还没见到省委书记朱理治，就被门口的哨兵抓了起来，关进了一个破旧的窑洞里……

紧接着，大规模的"肃反"开始了。习仲勋、郭宝珊、金理科、高锦纯、张策、马文瑞、刘景范、张仲良、张静、李岚等二十六军营团以上干部和陕甘边区县以上干部几乎全部被捕。金理科被带回他去年新开辟的苏区甘肃正宁县三嘉塬，当众枪杀。张静等十几个人，关押不久就被活埋了。李岚上吊自杀。许多干部被活埋……

75 ★ "割尾巴"

中央红军从陇东经镇原、环县、西华池，行程五百多里，10 月 19 日到达了吴起镇。

张明科接到联络员刘兴汉的通知，飞马来到吴起镇。看到满大街都是红军，他难以抑制自己的情绪，激动得热泪盈眶，心里说：这下好了！中央红军来了，毛主席来了！老刘有救了！根据地有救了！

刘兴汉把他带到红军指挥部门口说："毛主席在等你，进去吧！"

张明科有些紧张，不敢进去。

刘兴汉着急地说："你还等啥哩？快进去呀！"

张明科深吸了一口气，抹了把泪水，整了整衣衫，走了进去。见到毛泽东，他像受了委屈的孩子，泪水又一次夺眶而出。

"别急，有话慢慢说。你就是这里的游击队队长？"

毛泽东操着一口的湖南口音，张明科没听明白，用衣袖擦去泪水，激动地看着毛泽东。旁边一个留着大胡子的人对他说："主席问你，是不是这里的游击队队长？"

张明科说："就是，就是，我叫张明科。"

毛泽东问："你们游击队有多少人，多少条枪？"

张明科说："不到一百人，五六十条枪。"

毛泽东说:"蛮不错嘛。你们与当地老百姓的关系好不好呀?"

张明科说:"好着哩,我们吃粮打仗都靠老百姓。"

毛泽东说:"这就好!这样才能生存下去,才能扩大我们的苏区嘛。我们准备在这里打一仗,把跟在后面的尾巴割掉。你们游击队地形熟悉,可以给我们带路。一来你们可以学习打大仗,二来还可以在战场上多缴获一些枪弹,武装你们自己嘛。"

张明科说:"我们听毛主席指挥!"

毛泽东突然话题一转,问:"你知道刘志丹他们现在在哪里?"

张明科本来就是想告诉毛主席刘志丹习仲勋等人被捕的事,毛主席现在一问,他的眼泪一下子又涌了出来,哽咽着说:"老刘他们……都被关押起来了。"

毛泽东吃了一惊:"为什么?谁关押的?"

张明科抹了下眼泪说:"我也说不清。老刘他们已经被关押一个多月了,苏维埃主席习仲勋也被关押了,还有我们二十六军许多营以上干部和许多地方干部有的已经被活埋了……"

毛泽东的脸色变得很难看,一边在屋子走来走去,一边狠命地抽烟。

旁边的大胡子问张明科:"他们被关押在哪里?"

张明科说:"听说在瓦窑堡。"

毛泽东将烟猛地一摔,问:"谁知道详细情况?"

张明科说:"骑兵团政委龚逢春。"

毛泽东对大胡子说:"恩来,让人把这个龚逢春找来!"

龚逢春很快被找来了,向毛泽东和周恩来汇报了陕北"肃反"的具体情况。毛泽东连夜派白区工作部部长老贾和中央组织部部长李维汉等人携带电台,作为先遣队前往瓦窑堡。

这个老贾，就是当年陕西省委的秘书长。省委书记老袁和杜衡被捕后，他只身去了江西瑞金，参加了全国苏维埃第二次代表大会，并向党中央详细汇报了陕西省委被破坏和红二十六军以及陕甘边根据地创建的详细情况。之后，他便一直留在中央苏区，后随中央红军长征来到陕北。

老贾他们刚走，敌人就来了。

毛泽东把聂荣臻找来，说："敌人的骑兵跟随我们进入陕北，将来是个麻烦，我们必须把这个尾巴割掉！你先去前面看看情况，然后我们再商定作战方案。"

聂荣臻很快从前线回来，高兴地说：

"主席，我们有把握打赢这一仗！"

毛泽东说："好啊，打他个落花流水！"

第二天早晨，战斗打响了。红军穿插迂回，将敌人切为数段，敌人东奔西跑，伤亡很大。红军二纵队在左翼，一纵队在正面，很快将吴起镇西北方向的敌三十五师骑兵团击溃。红军随后集中优势兵力，在杨城子以西的齐桥和李新庄之间，阻击敌三十二师和三十六师的两个骑兵团，再一次将敌人击溃。经过两个小时的激战，歼灭敌人一个团，击溃三个团，俘敌七百余人，缴获战马一千多匹。

这时，毛泽东派去瓦窑堡的"先遣队"，刚刚走到下寺湾。他们遇到了南下接应中央红军的陕甘晋省委副书记郭洪涛和西北军委主席聂洪钧，进一步证实了陕北红军正在"肃反"和刘志丹习仲勋等人被捕的情况。老贾和李维汉感觉问题很严重，当即将这一情况电告毛泽东。毛泽东电令：

刀下留人，停止捕人！所逮捕的干部交中央处理。

毛泽东还不放心，随后又派保卫局局长王首道携带电台，代表党中央前往瓦窑堡，接管西北保卫局。

1935 年 10 月 30 日，毛泽东率中央红军离开吴起镇，到达甘泉县下寺湾。中共中央在这里召开了政治局常委会议，听取了郭洪涛和聂洪钧关于陕甘苏区、陕甘红军作战情况的汇报。毛泽东脸色阴沉，询问了"肃反"情况后，生气地说："你们杀头，不能像割韭菜那样随便。韭菜割了还可以长起来，人头落地就再也长不拢了。如果杀错了人，错杀了自己的革命同志，那就是犯罪！"

郭洪涛和聂洪钧低下头，不敢看毛泽东。

在毛泽东的提议下，会议决定成立以董必武为主任，李维汉、张云逸、王首道、郭洪涛为委员的"党务委员会"，全面审查陕北"肃反"事件。

毛泽东在下寺湾，第一次见到了徐海东。说实话，北上陕北之前，毛泽东对于徐海东的态度心里并没有底，因为徐海东的红二十五军不属于中央红军，而属于张国焘的红四方面军，而这时张国焘已经另立中央，领军南下了。徐海东对张国焘的分裂行为是什么态度？他能不能听中央的？毛泽东心里没有把握。所以，在未见面之前，毛泽东曾试探性地给徐海东写过一封信，提出向他借一千块大洋。当时中央红军确实很困难，经费很紧张，急需帮助。借钱是真，但毛泽东更深一层的用意，是想投石问路，试探徐海东的态度。

徐海东接到毛泽东的信后，立即把供应部长叫来说："我们应该主动支援中央才对，你赶快派人送去五千大洋！"徐海东给毛泽东回复了一封信，大致意思是：红二十五军完全服从中央领导。

毛泽东这才放了心。所以，他一见到徐海东很激动，紧紧抓住徐海东的手说："你这个徐老虎，对革命贡献很大啊！"

见面后，徐海东又送给中央红军一份见面礼：从十五军团每个连抽出三挺机枪，加上其他枪支弹药，还有劳山战役和榆林桥战斗中缴获的部分物资，以及最近刚刚招募的数百新兵。

这样一来，毛泽东对徐海东就更加放心了。

随后召开的中央政治局会议决定：建立西北革命军事委员会，毛泽东任主席，周恩来、彭德怀任副主席，成员有王稼祥、林彪、程子华、徐海东等人。并决定成立中共西北中央局，张闻天任书记。同时，中央还做出了另外两项决定。

一项是：红军分为两路开始行动，毛泽东、周恩来和彭德怀率红一方面军南下，同红十五军团联合，迎战第三次"围剿"苏区的敌人；张闻天率领中央机关北上瓦窑堡。

另一项是：为了便于统一指挥，中央决定恢复红一方面军番号，彭德怀任司令员，毛泽东任政委，叶剑英任参谋长，王稼祥任政治部主任。红一方面军下辖红一军团和红十五军团。这时，全军大约一万一千余人。红一军团：军团长林彪，政委聂荣臻，参谋长左权；政治部主任朱瑞，副主任罗荣桓。下辖第二师，师长刘亚楼，政委肖华；第四师，师长陈光，政委彭雪枫；直属第一团，团长朱水秋，政委黄振堂。红十五军团：由陕甘红军主力兵团和红二十五军组成。军团长徐海东，政委程子华，参谋长周士第，政治部主任郭述申。下辖第七十五师，师长张绍东，政委赵凌波；原红二十六军改为第七十八师，师长杨森，政委张明先；第八十一师，师长贺晋年，政委张达志。

红军整编后，毛泽东开始筹谋直罗镇战役。

劳山战役虽然沉重打击了敌人，但并未彻底粉碎敌人的第三次"围剿"。敌军又以五个师的兵力反扑回来，构筑了由合水至廊县的东西封锁线，以及北接甘泉、延安洛河的南北封锁线，并逐渐向北压缩，妄图歼灭红军于葫芦河、洛河西北地区。

敌人分东西两路进攻。西路是第五十七军的四个师，从甘肃庆阳、合水出动，经太白镇沿葫芦河东进；东路是第六十七军的一个师，由洛川西进鄜县，准备接应第五十一军。

毛泽东准备集中会师后的红军主力，在直罗镇给敌人以迎头痛击，计划先歼灭沿葫芦河东进的敌人两个师。

直罗镇三面环山，从西到东只有一条街道。东头有座古老的土寨，房屋虽然已经部分坍塌，但石头砌成的寨墙基本完好。镇北有条流速缓慢的小河。南北两侧都是高山，山坡上灌木丛生，便于红军设伏。

11月6日，根据毛泽东的命令，红一军团由甘泉西边的定边集、下寺湾，隐蔽进入鄜县西北的秋林子地区和甘泉西南的老人仓地区。那里有一段"秦直道"，是当年秦国为了抵御匈奴，派蒙恬率十万大军修建而成。古道宽六十多米，现在还有一段遗迹，地势比较平缓，易于作战。与此同时，红十五军团抢占了直罗镇东边的张村驿、东村等战略要地。

为了引蛇出洞，调动敌东北军五十七军东进，毛泽东命令红十五军团，抽出部分兵力围攻甘泉。敌人果然上当，立即东进增援，以一个师的兵力留守太白镇，主力部队沿葫芦河向鄜县进攻。19日，先头部队一〇九师到达黑水寺，军部和一一一师主力、一〇六师到达张家湾一带。20日下午，西路敌军的先头部队第一〇九师牛元峰部，在六架飞机掩护下，进入直罗镇。

至此，敌人已经全部进入了毛泽东预想的目标地带。毛泽东下令：红一军团从北向南，红十五军团从南向北运动。

红一军团在东沟、吴家塔、凤凰头一线，以一个团的兵力在安家川阻击后续增援之敌。红十五军团在屈家沟、安乐门、桃花砭一线，两面夹击，包围了直罗镇。红八十一师一个团和一个骑兵连，围困甘泉县守敌第一二九师的一部。红八十一师的两个骑兵连，在羊泉阻击敌第一一七师西进。

天亮后，红军发起总攻。敌人虽然早有准备，但没想到红军行动如此迅速凶猛。红军南北夹攻，不到一个小时就攻占了直罗镇，歼灭敌一〇九师师部和两个团。敌师长牛元峰逃到镇东头的土寨内，固守待援。

徐海东没有强攻，而是用少数部队围而不打。他知道里面没有粮，没有水，敌人坚持不了多久。只要他们一出来，就有机会歼灭他们。徐海东抽出主力部队，先击退了敌人的援军，后又趁机歼敌第一〇六师的第六一七团。

被围的牛元峰果然沉不住气了，趁着夜色带人悄悄逃了出来。红军在夏家沟追上他们，一场激战后，师长牛元峰穿上破旧的军装，装扮成普通士兵企图逃跑，被红军战士当场击毙。

这时，敌五十七军军长董英斌，率第一〇六师两个团、第一一一师和第一〇八师，已经溃逃到了太白镇。红军主力立即回师东进，迫使敌人退回到鄜县，不敢进犯根据地。

至此，直罗镇战役胜利结束。这次战役，歼敌一个师又一个团，击毙敌师长以下一千余人，俘虏五千三百余人，缴获了大量的武器弹药，彻底粉碎了敌人对陕北根据地的第三次"围剿"，迫使蒋介石不得不调整战略部署。

毛泽东高兴地说："直罗镇一仗，给党中央把全国革命大本营放在西北，举行了一个奠基礼！"

76 ★ 出　狱

刘志丹被捕后，妻子同桂荣和五岁的女儿刘力贞，也被关进了瓦窑堡的管制队。母女俩没有褥子，没有枕头，只能躺在一领光席上，盖一床薄薄的被子。小贞贞夜里常常被冻醒，同桂荣将女儿紧紧地搂在怀里，默默流泪，心里一遍遍地问不知身在何处的丈夫："志丹啊，你到底犯了啥法呀！"

许多天后，母女俩才被放了出来。走在瓦窑堡街头，一队头上蒙着黑布袋的人正好迎面走来，经过她们身边时，其中一个人咳嗽了一声。这声音太熟悉了。同桂荣觉着那人就是刘志丹。但她没敢走近，也没敢说话。志丹还活着！他没有被活埋！眼泪顿时模糊了双眼。

她们不敢在街上久留，转身往回走。可走了一截，同桂荣的心又悬了起来。谁知道他们是不是去活埋志丹他们？天哪，谁能救救志丹啊？老天爷呀，你睁眼看看吧，还志丹一个公道吧！他是啥样儿的人，我最清楚。如果连志丹这样的人都要活埋，老天爷，你就白长了一对眼窝儿！

走着，哭着。又心存侥幸怀疑刚才那个人不是丈夫。如果不是他，那他现在在哪儿呢？他不会已经被人家……想到这里，她又下意识地转身往回走。女儿贞贞拉着她的衣角说：

"妈妈，我怕，我怕，我想回家。"

她猛然醒悟过来，停下脚步，呆呆地站在那里。这才发觉自己一直在流泪，怕女儿看见，急忙仰起头，闭上了眼睛，可不争气的泪水顺着脸颊一个劲儿地往下流。贞贞见妈妈哭了，也吓哭了，摇着妈妈的腿，仰起一张小脸说："妈妈，你别哭，我怕，咱回家吧。"

她圪蹴下来，擦去女儿脸上的泪水说："贞贞不哭，咱们回家。"

母女俩回到家后不久的一天深夜，外面突然响起一阵狗叫声。刘力贞被吓醒了，钻进妈妈的怀里。同桂荣的心"怦怦"直跳。是不是又有人来抓我们？她浑身颤抖着抱紧女儿。一道手电光在窗子上晃了几下，紧接着，"梆梆梆"，响起了敲门声。

"桂荣，桂荣。"

是志丹？她怯声问："谁？"

"是我呀，桂荣！"

天哪，真是志丹！同桂荣来不及穿鞋，失急慌忙跳下炕，跑过去拉开门。走进来的人，真的是刘志丹！女儿贞贞也从炕上跳下来，一头扑进爸爸的怀抱，哭着说："爸爸，贞贞想你呀！"

志丹抱起女儿，揩去她脸蛋上的泪水说："爸爸也想你们。"

贞贞抽泣着说："贞贞还想弟弟……"

听到女儿提起儿子蛮娃，同桂荣失声痛哭。原来刘志丹在劳山战场上与敌人拼杀的时候，儿子蛮娃生病发高烧，有人叫来一个刚从战场上俘虏过来的国民党军医给蛮娃治疗。俘虏军医得知是刘志丹的儿子，便在药里下了毒。蛮娃被毒死了，那个军医连夜逃跑了。

刘志丹站在地上，一手抱着女儿，一手搂着妻子，这个很少落泪的陕北汉子，这时候，眼泪滴滴答答地掉落下来……

麻油灯下，刘志丹拿起妻子白天搓了半截的麻绳，一边搓着，一边跟妻子说着话。同桂荣看见刘志丹被严刑拷打露出白生生骨头的手指头，捂着脸又哭了起来。

"他们咋这样狠心啊！你到底咋得罪人家了呀？"

刘志丹安慰妻子说："干革命得吃苦，有时还得豁出性命。现在好了，中央红军来了，毛主席来了，他们不敢胡来了。"

同桂荣哭过一阵后问："仲勋他们呢？也被放出来了吗？"

刘志丹笑着说："放出来了，全都放出来了。"

他告诉妻子，毛主席来到瓦窑堡，听取了"党务委员会"审查"肃反"情况的汇报后说，逮捕他和习仲勋等人的做法是完全错误的，命令马上释放所有被冤枉的同志，并且尽快恢复他们的工作。

刘志丹叹息一声说："可惜毛主席来晚了一步，已经有二百多个同志被活埋和枪杀……"

女儿贞贞睡着了，可她睡一会儿，就会突然哆嗦一下。

刘志丹问："贞贞这是咋啦？"

同桂荣说："这是在管制队里被他们吓出来的毛病。"

刘志丹双眼模糊了，半天没有说话。

不知不觉鸡就叫了。天亮了。刘志丹又要走了。同桂荣心有余悸，看着刘志丹说："不去不行吗？万一那些人还要找你麻烦咋办？咱不革命了，咱回家种地，好好过日子吧！"

刘志丹安慰妻子说："你不用害怕，是毛主席找我谈话哩。"

刘志丹被人带到周恩来的窑洞口，刚想走进去，听见里面有人大声说："要我看，像刘志丹这样的'假革命'，越多越好！像你这样的'真革命'，越少越好！你回去吧，好好反省自己！"

刘志丹站在窑洞门口，进也不是，走也不是。

过了一会儿，保卫局长戴季英从里面出来，看见刘志丹，一句话没说，黑着脸走了。刘志丹走进窑洞，向周恩来做了自我介绍。周恩来紧走几步，一把抓住他的手说："志丹同志，你受苦了!"

刘志丹憨厚地笑着说："没啥，事情已经过去了。"

周恩来请刘志丹坐下，给他倒了一杯水，然后坐在刘志丹的对面说："'左'的思想控制中央四年，使我们的许多同志深受其害。直到遵义会议，才结束了这种局面。现在好了，不会再发生这样的事了。"

刘志丹说："周副主席，我是黄埔四期学员，是您的学生哩!"

周恩来笑着说："我知道，我们是校友嘛。"

聊了一会儿，周恩来站起来说："走，我带你去见主席。"

周恩来将刘志丹领进毛泽东的窑洞。刘志丹见到毛泽东很激动，毛泽东也很高兴，三个人围坐在火盆旁聊天。

毛泽东说："你和陕北的同志受委屈了。"

刘志丹有些局促地说："没啥，主席来了就好了!"

毛泽东笑着说："你这个老刘可不简单，我是投奔你来了。"

刘志丹赶忙说："主席说笑哩，是党中央和主席挽救了陕北根据地，挽救了陕北红军。主席来了，我们心里就踏实了。"

聊了一会儿，毛泽东用商量的口气说："中央决定成立西北革命军事委员会后方办事处，恩来当主任，你当副主任，怎么样?"

刘志丹说："一切听从主席安排，只要让我工作就行。"

毛泽东高兴地说："光工作还不行，你还得挑重担呢，中央决定让你当红军北路军总指挥和瓦窑堡警备司令。还有，中央最近准备将陕北各地的武装，整编组建成三个军、两个师，你来当一个军长，怎么样啊?"

刘志丹说："只要让我为党工作，干啥都行……"

习仲勋出狱后，被中央安排到董必武任校长的红军大学进修学习，担任训练班第三班班主任。另外两个班的班主任，一个是成仿吾，一个是冯雪峰。陕甘边南区革命委员会主席黄子文出狱后，也来到了红军大学，担任政治教员。

在学校召开的一次会议上，习仲勋第一次见到毛主席。会上，毛主席做《论反对日本帝国主义的策略》的报告。会后，周恩来特意向毛主席介绍了习仲勋。毛主席热情地握住习仲勋的手，笑着说："原来你就是那个大名鼎鼎的娃娃主席啊！我们在来的路上，看见苏维埃布告上，都是你的大名哩……"

1936年2月中旬，中共中央发出了《东征宣言》，决定组织红军渡河东征，命令红军主力一军团和十五军团，东渡黄河进入山西，逼近同蒲铁路，东进河北、察哈尔，与日军作战。

红军东征的消息，令蒋介石十分惶恐，他急忙从洛阳和徐州等抗日要地，调遣十多个师的兵力，配合阎锡山拦截红军；同时，命令东北军和十七路军向陕甘根据地发起了又一轮进攻。毛泽东命令刘志丹和宋任穷，率领红二十八军担任侧翼，从葭县北部地区东渡黄河，插入晋西北地区，配合红军主力，打通抗日通道。

这一天，习仲勋在路上遇见了骑马路过的刘志丹、杨森和郭宝珊。杨森在刚成立的黄河游击师任参谋长，郭宝珊在红二十八军第一团任团长。刘志丹看见习仲勋，急忙跳下马来。杨森和郭宝珊也跟着从马上跳下来。他们很久没见面了，都显得很激动。

习仲勋问刘志丹："听说你们要东征，啥时候走？"

"今夜就走。你在红军大学咋样啊？"

"好得很！学了不少东西，收获很大！"

"你还年轻，要多学些东西，今后会有大用处！"

"我也学不了多久了。中央准备成立关中特区党委和苏维埃政府，周副主席已经找我谈过话了，让我去关中特区工作哩，过几天，我也要离开这里，去关中工作了。"

刘志丹笑着说："好啊，当苏维埃主席你有经验，关中又是你的老家，你情况熟悉，人缘又好，很快就会打开局面，一定能干好！等我打仗回来，有机会一定去关中看你！"

习仲勋高兴地说："好啊，我在关中等你！"

可是，他俩谁也没有想到，这一别，竟成了他们的永别……

2011 年 3～6 月　结构于国防大学

2012 年 3～9 月　一稿于乌鲁木齐

2013 年 1～4 月　二稿于乌鲁木齐

2013 年 10 月　　三稿于富平县城

2014 年 4 月　　　四稿于辽宁沈阳

2015 年 1 月　　　定稿于辽宁沈阳

很惭愧

主要参考文献

1. 中共陕西省委党史研究室、中共延安地委党史研究室：《刘志丹》，陕西人民出版社 1993 年 7 月版。

2. 《刘志丹纪念文集》编委会：《刘志丹纪念文集》，军事科学出版社 2003 年 9 月版。

3. 《习仲勋革命生涯》编辑组：《习仲勋革命生涯》，中共党史出版社、中国文史出版社 2002 年 4 月版。

4. 《怀念习仲勋》编辑组：《怀念习仲勋》，中共党史出版社、中国文史出版社 2005 年 5 月版。

5. 《习仲勋在陕甘宁边区》编委会：《习仲勋在陕甘宁边区》，中国文史出版社 2009 年 9 月版。

6. 《习仲勋传》编委会（贾巨川执笔）：《习仲勋传》，中央文献出版社 2008 年 4 月版。

7. 夏蒙、王小强：《习仲勋画传》，人民出版社 2014 年 11 月版。

8. 银笙：《谢子长将军传》，解放军出版社 1987 年 8 月版。

后 记

　　这本书最初的书名叫《照金》，后经反复斟酌，最终定名为《根据地》。书里含蕴着"两个十年"：一是记述了中央红军长征"落脚"陕北之前，陕甘边红色武装力量长达十年的"闹红"史；二是我从开始研究这段历史、酝酿构思到完成书稿，也用了整整十年时间。

　　我的家乡陕西省富平县老庙镇，地处关中平原向陕北黄土高原的过渡地带，山塬相间，沟壑纵横，独特的区位和地貌给当年"闹红"创造了必要的条件。小时候，我经常能听到老人们讲述当年"闹红"的事情。上个世纪，我们富平出了两个名人：一个是习仲勋，一个是胡景翼。胡景翼是孙中山领导的国民革命军重要将领，曾担任国民革命军二军军长，后死于河南。他担任陕西靖国军第四路军司令时，曾拿出部分军费，在富平庄里镇创办了"靖国军阵亡将士子女学校"，后来改名为"立诚学校"。习仲勋在这所学校上学时，跟随老师严木三开始"闹红"。后来，习仲勋与刘志丹在离富平不远的照金建立了根据地，后又北撤南梁。习仲勋二十一岁便当选为陕甘边苏维埃政府主席。我们老庙镇有个老革命叫刘铁山，与习仲勋相熟，他们曾经一起在国民党军队里搞过"兵运"。习仲勋领导的"两当兵变"失败后，刘铁山回到了老庙镇，建立起一支地下武装，抄了当地军阀"田葫芦"的家，将抄没的财产一部分换成了武器，剩下的分给了当地的穷苦百姓。"田葫芦"名叫田生春，他家六井村距我家仅有几里地，时任国民军第二军第二师第四旅旅长，后升任岳西峰南路军第二师师长，当年驻扎在离我家十几里的美原镇。大革命失败后，著名共产党人、国民联军警卫师师长兼中山军事学校校长史可轩，受党指派"北上山区，求存生根"，准备去陕北创建革命根据地，率部途经美原镇，在东门外水度村宿营。史可轩对田有救命之恩，二人素来交好，遂想劝田一起北上革命。不料田生春恩将仇报，残忍地杀害了史可轩。我的二伯父小时候逃荒落脚在陕北的大山里，后来因给地主家放牛时丢了两头牛，不敢回家，参加了游击队，新中国成立前夕厌倦了打仗，回乡娶妻务农，至今仍生活在黄土圪崂里。在我们家乡，像这样的"闹红"故事还有很多，我一直对此很感兴趣。

我十九岁从军离开富平老家，先后在青海、四川、西藏、北京、新疆、辽宁工作过。三十多年来，我写过十部书，其中有写戍边艰苦生活的，也有写关中历史和西夏王朝覆灭的，但我一直没敢触碰陕甘边"闹红"这段历史。我知道，不做大量的史料收集和研究工作，仅凭满腔热忱并不能把这段历史面貌真实生动丰满地予以再现。

2005年6月，我从一位陕甘红军主要领导的家人那里得到一套陕甘边革命历史相关资料，开始了系统学习与研究，萌生了述说这段历史的念头。后来我又查阅了很多史料，并利用假期去照金和南梁进行过几次实地考察。刘志丹、谢子长、习仲勋等老一辈革命家创建的陕甘边革命根据地，摸索出了游击战争的地域特点和规律，逐渐形成了在西北武装割据的局面，最终成为中国革命的"落脚点"和"出发点"。红一方面军（中央红军）长征途中与红四方面军会师后，两支红军力量又很快分裂，张国焘率八万红军南下，毛泽东率七千中央红军北上。后来，中央红军在缴获的国民党报纸上发现陕北还有一块仅存的革命根据地，毛泽东才决定将陕北作为长征的"落脚点"。可是当时，国民党军队正在对陕北根据地进行大规模的第三次"围剿"，根据地内部也正在遭遇错误肃反的劫难。中央红军到达陕北后，立即纠正了错误肃反，发动了直罗镇战役，粉碎了国民党的"围剿"，为把中国革命的大本营放在西北举行了奠基礼。

2010 年春节期间，陕西新华出版传媒集团太白文艺出版社党靖社长找到我，说他想出版一部陕甘边根据地题材的长篇小说，想请我创作这部书。党靖也出生在那片"闹红"的土地上，对那段历史一直情有独钟。他认为我是创作这部书的最佳人选，他的理由有三：其一，我是渭北富平人，了解根据地的地形地貌、方言土语和风土人情；其二，我曾获过鲁迅文学奖、陕西柳青文学奖等多种奖项，作品的质量不会差到哪儿去；其三，我是军人，政治上不会出什么问题，而且我在一线部队带兵，写战争题材应该有把握。但那时我却很犹豫，主要有三个担心：一是某些历史事件诸如三嘉塬缴枪、红军南下全军覆灭、陕西省委主要领导被捕叛变、陕北肃反扩大化，等等，这些既十分复杂又非常敏感，我担心把握不好；二是担心由于题材重大，审查起来比较麻烦。果然，书稿完成后经过了两年的审读，我先后做了四次修改。三是担心创作时间无法保证。因为我是一线带兵人，不是"专业作家"，日常工作很忙，写作只能利用晚上和节假日，创作时间难以保证，长期加班加点又担心身体吃不消。但是经过再三思量，最终觉得由我来讲述这段历史，也许是陕甘红军英烈们分派给我的任务，是一种机缘，于是接下了这个"活儿"。

2011 年，我在国防大学上学期间，利用课余时间在图书馆查阅核实了许多资料，并开始构思草拟这部作品。2012 年夏天，我在解放军西安政治学院"全军纪委书记培训班"学习期间，又在陕西各大图书馆查证了一些资料。更为重要的是，这期间我登门拜访了刘志丹的女儿刘力贞老人，对一些历史问题进行了核实。我还抽空到照金、南梁、陕北等地实地考察，增强了对根据地的感性认识。

2013年10月初，上级拟将我从新疆调往辽宁工作，等待命令期间，我有半个月假期。我回到富平老家，想在习仲勋出生和安葬的地方，最后完成这部书稿。我白天照顾患病的母亲，夜里抽时间写作。每天凌晨两三点钟就悄悄起床，一直写到天亮母亲醒来。现在，母亲已经去世一年了，她再也看不到我写的书了，再也不能对我说"你慢慢写，别太辛苦，注意身体"之类的话了。我想，母亲如果地下有知，得到《根据地》问世的消息，她老人家一定会感到欣慰。10月15日，我终于完成了书稿，那天正是习仲勋100周年诞辰。我和妻子早早起来，步行来到习仲勋陵园。我们是那天第一批走进陵园的人。我们向习老敬献了花圈。站在习老墓前，我在心里默默地说：习老，我终于写完了，我用这部书向您致敬，向所有陕甘边红军英烈致敬！

我以为，长篇小说创作的关键在于给故事找到一个合理的结构。在《根据地》的创作中，我采取了先点后面、线面结合、多线交织的叙事结构。所谓点，就是从每个人的初期革命经历写起，人随事来，事了人去；所谓线，就是分出多个事件的线头，一条条捋顺，尔后再将这些线头捏在一起，拧成一股向前推进；所谓面，就是先写陕甘边根据地，再写陕北根据地，然后把两个根据地重合在一起写，这样便可以全景式地再现根据地的历史总体面貌。在叙事的策略上，我设置了两条情节线：一条是敌我双方的正面交锋，一条是不见硝烟的地下斗争。前者着眼于叙事的真实性与惨烈性，后者则注重叙事的悬念性和可读性。这样既能凸显个体的人生传奇，又能将众多的历史人物汇聚在一起，呈现出历史进程中的多样性和复杂性。

《根据地》无疑是革命历史叙事，在这部作品的创作过程中，我始终告诫自己要做到以下几点：第一，尊重历史。真实是底线，也是原则。宁可少写，不能胡写；宁可少说，不能戏说。第二，情节的处理上"大事不虚，小事不拘"。大事是指史有所载的人和事，它们是构成历史叙事的基石，不能随意虚构；小事是指根据具体的历史背景合理虚构的一些无足轻重的小人物和小细节，它们是"小说"文本的生动性、丰富性的体现。第三，要注重作品的文学性。革命历史小说需要艺术地讲述历史，唯其如此，方能产生吸引力和感染力，增强文本的可读性。当然，这是我创作上的追求，未必能够完全达到。

在这部作品的创作过程中，中共陕西省委宣传部、陕西省文化厅、陕西省旅游局、铜川市委市政府、富平县委县政府，以及陕西新华出版传媒集团、陕西照金文化旅游投资开发有限公司、陕西世纪明大企业集团公司等都给予了关注与支持。太白文艺出版社社长党靖、总编辑韩霁虹，专程陪同我去照金实地考察，从多方面给予了大力支持；责任编辑申亚妮女士也给予了许多帮助；《中国作家》副总编程绍武、责任编辑佟鑫也给予了关注与支持。在此一并致谢！

书中难免谬误，敬请读者朋友们批评指正！

党益民

2015 年 8 月于沈阳